ISABEL VOSS

Das Gold der Küste

Weitere Titel der Autorin:

Das Vermächtnis der Heilerin

Über die Autorin:

Isabel Voss interessiert sich für Rätsel der Geschichte, seit sie als Teenager *Ein Tropfen Zeit* von Daphne du Maurier las. Nach dem Studium arbeitete sie zunächst als Journalistin und Übersetzerin, bevor sie ihren ersten Roman schrieb. Voss reist gern und fühlt sich überall in der Welt zuhause, deshalb sind auch ihre Bücher an mehr als einem Schauplatz angesiedelt.

ISABEL VOSS

Das Gold der Küste

HISTORISCHER ROMAN

lübbe

Dieser Titel ist auch als E-Book erschienen.

Die Bastei Lübbe AG verfolgt eine nachhaltige Buchproduktion. Wir verwenden Papiere aus nachhaltiger Forstwirtschaft und verzichten darauf, Bücher einzeln in Folie zu verpacken. Wir stellen unsere Bücher in Deutschland und Europa (EU) her und arbeiten mit den Druckereien kontinuierlich an einer positiven Ökobilanz.

FSC www.fsc.org MIX Papier | Fördert gute Waldnutzung FSC® C014496

Originalausgabe

Textredaktion: Heike Rosbach, Nürnberg
Titelillustration: © shutterstock.com: Inga Nielsen | Groundback Atelier; © Richard Jenkins Photography
Umschlaggestaltung: Guter Punkt, München | www.guter-punkt.de
Satz: hanseatenSatz-bremen, Bremen
Gesetzt aus der Stempel Garamond
Druck und Verarbeitung: GGP Media GmbH, Pößneck
Printed in Germany
ISBN 978-3-404-18866-6

2 4 5 3 1

Sie finden uns im Internet unter
luebbe.de
Bitte beachten Sie auch: lesejury.de

I

Rungholt

1350

»Gott hat seine Hand über uns gehalten!« Adalrich, der Bischof von Rungholt, thronte auf einem Podest auf dem Marktplatz und streckte die Arme gen Himmel, der in der Mittagssonne blau leuchtete und nur von einzelnen dicken grauen Wolken durchbrochen wurde, die sich in wilder Hatz zu jagen schienen.

Auf dem Marktplatz drängten sich die Menschen, jeder versuchte, einen Platz zu ergattern, möglichst nahe an dem Podest, um zu hören, was Adalrich sagte. Denn nur wenige Meter entfernt verwehte der auffrischende Wind die Worte.

Fenna stand auf einem Schemel unterhalb des Podests in der ersten Reihe und hörte gespannt zu. Sie liebte es, wenn viele Menschen um sie herum waren. Es gab immer etwas zu sehen und zu hören, immer etwas Neues und Interessantes. Ihr Vater hatte einmal gesagt, dass sie ihm Löcher in den Bauch fragte. Fenna war erschrocken und hätte fast geweint, weil sie geglaubt hatte, Vater wehgetan zu haben. Doch der hatte ihr schnell erklärt, dies sei nur eine Redensart und sein Bauch unversehrt und er sei froh, dass sie mit ihren fünf Jahren so wissbegierig sei, und dass sie ihn immer alles fragen dürfe.

Vater war der Redjeve von Rungholt, der Bürgermeister und erster Richter, deshalb gebührte ihr, seiner Tochter, ein besonderer Platz. Darauf war sie stolz, ebenso wie Mutter, die an der Seite des Schemels stand und sie festhielt. Vater hatte sich neben Adalrich gestellt. Er sah prächtig aus in seinem grünen Samtwams und der goldenen Amtskette. Er hatte eine ernste Miene aufgesetzt. Die passte so gar nicht zu ihm, denn wenn er zu Hause war, lachte und scherzte er oft, warf Fenna in die Höhe und fing sie wieder auf. Es war wie fliegen. Fenna schaute in den Himmel und stellte sich vor, Vater würde sie so hoch in die Luft werfen, dass sie sich auf eine Wolke setzen konnte.

Adalrichs Stimme riss sie aus ihren Gedanken. Sie sah sich um, und für einen Moment schaute sie Ove Barwegen in die Augen, dem Amtsmeister der Fischer. Sein grimmiger Blick erschreckte sie, schnell schaute sie wieder Vater an, der in die Ferne zu sehen schien.

Der Bischof fuhr fort, seine Stimme klang schrill. »Der Herr hat unsere Gebete erhört und uns verschont, obwohl es noch immer viele gibt, die den alten Göttern anhängen. Nur wenige sind in Rungholt und auf den Uthlanden dem Schwarzen Tod zum Opfer gefallen. Gottes Gnade ist unermesslich.« Mit einer Holzkelle nahm er Salz aus dem Fass vor sich und verstreute es in den Wind, der es sofort mit sich forttrug. »Nimm dieses Opfer, o Herr, als Dank für deinen Schutz.«

Ein Teil des Salzes landete auf Fennas Kleid. Sie befeuchtete einen Finger, stippte einige Krumen auf und leckte sie ab. Es schmeckte wunderbar, doch sie war ärgerlich, weil Adalrich das Salz einfach wegwarf. »Mutter, warum verschwendet der Priester das gute Salz?« Fenna hatte bereits gelernt, dass man es nicht verschütten durfte, denn es war zu wertvoll.

»Das ist keine Verschwendung. Er dankt Gott dafür, dass der Schwarze Tod unsere Stadt verschont hat und auch das ganze Bistum. Das hat er doch gesagt, nicht wahr?«

»Ja, das hat er. Ich habe ihn gehört. Wenn Gott aber so mächtig ist, warum will er dann, dass wir Salz verschwenden?«

Mutter sah Fenna ernst an. »Das kannst du noch nicht verstehen mit deinen fünf Jahren, mein Kind. Die Götter tun so vieles, dessen Gründe uns Sterblichen verborgen bleiben.«

Fenna wusste genau, wann Mutter nicht weiter über etwas reden wollte. Jetzt war so ein Moment, und deshalb schwieg sie, obwohl sie gerne erfahren hätte, warum die Menschen irgendwann sterben mussten und die Götter nicht.

Ein kräftiger Windstoß ließ ihre Mutter wanken. Ein Raunen ging durch die Menge, die Menschen bogen sich wie Halme auf einem Weizenfeld. Fenna hob den Blick erneut zum Himmel. Wo vor wenigen Augenblicken noch blauer Himmel zu sehen gewesen war, türmten sich nun schwarze Wolken, die immer dichter wurden. Es würde Regen geben, da war sich Fenna sicher. Regen war gut, denn sie brauchten das Wasser für das Vieh und zum Trinken, sie sammelten es in Brunnen. Dennoch wollte sie nicht nass werden. Nur gut, dass es bis zu ihrem Haus lediglich ein paar Schritte waren.

Aber es waren so viele Menschen da, dass man sich kaum rühren konnte. Obwohl Fenna auf dem Schemel stand, um besser zu hören und zu sehen, konnte sie die Menge nicht überblicken. Sie füllte den gesamten Marktplatz aus, und sogar in den angrenzenden Gassen waren noch Leute und versuchten, ein Wort des Bischofs zu erhaschen. Einige, die Adalrich hören konnten, gaben seine Worte nach hinten weiter. Aber manchmal kam bei den letzten Leuten etwas ganz anderes an als das, was anfangs gesagt worden war. Das war Vater einmal passiert. Er hatte von neuen Prahmen gesprochen, Schiffen, die zum Fischen benutzt wurden, und viele hatten sich gefragt, wozu sie Rahmen bräuchten.

Nun ergriff Vater das Wort, Fenna sah ihn voller Bewunderung an. Sie konnte sich nicht vorstellen, vor so vielen Leuten zu sprechen.

»Seit Menschengedenken ist keine so große Not mehr über die Menschen gekommen. Die Pestilenz ist durch alle Länder gerast und hat ungeachtet Alter und Stand und Glaube nichts als Tod hinterlassen. Auf dem Festland sind ganze Dörfer verwaist, in den Städten weiß man nicht mehr, wohin mit den Toten, Geisterschiffe treiben auf der See, der Handel ist fast zum Erliegen gekommen. Doch nun geht es wieder aufwärts. Die Plage ist von uns genommen. Wir rüsten Schiffe aus, um Hering zu fangen und auszuliefern. Wir heizen die Siedekessel an, um das Salz des Meeres zu gewinnen, das in den Wiesen auf uns wartet und das uns geschenkt wurde zu unserem Nutzen. Wir müssen hart arbeiten und schnell, denn überall herrscht noch immer große Not. Viele Menschen, die dem Schwarzen Tod entkommen sind, leiden furchtbaren Hunger. Wir können dazu beitragen, ihn zu lindern.«

Ein Donnerschlag ließ alle zusammenzucken. Fenna duckte sich und spürte die Unruhe in der Menschenmenge.

Eyk, der Schamane, hatte ihr erzählt, dass es der Donnergott Thor war, der ihn mit seinem Hammer Mjöllnir erklingen ließ, wenn er den auf den Amboss schlug, und damit auch die Blitze entfachte, die den Himmel durchzuckten. Doch sie brauche keine Angst zu haben, denn Thor träfe nur die bösen Menschen und sie sei ein gutes Mädchen, das der Gott sicherlich ins Herz geschlossen habe. Wieder donnerte es, eine Böe riss die Fahne mit dem Wappen von Rungholt vom Mast. Ohne Vorwarnung brach der Regen los. Es war, als hätte jemand einen Eimer Wasser über Fenna ausgeschüttet. Innerhalb weniger Augenblicke war sie vollkommen durchnässt, da half ihr auch der dichte Filzumhang nichts. Vater sprang vom Podest, packte Fenna, hob sie hoch, drängte sich mit ihr zum Haus und drückte sie Frauke, der Kellerin, in die Hand, die dem Gesinde vorstand und schon vor Fennas Geburt bei den Jaspers gearbeitet hatte.

»Ein Sturm zieht auf. Schneller als erwartet. Ich muss hinauf auf den Deich. Gib gut auf sie acht.« Er drückte Fenna an sich, Wasser spritzte, so nass waren beide. »Du machst, was Frauke sagt, verstanden? Als Erstes ziehst du dir trockene Sachen an.«

Er wandte sich an die Magd. »Behalte die Gasse im Blick. Wenn die Flut kommen sollte, dann steig mit Fenna hinauf auf den Dachboden. Ich nehme die Knechte mit. Wir brauchen jede Hand, die Deiche sind an vielen Stellen schwach, denn sie sind lange nicht ausgebessert worden. Mögen die Götter uns behüten.« Wie als Antwort krachte ein Donner über dem Haus, das erbebte, ebenso wie Fenna. So nah und so laut hatte sie noch nie Thors Hammer gehört.

Frauke wurde blass, Fenna bekam Angst, aber nicht

wegen des Donners, sondern weil Vater nicht weggehen sollte. »Vater, bitte bleib hier. Geh nicht weg. Wo ist Mutter?«

Sie klammerte sich an seinen Arm, doch er machte sich los. »Ich komme wieder. Hab keine Angst.«

Sein Gesicht war ernst und furchtsam zugleich. Ohne ein weiteres Wort erhob er sich und stürmte aus dem Haus. Der Wind riss ihm die Tür aus der Hand, nur mit Mühe konnte er sie wieder schließen.

Frauke nahm Fenna an der Hand, die nicht vor Kälte, sondern vor Angst zitterte. Sie zog ihr trockene Sachen an und setzte sie an den Ofen. Zwar war Fenna todmüde, doch sie konnte nicht schlafen. Wo war Mutter? Wo Vater? Was, wenn die Flut ganz Rungholt verschlang? Der Sturm heulte immer lauter, Fenna hielt sich die Ohren zu. Frauke wiegte sie in ihren Armen. Die Lider wurden ihr schwer, schließlich schlief sie ein.

Ein Krachen riss Fenna aus dem Schlaf. Die Tür war aufgeflogen. Ihr Herz raste. Wurde sie jetzt von der Flut verschluckt? Musste sie elendiglich ertrinken?

Doch es war nicht die Flut, sondern Vater, Eyk und drei Knechte, die durch die Tür kamen. Sie trugen ein großes Bündel und legten es auf den Tisch. Fenna sprang auf, stürzte zum Tisch, stieß einen schrillen Schrei aus. Es war Mutter.

Frauke zog Fenna weg, doch sie schlug um sich, die Magd musste sie loslassen. Fenna warf sich auf ihre Mutter, die nass war und kalt wie Eis. Schmerz schoss durch ihre Brust, ihr Herz schien zerspringen zu wollen.

»Fenna!« Wie durch eine Wand hindurch hörte sie die Stimme ihres Vaters. »Fenna, du musst jetzt stark sein.«

Er strich ihr übers Haar, Fenna vergrub ihr Gesicht in

den nassen Kleidern ihrer Mutter. »Wach auf, Mutter!«, schluchzte sie. »Wach doch auf.«

Sie spürte Vaters starke Arme, die sie von Mutter wegzogen. Er presste sie an seine Brust, sie hörte ihn schluchzen, spürte seine heißen Tränen an ihrer Wange. Sie hatte Vater noch nie weinen sehen. »Sie wird nie mehr aufwachen, mein Kind. Sie ist jetzt bei unseren Vorfahren und sieht auf uns herab.« Er drückte Fenna von sich weg, legte ihr die Goldkette mit der Figur von Frigga um den Hals, die er Mutter zur Hochzeit geschenkt hatte, und drückte Fenna wieder an sich. Seine Stimme brach. »Eines Tages sind wir wieder vereint. Glaub mir.«

Aber Fenna glaubte ihrem Vater nicht, denn er brachte kein Wort mehr hervor und weinte genauso bitterlich wie sie. Sie nahm Frigga in ihre kalte klamme Hand, flehte sie an, Mutter wieder lebendig zu machen. Doch die Göttin erfüllte ihren Wunsch nicht. Dunkelheit breitete sich in Fenna aus, und dann fühlte sie plötzlich nichts mehr.

2

Fenna

11 Jahre später

Seit drei Tagen scheuchte Fenna Frauke, die anderen Mägde und die Knechte durchs Haus. Graf Nikolaus kam zu Besuch, und da musste alles blitzblank sein, nirgends durfte ein Stäubchen liegen, geschweige denn ein Dreckklumpen. Zweimal war der Holzboden geschrubbt worden, danach hatte Fenna Wachs einarbeiten und die Dielen polieren lassen. Alles sollte so glänzen wie in Schleswig, in der herzoglichen Burg, wo man nirgends Stroh oder Sand auf dem Fußboden fand, so wie in den Häusern der Bauern und der meisten Bürger.

Vater war schon mehrfach dort gewesen und hatte Fenna von Räumen erzählt, die so hoch waren wie ihr ganzes Haus, von Dutzenden Bediensteten, von Hunderten Kerzen in silbernen Leuchtern. Die Burg lag inmitten eines kleinen Sees und war nur über eine Landzunge und eine Hängebrücke erreichbar. Sie hatte dicke Mauern mit Wehrtürmen, und es hielten ständig an die hundert Soldaten auf den Wehranlagen Wache. Vater war davon überzeugt, dass die Burg uneinnehmbar war, und Fenna wollte ihn nicht enttäuschen, indem der Graf das Haus der Jaspers als seiner unwürdig empfand.

Natürlich war ihr Elternhaus keine Burg. Aber es war nach dem Rathaus mit den vier Ein- und Ausgängen das schönste und größte Haus in ganz Rungholt.

Bevor es zum Bankett ins Rathaus ging, würde Graf Nikolaus von Schleswig auf einen Krug des jaspersschen Bieres vorbeischauen und bei der Gelegenheit einige vertrauliche Worte mit ihrem Vater wechseln, die für das Schicksal von Rungholt von großer Bedeutung sein würden.

Der Tross des Grafen musste jeden Augenblick in Sicht kommen. Fenna kontrollierte noch einmal, ob die Strohblumen richtig aufgehängt waren, ob die Krüge blitzblank, das Brot geschnitten und Käse, Fisch und Schinken auf den Holzplatten appetitlich angerichtet waren. Das Gesinde hatte natürlich auch sauber zu sein, alle hatten ihre besten Gewänder angelegt.

Das große Festbankett, bei dem alle Noblen Rungholts und der Uthlande ihre Aufwartung machen würden, fand im Rathaus statt. Dort gab es alles, was die Küche zu bieten hatte: Fasan im eigenen Gefieder, Ente im Maul eines Fuchses, Fische aller Art, Gemüse, Obst, feinstes weißes Brot und allerlei Leckereien mit Zimt, Zucker, Nelken und Mandeln. Fenna freute sich auf das Bankett, doch nicht wegen der erlesenen Speisen, sondern vor allem wegen der Spielleute, die für Kurzweil sorgten, und der Neuigkeiten, die an einem solchen Tag zu hören waren.

Das letzte Mal war der Graf vor zwei Jahren zu Besuch gewesen, und Fenna war fast verrückt geworden vor Aufregung, weil sie erstmals ganz allein dafür verantwortlich gewesen war, dass das Haus der Jaspers seinen Ansprüchen genügte. Vater war zufrieden gewesen, und der Graf ebenfalls. Fenna war vor Stolz fast geplatzt, als Vater ihr am nächsten Tag über die Haare gestrichen und gesagt hatte: »Was würde ich nur ohne dich machen, mein Kind?« Wenn er gewusst hätte, dass sie zwei Nächte vorher nicht hatte schlafen können, wäre er vielleicht nicht so begeistert gewesen. Doch in diesem Jahr hatte sie gut schlafen können.

Sie seufzte, fasste kurz an die kleine Holzfigur von Frigga, die seit Mutters Tod um ihren Hals hing. Mutter hatte diese Aufgabe immer spielend bewältigt, gleich wer zu Gast war. Fenna erinnerte sich voller Wehmut daran, wie sie in der Küche gesessen und Mutter mit ihrer warmen Stimme allen aufgetragen hatte, was sie wann und wie zu tun hatten.

Nur zwei Monate später war Mutter in den tosenden Wellen einer Sturmflut ertrunken, als sie zwei Kinder retten wollte. Der Deich von Klein-Rungholt, der südlich gelegenen Siedlung der Salzsieder, war gebrochen. Dutzende waren ertrunken. Die beiden Kinder hatten überlebt, weil Mutter sie auf ein treibendes Scheunentor gehievt und daran festgebunden hatte, bevor ihr die Kräfte geschwunden waren. Sie hatte sich nicht mehr festhalten können und war untergegangen. Vater und Eyk hatten sie aus dem ablaufenden Wasser bergen können. Nur wenigen wurde dieses zweifelhafte Glück zuteil, denn was die Nordsee verschlang, gab sie nur selten wieder her. Die meisten Familien hatten ihre Angehörigen nicht bestatten können, und einige Familien hatte der Sturm vollständig ausgelöscht.

Bevor die Trauer sich ihrer bemächtigte, rief sie nach dem Braumeister, der im Keller nach dem Bier sehen sollte. Es musste frisch sein, es musste das Beste sein. Sie ging noch einmal alles durch und kam zu dem Schluss, dass alles trefflich vorbereitet war. Dennoch klopfte ihr Herz heftig bei dem Gedanken, sie könnte etwas vergessen oder falsch gemacht haben.

Die Glocken von Sankt Bonifatius ertönten. Der Graf war da! Dunkel schlug die große, hell und durchdringend die kleine. Die zwei Glocken waren nicht mit anderen zu verwechseln, denn beide hatten einen winzigen Sprung, der ihnen einen Unterton gab, den man sonst nirgends in den Uthlanden hören konnte.

Fenna reihte sich mit dem Gesinde vor dem Haus auf.

Rungholt hatte nicht nur die größte Schleuse ganz Frieslands, durch die auch die schwersten Koggen in den sicheren Hafen einlaufen konnten, sondern auch weit und breit den schönsten und geräumigsten Marktplatz. Er war fast quadratisch und maß dreihundert Fuß in der Länge und ein wenig mehr in der Breite. In der Mitte thronte das Rathaus, auch das »Weiße Haus« genannt, denn die Backsteine waren gekalkt. Die Farbe symbolisierte die Reinheit der Gedanken, die Gerechtigkeit des Gesetzes und die Unbestechlichkeit des Redjeven und der Ratsleute. Die vier Ein- und Ausgänge standen für die Handelsbeziehungen, die in alle Himmelsrichtungen reichten: von Stockholm bis in das Land der Rus, von Aragon bis Byzanz, von Hamburg bis Jerusalem.

Der Platz war schwarz von Menschen. In der Mitte hatte die Stadtwache einen Weg frei gemacht, damit der Graf und sein Gefolge ungehindert passieren konnten. Sie präsentierten Fahnen mit dem Wappen der Stadt und der Ämter, wie die Zünfte in Rungholt genannt wurden. Fanfaren ertönten. Durch die Ostgasse kamen die ersten Ritter in einer Zweierreihe auf ihren Schlachtrössern auf den Marktplatz geritten, hielten Banner in der Hand mit dem Wappen des Grafen: die blauen Löwen auf gelbem Grund.

Die Ritter stellten sich rechts und links auf, bildeten eine Gasse, die bis zu Fenna reichte. Vater und der Graf von Holstein ritten nebeneinander und schienen bester Laune. Nikolaus sah aus wie ein wahrer Ritter, als käme er gerade von der Tafelrunde des Königs Artus: Seine Rüstung schimmerte, er hielt sich aufrecht, lenkte sein Pferd lässig mit einer Hand. Sie plauderten angeregt, machten Scherze, lachten. Graf Nikolaus wandte seinen Blick Fenna zu, hielt sein Pferd vor ihr an und sprang aus dem Sattel. Vater ging es etwas ruhiger an.

Nikolaus lächelte Fenna an, die vor ihm knickste und, wie es sich gehörte, in gebeugter Haltung blieb. Er nahm ihre Hand und zog sie hoch.

»Wir grüßen Euch, Frou Jaspers. Wir müssen sagen, Ihr seid zu einer wahren Schönheit erblüht.«

»Ihr hofiert mich, Graf Nikolaus.« Fenna musste zugeben, dass sie sich geschmeichelt fühlte, aber sie wusste auch, dass es zur Etikette der Ritter und des Hofes gehörte, die Frau des Gastgebers mit Komplimenten zu überhäufen. Da Mutter nicht mehr lebte, war sie die Gastgeberin und daher die Empfängerin dieser Komplimente.

»Aber, aber, mein Kind. Ihr solltet Euch nicht kleinmachen, im Gegenteil. So mancher Ritter würde ohne Zögern in den Kampf ziehen, um Eure Gunst zu gewinnen.« Er beugte sich zu ihr herunter. »Wer weiß, was der Tag für Euch noch bringen wird.«

Fenna hielt den Blick gesenkt, sie wollte nicht, dass der Graf den Schrecken in ihren Augen sehen konnte. Hoffentlich war Nikolaus nicht gekommen, um mit Vater Heiratspläne zu besprechen. Dass er sie zur Frau nehmen wollte, war natürlich ausgeschlossen, denn sie entstammte nicht dem hohen Adel. Nur ein Abkömmling des niederen

Adels, ein verarmter Ritter, würde sie vielleicht nehmen, wenn die Mitgift groß genug war. Und das wäre furchtbar. Sie wollte nicht auf einer kalten Burg vor Einsamkeit und Heimweh vergehen.

Fenna wusste, dass die Grafen und Herzöge immer bemüht waren, ihren Machtbereich zu vergrößern, sei es durch Heirat oder auch mit Gewalt. Rungholt war die Hauptstadt der reichen und unabhängigen Uthlande, diese wiederum waren in viele Harden aufgeteilt, alles zusammen war ein Teil Nordfrieslands. Schon immer versuchten entweder der dänische König oder die Herzöge von Schleswig und Grafen von Holstein, die Uthlande für sich zu gewinnen und für immer zu besitzen.

Zurzeit galt die Treue der Uthlande den Grafen von Holstein. Vater war es zu verdanken, dass hier nach wie vor altes friesisches Recht galt, und nicht das dänische oder das der holsteinischen Grafen. Als Gegenleistung erlaubte Rungholt den Schiffen der Grafen unentgeltlich die Nutzung des Hafens und zahlte Abgaben, zweihundert Pfund Silber jährlich, genug um vierzig Berittene jeweils mit Pferd, Steigbügel, Sporen, Helm, Schwert, Scheide, Kettenhemd, Messer, Schnalle und Lanze auszurüsten. Ein gutes Geschäft, denn der dänische König wäre nicht so bescheiden gewesen, er hätte das Doppelte verlangt und fünfhundert Berittene zu seiner Verfügung obendrauf.

»Bitte tretet ein, Hoheit.«

Zwei Ritter wollten dem Herrn von Schleswig zuvorkommen, denn es war üblich, dass die Leibgarde jeden Raum, den dieser betrat, in Augenschein nahm, um Anschläge zu verhindern. Doch der Graf hielt sie zurück.

»Schon gut, Männer. Der Redjeve von Rungholt ist über jeden Zweifel erhaben.«

Die Ritter verbeugten sich, Nikolaus trat durch die offene Tür, dann Vater und schließlich Fenna. Die Leibgarde folgte ihnen auf dem Fuße. Fenna spürte, dass sie niemandem trauten und jeden erschlagen würden, der es wagte, dem Grafen in feindlicher Absicht gegenüberzutreten. Vater hatte ihr, den Dienern und Knechten eingeschärft, keine unbedachte Bewegung zu machen, die die Leibwache als Angriff missdeuten könnte.

Vater übernahm die Führung und geleitete den Grafen in den großen Saal, in dem auf Bänken und Stühlen an die achtzig Personen Platz hatten. Nur der Ratssaal war größer. Nikolaus schaute sich um, nickte anerkennend.

»Euer Haus ist wie ein Palast, werter Meister Jaspers. Angemessen für Eure Stellung als Redjeve.«

»Ich danke Euch, Hoheit, dass Ihr unser bescheidenes Heim, das Eurer Stellung in keiner Weise genügen kann, lobt.«

Nikolaus grinste. »Genug der Formalitäten und Schmeicheleien.« Dann stutzte er und wandte sich an Fenna. »Ihr seid davon ausgenommen, Fenna Jaspers, denn was ich über Eure Schönheit und Anmut sagte, ist keine Schmeichelei, sondern die Wahrheit.«

Fenna neigte den Kopf. »Daran habe ich nicht einen Moment gezweifelt.«

Der Graf grinste und legte den Kopf schief.

Fenna bereute ihren Satz, denn sie erkannte, dass ihre Antwort zweideutig war. Einerseits wollte sie sagen, dass sie Nikolaus glaubte, andererseits konnte der sie als überheblich empfinden, weil sie damit sich selbst als Schönheit bezeichnete.

Doch er grinste nur. »Der Ritt war lang und anstrengend. Wir haben ihn nur ertragen, weil Wir Uns vorstellten, wie Wir einen Krug Bier an die Lippen setzen und ihn in einem Zug leeren.«

Vater schnippte mit den Fingern. Sofort brachte ein Diener drei irdene Krüge auf einem silbernen Tablett, die randvoll mit Bier gefüllt waren. Graf Nikolaus nahm den einen, Vater den anderen, Fenna als Letzte den dritten.

Einer der Ritter räusperte sich. »Herr, verzeiht, aber sollte nicht der Vorkoster …«

Der Graf wedelte mit der Hand durch die Luft. »Wären Wir am Hofe des dänischen Königs, würden Wir Euch recht geben. Hier aber fühlen Wir Uns sicher. Denn der Redjeve hat keinen Grund, Uns aus dem Weg zu räumen. Ist es nicht so, Meister Jaspers?«

Vater hob seinen Krug. »Bei meiner Ehre, so ist es!«

Nikolaus ließ seinen Krug gegen den des Vaters krachen. Fenna fürchtete schon, dass sie zu Bruch gehen würden. Doch sie hielten, und nur wenige Augenblicke später waren die Krüge geleert. Jetzt, da die Männer getrunken hatten, durfte auch sie einen kleinen Schluck nehmen.

Der Graf seufzte lustvoll. »Euer Bier ist wahrhaft vorzüglich. Was ist Euer Geheimnis?«

Vater deutete eine Verbeugung an. »Es ist der Hopfen. Wir lassen ihn aus dem Herzogtum Bayern kommen, im Gegenzug liefern wir Pelze, die wir von den Nordländern gegen Salz aus Rungholt und Bernstein von der Ostsee eintauschen. Ich habe meinen Kellermeister bereits angewiesen, zehn Fässer auf einen Wagen zu laden.«

»Ihr wisst, wie man sich einen Grafen gefügig macht!« Nikolaus lachte dröhnend.

»Bitte, Hoheit, nehmt Platz«, entgegnete Vater.

Fenna hatte ein Podest vorbereitet, auf dem ein Scherenstuhl stand, belegt mit mehreren weichen Schaffellen.

Der Graf durfte nicht auf derselben Höhe sitzen wie Fenna und ihr Vater. Das wäre eine schwere Ehrverletzung gewesen. Diener reichten die kleinen Leckereien. Nikolaus sollte sich nicht sattessen, es war lediglich ein Zeichen der Wertschätzung, dass die Jaspers das Beste aufboten, was Küche und Keller zu bieten hatten.

»Noch einen Krug Bier, Hoheit?«, fragte Vater.

Doch der Graf winkte ab. »Euer Bier ist nicht nur schmackhaft, sondern auch stark. Wir müssen noch Recht sprechen, das sollten Wir mit klarem Verstand tun, und sofern Wir Eure Briefe richtig verstanden habe, müssen Wir ein Ärgernis aus der Welt schaffen, nicht wahr?«

»Lasst uns allein«, befahl Vater. Sofort verließen alle Bediensteten den Saal und schlossen die Tür. Die Ritter jedoch blieben. Vater sah Fenna kurz an. »Meine Tochter ist meine Vertraute. Was meine Ohren hören, sollen auch ihre hören. Sie ist absolut verschwiegen. Dafür stehe ich mit meinem Kopf ein.«

Der Graf sah ihr in die Augen. Fenna wurde heiß, so als hätte sie plötzlich Fieber. Sie unterdrückte den Drang, ihren Blick zu senken, denn in diesem Moment wäre das falsch gewesen. Nikolaus wollte prüfen, ob er ihr vertrauen konnte, ob sie stark war und furchtlos. Also musste sie seinem Blick standhalten. Er ließ einige Augenblicke verstreichen, dann nickte er und wandte sich wieder Vater zu.

»So soll es sein. Euer Kopf gegen die Treue Eurer Tochter. Wir werden Euch beim Wort nehmen. Nun denn, Tammo Jaspers, Redjeve der mächtigen Stadt Rungholt, Zentrum der Edomsharde und Hauptort der Uthlande. Welches Begehr habt Ihr an Uns?«

»Es geht um Euren Bruder, Graf Heinrich, der auch der Eiserne Hinnerk genannt wird.«

Der Graf hob die Augenbrauen. »Hinnerk? Wir wähnten ihn auf einem Feldzug. Er ist immer irgendwo unterwegs und schlägt sich mit allen möglichen Leuten für alle möglichen Herren. Manchmal auch für Uns. Obwohl Wir nicht sein Herr sind.« Der Graf lächelte breit. »Anstatt zu regieren, wie es ihm als Graf und Miterbe zustünde, übernehmen Wir die Geschäfte für ihn, denn er ist zwar ein Heißsporn, aber er weiß, was gut ist für Uns und das Land.«

Er lachte dröhnend, doch Fenna wusste, dass ihm die Eskapaden seines Bruders nicht gefielen. Er wusste seine wahren Gefühle gut zu verbergen.

»Das mag sein, Hoheit, aber unter ihm dienen Kapitäne, die es nicht so genau damit nehmen, woher sie ihre Fracht bekommen, die sie dann entlang der Nordseeküste verkaufen. Es sind dänische Schiffe, die Euer Bruder, so hört man, nach schwerem Kampf erbeutet hat, die ihm also von Rechts wegen gehören, und es ist ja nichts dagegen einzuwenden, dem dänischen König zu zeigen, wer der Stärkere ist, und ihm die eine oder andere Prise abzuknöpfen. Allerdings machen diese Kapitäne auch nicht vor den Schiffen der Hanse, der Venezianer und anderer Handelspartner Rungholts und der Uthlande halt.«

»Was schert Euch das?«

Der Graf klang nicht mehr so freundlich. Seine Stimme bekam einen scharfen Unterton. Vater musste behutsam vorgehen, damit er Nikolaus nicht verärgerte.

»Diese Kapitäne fordern das Recht ein, den Hafen von Rungholt als Stützpunkt zu nutzen und dort ihre Waren weit unter dem üblichen Preis feilzubieten.«

Vater schob geschickt die Schuld auf die Kapitäne, denn hätte er den Bruder des Grafen frank und frei der Piraterie bezichtigt, wäre es zum Eklat gekommen.

»Es sind also die Kapitäne Unseres Bruders, die Euch Sorgen bereiten?«

»Manche Handelsvertretungen spielen mit dem Gedanken, sich einen anderen Standort zu suchen. Einen, der sicher ist. Einen, der fairen Handel gewährleistet. Signore di Amalfio zum Beispiel, der die Niederlassung der Venezianer seit einiger Zeit leitet, hat mich bereits darauf angesprochen. Wir haben sehr enge Handelsbeziehungen zu Venedig. Sie kaufen viel, zahlen gut und sind zuverlässig. Bis heute ist noch kein Venezianer auch nur einen Schilling schuldig geblieben. Ihr seht, Hoheit, es geht um einiges. Handel braucht Sicherheit. Ich vermute, dass Eurem Bruder nicht bewusst ist …«

»Schon gut, Redjeve.« Die Miene des Grafen verdunkelte sich. »Wir haben verstanden. Eure Worte sind ebenso stark wie Euer Bier. Sie vernebeln Uns die Sinne. Ich muss über Euer Ansinnen nachdenken.«

»Selbstverständlich, Hoheit.«

Plötzlich grinste Nikolaus wie ein Lausbub und schaute Fenna an, der erneut heiß wurde. Was führte der Graf im Schilde?

»Da Ihr Eurer Tochter bedingungslos vertraut und sie über alles gründlich im Bilde ist, möchten Wir erfahren, was sie zu der Angelegenheit sagt. Lasst mich hören, Frou Jaspers, ob hinter Eurer schönen Fassade ein wacher Geist wohnt.«

Fenna schluckte. Mit allem hätte sie gerechnet, aber nicht damit, dass der mächtige Graf Nikolaus ihre Meinung wissen wollte. Sie war die Tochter des Redjeven, und Rungholt war in der Tat eine Stadt mit großem Einfluss. Aber sie war eine Frau. Nur in Rungholt und allen Orten, an denen altes friesisches Recht galt, war es ihr als Frau erlaubt, vor dem Rat und dem Thing, der Versammlung der freien Friesen, zu sprechen. Nach dem Recht der Christen, das sie aus der Bibel ableiteten, die kaum jemand lesen konnte, waren Frauen nur ein Abklatsch des Mannes, die nichts anderes zu tun hatten, als Kinder zu gebären und Männer zufriedenzustellen. Der Graf war Christ, umso mehr erstaunte es sie, dass er sie nach ihren Ansichten fragte.

»Nun, Fenna Jaspers, Tochter des Redjeven. Zeigt, was Euch Euer Vater beigebracht hat.«

Fenna schossen plötzlich ein Dutzend Gedanken durch den Kopf. Keinen konnte sie greifen. Sie öffnete den Mund, schloss ihn wieder. Dachte fieberhaft nach. Sie durfte jetzt nicht versagen. Der Graf schnalzte mit der Zunge, rückte seinen Stuhl zurecht. Sie musste etwas sagen, sonst war sie vor Nikolaus blamiert, und Vater ebenso. Der lächelte sie an. Das gab ihr Kraft und Mut.

Sie räusperte sich. »Hoheit. Stellt Euch einfach die Frage, was Euch mehr einbringt: kapernde Untertanen, die Euren Ruf schädigen und den Handel in der Nordsee zum Erliegen bringen, oder eine Stadt wie Rungholt, die Euch im Kriegsfall dreihundert, vielleicht sogar mehr als doppelt so viele Berittene stellen kann und darüber hinaus jedes Jahr, so pünktlich wie die Jahreszeiten und ohne jeden Zwang, Euch die stattliche Summe von zweihundert Pfund Silber übereignet?«

Der Augen des Grafen verengten sich. Fenna spürte Schweiß unter den Achseln. Sie wagte nicht, Vater anzusehen. Sie hatte ihn in eine unmögliche Situation gebracht, da sie so offen gesprochen hatte. Ihre Worte mussten für den Grafen wie eine Ohrfeige sein.

»Werter Meister Jaspers«, sagte der Graf drohend, ohne

Fenna aus den Augen zu lassen, »Wir gehören nicht zu den Menschen, die andere unterschätzen, nur weil sie einem anderen Glauben anhängen, aus einem anderen Land stammen oder Frauen sind. Eure Tochter ist scharfsinnig. Allein das Feingefühl fehlt ihr noch. Jedem anderen würden Wir den Fehdehandschuh vor die Füße werfen, wenn er so mit Uns spräche.« Er wandte sich Vater zu. »Sollte ein Wort von dem, was Wir jetzt sagen, nach außen dringen, werdet Ihr es bereuen.«

»Ihr könnt Euch auf mich und meine Tochter verlassen, Hoheit.«

Fennas Mund war staubtrocken, doch sie wagte nicht, nach ihrem Krug zu greifen.

»Wir werden in Unserer unendlichen Güte die Kapitäne eindringlich bitten, Rungholt nicht mehr anzulaufen und die Schiffe der Hanse und anderer Händler zu verschonen, sofern sie in den Gewässern vor Friesland anzutreffen sind.«

Fenna wusste, was das bedeutete: Er würde den Kapitänen einen weniger wichtigen Hafen zuweisen, und sie würden ihre Opfer vor der dänischen und der englischen Küste suchen. Denn er profitierte natürlich auch von der Beute seines Bruders. Niemals würde er ihnen das Kapern untersagen.

»Ich bin Euch sehr dankbar, Hoheit.«

Der Graf beugte sich vor. »Glaubt nicht, dass Wir Euch umsonst die Flöhe aus dem Pelz lesen. Vereinbart war, dass die Schiffe der Schleswiger und der Holsteiner freien Zugang zum Rungholter Hafen haben, immer. Das soll auch so bleiben, solange sie keine Waren geladen haben, die sie nicht redlich durch Handel erworben haben und zu üblichen Preisen anbieten. Dafür erwarten Wir, ganz aus Eurem eigenen Antrieb heraus, dass Ihr Uns ab diesem Jahr fünfzig Pfund Silber mehr überlasst, und dass Ihr Euren Treueeid gegenüber Uns auf zehn weitere Jahre schwört. Denn solltet Ihr auf die Idee kommen, einen Handel mit Waldemar Atterdag zu schließen, weil Euch ein paar Pfund Silber leidtun, so wird der Zorn von Schleswig und Holstein über Euch hereinbrechen wie die schlimmste Sturmflut. Nichts wird von Rungholt bleiben.« Er lehnte sich zurück und grinste wie eine zufriedene Katze, die eine besonders fette Maus erwischt hatte.

Vater lächelte. »So soll es sein, Hoheit. Ich danke Euch für die Gnade.«

Der Graf schien für einen Moment verunsichert. Hatte er mit einer anderen Reaktion gerechnet? Oder ärgerte er sich, dass er nicht mehr verlangt hatte? Die Rungholter waren dafür bekannt, dass sie bei jedem Handel feilschten, als ginge es um ihr Leben.

Der Moment verflog, Nikolaus erhob sich, alles an ihm strahlte die Macht und Würde eines Herrschers aus.

»So lasst Uns den Rat der Stadt Rungholt mit Unserer Anwesenheit beglücken und Recht sprechen in den Dingen, die nicht auf Eurem Thing und nach Eurem Recht abgehandelt werden können. Wie ich hörte, gibt es Unstimmigkeiten mit Adalrich, dem Bischof?«

Der Graf wechselte von einem Moment zum anderen sein Gebaren: vom drohenden Fürsten zu einem Gast, der nur ein wenig plaudert.

Vater nickte und sagte voller Ernsthaftigkeit und Härte: »Er maßt sich an, in die Rechte der freien Friesen einzugreifen, indem er das Recht der Kirche über das unsrige stellen will. Ihr wisst, dass in Rungholt und ganz Friesland jeder glauben kann, was er mag, aber er darf niemanden mit seinem Glauben knechten. Wenn der Bischof so weitermacht, kann es sein, dass ich ihn der Stadt verweisen muss oder dass sogar Schlimmeres geschieht.«

Graf Nikolaus seufzte. »Ihr Friesen seid ein widerspenstiges Volk. Eines Tages werdet ihr begreifen, dass es nur den einen Gott geben kann. Aber bis dahin muss Recht Recht bleiben, darin sind wir uns einig. Ich werde Adalrich in seine Schranken weisen.«

Das war auch im Interesse von Nikolaus, denn die Kirche mischte sich nicht nur in die Angelegenheiten der Friesen ein, sondern auch in die der Könige, Grafen und Herzöge. So hatte der Bischof von Schleswig gedroht, Piraten zu exkommunizieren, und das hätte auch Nikolaus' Bruder treffen können.

Fennas Pulsschlag verlangsamte sich. Ihr Fehler hatte keine ernsthaften Konsequenzen, die fünfzig Pfund Silber waren es allemal wert, wenn sie damit die Seeräuber loswurden. Dennoch beschlich sie das Gefühl, dass sie noch lange an den heutigen Tag denken würde, denn der Graf hatte seine dunkle Seite gezeigt.

3

Fenna

Zehn Tage waren seit dem Besuch des Grafen vergangen, und tatsächlich, die Kaperschiffe waren ausgelaufen und nicht mehr zurückgekehrt, und mancher fragte sich, warum. Vater wollte seinen Handel mit dem Grafen nach dem Biikebrennen, der Austreibung der Geister nach dem Winter, auf der ersten Ratssitzung bekannt geben, damit er sicher sein konnte, dass die Piraten auch wirklich verschwunden waren. Er hatte dem Grafen im Laufe des Abends die Erlaubnis dazu abgerungen, indem er ihm klargemacht hatte, dass die Spatzen von den Dächern pfeifen würden, was sie besprochen hatten. Denn die höheren Abgaben und auch der Schwur, für die nächsten zehn Jahre dem Grafen treu zu sein, mussten im Rat besprochen werden und ließen nur eine Schlussfolgerung zu.

Das Bankett mit den Noblen Rungholts und der Gerichtstag mit dem Grafen waren zur Zufriedenheit aller verlaufen. Adalrich war zahm gewesen wie ein Lamm und hatte versichert, er wolle sich in nichts einmischen, was ihn nichts anginge. Zumindest schien es so. Was um drei Ecken erzählt wurde, wer sich warum benachteiligt fühlte, erfuhr man oft erst, wenn es zu einer Auseinandersetzung kam, und manchmal auch überhaupt nicht, das hatte Vater ihr eingeschärft. Der Schein trog oftmals, und man musste aufmerksam sein und vor allem immer misstrauisch. Außer seiner Familie gegenüber und den Menschen, die man schon lange kannte und die immer grundehrlich gewesen waren.

In Rungholt liefen die Dinge wie gewöhnlich, Schiffe wurden entladen, die Ware von den Steuerbeamten des Grafen und des Rungholter Rats verzollt und schließlich auf dem Marktplatz feilgeboten. Vater war wie immer damit beschäftigt, die vielfältigen Aufgaben des Redjeven zu erfüllen: Er musste Streitigkeiten schlichten, Urteile fällen, mit den Ratsmännern die Ausgaben und Einnahmen sowie deren Verwendung besprechen und sich um den Verkauf des Salzes kümmern.

Fenna stand ihm zur Seite, so oft es ging, doch heute hatte sie etwas anderes vor. Sie hatte Frauke Bescheid gegeben, dass sie mit Eyk und Beeke, ihrer besten Freundin, im Watt nach den beiden Pfählen sehen wollte, die Eyk vor vielen Jahren tief in den Meeresboden gerammt hatte. Frauke hatte die Augen verdreht und gesagt, diese Pfähle seien doch zu nichts nütze, doch Fenna wusste es besser.

Das Wasser war so weit zurückgewichen, dass sie fast eine halbe Meile laufen konnten, bis sie ans offene Meer kamen, wo die Pfähle am Rand des Heverstroms gute sechs Fuß tief im Schlick steckten.

Der Heverstrom, der größte Gezeitenstrom der Gegend, mischte sich hier mit der offenen See, bevor er sich landeinwärts bis Rungholt streckte und mit seinen verzweigten Armen ihre Heimatstadt fast vollständig umschlang wie die Gräben eine Wasserburg. Einige Arme des Stroms waren Entwässerungskanäle, angelegt, um der See noch mehr Land abzuringen.

Rungholt lag auf einer Erhebung, die nicht von Menschen geschaffen war, sondern wie eine Sandbank durch die Gezeiten entstanden war und aus fester lehmartiger Kleierde bestand. Ein glücklicher Umstand, denn auf vielen kleinen Warften, den von Menschenhand aufgeschütteten kleinen Hügeln, hätte es Rungholt nie zu solcher Blüte bringen können. Manche sagten, ein Gott habe dort eine Handvoll Sand hingeworfen, um auf den Wiesen, die darauf entstanden waren, sein Vieh zu weiden. Doch die Menschen waren gekommen, hatten sein Vieh vertrieben. Nun sann er auf Rache und schickte regelmäßig Sturmfluten, die Rungholt ins Meer spülen sollten. Bisher vergeblich.

Eyk trug wie immer keine Kopfbedeckung auf seinem langen weißen Haar, das ihm bis an die Schulterblätter reichte. Er stützte sich auf seinen Wanderstab, ohne den er nie das Haus verließ. Genauso wenig wie ohne seinen Leinenbeutel mit verschiedensten Tinkturen und Kräutern. Er wandte sich Fenna zu und deutete über die Pfähle hinweg auf den Horizont, an dem sie den Deich von Klein-Rungholt gerade noch erkennen konnten. Rauch quoll aus den Dutzenden Kaminen der Salzsiederkaten, die auf verstreuten Warften nur zwei Fuß über den Deich ragten. Auf jeder Warft standen bis zu zehn Katen dicht beieinander. Den bitteren Geruch des verbrannten Torfs wehte eine sanfte Brise bis hierher. Die Spitze von Sankt Bonifatius in Rungholt war gut zu erkennen. Die Kirche ruhte auf einer besonders hohen Warft.

»Siehst du den Unterschied?«

Sie hob den Blick, spürte den Schlick unter ihren Schuhen glucksen. Sie liebte dieses Gefühl, das noch besser war, wenn zwischen ihrer Fußsohle und dem Watt nicht eine dicke Schicht Stroh und eine derbe Rindshaut lagen.

Doch jetzt, im Februar, wären ihre Füße erfroren, wenn sie barfuß gelaufen wäre. In den letzten Tagen hatte es Frost gegeben, nicht streng genug, um das Meer mit einer Eisschicht zu überziehen, dafür musste es wochenlang klirrende Kälte geben. Aber das Marschland war schon ganz hart, und auch die ungepflasterten Wege in Rungholt waren fest wie Stein.

Der Wind kam aus Nordost, trieb auch die Rauchschwaden der Meiler, in denen der Salztorf verbrannt wurde, zu ihnen herüber. Dessen Asche wurde mit Wasser gemischt, diese Lake dann in den Siedepfannen gekocht, bis das Salz übrig blieb. Im Sommer dauerte das bis zu drei Tage, im Winter manchmal fünf.

Beeke, die Tochter von Oke Bögens, dem die meisten Rinder in Rungholt gehörten und der wie Fennas Vater im Rat saß, kam hinter ihnen hergestakst. Sie hatte lange dünne Beine, war einen Kopf größer als Fenna und von ihrem Ausflug nicht begeistert. Aber sie hatte auch nicht zu Hause bleiben wollen, dafür war sie zu neugierig.

»Nicht mehr lange, und meine Schuhe sind durchgeweicht, und dann bekomme ich kalte Füße, werde krank und meine Mutter steckt mich ins Bett, häuft Decken über mich, und ich muss bitteren Tee trinken«, klagte sie.

»Deine Schuhe sind von erlesener Qualität, sie sind wetterfest, du müsstest einen halben Tag durchs knöchelhohe Wasser waten, damit sie durchweichen«, stellte Fenna fest.

»So schnell wirst du schon nicht krank, Beeke. Allein deswegen, weil du die Pflege deiner Mutter mehr fürchtest als Thor die Eisriesen«, sagte Eyk und lachte leise. Er griff in seinen Beutel und zog eine Phiole hervor. »Trink davon einen Schluck. Es schmeckt bitter, aber nicht so bitter wie die erdrückende Fürsorge deiner Mutter. Das wird dich ein wenig schützen. Es ist ein Saft aus Thymian, Koriander, Sauerampfer, Kümmel, Sonnenhut und Petersilie.«

Beeke seufzte, nahm das Fläschchen und trank. Sie verzog das Gesicht. »Ich würde dennoch lieber in der Stube am Feuer sitzen und mir einen heißen Würzwein aus dem Kessel schöpfen. Ich hätte nicht gedacht, dass es so weit ist und so kalt.«

Das war typisch für Beeke. Zuerst hatte sie darauf bestanden, mitzugehen, und jetzt jammerte sie über ihre kalten Füße, obwohl sie genau gewusst hatte, wie weit es war.

Fenna zeigte auf Eyk. »Sicherlich wird er uns einen seiner stärkenden Tees anbieten, wenn wir uns erkälten sollten. Als Schamane weiß er, wie er zwei durchgefrorene Hühner aufwärmen kann.«

Beeke lachte. »Hoffentlich landen wir zum Aufwärmen nicht im Topf.« Sie bewegte ihre Arme auf und ab und gackerte wie ein Huhn. »Ich wünschte, ich könnte fliegen.«

Auch das war typisch für Beeke. Sie jammerte ein wenig, und dann war ihr Leid plötzlich vergessen.

Fenna schloss die Augen. »Das wäre wundervoll. Alles von oben sehen, einfach so im Wind dahingleiten wie die Möwen, sich auf eine Wolke setzen und dort verweilen, den Menschlein drunten dabei zusehen, wie sie ihr Tagwerk vollbringen.«

»So wie Thors Raben Munin und Kunin, die ihm regelmäßig Kunde bringen aus der Welt der Menschen«, sagte Eyk. »Ein reizvoller Gedanke, aber ich glaube, dass es einen Grund gibt, warum die Menschen nicht fliegen können.«

Fenna nickte ernst. »Könnten Menschen fliegen, gäbe es keinen einzigen Vogel mehr. Sie würden allesamt im Kochtopf landen.«

Beeke schüttelte den Kopf. »Sind Vögel nicht wie die

Heringsschwärme? Wir haben große Schiffe und starke Netze, ziehen unzählige Fische jedes Jahr aus dem Wasser. Und doch werden es nicht weniger, sondern mehr.«

»Woher willst du das wissen? Hast du die Fische gezählt?«, fragte Fenna und wusste die Antwort bereits.

»Nein, das kann niemand, aber …«

»Eben. Nichts auf der Welt ist unendlich. Selbst die Götter werden in der Ragnarök vergehen, um Platz zu machen für eine neue Welt, von der niemand weiß, wie sie aussehen wird.«

»So ist es«, bestätigte Eyk. »Und nun lasst uns sehen, was sich getan hat in den letzten Monaten. Wir waren lange nicht hier. Also, Fenna, siehst du den Unterschied?«

An den Pfählen hatte Eyk Kerben angebracht. Peilte man die Kerben von einem Pfosten zum anderen an und dann zur Kirchturmspitze, so ergab sich ein bestimmter Winkel. Um diesen Winkel zu messen, hatte Eyk ein Gerät gebaut. Zwei Latten waren mit einem Zapfen verbunden, wie das Gelenk des Ellenbogens. Die erste Latte legte er zwischen die zwei Kerben an den Pfählen. So ergab sich immer eine gerade Linie, deren Steigung sich nie veränderte. Fenna hielt die erste Latte fest an die Kerbe gedrückt, Beekes Aufgabe war es, das Ende der ersten Latte an die Kerbe am zweiten Pfahl zu drücken.

Jetzt hob Eyk das Ende der zweiten Latte an, richtete es auf die Kirchturmspitze und konnte so den Winkel ablesen. Auf einem Stück Papier notierte er den Wert. Der arabische Händler, von dem er es erstanden hatte, schwor einen Eid darauf, dass es nicht mit Reisstärke beschichtet war, die eine Delikatesse für Insekten darstellte und daher nicht besonders gut haltbar war. Sein Papier, so schwor er, war mit tierischer Gelatine überzogen, die Insekten fernhielt. Der Vorteil des Papiers gegenüber Pergament lag auf der Hand: Es war sehr dünn, sehr gut zu falten und es nahm die Tinte viel besser auf. Urkunden auf Pergament waren leicht zu fälschen, denn man konnte die Tinte abkratzen, die Unterschrift stehen lassen und mit einem anderen Text versehen. Das war mit Papier nicht möglich. Kratzte man die Tinte ab, zerstörte man es. Nur auf Feuchtigkeit musste man achtgeben. Wurde Papier nass, verlief die Tinte oder es löste sich auf.

Beeke ließ das Messinstrument los, Fenna klappte die Latten zusammen.

»Bei allen Göttern«, rief Eyk. »Kommt her, seht euch das an.«

Beeke und Fenna rahmten Eyk ein, er hielt das Papier hoch, sodass beide es sehen konnten. Ganz unten hatte Eyk eine dicke Linie von etwa einer Handlänge eingezeichnet, darüber zehn dünne, die in gleichmäßig wachsendem Abstand zur dicken standen. Im rechten Winkel dazu schnitten zehn senkrechte Linien die dünneren. Dadurch ergab sich ein Muster von Vierecken. An den Schnittpunkten hatte Eyk den jeweiligen Winkel eingetragen. Von unten nach oben. Dafür hatte er mehrere Einteilungen angelegt. Standen zwei Linien senkrecht aufeinander, bezeichnete er den Winkel als »voll«. Halb bedeutete, dass die Linie genau in der Mitte der beiden Senkrechten verlief. So teilte er die Winkel immer feiner ein. Durch die regelmäßigen Einträge war über mehr als zwanzig Jahre hinweg eine Linie entstanden. Eyk hatte drei Jahre vor Fennas Geburt die Pfähle so tief im Watt versenkt, dass noch keine Sturmflut sie hatte wegspülen können.

Nur in den Pestjahren hatte er nichts notiert. Zu sehr war er damit beschäftigt gewesen, den Menschen zu helfen, so gut er eben konnte. Doch auch er hatte nicht den Tod einiger Rungholter verhindern können. Dass die Stadt recht glimpflich davongekommen war, führte Eyk darauf zurück, dass zum einen die Götter ihre Hände über sie gehalten hatten und dass zum anderen der Pesthauch von Rungholt im richtigen Moment hinweggeweht worden war. In anderen Städten hatten sich die schlechten Dämpfe gestaut und so ihre tödliche Kraft voll entfalten können. Warum der Pesthauch sich jedoch draußen auf dem Land ebenfalls oft lange gehalten hatte, das vermochte auch er nicht zu beantworten.

Fenna folgte der Linie mit ihren Augen. Zunächst blieb sie flach, doch dann bog sie sich nach unten, immer schneller, bis sie mit dem heutigen Tag fast die dicke untere Linie berührte.

»Es geht immer schneller, nicht wahr, Eyk?«

»Ja, Fenna. Damit habe ich nicht gerechnet. In den letzten fünf Jahren ist die Marsch um fast zwei Fuß abgesunken.«

Fenna hatte Eyk schon oft begleitet, und er hatte ihr erklärt, warum er diese Messungen anstellte. Er war davon überzeugt, dass der Salzabbau das Land im Watt versinken ließ, und dass die nächste schwere Sturmflut Rungholt in die See reißen könnte.

»Und du bist dir sicher, dass die Pfähle sich nicht bewegt haben? Sie könnten doch nach unten absacken.«

»Das bezweifle ich, denn auch die Pfähle, die die Schleuse halten, sinken nicht, da sie tief verankert sind. Aber mir ist aufgefallen, dass die Flut immer höher steigt.«

»Nicht immer«, warf Fenna ein.

Eyk rieb sich den Bart. »Das stimmt wohl, aber immer häufiger. Du weißt, was ich darüber denke.«

»Ich glaube ja, was du sagst. Deswegen sollte man die

Deiche erhöhen und verstärken. Was sonst könnten wir noch tun?«

Eyk schaute sie vielsagend an. Natürlich wusste sie, was er am liebsten unterbunden hätte. Aber das kam nicht infrage.

»Eyk, wir können mit dem Salzabbau nicht aufhören. Wir wären ruiniert und ganz Rungholt mit uns. Das Salz bildet das Rückgrat unseres Handels. Ohne Salz kein gepökelter Hering, kein gepökeltes Fleisch, kein Handel.«

»Das ist mir klar. Aber was ist besser: Arm zu sein oder tot, ertrunken in den Fluten der Nordsee, so wie deine Mutter?«

Fenna schossen Tränen in die Augen.

Eyk hob die Hände. »Verzeih mir, mein Kind, ich wollte dich nicht verletzen. Aber es könnte sein, dass deine Mutter noch leben würde, hätten wir den Salzabbau zumindest gedrosselt, bis die Deiche verstärkt und erhöht worden wären.«

So hatte Fenna Eyk noch nie reden hören. Noch nie hatte er sie so sehr gekränkt. Mutter war tot, weil sie Leben hatte retten wollen. Kein Deich der Welt hätte sie davor schützen können. Sie hätte sich so oder so in die Fluten gestürzt.

Eyk schien ihre Gedanken lesen zu können. »Die Kinder wären erst gar nicht in Gefahr geraten, Fenna. Der Deich wäre nicht gebrochen. Darum geht es.«

»Lass uns gehen, Fenna«, schlug Beeke vor. »Eyk scheint heute einen schlechten Tag zu haben.«

»Verzeih mir, Fenna. Du hast recht. Wer bin ich, dass ich mir anmaße, in die Zukunft schauen zu können. Deine Mutter war eine Heldin, die sich auch ohne Flut für andere immer wieder in Lebensgefahr gebracht hat. Denk nur daran, wie sie eine alte Bäuerin aus dem Treibsand gezogen hat, wohl wissend, dass sie selbst auch darin hätte versinken können.«

Vater hatte ihr davon erzählt, aber als das geschehen war, da war sie gerade ein Jahr alt gewesen. Deshalb hatte sie keinerlei Erinnerung daran.

Fenna war hin- und hergerissen. Einerseits war sie furchtbar wütend auf Eyk, weil er so gedankenlos ihre alte Wunde aufgerissen hatte. Wie oft hatte sie nachts wach gelegen und darüber gegrübelt, warum ausgerechnet Mutter hatte sterben müssen und warum sie sich so häufig in Gefahr gebracht hatte. An den Christengott glaubte Fenna nicht. Der war grausam und zornig, hatte seinen eigenen Sohn sterben lassen. Dass der von den Toten auferstanden sein sollte, das hielt sie für ein Märchen. Wer tot war, war tot, für immer und alle Zeiten, und konnte nie wieder die sichtbare Welt betreten. So wie Mutter. Erst wenn Fenna die Anderswelt betrat, wenn sie sterben würde, dann würde sie Mutter wieder begegnen. Sie traute auch den alten Göttern nicht so recht, denn die bedienten sich der Menschen, um ihre eigenen Interessen zu verfolgen. Nur auf Frigga, die Göttin der Fruchtbarkeit, war Verlass.

Andererseits konnte sie Eyks Schlussfolgerungen nicht ignorieren. Ja, die Flut stieg immer höher, und die Deiche mussten dringend instand gesetzt werden. Selbst Vater schob dieses zweifellos große und wichtige Werk immer wieder auf. Aber war es wirklich die Marsch, die versank? Oder war es das Meer, das stieg? War es der Salzabbau, der das Unglück heraufbeschwor, oder waren es Dinge zwischen Himmel und Erde, die weder Eyk noch sie jemals begreifen würden? War es der Fluch des Gottes, dem die Menschen die Wiesen gestohlen hatten?

4

Jorik

Jorik betrachtete seine Schwester mitfühlend. Sie hatte einen Krug zerbrochen, weil sie nicht auf Vater gehört und versucht hatte, vier auf einmal zu tragen. Eigentlich wollte sie nur fleißig sein, aber das war gründlich schiefgegangen. Vater war furchtbar wütend, obwohl der Krug nicht viel wert war. Darum ging es ihm auch gar nicht.

»Du hast mir nicht gehorcht!«, zischte Vater. »Ich hatte gesagt, du sollst nur zwei Krüge tragen.«

Rieke senkte den Blick. »Aber ich wollte den Krug doch nicht zerbrechen. Das kann doch jedem mal passieren.«

Jorik stöhnte innerlich. Rieke hätte besser daran getan, den Mund zu halten. Aber sie war schon immer aufsässig gewesen, auch wenn das unangenehme Folgen für sie hatte.

»Mir passiert so etwas nicht«, schrie Vater, machte einen Schritt auf sie zu und hob die Hand.

Rieke duckte sich, Jorik stand von seinem Stuhl auf. »Vater!«, sagte er leise, aber eindringlich. »Sie war ungehorsam und verdient eine Strafe, ja, aber du solltest sie nicht schlagen.«

»Sie verdient eine Tracht Prügel.«

Jorik stellte sich zwischen seinen Vater, den er um gut einen halben Kopf überragte, und Rieke. »Sie ist gerade mal elf. Es gibt bessere Strafen für sie. Und sie ist ein Mädchen.«

Vaters Kiefer mahlten. Er wusste, Jorik würde nicht zulassen, dass er Rieke züchtigte. Als Jorik vierzehn geworden war, hatte er seinen Vater das erste Mal herausgefordert, weil der den Sohn eines Knechts mit einem Knüppel prügelte und nicht aufhören wollte. Jorik hatte befürchtet, dass er den armen Kerl totschlug, war dem Vater in die Hand gefallen, hatte ihn zu Boden gerungen. Danach war er überzeugt gewesen, dass Vater ihn verstoßen würde. Das Gegenteil war geschehen. Vater hatte ihm ein Schwert geschenkt und gesagt, jetzt sei er ein Mann. »Allerdings«, hatte er hinzugefügt, »wage es nicht noch einmal, die Hand gegen mich zu erheben.« So war es gekommen. Joriks Worte genügten, den Vater zu bändigen.

»Na gut.« Vater verschränkte die Arme vor der Brust. »Du bleibst zum Biikebrennen zu Hause.«

Das war eine harte Strafe. Das Biikebrennen war das wichtigste Fest im Jahr, ganz Rungholt versammelte sich, um mit einem riesigen Feuer die Geister des Winters auszutreiben. Es waren noch vier Tage bis dahin.

Rieke stöhnte auf, Jorik warf ihr einen warnenden Blick zu. Wenn sie jetzt nicht nachgab, würde Vater ihr noch einen Monat Hausarrest obendrauf geben, und wenn es ganz schlimm kam, musste sie wie eine Magd Küchendienst machen, Rüben schälen und abwaschen.

»Und wehe, du stiehlst dich aus dem Haus!« Vaters Stimme ließ keinen Zweifel zu.

Rieke zog mit hängendem Kopf ab, warf Jorik und ihren Schwestern Gesine und Mia, die bedauernd die Gesichter verzogen, einen traurigen Blick zu. Die drei waren wie Pech und Schwefel, Jorik wusste, dass sie Rieke am liebsten geholfen hätten, aber das war nicht möglich. Es hätte nur dazu geführt, dass auch sie bestraft worden wären. Vater kannte keine Gnade, vor allem bei seinen Töchtern nicht. Er würde auch nicht zulassen, dass die beiden ebenfalls zu Hause blieben, denn das hätte die Strafe für Rieke gemildert.

Bei Jorik hatte er oft ein Auge zugedrückt, gemeint, Jungs müssten sich austoben und dabei dürfte auch mal etwas zu Bruch gehen. Zum Beispiel ein Fass mit Rum, das er und sein bester Freund Hennerk, der Sohn des Schiffbauers, aus Übermut so lange über den Boden gerollt hatten, bis es ihnen entwischt und an einer Mauer zerschellt war. Sie hatten den Schaden abarbeiten müssen, sonst war nichts passiert.

»Lass uns gehen, Jorik. Wir müssen die Bestände prüfen.« Vater schaute ihn an. »Was alles müssen wir nachsehen?«

Jorik stemmte die Arme in die Hüften. »Nadel, Faden und Linnen. Was denn sonst? Falls du es vergessen haben solltest: Ich bin keine fünf mehr. Aber bitte, wenn es dich beruhigt: Reicht das Salz, um den Hering einzulegen? Wasser, um ihn vorher zu reinigen? Haben wir genug Arbeiter zum Einsalzen und genug Werg, um die Fässer abzudichten? All das ist in ausreichenden Mengen vorhanden. Doch an Fässern fehlt es. Das wissen wir schon seit dem Sommer.«

Vater brummte nur. Wann würde er endlich akzeptieren, dass Jorik erwachsen war, dass er ein Mann war und alles konnte, was sein Vater auch konnte, zumindest was den Handel mit Fisch anging. Politische Ränkespiele beherrschte Jorik nicht, das war Vaters Spezialität. Er selbst jedoch war einer der besten Schwertkämpfer von Rungholt, denn er hatte im letzten Jahr den Wettkampf gegen den Sohn des Amtsmeisters der Schmiede nur knapp verloren. Es war nicht die mangelnde Kraft seiner Arme gewesen, die Jorik fast den Sieg gebracht hatten, sondern seine Ausdauer, seine Schnelligkeit und seine Geschicklichkeit hatten nicht ausgereicht. Um in diesem Jahr den Schwertkampf zu gewinnen, übte Jorik noch mehr und noch regelmäßiger mit Snorre Wymkes, einem erfahrenen Krieger.

Vater nickte, ging los. Als sie vor die Tür traten, gefror Joriks Atem in der kalten Luft und sah aus wie Dampf aus einem Salzsiedekessel. Ihr Wohnhaus lag am Marktplatz an der Einmündung der Ostgasse, nur einen Steinwurf entfernt vom Haus der Jaspers. Was Fenna wohl gerade machte? Sein Herz fing an zu klopfen, wenn er nur an sie dachte. So nah wohnten sie beieinander, und dennoch waren sie sich so fern. Hätte Vater erfahren, dass sie sich liebten, er hätte ihn nach Nowgorod geschickt und Fenna wäre von ihrem Vater ins Kloster verbannt worden.

Sie überquerten den Marktplatz, gingen vorbei am Rathaus, in dem Fennas Vater als Redjeve residierte. Seit Jahren schon neidete sein Vater ihm das Amt, doch was auch immer er versucht hatte, die Rungholter hatten Tammo Jaspers jedes Jahr von Neuem gewählt, mit großer Mehrheit.

Ihre Lagerhäuser lagen landeinwärts am Hafen, der durch eine Schleuse mit dem Heverstrom verbunden war, durch die auch die großen Koggen ihn anlaufen konnten. Im Hafen waren die Schiffe geschützt vor schwerer See und Piraten. Mehrere Koggen und zwei Galeeren, eine aus Venedig, eine aus Marsilia, hatten angelegt. Flüche flogen durch die Luft, wenn den Kapitänen das Ausladen zu langsam ging, ein Seil riss oder ein Arbeiter einen Sack fallen ließ und dessen Inhalt im Dreck landete.

Ganz am Ende des Hafens lag die Flotte der Barwegens. Ihre Kogge mit Namen »*Noorden*«, beladen mit Hunderten Fässern fetten eingesalzenen Herings, bereit zum Auslaufen nach Bremen, und sechs große Prahme für den Fischfang, wenn die Saison kam. Die Kogge fasste einhundert Lasten, man hätte hundertfünfzig Kühe damit transportieren können. Sie war die größte von Rungholt und erst seit zwei Jahren in ihrem Besitz, gebaut von Hennerk und dessen Vater Knut Ydsinglond und vielen Dutzend Männern, die in seinem Lohn standen.

Die beste Fangzeit begann im Sommer in der Nordsee, im Spätsommer liefen die Prahme dann nach Schweden aus, wo es den besonders fetten Hering gab. Bis dahin galt es, Netze und Schiffe zu reparieren, winterfest zu machen und den Hering gewinnbringend zu verkaufen. Nicht zu vergessen waren die Verhandlungen über den Salzpreis. In jedem Jahr wurde der Preis neu festgesetzt, und für Vater war es eine Folter, mit Tammo Jaspers an einem Tisch zu sitzen, denn er war abhängig von dessen Salz, da den Jaspers fast alle Wiesen gehörten und sie folglich bei der Salzherstellung das Sagen hatten.

Sie kamen an den Lagerhäusern an, um die herum es nur so wimmelte von geschäftigen Leuten. Die Knechte warteten bereits und verbeugten sich, als Jorik und sein Vater das erste Lagerhaus betraten. Hier lagerten die Fässer. Die eine Hälfte hatte Vater in Rostock gekauft, die andere hatten die Küfer aus Rungholt gebaut. Sie gingen die Reihen durch, zählten und kamen auf 1314.

Jorik hatte es befürchtet. »Es sind noch mal hundert weniger als bei der letzten Zählung, also gut eintausend Fässer zu wenig, Vater. Mindestens. Wir hätten die Fässer im letzten Sommer bestellen sollen, noch vor der Fangzeit.

Was nützen uns zehn Prahme voll mit hundert Lasten Hering, wenn du sie nicht in Fässern einsalzen kannst?«

»Ich wollte sie wie immer in Rostock bestellen«, grollte Vater.

Er zog ein Pergament unter dem Umhang hervor, reichte es Jorik, der las. In ganz Rostock gab es kein Fass mehr zu kaufen, die Küfer gaben an, bis ins nächste Jahr volle Auftragsbücher zu haben. Dasselbe galt für die anderen Hansestädte. Nirgends waren Fässer zu bekommen.

»Die Hansestädte wollen uns ganz langsam erdrosseln und dann unseren Handel übernehmen.«

»Bist du dir sicher? Bisher liefen die Geschäfte doch gut. Die Rostocker beziehen unseren Fisch für einen guten Preis.«

»Und warum wollen sie uns dann keine Fässer mehr verkaufen?«

»Weil sie es nicht können. Du weißt doch, wie schwer es ist, an gutes Holz zu kommen. Von Holstein bis Dänemark steht kaum noch ein Baum. Und vergiss nicht, der König von Dänemark macht nicht nur den Harden im Norden zu schaffen, sondern auch der Hanse.«

Waldemar Atterdag, der König der Dänen, hatte die Hoyer-Harde verwüstet, weil sie ihm keine Steuern zahlen wollte. Er musste sich zwar zurückziehen, da die Nordfriesen, auch Rungholt, Bewaffnete sandten. Aber er blieb eine ständige Gefahr: Er konnte blitzschnell zuschlagen, ohne dass sich die nördlichen Harden wehren konnten, denn die Nordfriesen hatten kein stehendes Heer. Im Allgemeinen dauerte es zwei Wochen, bis man den Harden zu Hilfe eilen konnte, denn das Heer musste erst zusammengerufen, die Waffen mussten ausgeteilt und die Hauptleute bestimmt werden.

»Gut gefolgert, mein Sohn. Da könnte was dran sein. Dennoch fehlen uns die Fässer.«

»Jetzt kommen sie uns teuer zu stehen. Im letzten Sommer ...«

»Ja, schon gut, Sohn. Es war ein Fehler. Ich hatte damit gerechnet, dass die Preise für die Fässer im Winter fallen, wie jedes Jahr. Doch diesmal war es anders. Das konnte ich nicht ahnen.«

Es war immer dasselbe. Vater machte einen Fehler und redete ihn klein oder schob anderen die Verantwortung zu. Natürlich hätte er es nicht nur ahnen, sondern wissen müssen als Kaufmann. Aber er hatte um einen hohen Einsatz gespielt und verloren. Sie würden gut ein Drittel mehr bezahlen müssen für die Fässer, doch zumindest gab es eine Möglichkeit, welche zu bekommen. »Unsere Schatztruhen sind gut gefüllt. Wir nehmen alle Küfer der Edomsharde und der Norder Gosharde in unsere Dienste. Es sind die Besten weit und breit. Wir bezahlen sie besser als alle anderen, dann arbeiten sie mit Freuden für uns.«

Vater nickte. »So machen wir es, Sohn. Du reitest morgen nach dem Gerichtstag in die Norder Gosharde, ich übernehme die Küfer in der Edomsharde.«

Jorik war erleichtert. Dass Vater nicht schimpfte, war Lob genug.

»Aber trödele nicht, damit du rechtzeitig zum Biikebrennen zurück bist.«

5

Luca

Die neue Handelsniederlassung der Venezianer war in einem Kontor am Hafen untergebracht, neben der spanischen und der arabischen. Rungholt hatte einen guten Namen in der Welt des Handels, kein Wunder, denn es verfügte über einen der besten Häfen der Nordsee, und die Händler waren bekannt für ihre Zuverlässigkeit und Redlichkeit. Und Rungholt besaß eine unerschöpfliche Salzquelle, die Wiesen des Redjeven.

Das Haus hatte schon bessere Tage gesehen, aber Luca di Amalfio hatte es gründlich renovieren lassen, als er vor einem halben Jahr die Niederlassung übernommen und sich eine angemessene Möblierung hatte anfertigen lassen. Darunter ein Bett, das man als solches auch bezeichnen konnte, und nicht so einen dieser sargähnlichen Wandkästen, in denen die meisten Friesen im Sitzen schliefen. Ein Badebottich und ein Schreibpult mussten ebenfalls sein, die Küche hatte er neu ausgestattet mit Kupfertöpfen und -pfannen, Porzellangeschirr aus China und Weingläsern aus Murano, die er in Kisten, ausgepolstert mit Holzwolle, nach Rungholt hatte schicken lassen. Nicht eines war zu Bruch gegangen, ein Wunder.

Die alte Niederlassung war einem Feuer zum Opfer gefallen, der Kamin war verharzt gewesen, hatte sich entzündet. Ein Versäumnis seines Vorgängers, der ihn hätte reinigen lassen müssen. Doch das hatte er unterlassen, und nicht nur das. Er war nach dem Brand abberufen worden und durfte nun in Venedig im Gefängnis darüber nachdenken, warum er zum halben Friesen geworden war und seine Pflichten vernachlässigt hatte. Bereits nach zwei Tagen hatte Luca anhand der Bücher beweisen können, dass sein Vorgänger Geld, das dem Dogen zustand, abgezweigt hatte. Da der Mann aufgrund seiner Nachlässigkeit auch für den Brand verantwortlich war, hatte seine letzte Stunde geschlagen. Doppeltes Pech, denn der Brand war ein Grund, warum Luca jetzt schon, und nicht erst im nächsten Jahr nach Rungholt geschickt worden war. Luca hatte seinen Vorgänger mit einer Eskorte nach Venedig zurückgesandt, all das war ohne großen Lärm vonstattengegangen, mit der Begründung, der arme Mann sei krank und müsse in Venedig gesund gepflegt werden. Denn wenn es um den Handel ging, durfte es keinen Wirbel geben, und schon gar nicht durften Zweifel an der Aufrichtigkeit der venezianischen Kaufherren gesät werden.

Lucas wichtigste Aufgabe war jedoch eine andere. Schon seit Langem gebärdeten sich die Herzöge von Schleswig und die Grafen von Holstein wie die Könige des Nordens. Nach Gutdünken legten sie Zölle fest, manchmal erhöhten sie die Abgaben von einem Tag auf den anderen um das Doppelte. Vor allem aber stellten sie Kaperbriefe aus. Unter den Piraten litten auch venezianische Schiffe. Fast ein Dutzend von ihnen war bisher aufgebracht worden. Elf venezianischen Kapitänen war es gelungen, ihre Schiffe zu versenken, wie es ihre Pflicht war, doch eines war in die Hände der Piraten gefallen. Eine unangenehme Sache, denn die

Galeeren aus Venedig waren ungeheuer schnell und wendig, eine Kogge war für sie leichte Beute, so wie für einen Wolf ein allein herumstreunendes fettes Schaf. Immerhin hatte Luca mit seiner Drohung, die Niederlassung aufzulösen, erreicht, dass der Redjeve dafür gesorgt hatte, dass die Piraten nicht mehr den Hafen von Rungholt nutzen durften. Doch das Problem war damit nur verschoben. Solange Rungholt den Herzögen und vor allem dem Grafen Nikolaus, dem eigentlichen Regenten, folgte, würde die Nordsee für venezianische Schiffe unsicher bleiben. Der König von Dänemark war da einsichtiger. In geheimen Verhandlungen hatte er den Venezianern nicht nur feste Zölle angeboten, die nur einmal im Jahr um nie mehr als fünf Prozent erhöht wurden, wenn überhaupt. Er hatte auch versprochen, das Stapelrecht in den wichtigsten Häfen seines Reiches auszusetzen. Das versprach hohe Gewinne, denn so konnten die venezianischen Händler ihre italienische Konkurrenz ausstechen. Es ging um Geld. Um viel Geld. Und um Handelsprivilegien, auf die auch die Hanse neidisch sein würde.

Zu seinem Personal gehörten, neben sechs Knechten, zwei Mägden, einer Haushälterin und zwei Bewaffneten, auch zwei Schreiber, die in der Stube zur Straße hin ihre Aufgaben versahen, sowie Antonio, sein Kammerdiener. Außerdem hatte er seine persönliche Leibwache mitgebracht, Luigi und Alessandro, zwei ihm bis in den Tod treu ergebene Diener, erfahrene Kämpfer, die vor nichts zurückschreckten. Die würde er brauchen, denn um seinen Plan umzusetzen würde er den einen oder anderen Ratsmann überzeugen müssen, wenn es nicht anders ging, mit handfesten Argumenten.

In den Lagern am Hafen arbeiteten je nach Bedarf zwanzig bis dreißig Tagelöhner, die Schiffe be- und entluden. Heute war nichts zu tun, die nächste Galeere aus Venedig wurde erst in ein paar Wochen erwartet. Doch morgen konnte es sein, dass eine Kogge mit Waren für die Serenissima aus Kristiansand in Norwegen eintraf.

Die gestapelten und bereits taxierten Waren warteten auf ihre Käufer. Die Bücher hatten die Schreiber und er in Ordnung gebracht und den verbleibenden Gewinn ins Rheinland gesandt, damit er von Köln aus per Wechsel, ausgestellt von den Kölner Hansekaufleuten, Venedig erreichte. Auf die Kaufleute konnte man sich verlassen, es kostete zwar ein wenig, aber dafür konnte sich Luca sicher sein, dass das Geld sicher in die Lagunenstadt gelangte.

Luca trat ans Schreibpult und nahm sein privates Notizbuch zur Hand, das er stets am Leib trug. Darin notierte er alles, was sonst niemand sehen sollte. Mit wem er über was gesprochen und wie viel er für Informationen und Dienste bezahlt hatte. Die Namen seiner Informanten nannte er nie, nur den Haushalt, in dem sie für Luca spionierten. Wer es in die Finger bekommen wollte, musste ihn niederstrecken. Da er das Recht hatte, Waffen zu tragen, würde das nicht einfach werden, zumal Luigi und Alessandro ihn meist begleiteten.

Luca ging die Posten der letzten Monate durch. Er war erstaunt gewesen, wie einfach es auch hier war, die Menschen zu bestechen. Rungholt zählte um die viertausend Einwohner und war damit die mit Abstand größte Stadt in ganz Nordfriesland. Es gab eine reiche Oberschicht, die Noblen, die auch über das Wahlrecht verfügte, eine Mittelschicht mit Handwerkern, kleinen Händlern und freien Bauern und eine Unterschicht: Knechte, Mägde, Salzsieder, Torfstecher, Unratsammler und unfreie Bauern, die in Hütten hausten, die Luca nicht einmal einem Hund zugemutet hätte. Es waren die Knechte und Mägde, die Luca die Geheimnisse der noblen Familien zutrugen, denn sie mussten hart arbeiten und verdienten nicht viel. So hatte er erfahren, dass Harring Svenson, der Amtsmeister der Bäcker, dem Ove Barwegen zugetan war, der wiederum ständig davon sprach, dass er, sollte er Redjeve werden, Rungholt wieder an den dänischen König binden wollte. Der Amtsmeister der Fuhrleute, Blome Feddersen, hingegen war ein überzeugter Anhänger der Grafen, und zwar aus einem einzigen Grund: Diese hatten seiner Zunft das alleinige Recht zugebilligt, die wichtige Handelsstraße von der Mildesburg im Süden bis Tondern im Norden mit ihren Fuhrwerken zu befahren, ohne Wegegeld zu entrichten. Allein Graf Nikolaus legte fest, wem er das Wegerecht für welche Summe überließ, für ihn lag das Gold sprichwörtlich auf der Straße, er musste es nur aufheben. Dafür respektierten die Rungholter Fuhrleute das Stapelrecht der Städte, durch die sie fuhren, und auch davon profitierte der Graf durch die Zölle, die erhoben wurden und von denen ihm ein großer Anteil zustand.

Bloß bei den Jaspers war es Luca nicht gelungen, einen Spion zu werben. Nur gut, dass er vorsichtig vorgegangen war, sonst hätte der Redjeve oder auch dessen Tochter Fenna Verdacht schöpfen können. Fenna Jaspers war nicht nur eine Schönheit. Sie konnte ebenso wie ihr Vater schreiben und lesen, sie beherrschte außer Latein, das gemeinhin als Sprache des Klerus und des Adels galt, auch Dänisch und die Verkehrssprache der Hanse, das Niederdeutsche. Zu gerne hätte er erfahren, was Graf Nikolaus mit dem Redjeven und Fenna Jaspers besprochen hatte, außer, dass die Piraten den Hafen verlassen mussten. Dass Fenna bei diesem Gespräch zugegen gewesen war, war kein Geheimnis. Anfangs hatte es ihn irritiert, dass Frauen nach friesischem Recht genauso vor dem Rat und dem Thing sprechen durften wie die Männer, auch wenn er es vor seiner Reise in den Berichten seines Vorgängers gelesen hatte. Inzwischen hatte er sich daran gewöhnt. Vor dem Rat in Venedig zu sprechen wäre für Frauen undenkbar, auch wenn sie in anderen Belangen in einem gewissen Rahmen nach ihrem freien Willen handeln durften. So blieb die Mitgift immer das Eigentum der Frau, auch wenn der Mann während der Ehe das Verfügungsrecht hatte. Starb der Mann, wurde die Mitgift nicht mitvererbt und fiel zurück an die Gattin. In Friesland wurde die Frau nach der Heirat jedoch, so wie überall, Besitz des Mannes.

Ähnlich wie in seiner Heimatstadt wurden Ehen nach dem Nutzen für die Familie geschlossen und nicht etwa aus Zuneigung oder gar Liebe. Heiraten waren ein politisches Mittel zum Zweck, ob sich die Eheleute zugetan waren oder nicht, war unbedeutend. Die Väter bestimmten, wer wen ehelichte, und wer sich weigerte, deren Willen zu vollziehen, wurde verbannt oder ausgestoßen. Da Lucas Eltern schon lange tot waren, hatte er nicht geheiratet, denn die Richtige hatte sich bislang vor ihm verborgen.

Fenna Jaspers war ohne Zweifel die beste Partie weit und breit, doch Luca hatte bisher die Heiratspläne des Redjeven nicht in Erfahrung bringen können. Tammo Jaspers war ein Meister des Redens und des Schweigens. Diese Mauer des Schweigens musste Luca durchbrechen. Er musste wissen, was Tammo Jaspers plante, welche Geheimnisse er verbarg, um ihn dazu zu bewegen, sich von den Schleswiger Herzögen zu lösen. Mit allen Mitteln.

6

Jorik

Bis zwei Stunden vor Sonnenuntergang sah Jorik einen Teil der Fässer nach Schäden durch und fertigte eine Liste an, auf der er genau vermerkte, was an ihnen zu reparieren war. Vier Knechte halfen ihm, denn die Fässer waren in sieben Schichten übereinandergestapelt und ein jedes wog leer schon gute vierzig Pfund. Da war Hilfe nötig. Bei den meisten mussten die Bänder nachgezogen werden, damit die Dauben fest aneinandersaßen, das Fass auch wirklich dicht war. Einige mussten einen neuen Fassring bekommen, der oben und unten die Dauben zusammenhielt und dafür sorgte, dass der Deckel passte. Schon lange benutzten sie keine holländischen Fässer mehr. Die waren kleiner und viel zu aufwendig hergestellt: Ihre Form ähnelte einer Vase, die unten schmal zulief, oben mit einem breiten Kupferring versehen war und deutlich weniger Hering fasste. Ihre Fässer waren preiswerter, man konnte gute zweihundert Pfund Hering hineinpacken, sie waren besser zu stapeln und überstanden auch Wochen im Wasser.

Die Arbeit tat gut, sie lenkte Jorik ab von den Gedanken, die er sich ständig um Fenna machte. Er dachte an den Sommertag zurück, an dem sie beide sich zufällig in der Nähe von Königsbüll getroffen hatten. Sie hatten sich in die Dünen gesetzt, und da war es passiert. Joriks Herz schlug bei dem Gedanken an diesen Moment schneller, und er spürte, wie ein Lächeln sein Gesicht überzog. Sie kannten sich seit Kindertagen, denn sie wohnten ja nur einen Steinwurf voneinander entfernt, waren sich immer wieder auf dem Markt begegnet. Jorik war schon lange in Fenna verliebt, doch seine Angebetete war immer höflich zu ihm gewesen, und er hatte keine Anzeichen gesehen, dass sie seine Gefühle erwiderte. Daher hatte er sich keine Hoffnungen gemacht und versucht, seine Gefühle wegzusperren. Doch das hatte nicht funktioniert. Immer wenn er Fenna sah, flatterte sein Magen, und manchmal bekam er kein Wort heraus.

Als sie da in den Dünen gesessen hatten, er ihre Nähe gespürt hatte und fast verrückt geworden war, sich aber nicht getraut hatte, sie auch nur anzusehen, war es Fenna gewesen, die plötzlich seine Hand genommen hatte. Mit der anderen Hand drehte sie seinen Kopf zu ihr hin. Sie sah ihn an und sagte: »Jorik Barwegen! Bist du eigentlich blind?« Ihm wurde jetzt noch heiß, wenn er daran dachte.

Er hatte herumgestottert, was sie denn meine, und dann hatte sie ihn einfach geküsst. Seitdem hatten sie sich oft geküsst, aber dieser erste Kuss war so süß gewesen, dass er ihn noch heute auf seinen Lippen spürte.

Später erklärte sie ihm, dass er ihre Zeichen nicht erkannt hätte, dass sie ihn ebenso liebte wie er sie. Zum Beispiel hatte sie einmal ihren Schal fallen lassen, als Jorik neben ihr stand. Er hatte ihn aufgehoben, ihn ihr gegeben und sie dabei nicht angeschaut. Also war ihm ihr ganz besonderes Lächeln entgangen, das sie nur ihm schenkte, denn es drückte aus, was sie für ihn empfand. Sie hatte schon fast aufgegeben, doch dann hatte sie die Gelegenheit in der Düne genutzt und sich ein Herz genommen.

Jorik war Fenna so dankbar, dass sie gehandelt und sich nicht verkrochen hatte wie er. Das war normalerweise nicht seine Art. Er ging alles direkt an und scheute sich nicht vor einer Auseinandersetzung, so wie mit Vater. Doch in Liebesdingen war er hilflos wie ein Kälbchen, das von Wölfen angegriffen wird.

Er gab den Knechten Anweisungen, dass sie die Fässer, die sie aussortiert hatten, in der Halle nebenan stapeln sollten, und zwar geordnet nach dem jeweiligen Schaden. Als er sah, dass die Knechte alles richtig machten, sattelte er sein Pferd und ritt zum Tor des Schicksals, wo Hennerk schon auf ihn wartete. Sie grüßten sich vom Sattel aus wie die Ritter in den alten Sagen, indem sie jeweils eine Hand an den Unterarm des anderen legten und sich dabei ernst in die Augen sahen.

»Ärger mit deinem Vater gehabt?«, fragte Hennerk.

Jorik wunderte sich immer wieder, wie gut Hennerk ihn kannte. Sie waren zwar seit Kindertagen befreundet, aber dennoch schien es Jorik, als könne Hennerk direkt in seine Seele schauen. »Ja, und wie. Zuerst wollte er Rieke verprügeln, und dann hat er sich darüber aufgeregt, dass wir keine Fässer haben.«

Hennerk grinste schief. »Na ja, kein Wunder. Ich würde mich auch über mich selbst ärgern, wenn ich solch einen Fehler begehen würde.«

Jorik schnaubte. Er war noch immer wütend auf seinen Vater. Dieser Dickkopf würde die Familie noch ins Unglück stürzen. »Ich reite morgen in die Norder Gosharde und werde dort alle Küfer einkaufen, die eine Fassdaube halten können. Ich werde sie fürstlich bezahlen.«

»Gut, dass du gehst. Dein Vater ist dort nicht besonders gut gelitten.«

Vater hatte es sich nicht nur mit den Leuten von der Norder Gosharde verscherzt, sondern auch mit vier weiteren Harden, weil er auf dem Thing aller Nordfriesen die alten Götter beschimpft und beleidigt hatte. Selbst die Friesen, die sich Christen nannten, waren entsetzt gewesen. In den Harden gehörte es sich nicht, den Glauben anderer zu verunglimpfen und zu verhöhnen.

»Ich werde mein Bestes geben. Schließlich muss es ja weitergehen, und es ist ja auch für dich und deinen Vater von Vorteil, wenn unser Geschäft blüht.«

»Allerdings. Eure Schiffe werden großartig werden, Jorik. Die besten, die wir je gebaut haben. Sie werden leichter, schneller und robuster denn je. Immerhin hat dein Vater, was die Schiffe angeht, die richtige Entscheidung getroffen und nicht am Holz gespart. Mein Vater und seine Leute haben vier Wochen benötigt, um die richtigen Bäume zu finden, und sie mussten dafür weit reisen.«

»Ich freue mich schon auf die Schiffstaufe. Habt ihr die Münzen im Rumpf versteckt? Sodass mein Vater sie finden kann?«

Hennerk lachte. »Wir können ihm ja eine Schatzkarte anfertigen.«

»Gute Idee. Es bringt Unglück, wenn die Münzen nicht gefunden werden.«

»Wird der Bischof das Schiff weihen?«, fragte Hennerk.

»Davon gehe ich aus. Vater hat ihm eine großzügige Spende zugesichert.«

»Wirst du die alten Götter anrufen und um ihren Schutz bitten?«

»Das werde ich, aber stumm und heimlich. Ich werde ein Opfer darbringen, so wie es guter Brauch ist seit tausend Jahren. Ich werde eine Ziege schlachten und das Blut bei Vollmond am Schiffsplatz von Njörd, dem Gott des Meeres, übergeben.«

Hennerk nickte langsam. »Dann wird das Schiff alle, die mit ihm auf See fahren, schützen und wohlbehalten nach Hause bringen.«

Es war immer ein erhabener Augenblick, wenn ein Schiff das erste Mal das Wasser berührte, wenn es von den Bohlen, auf denen es an Land lag, in die Fluten glitt, sich die Segel blähten und die Ruderer sich mit aller Macht in die Riemen legten, wenn das Schiff zum ersten Mal beweisen konnte, dass es nicht nur schwimmen, sondern sich auch gegen Wind und Wetter stemmen konnte. Es musste zugleich fest und biegsam, es musste leicht zu steuern sein und gleichzeitig im Wasser liegen wie ein Pfeil in der Luft, der seine Flugbahn bis ins Ziel nicht änderte. Vier Prahme, die schnellen, leichten Boote für den Fischfang, und eine große Kogge, die größte, die bald die Nordsee befahren würde, hatte Vater bei der Werft von Hennerks Vater bestellt, der zweifellos der beste Schiffbauer ganz Nordfrieslands war.

»Wann sind die Schiffe bereit?«

»Vier oder fünf Monate wird es noch dauern, wir haben auch noch andere Aufträge.«

»Hauptsache, sie sind zur Fangzeit im Sommer und im Herbst fertig. Ihr dürft nicht trödeln.«

»Trödeln?« Hennerk schlug mit der flachen Hand auf den Sattelknauf. »Mal schauen, wer hier trödelt. Bis zum Schlund und wieder zurück. Wer verliert, zahlt heute Abend die Zeche.«

»Abgemacht«, rief Jorik. Er rechnete nicht damit, Hennerk zu schlagen, aber es würde auf jeden Fall einen Heidenspaß machen. »Auf drei!« Sie wendeten ihre Pferde. Jorik zählte. »Auf eins! Auf zwei! Auf drei!«

Beide ließen ihre Pferde lospreschen, und zu Joriks Erstaunen fiel Hennerk schnell zurück. Doch er war sich sicher, dass sein Freund ihn nur in Sicherheit wiegen wollte. Bis zum Schlund war es eine gute Meile. Er war ein Teil des Heverstroms, der bei Ebbe und Flut eine so starke Strömung besaß, dass man ihn nicht durchschwimmen konnte. Nur wenn die Gezeiten gerade wechselten, hielt der Strom für einen kurzen Moment inne. Aber das war nicht alles. Wer in den Schlund hineingeriet, war verloren, denn sein Untergrund bestand aus Treibsand, der alles verschlang.

Jorik blickte über die Schulter, Hennerk holte langsam auf. Sie kamen gleichzeitig am Schlund an, wendeten, Hennerk winkte Jorik zu und stob davon. Das Tor des Schicksals erreichte Hennerk mit zehn Längen Vorsprung. Sein Pferd schien danach alles andere als erschöpft zu sein, es stand neben Hennerk, steckte immer wieder den Kopf in die Wiese, zupfte einen Büschel Halme nach dem anderen und kaute genüsslich. Jorik hielt an und stieg ab.

»Wie bei allen Göttern machst du das? Dein Pferd ist bestimmt doppelt so schnell wie meins.«

»Das ist ganz einfach. Zuerst einmal brauchst du ein Tier, dessen Leidenschaft es ist, zu rennen. Sleipnir, den ich nach dem achtbeinigen Pferd Odins benannt habe, ist genau dieses Tier. Dann musst du mit ihm trainieren, jeden Tag, nicht zu viel, aber auch nicht zu wenig. Du musst sein Vertrauen erlangen, musst eins mit ihm werden. Dann rennt es, bis es tot umfällt, wenn es sein muss.«

Jorik hätte gar nicht die Zeit gehabt, mit einem Pferd jeden Tag zu trainieren, und ehrlich gesagt auch nicht die Lust. Er übte sich lieber im Schwertkampf.

»Nun gut, du hast wie erwartet gewonnen. Aber war das ehrenhaft?«

Hennerk legte den Kopf schief. »Ehrenhaft? Aber natürlich, du hast die Herausforderung angenommen.«

Da musste Jorik ihm recht geben, dennoch, er wollte sich mit der Niederlage nicht einfach so abfinden. »Dann hast du sicherlich nichts gegen einen kleinen Schwertkampf. Ich denke, ich habe die Möglichkeit verdient, meine Scharte auszuwetzen.«

»Nun, mein Freund, alle verschnörkelten Worte helfen dir nichts. Im Gegensatz zu dir kenne ich meine Grenzen. Ich weiß, dass du mich im Schwertkampf mit Leichtigkeit besiegst. Es wäre kein Wettkampf, sondern eine allzu leichte Übungsstunde für dich.«

Mit gespielter Empörung stemmte Jorik die Arme in die Hüften. »Was würde Ilvy dazu sagen, dass du deinem besten Freund keine Revanche gewährst?«

Hennerks Miene verdüsterte sich.

»Ach du je, Hennerk, verzeih. Ist etwas mit Ilvy? Ich dachte, ihr wolltet euch bald verloben?«

Hennerk seufzte tief. »Das habe ich auch gedacht, aber plötzlich hat ihr Vater es verboten, ich habe keine Ahnung, warum.«

Jorik glaubte nicht, dass Ilvys Vater entschieden hatte, sie mit einem anderen zu verheiraten. Dahinter steckte Hennerks Vater. Sein Sohn war eine der besten Partien in Rungholt, Ilvy war nur die Tochter des Amtsmeisters der Schmiede. Hennerks Vater Knut war einer der einflussreichsten Männer in Rungholt und der ganzen Edomsharde, es sollte kein Problem für ihn sein, die Tochter eines entsprechend bedeutenden Mannes für seinen Sohn zu finden und dem Amtsmeister klarzumachen, dass er seine Tochter anderweitig unterbringen musste. Jorik litt mit seinem Freund, denn er wusste, wie es sich anfühlte, wenn man die Frau, die man liebte, nicht heiraten durfte. Es war wie ein Schwert zwischen den Rippen, das einem das Herz in der Mitte durchtrennte, Tag für Tag, immer wieder.

»Ach, Hennerk. Hast du schon mit Ilvy gesprochen? Und mit deinem Vater?«

Hennerk ließ die Mundwinkel hängen. »Vater sagt, er weiß auch nicht, was los ist. Und Ilvy, was glaubst du denn? Sie ist am Boden zerstört. Ihr Vater hat ihr verboten, das Haus zu verlassen. Stell dir das mal vor!«

Das klang nicht gut. Aber Jorik wollte seinem Freund mit seinen Gedanken nicht noch mehr Kummer bereiten. Er legte ihm eine Hand auf die Schulter und sagte: »Glaub mir, letztlich wird sich alles auf wunderbare Weise fügen.«

7

Fenna

Wie gewöhnlich platzte der Ratssaal aus allen Nähten. Büttel heizten die beiden Kamine mit getrocknetem Torf kräftig ein, damit niemand frieren musste. Der leicht bittere Geruch zog durch den Raum und überdeckte so manch anderen Geruch, der vom mangelnden Gebrauch von Seife und Wasser herrührte.

Niemand wollte sich den Gerichtstag entgehen lassen, zumal heute einige delikate Fälle verhandelt wurden und es der letzte vor dem Biikebrennen war. Das hieß, dass an diesem Tag alle noch ausstehenden Fälle entschieden werden sollten. Alle Streitigkeiten, die nicht beigelegt werden konnten, würden als geschlichtet betrachtet werden, was hieß, jede Partei musste ihren eigenen Schaden tragen, unabhängig davon, wer im Recht war oder nicht.

Am Kopfende des Saals, dessen Decke auf mannsdicken Eichenbalken ruhte, war das Richterpodest aufgebaut. An einem langen Tisch saßen Rungholts sechzehn Amtsmeister, vier Schreiber und die drei Talemannen, die jedes Urteil prüften und die Bauern vor Entscheidungen schützen sollten, die nicht dem Gesetz entsprachen oder unangemessen waren. Die Talemannen wurden von der großen Volksversammlung, dem Thing, einmal im Jahr gewählt, hatten Rederecht vor Gericht und genossen höchstes Ansehen. In all den Jahren, seit Vater der Redjeve war, hatten die Talemannen nichts auszusetzen gehabt.

Vater hatte sein rotes Richtergewand angelegt und saß in der Mitte des Podestes auf einem erhöhten Sitz. Fenna und Beeke hatten ihren Platz in einem abgetrennten Bereich, der den Noblen und ihren Angehörigen vorbehalten war. Dort saß auch Jorik, der sie, wie es sich gehörte, freundlich begrüßt und sich dann seinen Schwestern zugewandt hatte. Fennas Herz klopfte noch immer wild, am liebsten wäre sie Jorik um den Hals gefallen und hätte ihn geküsst. Aber das war nicht möglich. Nicht nur, weil es sich nicht schickte, sondern weil Joriks Vater, der Amtsmeister der Fischer, ebenso wie ihr Vater eine Verbindung zwischen ihnen mit allen Mitteln unterbunden hätte.

Neben Jorik saß Hennerk Ydsinglond, Joriks bester Freund. Die beiden waren wie Pech und Schwefel. So wie Beeke und sie.

Beeke stupste sie an. »Wenn du für einen Moment deine Augen von Jorik nehmen würdest, könnte ich dir ein paar Neuigkeiten erzählen.«

Fenna erschrak. »Oje, ist es so offensichtlich?«

Beeke grinste. »Nein, schon gut, ich wollte nur deine Aufmerksamkeit.«

Fenna zwickte Beeke in die Seite, die zusammenzuckte und eine Hand vor den Mund hielt, um nicht laut loszuprusten.

»Die hast du jetzt, du kleine Kröte.« Beeke war der kitzeligste Mensch, den Fenna kannte. »Also, was ist so wichtig, dass du mich dafür fast zu Tode erschreckst?«

Beeke holte mehrmals Luft. »Sicke, der Sohn von Bäcker Althus, muss eine Magd aus Niedam zur Frau nehmen.«

»Ach du je, die Armen.«

»Angeblich hat er sie am Heiligen Abend«, sie kicherte, »du weißt schon.«

»Geschwängert«, ergänzte Fenna.

»Du bist immer so direkt.«

»Man sollte die Dinge beim Namen nennen, oder nicht?«

»Ja, schon, aber …«

Drei Schläge mit dem Stab des Redjeven auf den Boden unterbrachen Beeke.

Fennas Vater erhob sich, sofort erstarb jegliches Gespräch, im Ratssaal wurde es mucksmäuschenstill.

»Volk von Rungholt! Das Biikebrennen steht vor der Tür. Und so wie jede gute Frau das Haus reinigt und jeder gute Mann die Dinge zu Ende bringt, die liegen geblieben sind seit einem Jahr, so soll auch das Gericht erledigen, was noch strittig ist. Denn das Biikebrennen soll nicht nur den Winter austreiben, sondern auch ein willkommener Neuanfang sein, so wie das Frühjahr der Beginn eines neuen Zyklus des Lebens ist. Danken wir Gott und allen, die uns beschützen, dass wir den Winter gut überstanden haben.«

Die Menge murmelte Zustimmung.

Geschickt vermied Vater, die alten Götter direkt beim Namen zu nennen, ehrte sie aber dennoch, indem er sie in seine Danksagung als »die, die uns beschützen«, miteinbezog.

»Heute ist auch der Tag, an dem sich der Redjeve dem Spruch der Talemannen zu stellen hat, die zu meiner großen Freude alle erschienen sind. Doch zuvor lasst uns zu Gericht sitzen.« Vater nahm Platz. »Möge der erste Kläger vortreten.«

Ein vierschrötiger Bauersmann hob seine Hand und

schritt nach vorn zum Podest. »Gott zum Gruße, Tammo Jaspers.«

Vater lächelte. »Gott zum Gruße, Thies Obsen. Was ist dein Begehr?«

Fenna war immer wieder erstaunt, dass Vater fast jeden in Rungholt mit Namen kannte, selbst einfache Bauern und Salzsieder. Das war ein Grund, warum er so beliebt war und weshalb er manchmal einen halben Vormittag brauchte, um den Marktplatz zu überqueren, denn er schenkte jedem, der ihn ansprach, einen Moment seiner Zeit. So hatte Fenna ebenfalls die meisten Rungholter Familien kennengelernt.

»Ich habe, wie es das Gesetz verlangt, Klage erhoben gegen den Elmers Ludger, der in Rungholt ein Tagelöhner ist. Der hat an Johanni des letzten Jahres meinem Weib die Haube heruntergerissen und behauptet, sie sei eine Hübschlerin.«

Ein Raunen ging durch den Saal. Einer Frau die Haube herunterzureißen war kein allzu schweres Vergehen, doch das Gerücht zu streuen, sie würde sich für Geld Männern beilegen, das war ein starkes Stück.

Vater klopfte mit dem Richterstab auf den Boden, damit wieder Ruhe einkehrte. »Ist der Elmers Ludger anwesend?«

Ein breitschultriger Mann von Mitte vierzig drängelte sich durch die Menge, trat vor, nahm seine Kappe vom Kopf und drehte sie in der Hand. »Hier bin ich, Redjeve. Alles gelogen, was der Obsen sagt.«

Vater winkte einem der Schreiber zu, der ihm ein Dokument übergab. Er las es kurz, nahm dann den Beklagten ins Visier. »Elmers Ludger«, grollte er. »Du kommst hierher und bestreitest die Klage, obwohl es sieben Zeugen gibt, die dich gesehen und gehört haben, wie du dem Weib des Thies Obsen die Haube heruntergerissen und sie der Hübschlerei geziehen hast? Und du hast nicht einen Zeugen, der angibt, dass es nicht so war?«

Die Kappe drehte sich immer schneller, Elmers Ludger schwitzte und schwieg.

»Du hast nichts zu sagen? Bedenke: Wenn ich gleich das Urteil fälle und du widerspenstig bleibst, so verdoppelt sich die Strafe. Und wenn du nicht zahlen kannst, wonach es aussieht, so bliebe mir nichts anderes übrig, als dich beim Halse zu nehmen.«

Fenna schüttelte verständnislos den Kopf. Warum blieb dieser Elmers Ludger so stur? Das konnte ihn das Leben kosten, denn Vater hatte keine Wahl. Er musste das Recht durchsetzen, und das sagte eindeutig: Wer sein Wergeld, sein Sühnegeld, sein Friedensgeld oder was auch immer der Redjeve ihm auferlegte, nicht begleichen konnte, war des Todes, wurde aufgehängt, bis der Tod ihn nahm.

»Elmers Ludger, Mann, gib deine Schuld zu, und ich will einem reuigen Sünder gegenüber Milde walten lassen, sofern der Kläger damit einverstanden ist.«

Vater schaute Thies Obsen an, der widerwillig nickte. »Ich will nur, dass er alles zugibt, damit meine Ehre und die meines Weibes wiederhergestellt sind.«

Elmers Ludger öffnete den Mund, sagte etwas, aber so leise, dass niemand ihn hören konnte.

»Sprich lauter. Und sprich schnell, denn meine Geduld ist am Ende!«, donnerte Vater, und sein Stock krachte auf den Boden, dass alle zusammenzuckten.

»Ich wollte, dass Obsen sein Weib verstößt, damit ich es haben kann. Bei mir hätte sie es gut.«

Fenna musste unwillkürlich lachen, und wie ihr ging es

vielen. Selbst Vater war einen Moment verblüfft. Doch er fasste sich schnell und schaffte mit seinem Stock Ruhe.

»Nun, Elmers Ludger. Was soll ich mit dir machen? Seine Liebe zu zeigen, indem man ein Weib der Unreinheit und der Sünde zeiht, das ist mir noch nicht untergekommen. Dass jemand die Welt nicht so sieht, wie sie ist, das ist mir allerdings schon oft begegnet. Deine Tat hast du begangen, weil du wie ein liebestoller Kater bist, aus keinem anderen Grund.« Er blickte noch einmal auf das Dokument. »Da dem Thies Obsen und seiner Frau kein Schaden entstanden ist, will ich als Wergeld einen Schilling festlegen.«

Ein Schilling war so viel, wie ein Taglöhner am Tag verdiente, also eine äußerst milde Strafe, auch wenn der Elmers Ludger dadurch einen Tag den Gürtel enger schnallen musste. Fenna war froh, dass Vater nicht bis zum Äußersten gehen musste.

»Doch ungeschoren sollst du nicht davonkommen. Um deine Achtung gegenüber der Familie Obsen zu zeigen, und deine Bereitschaft zur Sühne, sollst du zwei Monate bei Kost und Logis ohne Lohn für die Obsens arbeiten und tun, was auch immer sie von dir verlangen.«

Da der Kläger keinen Einwand vorbrachte, stieß Vater dreimal den Stock auf den Boden. Damit war das Urteil gesprochen und musste vollzogen werden.

Elmers Ludger zog mit hängenden Schultern ab, Thies Obsen aber war sichtlich zufrieden.

Der Gerichtstag zog sich bis in den Nachmittag. Der Amtsmeister der Schmiede klagte gegen einen Schreiber, weil der angeblich Wechsel auf seinen Namen ausgestellt und das Geld eingestrichen hatte. Doch der Amtsmeister blieb die Beweise schuldig. Da der Schreiber zwölf vollkommene Reinigungseide schwor, wurde die Klage abgewiesen, und der Amtsmeister musste dem Schreiber zusätzlich noch zwei Monate Lohn zahlen, die er ihm verweigert hatte.

Vater fand in jedem Fall ein gerechtes und dem Gesetz folgendes Urteil, was von den Rungholtern mit zustimmendem Murmeln und manchmal auch mit Applaus bestätigt wurde. Den Göttern sei Dank musste er keine harte Strafe verhängen, denn alle Vergehen waren minderschwer, und in den meisten Fällen konnte er eine Schlichtung oder einen Vergleich erzielen. Als schließlich niemand mehr vortrat, um Klage zu erheben, war es an der Zeit, die Talemannen zu Wort kommen zu lassen. Das würde nicht lange dauern, denn es gab keinen Grund, Vater für eine Verfehlung anzuklagen.

Der Erste erhob sich, wandte sich Fennas Vater zu. »Ich, gewählter Talemann von Rungholt, habe keine Klage vorzubringen.«

Mehr war nicht nötig. Er setzte sich wieder, der zweite Talemann stand auf und sagte dieselben Worte, ebenso der dritte. Damit war bestätigt, dass der Redjeve nach Recht und Gesetz gehandelt hatte. Vater neigte den Kopf und wollte sich erheben, doch Ove Barwegen, Joriks Vater, kam ihm zuvor.

»Volk von Rungholt!« Er warf Vater einen düsteren Blick zu. »Es ist nicht lange her, dass Graf Nikolaus bei uns zu Gast war.«

Alle schauten Ove Barwegen entgeistert an, Jorik warf Fenna kurz einen fragenden Blick zu. Er wusste also auch nicht, was sein Vater vorhatte. Es war nicht üblich, dass am Ende des Gerichtstages ein Amtsmeister seine Stimme erhob. Es wäre an Vater gewesen, ihn zur Ordnung zu rufen, doch er ließ Ove sprechen. Das war einerseits klug, denn die freien Friesen hatten grundsätzlich das Recht, zu jedem Zeitpunkt zu sprechen. Andererseits untergrub Ove Barwegen damit Vaters Autorität.

»Der Graf war während des Banketts nicht sehr redselig, und ich hatte den Eindruck, er war verärgert. Als ich ihn auf die drückende Abgabenlast ansprach, fertigte er mich mit den Worten ab: ›Zahlt Ihr nicht freiwillig und ohne Zwang? Wenn es Euch nicht passt, dann fragt Euren Redjeven. Der hat sicherlich eine Antwort auf alles.‹ Mit diesen Worten ließ er mich stehen. Da während des Banketts nichts Unbotmäßiges vorgefallen ist, frage ich mich, ob der Redjeve den Grafen bei ihrem Gespräch unter vier Augen verärgert hat. Vielleicht hat es etwas damit zu tun, dass plötzlich einige Schiffe den Hafen verlassen haben und nicht wiedergekommen sind? Was sagt Ihr dazu, Redjeve?«

Vater erhob sich würdevoll. Fenna konnte ihm nicht ansehen, was in ihm vorging, jedoch verspürte sie Zorn auf Ove Barwegen, dessen Verhalten respektlos und über die Maßen ungehörig war.

»Ove Barwegen! Wer, wenn nicht Ihr, nutzt einen solchen Moment für kleinkrämerische Händel. Jeder weiß, dass Ihr seit Jahren meinen Platz einnehmen wollt, und das ist Euch bis jetzt nicht gelungen. So, wie Ihr Euch heute gebärdet, aus gutem Grund.«

Viele lachten und klatschten, einige andere taten ihren Unmut kund über Vaters Worte, die in der Tat scharf gewürzt waren.

»Ich sollte Euch eigentlich das Wort entziehen und meine Vereinbarung mit dem Grafen, so wie es guter Brauch ist, auf der nächsten Ratssitzung nach dem Biikebrennen bekannt machen. Aber da Ihr offensichtlich Euer Wasser nicht halten könnt, will ich gnädig sein und den Rungholtern schon heute das kleine Geheimnis offenbaren und vor allem Euch, damit Ihr Euch nicht einnässt.«

Fenna schluckte. Das waren harsche Worte. Also schien Vater wütend zu sein, eine Wut, die er hinter seinen spöttischen Worten verbarg, eine Wut, die Fenna so nicht von ihm kannte.

Joriks Vater sprang auf. »Was erlaubt Ihr Euch? Es sind die Schiffe von Graf Heinrich, dem Eisernen Hinnerk, die allesamt verschwunden sind, und so wie ich hörte, werden sie Rungholt auch nicht mehr anlaufen. Weil Ihr es so wolltet. Das bedeutet einen herben Verlust für den Handel. Der Eiserne Hinnerk hat seine Waren an uns immer um einiges unter dem Preis verkauft, den er ohne Probleme woanders hätte erzielen können. Wollt Ihr Rungholt zugrunde richten?«

Vater lächelte milde. »Ihr sagt nur die halbe Wahrheit. Und Ihr habt anscheinend keine guten Spione.«

Die Leute lachten. Jeder wusste, dass die Noblen überall ihre Leute hatten, die ihnen wichtige Informationen zuspielten.

»Richtig ist, dass die Schiffe des Eisernen Hinnerk sich andere Häfen suchen müssen. Richtig ist, dass sie ihre Ware geradezu verramscht haben, was unseren Händlern geschadet hat. Richtig ist auch, dass diese Ware aus Kaperfahrten stammt. Das habt Ihr nicht gewusst? Ich bitte Euch!«

Die Menschen stöhnten auf. Ove Barwegen schnappte nach Luft. Fenna begriff, dass Vater ihn in eine Falle hatte tappen lassen. Denn jetzt war nicht Vater, sondern Ove plötzlich der Beklagte. Wegen Hehlerei. Vater hatte ihn am Wickel und konnte ihn vernichten, wenn er wollte.

»Das ist nicht wahr«, stotterte Ove Barwegen.

»Oh doch, es ist wahr. Und ich will zu Euren Gunsten annehmen, dass es nicht Unrecht ist, einen guten Gewinn zu erzielen, wenn man die Gelegenheit dazu hat. Doch Beutegut zu handeln, an dem Blut klebt, ist es nicht. Einige Handelsvertretungen hatten bereits gedroht, Rungholt zu verlassen, und unser Ruf wäre über Jahre hinaus beschädigt gewesen, die Geschäfte wären eingebrochen. Salz und Hering hin oder her. Deshalb habe ich mit Graf Nikolaus einen Handel abgeschlossen. Wir zahlen im Jahr fünfzig Pfund Silber mehr an Abgaben, dafür hält er uns die Kaperer vor der gesamten Küste Nordfrieslands vom Hals, obwohl wir zugesagt hatten, dass die Schiffe der Herzöge von Schleswig und Grafen von Holstein Rungholts Hafen jederzeit nutzen dürfen. Ein mehr als gutes Geschäft.«

Die Bürger von Rungholt applaudierten. Fenna sah Jorik den Kopf schütteln. Er musste sich für seinen Vater schämen. Der ließ sich auf seinen Stuhl fallen und schwieg.

Vater klopfte mit seinem Stock dreimal auf den Boden. »Hiermit erkläre ich den Gerichtstag für beendet.«

Er stieg vom Podest, Fenna hakte sich bei ihm ein, die Menschen nickten ihnen zu, einige hielten ihre Hand hin, die Vater schüttelte. So dauerte es eine Weile, bis sie den Ratssaal verlassen konnten. Fenna war stolz auf ihren Vater. Und Mutter wäre es auch gewesen. Niemand konnte ihm das Wasser reichen. Er würde immer der Redjeve bleiben.

8

Fenna

Die letzten drei Tage waren im Nu verflogen. Fenna und Jorik hatten sich am Morgen auf dem Markt getroffen, wo bereits die Buden für das Fest nach dem Biikebrennen aufgestellt wurden. Heißer Würzwein würde feilgeboten werden, ebenso gegrillter Fisch und Fettgebackenes mit Zimt und Zucker. Vor allem das Zimtgebackene liebte Fenna. Ihre Mutter hatte es oft zubereitet, um ihr eine Freude zu machen, und immer wenn Fenna der Duft des Zimts in die Nase stieg, dachte sie an ihre Mutter und lächelte.

Jorik war rechtzeitig von der Norder Gosharde zurückgekehrt, und er war erfolgreich gewesen. Die Küfer hatten eingewilligt, für die Barwegens bis zum Ende des Sommers sechshundert Fässer zu bauen, die anderen würden die Rungholter Küfer beisteuern.

Letztlich hatte nicht das Geld den Ausschlag gegeben, sondern Joriks Wertschätzung, die er schon immer den anderen Ämtern und Harden gegenüber an den Tag gelegt hatte. Er war bei allen beliebt. Sein Vater hingegen hatte es sich mit seiner rauen Art schon bei vielen verscherzt. Der Amtsmeister der Küfer hatte Jorik zum Essen eingeladen, ihn freundschaftlich verabschiedet und ihm alles Gute gewünscht.

Heute war ein ganz besonderer Tag, einer der wichtigsten im ganzen Jahr, denn heute entschied sich, wie die kommenden zwölf Monate für Rungholt verlaufen würden. Sie dachte noch einmal an den Abend nach dem Gerichtstag zurück.

Als sie und ihr Vater wieder zu Hause waren, hatte er sie in die Schreibstube gebeten, ihr einen Krug Würzwein und einen Platz angeboten, so als sei sie ein Gast. Sie war ein wenig verunsichert, fürchtete schon, dass er mit dem Graf vielleicht doch über eine Heirat mit einem seiner Männer gesprochen hatte, ohne dass sie es bemerkt hatte.

Sie stießen an. Vater lehnte sich zurück und lächelte sie an, so wie er lächelte, wenn er zufrieden war mit dem Tag. »Fenna, mein Kind. Habe ich richtig gehandelt?«

Fenna war erleichtert. Es ging nicht um einen Gatten für sie, sondern um ihre »Disputatio«, wie sie es nannten. Vater wollte, dass Fenna über ihn urteilte, ihm Fehler aufzeigte, die er nicht sehen konnte. Das machten sie seit einigen Jahren, und durch diese Gespräche hatte Fenna gelernt, was es bedeutete und wie schwer es war, eine Stadt wie Rungholt als Richter und Bürgermeister zu führen.

»Ich war erstaunt, dass du Ove Barwegen nicht sogleich das Wort entzogen hast, aber nun habe ich begriffen, warum. Ich war überrascht, dass du ihn so hart angegangen bist, aber es war wohlüberlegt. Er ist blind in deine Falle getappt. Du wolltest mit der Bekanntgabe des Handels mit dem Grafen warten, um sicherzugehen, dass er sein Versprechen hält, aber auch, um Ove Barwegen einen fetten Köder vor die Nase zu halten, den er bereitwillig geschluckt hat. Er dachte, er könne dich in Verlegenheit bringen und der Rat würde dich absetzen. Heute habe ich nichts an dir auszusetzen. Du hast deine Sache gut gemacht.«

Vater hob seinen Krug. »Das ist meine Tochter! Eines Tages wirst du mit dem Handwerk des Redjeven, das ich dir beigebracht habe, Großes vollbringen, glaub mir.«

»Oh nein, Vater, dazu fehlt mir noch viel zu viel Erfahrung. Du weißt, wie man mit jedem Einzelnen umgehen muss, welche Interessen er vertritt und wie du die vielen unterschiedlichen Ansichten unter einen Hut bringst. Ich hätte Ove Barwegen vor Wut wahrscheinlich aus dem Rathaus werfen lassen und mir damit einen schlechten Dienst erwiesen.«

»Vielleicht hast du recht, mein Kind. Wir werden sehen.«

Sie hatten noch eine Weile geplaudert, dann waren sie zu Bett gegangen.

Vater und sie hatten seitdem alle Hände voll zu tun gehabt, sodass sie sich kaum gesehen hatten. Doch heute würden sie den Tag gemeinsam verbringen. Sie hatte wenig geschlafen und war froh gewesen, als Frauke endlich aufgestanden war, ein Zeichen, dass die Dämmerung bald einsetzen musste und Insa, ihre Magd, hereinkommen würde, um ihr beim Waschen und Ankleiden zur Hand zu gehen.

Wenig später klopfte es, Insa trat ein, hielt in einer Hand einen Kerzenleuchter, in der anderen die Waschschüssel. Fenna sprang aus dem Bett, nahm der Magd die Schüssel ab und stellte sie auf den Tisch. Insa hatte im Wasser ein wenig Seife aufgelöst, sie legte Fennas Nachtkleid beiseite, tauchte ein Leintuch ins Wasser und rieb Fenna von oben bis unten ab. Das Mädchen besaß das nötige Feingefühl, wusste genau, wo sie etwas fester reiben musste und wo das Tuch wie ein Windhauch über die Haut gleiten sollte und welche Stellen sie nicht berühren durfte. Fenna hätte lieber ein Bad genommen, doch das war zu gefährlich, denn das viele Wasser trug zur Verbreitung von Seuchen bei, das war inzwischen allgemein bekannt.

Insa trocknete Fenna ab, legte ihr Untergewand und Surcot an. Von dem würde man nicht viel sehen, denn der Februar war noch immer kalt, das Wasser gefror in den Fässern und die Eisschicht auf den Salzwiesen wurde Tag für Tag dicker. Deshalb würde sie draußen über dem Surcot einen dicken Mantel aus Kaninchenfellen tragen.

Fenna dachte an ihre Mutter und legte sich das Goldkettchen mit Frigga um den Hals. »Ich wäre gerne wie du«, flüsterte sie. »So weise und stark. Aber du bist eine Göttin und ich nur eine Sterbliche.«

Die Magd reichte ihr den Spiegel, eine glatt polierte Bronzescheibe, die Vater ihr vor drei Jahren zum vierzehnten Geburtstag überreicht hatte. Ein wunderbares Geschenk, doch noch mehr freute sie sich über die Manuskripte, die ihr Vater von seinen Reisen mitbrachte. Reich bebilderte Schriften über fremde Länder, den Glauben der Christen, über Mathematik und Philosophie. Sie begutachtete ihre Frisur. Das Kerzenlicht flackerte, ihr Gesicht sprang hin und her.

»Vielen Dank, Insa«, du bist die Beste.«

»Ich gebe mir die größte Mühe, Frou Jaspers.«

Wie Frigga trug Fenna ihre Haare offen, allerdings waren sie rot und nicht silbern wie die der Fruchtbarkeitsgöttin. Inzwischen reichten sie ihr fast bis zur Hüfte. Wenn sie die Wäsche machte oder Kaufleute empfing, steckte sie die Haare hoch und verbarg sie unter einem Tuch aus feinem weißem Leinen.

Sie legte den Spiegel beiseite, öffnete den Fensterladen. Draußen war es stockdunkel, Wolken waren aufgezogen. Eyk hatte prophezeit, dass das Wetter umschlagen würde.

Er würde heute die Zeremonie eröffnen, denn Bischof Adalrich hatte sich geweigert. Er wollte an einem heidnischen Fest nicht teilnehmen und predigte seit Wochen, Gott würde Rungholt strafen wegen seiner Sünden, zu denen seiner Auffassung nach auch das Biikebrennen gehörte, ebenso wie Thor, Odin und Frigga und alle anderen alten Götter. Verschärft werde die Sünde obendrein dadurch, dass das Biikebrennen am Vorabend des Petritages abgehalten wurde. Vater würde wohl noch mal mit dem Grafen sprechen müssen, damit er den Bischof zügelte.

Mutter und Vater hatten sich taufen lassen, verehrten aber die alten Götter ebenso wie den neuen. Für Vater war es notwendig gewesen, um zum Redjeven gewählt zu werden, denn fast die Hälfte der Rungholter waren Christen.

Fenna hörte ein klackendes Geräusch, sah winzige Funken springen, dann loderte eine Fackel vor dem Haus auf, an der sich weitere entzündeten, bis es Dutzende waren, die ein Spalier bildeten, von ihrem Haus über den Marktplatz durch den Deichweg bis zu einer alten, verlassenen Warft, die an den Hauptdeich grenzte, der Rungholt im Süden gegen die Sturmfluten der Nordsee schützte.

Sie warf sich einen Schal um, dankte noch einmal Insa und eilte die Treppe hinab. Wie in jedem Jahr war sie ein wenig nervös, fragte sich, ob alles gut gehen würde, ob das Feuer den Winter und die bösen Geister austreiben würde.

Vater wartete bereits an der Tür, er hatte seinen Amtsmantel angelegt, der ihn als Redjeven von Rungholt auswies. Er lächelte sie an und sagte, was er seit einem Dutzend Jahren an diesem Tag sagte: »Wie schön wäre es, wenn meine geliebte Edda mit uns gehen könnte.«

Fenna seufzte tief und sagte mit belegter Stimme: »Wie sehr ich Mutter vermisse.«

Vater lächelte und reichte Fenna seinen Arm. »Du siehst wundervoll aus!«

Seine Worte verscheuchten die Trauer. Fenna deutete einen Knicks an. »Ich danke dir. Du machst aber auch keine schlechte Figur.«

»Du schmeichelst mir, mein Kind.«

Damit lag er nicht weit von der Wahrheit entfernt. Vater war ein stattlicher Mann mit einem kantigen Gesicht und vollem Haar. Aber in der letzten Zeit musste er sich oft ausruhen, vor allem, wenn er mit dem Schwert übte oder im Lager einen Sack Mehl oder ein Fass zur Seite räumte.

Scherzhaft meinte er dann, schließlich sei er kein junger Mann mehr. Dabei hatte er noch vor einem Jahr den Preis im Speerwurf bei den jährlichen Wehrübungen gewonnen. Eine hervorragende Leistung für seine achtundvierzig Jahre. Doch an Wehrübungen war für ihn im Augenblick gar nicht zu denken. Selbst Eyk, der mehr als zehn Jahre älter war, konnte sich mit jüngeren Männern messen. Aber Vater lehnte es ab, sich von Eyk untersuchen zu lassen. Und die Quacksalber aus der Stadt oder vom Kloster ließ er nicht einmal in seine Nähe. »Die bringen einen nur noch schneller ins Grab«, behauptete er. Fenna machte sich Sorgen, aber Vater ließ nicht mit sich reden. Sobald die Sprache auf seine Gesundheit kam, wechselte er das Thema oder verließ einfach den Raum. Fenna hoffte inständig, dass sie sich umsonst Gedanken machte.

Frauke öffnete die Tür und verbeugte sich. Sie hatte sich in den Jahren kaum verändert, war schlank und rank geblieben, im Gegensatz zu den meisten anderen Mägden, die im Haushalt der Jaspers arbeiteten.

Ove Barwegen hatte sich nur ein paar Fuß vor ihrem Haus aufgebaut und wartete darauf, sich neben dem Redjeven einzureihen, denn die Tradition schrieb vor, dass der Amtsmeister der Fischer und der Redjeve den Zug anführten, dass sie nebeneinander mit ihren Familien durch die Fackelallee zur Warft schritten und den gewaltigen Holzstapel, genannt Biike, entfachten. Er drückte die Brust heraus, sein Blick ging über Fenna und ihren Vater hinweg.

Links neben ihm stand seine Frau Henrikje, rechts Jorik mit zwei seiner Schwestern. Rieke fehlte. Hoffentlich war sie nicht krank. Fenna bemühte sich, Jorik nicht allzu lange anzusehen, doch es fiel ihr schwer. Er lächelte ihr zu, auf seinen Wangen erschienen die Grübchen, die Fenna so sehr liebte. Seinen Vater würdigte sie keines Blickes. Seit dem Gerichtstag überkam sie der Zorn, wenn sie nur an ihn dachte. Und Zorn war kein guter Ratgeber und schon gar kein guter Begleiter beim Biikebrennen.

Fenna hielt Ausschau nach Beeke, konnte sie aber nirgends entdecken. Wahrscheinlich stand sie in einer der hinteren Reihen, abgeschirmt von ihrem Vater.

Die beiden Männer grüßten sich mit einem knappen Kopfnicken, das unter anderen Umständen als grobe Unhöflichkeit gegolten hätte, und gingen sofort weiter. Keiner der beiden wollte länger als nötig auf Tuchfühlung bleiben, daher war es ihnen recht, dass bis zum Niederbrennen der Biike ein Schweigegebot herrschte, damit die bösen Geister nicht aufgescheucht wurden.

Fenna erschien das nicht besonders stimmig, denn die Trommeln und das Prasseln des Feuers konnte selbst ein Betrunkener nicht überhören, und die Geister, so hieß es, hatten ihre Ohren überall.

Henrikje, Jorik, seine beiden Schwestern und Fenna reihten sich ein in den Strom der Menschen, folgten ihren

Vätern mit drei Fuß Abstand. Leider drängte sich seine Mutter zwischen sie, sodass es unmöglich wurde, Jorik ab und zu wie zufällig zu berühren und mit ihm zu plaudern. Ob sie etwas ahnte? Hatten Mütter nicht ein besonderes Gespür für die Gefühle ihrer Kinder? Hatte seine Mutter längst schon erkannt, was Fenna und ihn verband, und schwieg, weil sie dem Glück ihres Sohnes nicht im Weg stehen wollte? Jorik hatte Fenna erzählt, dass seine Mutter den Jaspers gegenüber keinen Groll hegte und den Zwist zwischen den beiden Familien nicht guthieß.

Der Zug bewegte sich langsam auf den südlichen Hauptdeich zu, der Groß-Rungholt von Klein-Rungholt und den weitläufigen Salzwiesen trennte. Der Weg führte über den Deich, der an dieser Stelle in der Höhe knapp fünf Fuß maß und langsam anstieg, auf der anderen Seite jedoch steil abfiel, fast zehn Fuß tief in eine Senke, die durch den Salzabbau entstanden war.

Die Biike erhob sich auf einer alten Warft, die aus der Gründungszeit von Rungholt stammte. Niemand wusste genau, wann die weiten Marschen besiedelt worden waren, aber es gab einige, die nicht glaubten, dass die Menschen einem Gott die Wiesen weggenommen hätten, sondern, dass Odin persönlich den Menschen diesen Ort zugewiesen habe. Mit seiner riesigen Hand hatte er ins Meer gegriffen, Sand hervorgeholt und damit den Hügel angehäuft, auf dem nun Rungholt stand.

Fackelträger umringten die Biike und hüllten Eyk in flackerndes Licht. Der Schamane trug einen weißen Umhang, seine ebenso weißen Haare flossen ihm über Schultern und Brust.

Der Zug teilte sich auf, Fennas und Joriks Väter stellten sich jeweils auf der gegenüberliegenden Seite des Scheiterhaufens auf, neben ihnen die Ratsmitglieder und Amtsmeister in ihren prachtvollen farbenfrohen Gewändern.

Eyk überreichte ihrem und Joriks Vater einen glühenden Kienspan, damit war das Biikebrennen eröffnet. Die ganze Verantwortung für das Wohl und Wehe von Rungholt lag jetzt auf den Schultern von Tammo Jaspers und Ove Barwegen. Sie legten die glühenden Kienspäne an das trockene Laub, das den ganzen Winter über gehütet worden war, damit es nur ja nicht feucht wurde. Unter dem Laub verbarg sich ein wenig Zunder, nur zur Sicherheit, denn die Biike musste brennen, das Fass, ganz oben auf Stangen ruhend, Symbol für das dargebotene Opfer, musste in die Glut stürzen. Ansonsten drohte Unheil, ansonsten würden die bösen Geister Rungholt nicht verlassen, sondern heimsuchen, da sie vom Feuer, vom Biikebrennen, nicht vertrieben wurden. Und das wäre eine Katastrophe gewesen.

9

Jorik

Jorik warf vorsichtig einen Blick auf Fenna, doch sie bemerkte ihn nicht. Sie schien gebannt von den Flämmchen, die schüchtern an dem Laub züngelten. Ihm stockte der Atem, die Flämmchen durften nicht verlöschen. Jorik schickte ein Gebet zu Odin, dem Allvater, und zur Sicherheit auch eines zum Gott der Christen. Ein plötzlicher Windhauch kam auf, gab dem Flämmchen des Redjeven Mut, doch die Flamme seines Vaters flackerte und erstarb. Jorik schlug die Hand vor den Mund. Das hatte es noch nie gegeben. Ein Stöhnen ging durch die Reihen der Rungholter und ihrer Gäste aus aller Welt. Sein Vater stolperte zwei Schritte zurück, sein Gesicht war von Entsetzen und Wut verzerrt.

Es war zwar furchtbar peinlich, dass die Flamme seines Vaters es nicht geschafft hatte, aber das spielte für das Biikebrennen keine Rolle. Es kam nur darauf an, dass die Biike brannte und das Fass fiel, gleichgültig, von welcher Hand das Feuer entfacht wurde.

Das Flämmchen von Tammo Jaspers griff tatsächlich auf den Zunder über, der ein mit Öl getränktes Bündel Reisig in Brand setzte, das dem Glimmen Nahrung gab und es zu einer gierigen Flamme heranwachsen ließ. Mit einem

Schlag brannte die ganze Biike und erhellte die Gesichter der Umstehenden, die in diesem Moment nur ein Gedanke verband: Möge das Fass fallen!

Die Funken stoben masthoch in den grauen Winterhimmel, alle wichen zurück, damit die Hitze ihnen nicht Gesicht und Haare versengte. Jorik war erleichtert, jetzt würde alles gut werden. Sobald das Fass gefallen war, würde das Fest beginnen, eine wunderbare Gelegenheit, mit Fenna zu tanzen und zu plaudern. Darauf hatte er sich schon wochenlang gefreut.

Die Flammen fraßen sich jetzt in rasender Geschwindigkeit nach oben, der Kreis der Leute um den Scheiterhaufen wurde immer größer, einige standen schon am Rand der Warft. Auch Joriks Vater, Eyk und der Redjeve hatten sich von der Biike zurückgezogen, denn niemand wollte zur lebenden Fackel werden.

Jorik spürte einen weiteren Windhauch, gefolgt von einer Böe, die an seiner Kappe zerrte und die Flammen von ihm wegdrückte. Hoffentlich stand Fenna nicht zu dicht am Feuer. Hennerk wiederum würde wahrscheinlich dem Feuer zu nahe kommen, er liebte es, sich in Gefahr zu bringen, und hatte schon mehr als einmal für nichts und wieder nichts sein Leben riskiert, vor allem, wenn er mit seinem Pferd Sleipnir den Schlund übersprang.

Die Flammen schlugen zurück in Joriks Richtung, er duckte sich und spürte die Hitze über sich hinwegfegen. Ein Raunen ging durch die Leute, sie wichen noch weiter zurück, einige stolperten die Warft hinunter. Der Wind blies jetzt kräftig aus wechselnden Richtungen, drückte die Flammen immer wieder zu Boden, ließ sie hochschießen und wurde stetig stärker. Doch damit nicht genug. Die Temperatur war in kurzer Zeit weit über den Gefrierpunkt angestiegen. Jorik schauderte, denn er wusste, was das bedeutete: Regen. Und wenn der Regen auf den gefrorenen Boden fiel, bildete sich Eis.

Die ersten Tropfen klatschten ihm ins Gesicht, und nur einen Moment später öffnete der Himmel die Schleusen.

Jorik zog sich die Kapuze seiner Gugel über die Kappe. Der Regen war durchmischt mit Eissplittern und gefror augenblicklich auf dem eiskalten Boden, bildete eine harte, gefährlich glatte Schicht. Leute rutschten aus, fluchten, manche rappelten sich wieder hoch, andere verletzten sich und kamen nicht mehr ohne Hilfe auf die Beine.

Himmelseis hieß dieser Fluch, und alle wussten, wer das Himmelseis sandte: die Eisriesen, die ewigen Todfeinde Odins. Es war genauso gefährlich wie die Eisriesen selbst, konnte Masten brechen, Bäume fällen, Dächer zum Einsturz bringen.

Doch diesmal drohte eine viel größere Gefahr. Wütend zischten die Flammen, verdampften den Eisregen, versuchten, sich ihm zu widersetzen.

Jorik hob den Blick zum Fass. Es thronte noch immer auf dem Balken, die Stützen waren zwar angesengt, aber noch lange nicht durchgebrannt.

10

Fenna

Fenna hatte den Kopf in den Nacken gelegt, um das Fass zu sehen, der Regen klatschte ihr ins Gesicht. Sie zuckte zusammen, als ein lang gezogener Schrei von Eyk die gespenstische Stille durchbrach. Ein eiskalter Schauer, der nichts mit der Kälte zu tun hatte, überlief sie.

Eyk taumelte in den Kreis, kroch vollkommen durchnässt auf allen vieren und ließ sich auf den vereisten Boden fallen. Er ging wieder auf die Knie und warf die Arme hoch. »Ich flehe euch an, Odin und Frigga. Verzeiht uns Sterblichen, nehmt das Opfer an, beschützt uns vor dem Unheil.«

Nichts geschah. Das Fass blieb, wo es war.

Waren beim Einsetzen des Regens noch hier und da Laute des Unmuts und der Angst zu hören gewesen, schwiegen jetzt alle, auch die Gäste, die spürten, dass etwas Furchtbares geschehen sein musste, und starrten auf das Fass, unter dem die letzten Flammen erloschen. Der Eisregen war in normalen Regen übergegangen, nur das Prasseln war noch zu hören. Doch auch dieses Geräusch verstummte, als die Schleusen des Himmels sich ebenso plötzlich schlossen, wie sie sich geöffnet hatten. Die Biike rauchte und zischte vor sich hin, hier und da glomm es.

Aber das Fass war nicht gefallen.

Ove Barwegen tastete sich Schritt für Schritt vor, blieb neben Eyk stehen und deutete mit dem Zeigefinger in dessen Richtung. »Das ist nur die Schuld dieses anmaßenden Ketzers.« Er wandte sich Vater zu. »Und des Redjeven, denn der ist diesem Scharlatan hörig.«

»Ihr wagt es, mich und Eyk zu beschuldigen?«, schrie ihr Vater. Sein Gesicht war blass, er schwitzte. »Eure Flamme ist verloschen, nicht meine. Ihr habt versagt! Gegen das Wetter ist niemand gefeit, ich habe den Regen nicht gemacht, glaubt Ihr, ich bin ein Gott? Und jetzt sucht Ihr einen Schuldigen. So macht Ihr es immer. Ihr wälzt die Schuld ab auf andere.«

Fenna senkte den Blick. Es war schon schlimm genug, dass das Opfer nicht angenommen worden war. Dass sich ihr Vater jetzt auch noch mit seinem Erzfeind stritt, war unwürdig. Er hätte einfach überhaupt nichts sagen und weggehen sollen. Die Leute kannten Barwegen und wussten, dass er ein Schandmaul war, und sie kannten ihren Vater und wussten, dass er ein Ehrenmann war, denn er hatte noch nie seine Versprechen gebrochen. Doch so setzte er sich selbst ins Unrecht. Was war nur los mit ihm?

Barwegen lachte hämisch. »Ihr seid die längste Zeit Redjeve gewesen, Tammo Jaspers. Genug ist genug. Jetzt endlich sehen alle, dass Ihr Unglück über die Stadt bringt.«

Fennas Vater machte einen Schritt auf Ove Barwegen zu. »Ihr werdet niemals Redjeve«, schrie er, dass es Fenna eiskalt über den Rücken lief. So außer sich hatte sie ihren Vater noch nie erlebt.

Er streckte den Zeigefinger in die Richtung von Ove Barwegen. »Ihr kennt nur eins: Euren eigenen Vorteil. Ich habe Rungholt zu dem gemacht, was es heute ist. Unser

Hafen ist der wichtigste in ganz Nordfriesland, mit Handelsbeziehungen bis an den östlichen Rand des Mittelmeeres.« Seine Stimme überschlug sich.

»Das habt nicht Ihr vollbracht. Ihr schmückt Euch mit fremden Federn«, schrie Ove Barwegen zurück.

Diese Worte waren mehr als ungerecht. Auch wenn ihr Vater sich nicht klug verhielt, Ove Barwegen hatte kein Recht, so mit ihm zu reden. Fenna spürte die gleiche Wut und den gleichen Schmerz, den sie im Gesicht ihres Vaters sah. Er hatte viel Geld ausgegeben, um die neue Schleuse bauen zu lassen, die es auch großen Koggen erlaubte, bei schwerer See, an langen Seilen gezogen, sicher bis in den Hafen zu gelangen. Der Deich war dafür erhöht und befestigt worden, damit Ochsen darauf gehen konnten. Vater hatte weite Reisen unternommen, hatte so manches Geschäft mit Verlust abgeschlossen, um Handelsbeziehungen zu knüpfen und zu festigen. Barwegens Vorwürfe waren lächerlich, aber dennoch verletzten sie Fenna, und sie konnte Vater verstehen. Dennoch. Hoffentlich sah Vater ein, dass der Streit sinnlos war, und beendete ihn, bevor er weiter anwuchs und am Ende noch zur Fehde wurde.

»Bringt erst mal Eure Tochter unter die Haube, und dann schauen wir weiter. Oder sucht Euch am besten eine neue Frau, damit Euer Stamm nicht ausstirbt. Die erste hat ja keinen Sohn zustande gebracht.«

Fenna traten Tränen in die Augen vor Wut. Was erlaubte sich dieser Widerling! Am liebsten hätte sie ihn ins Meer gestoßen. Jorik war neben sie getreten, zog scharf die Luft ein und warf ihr einen entschuldigenden Blick zu. Fenna schüttelte kaum merklich den Kopf. Sie wusste genauso gut wie Jorik, dass er nichts gegen seinen Vater ausrichten konnte, so wie sie ihren Vater nicht hätte dazu bewegen können, den Streit beizulegen. Doch jetzt war es zu spät. Diese Beleidigung konnte Vater nicht so stehen lassen.

Das Unglück nahm bereits seinen Lauf, die bösen Geister versprühten ihr Gift, und es fiel auf fruchtbaren Boden.

Ihr Vater hob den rechten Arm, Ove Barwegen wich zurück. Doch ihr Vater schlug nicht zu, sondern wankte, presste seine Hand zuerst auf den Oberarm, dann auf die Brust, stöhnte vor Schmerz und ging in die Knie. Er röchelte, sein Gesicht war leichenblass, trotz der Kälte tropfte ihm der Schweiß von der Stirn. Er sah sie flehend an und kippte zur Seite.

II

Fenna

Fenna erschrak zu Tode, dennoch reagierte sie sofort. Sie versuchte, ihren Vater zu stützen, doch wäre Jorik ihr nicht beigesprungen, hätte sie ihn nicht halten können. Dieser zog seinen Mantel aus und bettete den Kopf ihres Vaters darauf.

»Bist du von Sinnen, Sohn?« Ove Barwegen tauchte über ihnen auf wie der Rachegott persönlich. »Was kümmert dich der Redjeve? Los, steh auf, oder muss ich dich an den Haaren hochziehen?«

Doch Jorik rührte sich nicht von der Stelle. »Willst du einen hilflosen Mann im Stich lassen, Vater? Ist es das, was du mir beigebracht hast? Was, wenn mir ein Unheil zustößt? Willst du dann auch, dass man mich liegen lässt, nur weil man mich nicht mag?«

Joriks Stimme schnitt scharf durch die Luft. Stumm dankte Fenna ihm für seine Unterstützung. Sie wusste, dass es für Jorik nicht leicht war, seinem Vater die Stirn zu bieten.

Joriks Vater verzog hämisch den Mund, setzte zum Sprechen an, doch Eyk stieß ihn zur Seite. Ove taumelte, fing sich.

»Noch ein Wort, und ich verfluche dich für alle Zeiten.

Geh mir aus dem Weg!« Eyk beugte sich über Fennas Vater, legte zwei Finger an seinen Hals.

Fennas Blick wechselte zwischen ihrem Vater und Ove Barwegen. Sie traute ihm alles zu, auch dass er sich auf Eyk oder Vater stürzen würde. Doch er wandte sich um und stakste davon.

Inzwischen hatten sich Dutzende um Fenna, ihren Vater, Jorik und Eyk versammelt. Sie alle murmelten Gebete, zu den alten Göttern und dem neuen Gott.

»Sein Herz schlägt.« Eyk schaute Fenna an. »Aber es ist schwach.« Er richtete sich auf. »Seine Beine!«, rief er. »Sie müssen hochgelegt werden.«

Mehrere Mäntel wurden Fenna gereicht, sie wickelte sie zusammen und schob das feuchte Knäuel unter die Beine ihres Vaters. Jetzt erst wurde ihr bewusst, dass er sterben konnte. Der Schock hatte ihre Gefühle verdrängt, doch nun überfielen sie Angst und Trauer. Er durfte nicht sterben, was sollte sie ohne ihn tun?

»Fenna!« Eyk berührte sie an der Schulter. »Du musst mir helfen. Halte seinen Kopf. Ich muss ihm Zimtöl einflößen. Jorik, du musst seine Kiefer auseinanderdrücken. Aber sei vorsichtig und brich ihm nichts.« Er zog ein Fläschchen aus dem Beutel, den er immer bei sich trug. »Sein Blut ist zu dick, deshalb kann sein Herz nicht richtig schlagen.«

Fenna hielt den Kopf ihres Vaters so, dass Jorik seine Kiefer auseinanderziehen und Eyk ihm das Zimtöl auf die Zunge träufeln konnte. Instinktiv schluckte ihr Vater.

Eyk flößte ihm fast das ganz Fläschchen ein, fühlte seinen Puls. »Schwach, aber regelmäßig.« Er nickte Jorik zu. »Du kannst ihn loslassen.«

Fenna legte den Kopf ihres Vaters vorsichtig in Joriks

Schoß. Konnte es nicht immer so sein? Dass sie und Jorik gemeinsam den Fährnissen des Lebens begegneten? Sie erhob sich. »Ich brauche acht Männer, die den Redjeven so vorsichtig nach Hause tragen, als wäre er aus zerbrechlichem Glas.«

Mehrere Männer, darunter auch Knechte der Jaspers, wickelten sich Stoff um die Schuhe, damit sie auf dem Eis besseren Tritt fanden. Sechzehn Hände nahmen Fennas Vater auf und trugen ihn Schritt für Schritt zurück in die Stadt, vorbei an den Menschen, die tuschelten und auf ihn zeigten. Manche schlugen Kreuze, andere hielten Amulette in der Hand. Für Fenna wurde jeder Schritt zur Qual, ständig musste sie daran denken, dass Vater sterben könnte. Es zerriss ihr das Herz, ihr ganzer Körper schmerzte, am liebsten hätte sie sich irgendwo versteckt. Aber sie würde Vater niemals im Stich lassen. Sie musste all ihre Kräfte aufbieten, um ihm beizustehen.

Frauke schlug die Hände über dem Kopf zusammen, als sie zur Tür hineinkamen, wollte sich sofort auf Vater stürzen, um ihm zu helfen, aber Eyk schickte sie fort, sie solle eine kräftige klare Brühe kochen. Vorsichtig legten die Männer den Redjeven ins Bett, wünschten, er möge bald wieder gesund sein, und die, die nicht zum Haushalt der Jaspers gehörten, verabschiedeten sich. Bis auf Harring Svenson, den Amtsmeister der Bäcker. Auch Jorik musste nun gehen, es gab keinen triftigen Grund mehr, dass er bei Fenna blieb.

Sie warf ihm einen liebevollen Blick zu, er legte seine rechte Hand auf seine Brust und verließ die Stube.

Harring Svenson trat vor. »Der Medicus ist in Tondern, und soweit ich weiß, wollte er von dort weiterreisen. Soll ich den Wundarzt rufen? Vielleicht kann er helfen?«

»Habt Dank, Meister Svenson, aber der Wundarzt kann hier nicht helfen. Wenn Ihr wollt, könnt Ihr nach dem Medicus schicken und ihn bitten, so schnell wie möglich zurückzukehren.«

»Ich werde einen Reiter senden, sobald das Wetter es zulässt, werde beten und zwei Kerzen in der Kirche anzünden, auf dass unser Redjeve bald wieder auf den Beinen ist.«

»Ich danke Euch, Meister Svenson.«

Der Amtsmeister deutete eine Verbeugung an und verließ das Haus. Die Knechte schickte Fenna in die Küche, damit sie etwas Warmes zu essen bekamen.

Dann setzte sie sich auf die Bettkante und nahm eine Hand ihres Vaters. Sein Atem ging flach, die Lider waren fest geschlossen. Angst schnürte Fenna die Kehle zu. So schwach hatte sie ihn noch nie gesehen. Er war immer wie eine Eiche gewesen, jedem Sturm trotzend, und jetzt war seine Haut so durchscheinend wie hauchfeines Pergament. Sie schluckte ihre Tränen hinunter und bekämpfte die aufkeimende Verzweiflung mit dem Gedanken, dass er ja atmete, dass er wieder gesund werden würde, dass er in guten Händen war.

Eyk tupfte Vaters Stirn ab, murmelte unverständliche Sprüche vor sich hin. Plötzlich hielt er inne.

»Bei allen Göttern!«, rief er. »Er hat aufgehört zu atmen.«

12

Jorik

Jorik trat mit den Männern ins Freie. Sie wechselten noch ein paar Worte, dann zerstreuten sie sich. Er blieb einen Moment vor der Tür stehen und sah hinauf zu dem Fenster, hinter dem Fenna am Bett ihres Vaters saß. Wie gerne wäre er an ihrer Seite geblieben, um ihr beizustehen, wie gerne hätte er sie in seinen Armen gehalten, ihr Trost zugesprochen und alles getan, damit es ihrem Vater besser ging.

Damit die Leute nicht anfingen zu reden, machte er sich auf den Weg nach Hause. Auf dem Marktplatz begegneten ihm nur wenige Menschen. Da das Fass nicht gefallen war und die bösen Geister bereits ihr Unwesen trieben, indem sie Streit gesät und den Redjeven gefällt hatten, wollte niemand feiern. Die Buden, an denen sonst heißer Würzwein, geröstete Kastanien und gebratene Würste angeboten wurden, waren geschlossen. Dank des groben Stoffs unter seinen Schuhen kam er gut über das Eis, das jeden Zoll des Pflasters bedeckte. So brauchte er nicht lange, bis er vor seinem Elternhaus stand. Gerade als er die Tür öffnen wollte, kam sein Vater angehumpelt.

Jorik vergaß seinen Ärger. »Vater, was ist passiert?«

»Ich bin auf dem verdammten Eis ausgerutscht, was sonst?«

Jorik ging auf ihn zu, streckte seine Arme aus, um ihn zu stützen. »Warte, ich helfe dir, nicht, dass du noch mal stürzt.«

Mit einer schnellen Bewegung fegte sein Vater Joriks Hände zur Seite. »Auf deine Hilfe kann ich verzichten. Geh doch zum Redjeven, der scheint dir ja mehr zu bedeuten als dein Vater, sonst hättest du mich begleitet.«

Joriks Ärger flammte wieder auf und verwandelte sich in kochende Wut. Nicht nur, weil sein Vater sich unwürdig benommen hatte und damit ein schlechtes Licht auf seine Familie und das Amt der Fischer warf, sondern weil der ihn für sein eigenes Ungeschick verantwortlich machen wollte.

»Der Redjeve hatte ganz recht. Immer versuchst du, die Schuld für deine Fehler anderen zuzuschieben. Wie konntest du nur so gemein sein, die verstorbene Frau des Redjeven so zu beleidigen?«

»Ach du je! Was kann ich dafür, wenn der Redjeve empfindlich ist wie ein junges Kätzchen? Ich glaube nicht, dass er von meinen Worten gefällt wurde. Es war ein Zeichen Gottes, dass das Ende seiner Zeit als Redjeve gekommen ist.«

Jorik starrte seinen Vater fassungslos an. »Du wünschst ihm den Tod?«

Ove zuckte mit den Achseln. »Er muss ja nicht gleich sterben, er soll nur einsehen, dass er seine Ämter niederlegen muss, weil es Gottes Wille ist. Dass ich jetzt an der Reihe bin, Redjeve zu werden, um Rungholt in eine bessere Zukunft zu führen.«

»Das ist nicht dein Ernst.« Jorik taumelte einen Schritt zurück, wäre fast ausgeglitten.

»Du musst langsam begreifen, wie das echte Leben ist,

Sohn. Da geht es hart zu, da ist kein Platz für Weichlinge. Denkst du, Tammo Jaspers ist ein Engel? Du hast ja keine Ahnung. Und ich glaube nach wie vor, dass er irgendetwas gemacht hat, damit mein Feuer verlischt. Wäre ich ihm nicht zuvorgekommen, er hätte mich sicherlich zuerst beschuldigt. Es sind noch zehn Monate bis zur Wahl des neuen Redjeven, und er weiß, dass ich ihn schlagen kann. Also versucht er jetzt schon alles, um mich in ein schlechtes Licht zu rücken. Ja, meine Flamme ist ausgegangen, aber der Herrgott hat Regen geschickt und die von Tammo ebenfalls gelöscht. Das Fass ist nicht gefallen, weil es Gottes Wille ist!«

»Also seid ihr beide schuld an dem Unglück, das Rungholt überkommen wird.«

»Unsinn. Rede nicht so mit mir. Was fällt dir ein? Du bist noch immer mein Sohn, bist nicht mündig, musst mir gehorchen. Ich könnte dich nach Nowgorod schicken. Wie würde dir das gefallen? Dort lernst du, wie die Dinge wirklich stehen.«

»Dann mach es doch. Ich habe sowieso keine Lust mehr, mit dir unter deinem Dach zu leben. Du bist grausam, selbstsüchtig und starrsinnig. Aber ich werde Rungholt nicht verlassen. Das könnte dir so passen. Ich suche mir eine Arbeit, und dann werden wir ja sehen, wer das Nachsehen hat. Du bist ja nicht einmal in der Lage, ausreichend Fässer zu besorgen.« Joriks Stimme überschlug sich. So wütend war er schon lange nicht mehr gewesen.

Der Vater ballte die Fäuste. »Du undankbarer Hundsfott.« Er knirschte mit den Zähnen.

»Was ist?«, zischte Jorik. »Außer die Fäuste sprechen zu lassen, fällt dir wohl nichts ein. Und du willst Redjeve werden?« Jorik zitterte vor Wut, er kannte sich selbst nicht mehr. Normalerweise behielt er auch in schwierigen Augenblicken einen kühlen Kopf. Es war, als sei ein Deich gebrochen, und die ganze Wut, die sich lange in ihm aufgestaut hatte, brach jetzt mit einem Schlag hervor. Warum, bei allen Göttern, tat er sich das an? Ja, er war noch nicht mündig, aber wer hätte ihn daran hindern sollen, seine sieben Sachen zu packen und zu verschwinden? Er würde überall Arbeit finden. Aber das würde er niemals tun. Wegen Fenna nicht und wegen seiner Schwestern. Er durfte sie nicht schutzlos seinem Vater ausliefern. Er beschloss, den Streit zu beenden, ob sein Vater wollte oder nicht. »Geh mir aus dem Weg, Vater. Ich muss schlafen, morgen ist viel zu tun.«

Die Haustür schwang auf. Joriks Mutter trat heraus. »Ihr beide seid unerträglich. Ganz Rungholt hört euren Streit. Wollt ihr den Ruf unserer Familie gänzlich zerstören? Kommt rein, beide, sofort! Und hört auf zu zanken wie die Waschweiber!«

Jorik warf seinem Vater einen vernichtenden Blick zu, dann gehorchte er willig seiner Mutter, betrat das Haus, stieg die Treppe hinauf zur Bettstube. Seine Schwestern schliefen bereits. Er warf seine Kleider auf den Boden, zog sein Nachthemd an und legte sich nieder. Er versuchte einzuschlafen, doch seine Gedanken kreisten ohne Unterlass um eine Sache: Wie konnte er Fenna heiraten und seine Schwestern schützen, ohne Rungholt verlassen zu müssen?

13

Fenna

Fenna war fast ohnmächtig geworden, als ihr Vater aufgehört hatte zu atmen. Eyk hatte sich ohne Zögern auf das Bett gekniet, seine Hände auf Vaters Brust übereinandergelegt und so fest er konnte dreißigmal auf den Brustkorb gedrückt, danach hatte er ihm die Nase zugehalten, den Mund geöffnet, tief Luft geholt und sie ihm in den Hals geblasen. Immer wieder.

Fenna wusste nicht, wie lange Eyk versucht hatte, Vater wieder zum Leben zu erwecken. Die Welt um sie herum war wie in einen Nebel getaucht. Es musste nach Mitternacht sein, vielleicht war nur eine Stunde vergangen oder auch fünf. Sie hielt eine Hand ihres Vaters und betete stumm vor sich hin, flehte Frigga an, sie nicht im Stich zu lassen. Ihre Kiefer zitterten vor Angst, ein riesiger Klumpen versperrte ihre Kehle, sie hatte ständig das Gefühl, zu fallen.

Plötzlich zuckten Vaters Lider, ein Zittern lief durch seinen Körper, er rang nach Luft wie ein Ertrinkender. Eyk hörte auf zu drücken, lächelte Fenna an, sein Gesicht war schweißnass. »Sein Herz schlägt wieder. Er atmet. Den Göttern sei Dank.« Eyk ließ sich in einen Stuhl sinken, den Frauke ihm bereitgestellt hatte.

Fenna dankte Frigga und weinte vor Freude.

»Gott sei gelobt!«, sagte eine Stimme.

Fenna wandte sich abrupt um. Es war Signore di Amalfio, der Vorsteher der venezianischen Handelsvertretung. Dass er den Raum betreten hatte, war ihr gar nicht aufgefallen.

»Verzeiht, ich wollte Euch nicht erschrecken, Frou Jaspers. Ich hoffe, ich störe nicht?«

Eyk öffnete die Augen und verzog missbilligend das Gesicht. »Wenn Ihr außer einem Höflichkeitsbesuch nichts beizutragen habt, stört Ihr in der Tat.«

»Natürlich, aber dem ist nicht so. Eure Magd hat mich eingelassen, denn ich habe gute Nachricht. Als ich hörte, dass der Medicus von Rungholt nicht in der Stadt weilt und wohl in den nächsten Tagen oder sogar Wochen nicht erscheinen wird, bin ich sofort in unsere Niederlassung geeilt, und siehe da, der Allmächtige hatte mein Gebet erhört. Signor Loredano di Monte war noch nicht abgereist. Er ist, ohne Übertreibung, einer der besten Medici, die Ihr in einem Umkreis von tausend Meilen finden werdet.«

Eyk war plötzlich hellwach. »Ich habe von ihm gehört. Amir Ibn Abdullah, Medicus aus Konstantinopel, mein Lehrmeister, hat mir von ihm berichtet. Er soll wahre Wunder vollbringen.«

»Er ist ein Gelehrter, kein Magier, Meister Eyk. So wie Ihr. Jemand, der sich weniger auskennt mit den Geheimnissen des menschlichen Körpers, könnte glauben, dass Ihr den Redjeven von den Toten habt auferstehen lassen und damit ein Wunder gewirkt habt. Ich weiß jedoch, dass der Redjeve noch einen Funken Leben in sich getragen haben muss, den Ihr aufs Neue angefacht habt. Denn Tote kann nur der Herrgott erwecken.«

»So bittet ihn herein, den Signor Loredano di Monte«,

sagte Fenna und wischte sich die Tränen aus dem Gesicht. Hoffnung keimte auf, der Nebel in ihrem Kopf lichtete sich ein wenig. »Wenn er helfen kann, so bin ich ihm sehr dankbar, und ich werde ihn fürstlich entlohnen.«

Signore di Amalfio öffnete die Tür und sagte einige Worte auf Italienisch. Ein klein gewachsener Mann um die sechzig, mit schmalem Gesicht, gehüllt in ein Gewand aus türkisfarbenem Brokat, trat ein. Ein solches Kleidungsstück konnten sich selbst in Rungholt nur die wenigsten leisten. Auf seiner spitzen Nase trug er eine runde Brille. Er verbeugte sich.

»Frou Jaspers, wenn Ihr erlaubt, werde ich Euren Vater untersuchen«, sagte er auf Lateinisch.

Fenna nickte. Alles, was helfen konnte, war willkommen.

Der Medicus wandte sich an Eyk. »Ihr seid Schamane und in der Heilkunst bewandert, wie ich hörte. Zu welchem Schluss seid Ihr gekommen?«

Auch Eyk beherrschte Latein. Fenna und er hatten oft die Sprache verwendet, wenn sie über Philosophie und Magie redeten.

Er ging zum Bett und zeigte auf Fennas Vater. »Es ist das Blut. Und das Herz. Das Blut ist zu dick, das Herz zu schwach.«

Die Miene des Medicus blieb unverändert. »So sollten wir ihn zur Ader lassen, was meint Ihr?«

Eyk drängte sich zwischen den Medicus und das Bett. »Wenn Ihr das tun wollt, dann solltet Ihr Euch wieder ins Venezianische Viertel begeben und dort die armen Seelen zugrunde richten. Zur Ader lassen! Ich dachte, Ihr seid Gelehrter und kein Metzger.«

Der Medicus nickte, dann lächelte er. »So ist wahr, was

die Leute über Euch erzählen. Ihr seid bewandert in der Lehre vom menschlichen Körper.« Er stieß einen Laut aus, der an das Kreischen einer Lachmöwe erinnerte. »Der Aderlass hat fast so viele Menschenleben gekostet wie die Pest, davon bin ich überzeugt.« Er reichte Eyk die Hand. »So lasst uns von Medicus zu Medicus den Fall erörtern.«

Eyk ergriff die schmale Hand. »Ihr seid der erste Eurer Zunft, der mich nicht einen Scharlatan und Ketzer schimpft. So wollen wir alles Menschenmögliche tun, um meinen Freund wieder zu Kräften zu bringen.«

Fenna war erleichtert, dass die beiden zusammen ihrem Vater helfen wollten, und vor allem, dass ein christlicher Medicus sich nicht scheute, einem Schamanen, der in seinen Augen ein Ketzer sein musste, sogar die Hand zu reichen.

»Wie lange habt Ihr ihm das Herz massiert?«

»Die Stundenkerze zeigte eine halbe Stunde an, als der Redjeve wieder zu sich kam.«

»Eine halbe Stunde. Das ist ein gutes Zeichen.«

»Ein gutes Zeichen?«, platzte Fenna heraus. Sie hatte währenddessen Höllenqualen gelitten, hatte vollkommen die Zeit vergessen, hatte sich selbst nicht mehr spüren können.

Signore di Monte ergriff ihre Hände. »Ich habe schon über Stunden versucht, einen Menschen wieder in die Welt zu bringen. Doch der Herrgott hatte anders entschieden. Je länger es dauert, desto schwerwiegender ist die Erkrankung.« Er räusperte sich. »Euer Vater könnte wieder gesund werden. Doch sicher ist es nicht. Und jetzt verzeiht. Es gilt, keine Zeit zu verlieren. Am besten, Ihr bleibt bei Eurem Vater und betet.« Er zögerte einen Moment. »Eines noch, bevor ich die Behandlung beginnen kann. Wann hat Euer Vater zum letzten Mal die Beichte abgelegt?«

Obwohl Vater nur halbherzig an den Christengott glaubte, vollzog er regelmäßig die üblichen Rituale.

»Vor zwei Tagen, Signore.«

»Sehr gut. Ihr müsst wissen, dass unsere Zunft vorschreibt, unsere Kunden, die zwischen Leben und Tod stehen, nur zu behandeln, wenn sie innerhalb der letzten drei Tage die Beichte abgelegt haben.«

»Zwischen Leben und Tod?«, rief Fenna entsetzt. »Ihr sagtet, Vater würde wieder gesund werden.«

Der Medicus sah ihr tief in die Augen. »Wir tun, was wir können, Frou Jaspers. Ich sagte, er könnte wieder gesund werden. Die Beichte abzulegen ist sozusagen eine Vorsichtsmaßnahme.«

Was für ein seltsamer Brauch. Die meisten Menschen beichteten einmal im Monat. Wenn sie so schwer erkrankten, dass sie nicht mehr sprechen konnten, wie sollten sie dann die Beichte ablegen?

»Wie gut, dass mein Vater regelmäßig zur Beichte geht«, sagte Fenna ohne große Überzeugung.

Der Medicus wandte sich an Eyk. »Bitte berichtet, was sich zugetragen hat.«

»Der Redjeve hat sich zuerst an den Arm gefasst, dann an die Brust, hat vor Schmerzen gestöhnt und ist ohnmächtig geworden.«

Der Medicus nickte. »Was habt Ihr ihm verabreicht?«

»Zimtöl.«

»Gut. Gebt ihm davon weiter. Und außerdem Ingwersud.«

»Ingwer haben wir keinen«, sagte Eyk.

Der Medicus warf Signore di Amalfio einen Blick zu. Der nickte knapp.

»Ich werde Euch Ingwerpulver zukommen lassen. Ich nehme an, Ihr verfügt auch nicht über Kurkuma?«

Eyk schüttelte den Kopf.

»Aber Knoblauch, Zwiebeln und fetten Fisch solltet Ihr in ausreichender Menge auftreiben können?«

»Das können wir«, sagte Fenna. Sie war froh, etwas tun zu können, das Vater helfen konnte.

»Aus alldem kocht Ihr einen Sud und flößt dem Redjeven so viel davon ein, wie nur geht. Außerdem gebt Ihr auf jeden Becher Sud einen Viertelbecher Lein- und Hanföl.«

»Das ist eine gute Rezeptur«, bestätigte Eyk. »Ich werde sie ansetzen, sobald Ihr mir Ingwer und Kurkuma zukommen lasst.«

»Ich sende Euch einen Boten, wenn ich wieder in der Niederlassung bin.« Signore di Monte warf einen Blick auf Fennas Vater. »Mehr kann ich zurzeit nicht tun. Wenn er die ersten vier Tage überlebt, besteht Hoffnung. Bis dahin jedoch wappnet Euch. Er kann jederzeit von uns gehen.«

Vier Tage! Jetzt schon schien die Zeit stillzustehen, schien jede Sekunde sich zu dehnen, so als wollte sie einfach nicht vorübergehen. Wie sollte sie das vier Tage überstehen? Fenna packte die Hand ihres Vaters fester. Sie würde nicht von seiner Seite weichen. »Ich danke Euch, Signore di Monte. Was bin ich Euch schuldig?«

»Nichts. Signore di Amalfio begleicht meine Rechnung. Gott schütze Euch und Euren Vater.«

Der Medicus verließ den Raum, Fenna wandte sich an ihren Gönner. »Signore di Amalfio, ich kann das nicht annehmen. Was immer der Medicus verlangt, ich werde es begleichen.«

»Ihr und Euer Vater habt immer treu zu den Venezianern gehalten. Allein, dass die Piraten endlich den Hafen verlassen haben, was wir Eurem Vater zu verdanken haben, wiegt den Einsatz des Medicus um ein Vielfaches auf. Sosehr Ihr Euch bemühen möget, ich werde nicht einen Schilling von Euch nehmen.«

Fenna legte eine Hand aufs Herz. »Habt Dank. Ich weiß Euren Beistand zu schätzen. Solltet Ihr etwas benötigen, ich werde Euch gerne geben, was immer ich kann.«

Signore di Amalfio verneigte sich. »Ihr seid zu gütig. Ich tue doch nur, was jeder tun würde. Ich werde für Euren Vater ohne Unterlass beten, so wie alle meine venezianischen Brüder und Schwestern es tun werden. Und nun lasse ich Euch in Ruhe.«

Der Signore nickte Eyk zu, der ihn misstrauisch ansah, und verließ die Stube.

Fenna war noch immer wie betäubt. Von einem Augenblick auf den anderen war ihr Leben auf den Kopf gestellt. Dass ihr in der Not so viele zur Seite sprangen, tröstete sie ein wenig, doch es machte Vater nicht gesund. Sie strich ihm zärtlich über den Kopf. Wie sehr sie ihren Vater liebte. Für ihn würde sie alles tun.

14

Luca

Luca trat vor die Tür. »Die Wege des Herrn sind unergründlich«, murmelte er und achtete darauf, nicht der Länge nach hinzuschlagen. Dass der Redjeve schwerkrank aufs Lager geworfen war, damit hätte er im Traum nicht gerechnet. Wegen Fenna Jaspers tat es ihm leid, aber für seine Pläne konnte es günstiger nicht kommen.

Noch immer war alles mit einer Eisschicht bedeckt. Bevor er den Medicus ins Haus der Jaspers gerufen hatte, hatte er alle Knechte auf die Dächer seiner Lagerhäuser gescheucht, um das Eis zu zerschlagen, damit es nicht zu schwer wurde und die Dächer einstürzten. Er war nicht der Einzige, dem diese Idee gekommen war. Von überallher hörte er das knirschende Geräusch Dutzender Holzhämmer, die auf Eis trafen, und das helle Klirren, wenn die gefrorenen Platten auf dem Boden zerschellten.

Signore di Monte wartete im Kontor, er lief ungeduldig auf und ab. Kaum war Luca eingetreten, schimpfte er auch schon los.

»Bei der Heiligen Jungfrau Maria! Wäre ich nur gestern abgereist. Aber ich wollte ja unbedingt das Biikebrennen, diesen zutiefst heidnischen Brauch, einmal persönlich erleben, um in Venedig damit anzugeben. Das soll mir eine

Lehre sein, Pläne nicht aufzuschieben wegen eines zweifelhaften Vergnügens. Wenn es nicht um die Interessen Venedigs ginge, bei Gott, ich hätte nicht einen Fuß über die Schwelle dieses Hauses voller Ketzer gesetzt, geschweige denn dem Schamanen die Hand gereicht. Ich werde sie ein Dutzend Mal mit Wein waschen müssen, damit sie wieder rein wird. Und sobald ich zurück bin in Venedig, werde ich mich mit heiligem Wasser von oben bis unten abreiben.«

Luca hatte den Medicus nicht nur mit Geld überzeugt, sondern ihm auch ins Gewissen geredet, damit er den Redjeven und die Methoden des Schamanen begutachtete.

»Tut das, wenn es Euch dazu drängt. Habe ich richtig verstanden, Signore di Monte, dieser Eyk ist kein Scharlatan?«

»In der Tat, er hat dem Redjeven das Leben gerettet, und er weiß von den richtigen Tinkturen, um ihn weiter zu behandeln. Dennoch ist er Schamane, daher ein Ketzer übelster Sorte, und diese Fenna ebenfalls. Habt Ihr nicht ihre Kette gesehen, mit dieser Heidenfigur daran? Wenn ich mich nicht täusche, ist es Frigga, eine der widerlichsten Gottheiten der Friesen. Sie steht für die ungezügelte Fleischeslust, für Sodomie und Ehebruch. Es ist mir ein Rätsel, warum die Grafen und Herzöge von Schleswig und Holstein nicht endlich unter den Friesen aufräumen.«

»Die Antwort darauf ist einfach. Die Friesen sind zu stark. Natürlich kann man die eine oder andere Harde überfallen und auch das eine oder andere Dorf niederbrennen. Aber wenig später wird man allen Friesen, die eine Waffe halten können, gegenüberstehen. Und glaubt mir, die meisten Friesen können mit ihrem Schwert vorzüglich umgehen, und sie wissen auch, wie man Pfeil und Bogen einsetzt. Sie sind schwer zu besiegende Kämpfer, denn sie fürchten den Tod nicht. Auch wenn sie zerstritten wirken, wenn es um das eine oder andere Stück Land geht: Droht Gefahr von außen, stehen sie zusammen wie ein Mann. Sogar die Frauen kämpfen an der Seite ihrer Krieger, wenn es hart auf hart kommt.«

»Warum verbietet man ihnen dann nicht den Besitz von Waffen?«

Luca unterdrückte ein Lachen. Der Signore hatte nicht die geringste Ahnung, mit welchem Volk er es zu tun hatte. Kein Wunder. Er war als Medicus nur zuständig für die Venezianer, die in der Niederlassung lebten, und er hatte in der Zeit, in der Luca hier weilte, nicht einmal die Umfriedung verlassen. »Ihr könnt gerne versuchen, einem Friesen sein Schwert abzunehmen. Ihr werdet danach den besten Chirurgicus der Welt benötigen, um Eure Einzelteile wieder zusammenzuflicken. Denkt nicht über Dinge nach, die Ihr nicht verstehen könnt. Wichtig ist, dass Ihr mir alles meldet, was Ihr im Hause der Jaspers aufschnappt. Gebt Euch weiterhin freundlich. Venedig wird es Euch danken. Und Eurer Geldkatze schadet es auch nicht.«

»Wie lange muss ich dieses elende Spiel spielen?«

»Das, Signore, müsst Ihr mir sagen. Wie lange wird der Redjeve noch leben?«

»Das weiß nur Gott allein, aber ich befürchte, es wird bald mit ihm zu Ende gehen. Ich habe schon viele gesehen, deren Herzen ihre Arbeit nicht mehr verrichten wollten, und die wenigsten haben mehr als vier Wochen überlebt. Den Redjeven wird der Herr noch eher zu sich rufen, das scheint mir sicher.«

Luca überlegte einen Moment, ob er den nächsten Satz sagen sollte, ob er den Signore damit verärgern würde oder nicht. Er entschied sich dafür, denn auf gar keinen Fall durfte beim Tod des Redjeven auch nur der geringste Verdacht auf die Venezianer fallen. »Ich gehe davon aus, dass Ihr dem Herrgott die Entscheidung überlasst, wann der Redjeve gehen muss?«

Die Augen des Medicus verengten sich zu Schlitzen. »Haltet Ihr mich für lebensmüde? Wenn die Friesen davon Wind bekämen, dass ich beim Tod des Redjeven die Hand im Spiel hatte, würden sie mich kochen und an die Schweine verfüttern, würden sie meiner habhaft werden. Und wenn mich nicht die Friesen erwischen, würde mir der Doge die Haut vom Leibe ziehen lassen. In schmalen Streifen, denn das ist besonders schmerzhaft.«

»Verzeiht meine Worte, aber ich muss sichergehen, dass die Venezianer in Rungholt auch dann noch willkommen sind, wenn der Redjeve tot ist und ein anderer seinen Platz eingenommen hat.«

»Habt Ihr schon jemanden ins Auge gefasst?«

Luca sah keinen Grund, den Medicus nicht einzuweihen. Im Gegenteil, wenn er wusste, um wen es ging, konnte er noch gezielter seine Ohren aufsperren. »Ich wünsche mir den Ove Barwegen als Redjeven. Er ist ein Mann des dänischen Königs. Er wird alles versuchen, Rungholt und ganz Nordfriesland von den Grafen zu lösen.«

»Ah, ich verstehe. Gott ist Euch in seiner Weisheit zu Hilfe geeilt.«

»Ich wünsche dem Redjeven nicht den Tod, das könnt Ihr mir glauben. Er ist ein redlicher Mann und ein guter Führer. Er hat Rungholt nach vorn gebracht. Ove Barwegen hingegen kennt vor allem seine eigenen Interessen.«

»Dieser Barwegen wird schwer zu kontrollieren sein. Ein gefährliches Spiel.«

»Ein Spiel wie jedes andere, wenn es um die große Politik geht und die Interessen unserer geliebten Stadt Venedig. Ich werde sicherlich das eine oder andere finden, mit dem ich ihn in der Hand haben werde. Und wenn nicht – eine dunkle Nacht, keine Zeugen, eine Gasse und ein schnelles Messer werden das Problem lösen. Ich habe meine besten Männer aus Venedig mitgebracht. Sie sind wie Schatten. Den Barwegen brauchen wir nur so lange, bis Rungholt dem dänischen König gehorcht, ihm Abgaben zahlt und Bewaffnete stellt, damit er Dänemark wieder groß machen kann.«

Der Medicus holte tief Luft. »So sei es. Ein guter Plan. Und seid versichert, dass ich mein Bestes geben werde.«

Luca lächelte verbindlich. Und wenn nicht, dachte er, werdet Ihr wünschen, dass man Euch nur die Haut vom Leibe zieht.

15

Fenna

Eyk war eingeschlafen, Fenna jedoch hatte nicht ein Auge zutun können. Die Götter hielten das Leben ihres Vaters in Händen, und sie wusste, wie launisch sie waren. Sie kämpfte mit den Tränen, sobald sie daran dachte.

Ihr Vater gab ein gurgelndes Geräusch von sich. Eyk sprang aus seinem Stuhl, als hätte ihm jemand einen Eimer kaltes Wasser übergeschüttet. Er fühlte seinen Puls, nickte. »Schwach, gleichmäßig und langsam.«

Fenna drückte die Hand des Vaters, und als er ihren Druck erwiderte und die Augen aufschlug, machte ihr Herz einen Sprung vor Freude. Zuerst schien er nichts zu erkennen, doch dann heftete er seinen Blick auf Fenna.

»Mein Kind, da bist du ja. Was ist denn passiert? Ich weiß nur noch, dass Barwegen mich beschimpft hat und ich auf der Warft gestrauchelt bin.«

»Du bist gestürzt, warst fast tot. Aber Eyk hat dich Hel noch einmal entreißen können. Ich vermute, die Herrscherin der Unterwelt ist jetzt wütend, dass sie dich nicht bekommen hat.« Fenna lächelte verkrampft, sie spürte Tränen in ihren Augen, die wie Feuer brannten.

»Eyk, mein guter Eyk«, sagte Vater schwach. Sein Blick war verschleiert, so als hätte er zu lange geschlafen.

Er stöhnte, versuchte, sich aufzurichten, doch er hatte nicht genug Kraft und sank sofort wieder zurück auf sein Kissen.

»Es fühlt sich an, als lägen hundert Lasten Blei auf meiner Brust. Du musst mir etwas Starkes geben, Eyk, damit ich wieder auf die Beine komme. Barwegen wartet nur darauf, dass ich die Waffen strecke. Und dann wird er die Uthlande Waldemar Atterdag in den Rachen werfen, und die Grafen werden mit Feuer und Schwert über Rungholt kommen. Das darf ich nicht zulassen.«

Fenna schluckte. Selbst jetzt, wo Vater kaum bei Kräften war, dachte er an die Stadt, die Edomsharde, die Uthlande und ganz Nordfriesland, und an das, was wohl geschehen würde, wenn er nicht mehr wäre.

Eyk lächelte zaghaft. »Ove Barwegen ist noch lange nicht Redjeve, denn du lebst, und die Wahl ist erst im Oktober. Glaubst du, ich habe dich Hel entrissen, nur damit du dich selber umbringst? Es gibt nichts, was ich dir geben kann, außer Ruhe und Mitteln, die dein Blut wieder zum Fließen bringen, denn es ist so zäh wie Melasse. Dein Herz vermag es nicht mehr dorthin zu befördern, wo es benötigt wird. Wenn es gelingt, dein Blut flüssiger zu machen, wirst du bis zur Wahl wieder auf den Beinen sein, zumindest so weit, dass du daran teilnehmen kannst.«

»Das glaubst du doch selbst nicht, Eyk. Wie vielen hast du schon das letzte Geleit gegeben, die so wie ich gefällt wurden?«

Fenna ertrug es nicht. »Vater, rede nicht so. Signore di Amalfio hat den besten Medicus kommen lassen, den es gibt. Er und Eyk werden dich gesund machen.«

»Mein Kind, ich zweifle nicht daran, dass ich die beste Medizin bekomme, die es gibt, und ja, vielleicht werde ich wieder gesund. Aber wenn nicht?« Er hob eine Hand und strich Fenna über die Haare. »Bist du bereit?«

»Bereit wozu?«

»Ich habe dir alles beigebracht, was du wissen musst, um die Geschäfte zu führen und mich zu vertreten.«

Fenna spürte den Boden unter ihren Füßen weich werden, als stecke sie in Treibsand. »Ich kann dich nicht vertreten, Vater, niemals. Du weißt so viel mehr, du kennst die Leute, kennst die geschriebenen und ungeschriebenen Gesetze. Außerdem bin ich eine Frau. Die meisten Amtsmänner und Ratsleute würden mich nicht respektieren.«

»Mit der Zeit werden sie es, glaub mir. Ich werde ein wenig schlafen. Es wird alles gut.«

Doch wie sollte alles wieder gut werden, wenn Vater mehr tot war als lebendig? Nur wenn er wieder gesund würde, nur dann konnte alles wieder gut werden.

Er schloss die Augen, und nach wenigen Atemzügen ging sein Atem ruhig und gleichmäßig, er war in den Schlaf geglitten. Oder war es bereits der nahende Tod?

Fenna ließ seine Hand nicht los. Im Moment war ihr gleichgültig, wer Redjeve wurde oder nicht, ob die Uthlande dem König Treue schworen oder den Grafen und Herzögen. Jetzt zählte nur, dass Vater wieder gesund wurde. Dafür würde sie alles tun.

Eyk trat hinter sie. »Ich werde die Schriften zurate ziehen, die ich habe. Vielleicht gibt es etwas, das weder ich noch Signore di Monte sehen.«

Fenna erhob sich, nahm Eyk in die Arme und drückte ihn, so fest sie konnte. Sie musste nichts sagen. Eyk strich ihr über das Haar, dann verließ auch er die Schlafstube.

Fenna blieb allein zurück und fühlte sich so einsam wie noch nie.

16

Luca

Antonio, der Kammerdiener, betrat Lucas Schlafgemach. »Guten Morgen, Signore di Amalfio. Die Sonne geht gleich auf, Ihr wünschtet geweckt zu werden.«

Antonio war eine Perle. In den zehn Jahren, die er ihm diente, war er nicht ein einziges Mal zu spät gekommen, hatte er nicht ein Mal etwas vergessen. Vielleicht lag es daran, dass Luca ihn fast wie seinesgleichen behandelte und ihm keine Befehle in rüdem Ton erteilte, wie es andere Noble taten, sondern ihn stets freundlich bat. Natürlich würde Antonio niemals eine Bitte abweisen, aber Luca wusste aus eigener Erfahrung, dass die Untergebenen besser arbeiteten und weniger bestechlich waren, wenn man sie mit Respekt behandelte.

Luca hatte Signore di Monte noch eine weitere Geldkatze zugesteckt, damit dieser sich überwinden konnte, das Haus der Jaspers so lange zu besuchen, bis der Redjeve entweder tot oder genesen war. Wobei der Medicus mehrfach betont hatte, er glaube nicht, dass der Herrgott bei dem Redjeven ein Wunder wirken würde, sondern dass Jaspers' Erkrankung, sein nahender Tod eher eine Strafe sei für ihn und alle Ungläubigen.

Die Worte des Medicus hatten noch eine Zeit in Lucas Kopf nachgehallt. Er zweifelte nicht daran, dass Gott die Geschicke der Menschen lenkte. Nur war es oft nicht einfach, zu begreifen, was sein Wille war. Sandte Gott ihm mit der Krankheit des Redjeven ein Zeichen, dass er richtig handelte, dass es ihm gefiel, die Uthlande der Herrschaft Schleswigs zu entreißen und damit die Macht Venedigs zu vergrößern? Oder war es eine Warnung, dass Gott jederzeit auch ihn mit seinem Zorn treffen konnte? Manchmal spürte Luca einen Anflug von Müdigkeit, das vage Gefühl, dass er sich am liebsten auf seinem Weingut zur Ruhe setzen würde. Doch dann trieb ihn das Fieber, große Dinge zu bewegen, in die Welt und gab ihm Kraft.

Antonio stellte das Frühstück auf einen kleinen Tisch neben dem Bett. »Wünscht Ihr noch etwas, Signore?«

»Nicht was das Frühstück betrifft. Es ist wie immer tadellos. Ich danke dir, Antonio. Hast du gut geruht?«

»Danke, Signore, ausgezeichnet.«

»Wunderbar. Dann begib dich zum Frühstück, falls du es noch nicht eingenommen hast.«

»Ich danke Euch, Signore.«

Antonio zog sich zurück, Luca machte sich über das Frühstück her. Geröstetes Brot mit Olivenöl aus seiner Heimat, gebratener Schinken mit drei Hühnereiern, dazu warme Milch mit Honig. Es blieb nicht ein Krümel übrig, nicht nur weil Luca so ausgehungert war, sondern weil er nichts verschwenden wollte. Er hatte erlebt, was es bedeutete, zu hungern, als er als Schiffbrüchiger fast zwei Wochen auf dem Mittelmeer getrieben war. Er hatte nur überlebt, weil es oft geregnet und er die Tropfen hatte auffangen können. Die Verschwendungs- und Prunksucht vieler Herren und Adliger widerte ihn an. Anstatt die Armen damit zu speisen, warfen sie eimerweise Reste von ihren überbordenden Tafeln den Schweinen vor. Er wischte sich den Mund mit dem bereitgelegten Tuch ab, verließ das Bett und kleidete sich an.

Er wählte einen Umhang aus Marderfell, obwohl er sich Zobel hätte leisten können. Doch der war dem Dogen vorbehalten. Darüber trug er einen schwarzen Mantel als Zeichen seiner Bescheidenheit. Die Morgentoilette allein zu versehen, war eine Eigenart von ihm. Es hatte einige Zeit gedauert, bis er Antonio davon überzeugt hatte, dass es nicht an dessen Fähigkeiten lag, sondern nur an ihm selbst. Das morgendliche Ankleiden gehörte wie das Waschen und Rasieren zu den Dingen, die Luca alleine vollzog, denn in dieser Zeit wollte er ungestört seinen Gedanken nachhängen. Nur seine Frisur wurde von einem Meister in die richtige Form gebracht. Hätte er selbst Hand angelegt, er hätte sich nicht mehr auf die Straße getraut. Die Morgenstunde war die beste Zeit, um über den Tag nachzusinnen, über die Dinge, die zu tun, und die Dinge, die geschehen und von Bedeutung waren und was aus ihnen folgen musste.

Er dachte an das Biikebrennen und die Beleidigungen von Ove Barwegen. Wäre Luca in Venedig Gleiches geschehen, er hätte seinen Kontrahenten zum Duell gefordert und ihn in die Hölle geschickt. Denn es gab nur wenige, die sich mit ihm im Fechten messen konnten. Wer weiß, vielleicht hätte Tammo Jaspers den Ove Barwegen verprügelt, wenn der Wille Gottes ihn nicht daran gehindert hätte.

Zu tun war heute einiges. Er erwartete zwei Galeeren, deren Laderäume mit Olivenöl, Glaswaren und Seide gefüllt waren. Die Händler würden ihm die Waren aus der Hand reißen und fast jeden Preis dafür zahlen, denn sowohl die Hansestädte als auch die dänischen Kaufleute warteten voller Sehnsucht auf die Lieferungen. Dennoch würde jeder feilschen, als ginge es um sein Leben. Luca musste die Verhandlungen überwachen und dafür sorgen, dass sich die venezianischen Kaufleute nicht übervorteilen ließen, aber auch nicht zu hohe Preise verlangten. Die Galeeren sollten in ihren Bäuchen Fischtran, Bernstein von der Nordsee und Wolle von den Britischen Inseln aufnehmen und damit so schnell es ging nach Venedig zurückkehren. Denn nichts bremste den Geldfluss mehr als Waren, die nicht verkauft werden konnten. Zeit war Geld, und wer zu spät kam, der erhielt nur noch die Brotkrumen und riskierte sogar seinen Ruin, wenn er auf einer Schiffsladung sitzenblieb.

Nicht weniger wichtig war sein Treffen mit dem Amtsmeister der Schneider, Pit Mommens. Er hatte ihn schon mehrfach gesprochen und herausgefunden, dass er zwar königstreu war, aber gleichzeitig Tammo Jaspers als Redjeven behalten wollte. Luca hatte ihn noch nicht bedrängt, doch jetzt lagen die Dinge anders. Tammo Jaspers konnte sein Amt nicht mehr ausüben, es würde zu einer Wahl kommen, bei der ein Ersatzmann bestimmt wurde, bis die turnusgemäße Wahl im Oktober den rechtmäßigen neuen Redjeven bestimmte. Deswegen musste er Pit Mommens auf Ove Barwegen einschwören, musste dafür sorgen, dass der schon jetzt zum Redjeven wurde. Seine Wiederwahl war dann so gut wie sicher. Damit konnte Luca viele Monate Zeit und viel Geld sparen.

Luca ging in seine Schreibstube, zu der nur er Zutritt hatte, denn dort stand die Schatztruhe, aus der er seine Ausgaben für seine Spione und die Bestechungsgelder für die Wahl zum Redjeven bestritt. Sie war noch immer gut gefüllt. Ein Ratsmann in Rungholt war deutlich billiger zu haben als in Venedig. Denn dort waren die, die in den Großen Rat gewählt wurden, so vermögend wie zehn Ratsmänner aus Rungholt.

Um seinen Hals trug er zwei Schlüssel. Der eine passte in die Schatztruhe, der andere in die Truhe, in der er seine wichtigsten Dokumente aufbewahrte. Darunter auch einen Stapel an eng beschriebenen Seiten, auf denen er zu allen, die das Recht hatten, den Redjeven zu wählen, alles notiert hatte, was seine Spione in Erfahrung gebracht hatten. Es waren achtundvierzig Bögen. Außerdem hatte er für Eyk, den Schamanen, Bischof Adalrich und einige der höheren Amtspersonen von Rungholt einen eigenen Vorgang angelegt. Besonders interessant war die Vergangenheit des freundlichen und friedliebenden Schamanen. Ob Fenna wusste, dass eine ganze Menge Blut an seinen Händen klebte? Bei Adalrich wiederum hatte Luca nichts Unredliches entdecken können. Ganz anders bei Pit Mommens.

Luca nahm ein Schriftstück aus der Truhe, das er erst vor zwei Tagen erhalten hatte und auf dem eine Verfehlung des Amtsmeisters niedergeschrieben war, mit der Luca ihn vollständig in der Hand hatte. Würde Pits besondere Vorliebe bekannt, war er als Amtsmeister erledigt, und nicht nur das. Luca legte die Urkunden zurück in die Truhe, verschloss sie und verließ die Schreibstube. Er würde Pit Mommens einen Besuch abstatten. Wozu die angenehmen Dinge aufschieben?

17

Jorik

Jorik stand am Hafen in einem ihrer Lagerhäuser über ein Fass Salzhering gebeugt. Er hatte kaum geschlafen, sich herumgewälzt, darüber gegrübelt, was aus Fenna werden sollte, wenn ihr Vater sterben würde, was alle Götter verhindern mochten. Lieber verzichtete Jorik auf Fenna, als dass sie, die schon ihre Mutter verloren hatte, auch noch den Schmerz über den Verlust ihres Vaters ertragen musste. Vielleicht war ja genau das der Wille der Götter: Sie wollten seine Liebe zu Fenna prüfen.

Er richtete sich auf, legte seine rechte Hand aufs Herz. »Ich schwöre bei Odin, dem Göttervater, bei Jesus Christus und seinem Vater, dass ich meine Liebe zu Fenna gebe für das Leben ihres Vaters. Sollte es anders sein, so soll mich Thors Hammer treffen und Jesus Christus mich in die Hölle werfen.«

Wie auch immer die Götter entschieden, über kurz oder lang musste sie heiraten, das stand außer Frage. Wenn Fennas Vater nicht mehr war, dann hätten sie heiraten können, denn Jorik war inzwischen willens und bereit, den Streit mit seinem Vater auszutragen, der unweigerlich folgen würde. Aber die Sache hatte einen Haken. Er war nicht mündig, ebenso wie Fenna, und das bedeutete, dass für die nächsten vier Jahre der Besitz der Jaspers unter der Verwaltung seines Vaters stehen würde. Bevor er nicht einundzwanzig Jahre alt war, konnten sie nicht heiraten, denn sein Vater würde ihn niemals für mündig erklären, wenn ihm dadurch der fetteste Braten entging, den er jemals bekommen könnte. Das war nicht das einzige Problem.

Es war gut möglich, dass nicht nur sein Vater, sondern auch andere Amtsmeister und Ratsleute Klage führen würden, um Fenna unter einen Vormund zu stellen. Denn der Besitz der Jaspers, die Salzwiesen und die damit verbundene Produktion des Goldes der Küste, war lebenswichtig für den Handel der Stadt. Man würde ein Thing einberufen, und er war sich so gut wie sicher, dass man der Klage stattgeben würde. Immerhin war es Fennas Recht, sich einen Vormund auszusuchen, denn sie war weder eine Verbrecherin noch verrückt noch eine unehrlich Geborene. Denen nämlich wurde ein Vormund vom Gericht bestimmt. Doch es galt, was das Thing beschloss, ohne Wenn und Aber. Je mehr er darüber nachdachte, desto verwirrender wurde es. Jorik konnte sich nur eine Person vorstellen, die Fenna als Vormund wählen würde. Eyk, den Schamanen. Doch der war bei den Rungholtern, die sich aus Überzeugung hatten taufen lassen, verschrien. Wie Jorik es drehte und wendete, es gab keine Lösung. Bis auf die: Fennas Vater durfte nicht sterben.

Jorik wandte sich wieder der Arbeit zu, damit ihn seine Gedanken nicht vollkommen lähmten. Mehrere Wagenladungen gesalzener Hering mussten für den Transport vorbereitet werden: Der Fisch musste gezählt, gewogen und zum Teil umgeschichtet werden, damit er nicht faulte, eine Arbeit, die viel Zeit kostete. Es war wärmer geworden, aus dem Eis war Matsch geworden, der Himmel war klar.

Wenn das Wetter hielt, konnten die Wagen in zwei oder drei Tagen nach Rostock abfahren, wo der Fisch sehnlichst erwartet wurde, denn ihre Verbindungsleute wollten damit Pelze und den besonders beliebten und wertvollen Bernstein von der Ostsee eintauschen, der im Süden mit gutem Gewinn gehandelt wurde.

»He, Jorik, was ist los, bist du eingeschlafen? Hast du zu viel getrunken, gestern?«

Jorik schreckte hoch, warf einen Blick auf das Fass, das er gerade versiegeln wollte. Der Deckel fehlte.

Barne, die rechte Hand seines Vaters, hielt ihn in der Hand und grinste Jorik an. »Vielleicht wäre es besser, wenn du dich einen Moment ausruhst?« Er legte den Kopf schief.

Barne genoss das volle Vertrauen seines Vaters, war sein Stellvertreter und deshalb befugt, Jorik zu sagen, was er zu tun hatte, solange es ums Geschäft ging. Daher wusste Jorik, dass Barne das nicht ernst meinte.

»Oh ja, der italienische Wein, du weißt schon. Zuerst ist er lieblich wie ein Lämmchen, und dann plötzlich raubt er dir zuerst den Verstand und danach das Bewusstsein.«

Barne lachte. »Davon kann ich auch ein Liedchen singen.« Er schlug Jorik freundschaftlich auf die Schulter, knallte den Deckel aufs Fass und befestigte das Siegel der Barwegens, das ein Fass und einen Hering zeigte und für beste Qualität und großzügig bemessene Mengen stand.

»Wer saufen kann, kann auch arbeiten, nicht wahr? Also los, du solltest den Knechten ein Vorbild sein. Je schneller du arbeitest, desto eher kannst du dich ausruhen.«

Wie gerne hätte Jorik ein wenig geschlafen. Doch im Moment würde er keine Ruhe finden, das war gewiss.

18

Fenna

Jemand legte eine Hand auf Fennas Schulter. »Frou Jaspers.«

Im Halbschlaf erkannte Fenna Fraukes Stimme, öffnete die Augen, erinnerte sich und schrak hoch. Vater! Sie musste eingeschlafen sein, auf dem Stuhl an seinem Bett, nachdem alle gegangen waren. Noch immer hielt sie seine Hand. Sie war warm. Den Göttern sei Dank. Jetzt hörte sie auch seinen Atem, und als sie einen Finger an seinen Hals legte, spürte sie deutlich das Klopfen seines Herzens. Sie nahm Frigga in die Hand. Sie und Mutter waren es gewesen, die Vater über Nacht beschützt hatten.

»Verzeiht, dass ich Euch erschreckt habe, aber es ist bereits Tag und vor der Tür warten Männer. So wie sie gekleidet sind, sind es Kaufherrn, Knechte und die Tagelöhner, die nach Arbeit fragen.«

Fenna schaute Frauke verständnislos an. »Was ist mit Wolfram von Selgrund? Kann unser Verwalter nicht …«

»Er darf zwar siegeln, aber nicht unterschreiben. Deshalb soll ich Euch rufen.«

»Aber Vater. Ich kann ihn nicht alleine lassen.«

»Ich werde nicht von seiner Seite weichen. Ich habe die Mägde bereits in ihre Aufgaben eingewiesen. Kümmert Ihr Euch um die Leute, ich gebe auf Euren Vater acht.«

»Aber das geht doch nicht, was, wenn er …«

Frauke legte Fenna sanft eine Hand auf den Arm. »Das kann ich verstehen, aber er wird so schnell nicht sterben. Und nur Ihr könnt die Geschäfte im Moment weiterführen. Denkt an die Männer, die ihre Familien versorgen müssen. Gebt Ihr ihnen keine Arbeit, müssen die Kinder hungern.«

Frauke hatte ja recht, aber Fenna würde so schnell machen, wie es irgend ging, und dann sofort zu ihrem Vater zurückkehren. »Ihr ruft mich, sobald sich an seinem Befinden irgendetwas ändert.«

»Aber ja, Frou Jaspers, das schwöre ich bei Gott dem Allmächtigen.«

Obwohl Fenna keinen Grund hatte, an Fraukes Worten zu zweifeln, zögerte sie. Was, wenn es doch ganz plötzlich mit Vater zu Ende ging? Würde sie schnell genug bei ihm sein?

Sie küsste Vaters Hand und strich ihm über den Kopf. »Ich muss dich für einen Moment verlassen, Vater. Aber ich komme bald wieder.«

»Es wird alles gut werden, Frou Jaspers. Ich werde für ihn beten.«

Fenna nickte und verließ die Schlafstube schweren Herzens. Bevor sie jedoch den Leuten gegenübertrat, musste sie sich frischmachen und ihre Frisur in Ordnung bringen. Sie fühlte sich, als hätte sie sich zwei Wochen nicht mehr gewaschen. Während sie mit dem Kamm durch ihre Haare fuhr, die heute besonders widerspenstig waren, überlegte sie, was der Vater ihr über die Geschäfte beigebracht hatte. Alle Vorgänge waren säuberlich in Büchern eingetragen. Offene Rechnungen, Warenlieferungen, Bestellungen, anstehende Lohnzahlungen und die Arbeiten, die von den

Tagelöhnern zu erledigen waren, all das konnte sie nachlesen. Nachdem sie ihre Haare endlich gebändigt hatte, stieg sie hinab ins Kontor.

Wolfram von Selgrund, der Verwalter, saß bereits am Tisch und erhob sich, als er Fenna sah. »Verzeiht, Frou Jaspers, dass ich Euch stören muss.«

»Ich bitte Euch, Herr von Selgrund. Es ist ja Eure Aufgabe, die Geschäfte in Gang zu halten. Ihr handelt richtig.« Fenna fühlte sich wie im Traum. Geschah all dies wirklich? »Was ist zu tun? Wo soll ich unterschreiben?«

Wolfram von Selgrund zeigte auf Dokumente, die er auf dem Tisch ausgebreitet hatte. »Es sind Anweisungen an unsere Lieferanten, Bestellungen für Bauholz, Hopfen, Nägel, Werg und Schindeln. Die Schindeln benötigen wir für das Dach des Lagers, in dem Brenntorf aufbewahrt wird. Es ist undicht, der Torf ist feucht geworden. Das Salzsieden muss warten, bis alles getrocknet ist, dann erst können die Pfannen wieder angeheizt werden. Gott sei Dank sind vom letzten Jahr ausreichend Salzvorräte vorhanden, um alle Verträge einzuhalten. Euer Vater hat klug gehaushaltet.«

»Das hat er, und bald wird er wieder die Zügel in die Hand nehmen.«

»Aber ja, Frou Jaspers. Ich bete für ihn. Doch wie wollen wir bis dahin verfahren? Von Rechts wegen seid Ihr die Vertreterin Eures Vaters in allen Geschäften. Das hat er so bestimmt, und so sieht es das Gesetz der freien Friesen vor.«

Fenna wusste von der Urkunde, in der ihr vom Vater die Vollmacht erteilt worden war für alles, was die Geschäfte der Jaspers anging. Doch sie hatte nicht geglaubt, dass sie so bald davon Gebrauch machen musste. Und sie wollte es auch nicht. Sie musste sich um Vater kümmern.

»Herr von Selgrund. Bitte setzt ein Schriftstück auf, in dem ich Euch für die laufenden Geschäfte nicht nur zum Siegeln, sondern auch zum Unterschreiben bevollmächtige.«

Der Verwalter atmete tief ein und aus. »Ich danke Euch für Euer Vertrauen, Frou Jaspers, und verstehe gut, dass Ihr Euch zurzeit nicht mit den Geschäften belasten wollt. Seid Ihr sicher, die Verantwortung aus Euren Händen geben zu wollen? Nicht, dass ich Euch nicht helfen will, aber diese Verantwortung wäre für mich eine schwere Bürde.«

Diese Worte bestätigten Fenna darin, nicht an Wolfram von Selgrunds Treue zu zweifeln. Seit mehr als zehn Jahren arbeitete er für Vater, und es hatte nie Schwierigkeiten gegeben.

»Ich vertraue Euch, so wie Vater Euch vertraut hat. Um Euch die Last von der Schulter zu nehmen, formuliert die Vollmacht so, dass Ihr alle Geschäfte, die einen Wert von weniger als hundert Mark Lübisch haben, abschließen könnt. Alles, was darüber ist, muss von mir gegengezeichnet werden. Ist das in Eurem Sinne?«

»Das ist eine sehr gute Idee.« Er deutete eine Verbeugung an. »Verzeiht, wenn ich das so sage, aber daran sehe ich, dass Ihr wahrhaft die Tochter Eures Vaters seid. Ihr seht ein Problem und löst es. Mit Weitsicht und Klugheit. Ich bin davon überzeugt, dass Ihr die Geschäfte genauso gut führen würdet wie Euer Vater, der, möge Gott es so fügen, sich bald wieder von seiner Bettstatt erheben wird.«

»Ich danke Euch für Eure Komplimente und Eure guten Wünsche.«

Fenna sah das vollkommen anders. Sie war sich sicher, dass sie ständig falsche Entscheidungen treffen würde. Und wie sollte sie mit den Ratsmännern fertigwerden, die den ganzen Tag nicht anderes taten, als sich mit den Feinheiten des Handels und des Rechts zu beschäftigen? Nein, dies war die beste Lösung, Wolfram von Selgrund war ein redlicher Mann, der noch nicht einmal mehr Geld wollte für mehr Verantwortung.

»Und ich ordne übrigens an, dass Ihr Euch ein Drittel mehr Lohn auszahlt.« Bevor der Verwalter widersprechen konnte, hob sie eine Hand. »Keine Widerrede. Ihr werdet viel mehr arbeiten müssen, vielleicht den ganzen Tag und die halbe Nacht. Und dafür verdient Ihr nicht nur meine Anerkennung, sondern auch mehr Lohn.«

Wolfram von Selgrund verbeugte sich erneut. »Ich werde Euch nicht enttäuschen, Frou Jaspers. Und was immer Ihr wissen wollt, fragt mich. Jederzeit.«

»Das werde ich. Setzt Ihr jetzt bitte die Urkunde auf, damit unsere Leute nicht länger warten müssen?«

»Selbstverständlich.«

Er setzte sich an den Tisch, nahm zwei Bögen Pergament, Tinte und Feder und schrieb. Er hatte eine gleichmäßige, leicht verschnörkelte Handschrift. Fenna schien es, als habe er bei einem Buchmaler das Schreiben gelernt. Er brauchte nicht lange für die beiden Dokumente. Fenna las sie durch, sie waren in ihrem Sinne. Sie unterschrieb beide und drückte das Siegel der Jaspers darunter, das seit Generationen im Besitz der Familie war. Es war dreigeteilt und zeigte die Siedepfanne, eine Kogge sowie drei Linien übereinander: Die oberste war gewellt, sie stellte die Nordsee dar, die mittlere war in der Mitte geknickt und stand für die Deiche, den Schutz vor der See, die unterste war gerade, Symbol für die flachen Marschen und Salzwiesen.

Sie reichte dem Verwalter die Hand. »Ich danke Euch.«

Wolfram von Selgrund sah sie ernst an. »Ich hoffe, ich werde meiner Aufgabe gerecht.«

Da wurde die Tür zum Kontor aufgestoßen. Frauke stürmte herein. »Frou Jaspers«, rief sie. »Ihr Vater!«

Fennas Herz begann zu rasen. Wäre sie doch nur bei ihm geblieben.

»Er ist wach, Frou Jaspers. Ich wusste es, alles wird gut.«

Augenblicklich rannte Fenna los, stürmte die Treppe hoch, den Flur entlang, bremste ihre Schritte, damit sie Vater nicht erschreckte, und trat in die Schlafstube.

Er lächelte sie an, streckte eine Hand aus. »Setz dich, mein Kind. Wir müssen besprechen, was wir begonnen haben. Es geht um mein Vermächtnis, das duldet keinen Aufschub.«

Fenna traten die Tränen in die Augen. »Sag so etwas nicht.«

Vater stöhnte. »Wäre nur diese Müdigkeit nicht.« Seine Lider flatterten, plötzlich riss er die Augen auf. »Weißt du noch, wie wir in Tondern waren? Du warst vierzehn, aber du sahst aus wie zehn, weil du ein weites Gewand trugst, das deine Weiblichkeit verbarg.«

Fenna lächelte verkrampft. »Und weil ich mir Zöpfe geflochten hatte. Wie könnte ich das jemals vergessen?

»Wir spazierten über den Markt, du hattest dich bei mir untergehakt, wir scherzten, du hast mich in den Arm genommen und dann auf die Wange geküsst.«

»Und dann kam ein Spielmann daher, im Kostüm des Hofnarren, ist um uns herumgesprungen und hat immer wieder gesagt, dass ich doch viel zu jung sei für die Ehe.« Fenna schniefte, putzte sich die Nase, wischte die Tränen weg.

»Bevor ich etwas sagen konnte, hast du mit dunkler Stimme erwidert: ›Mein Herr, ich muss doch bitten, ich werde im nächsten Jahr zehn und erwarte mein drittes Kind. Was daran ist ungewöhnlich?‹ Dem Spielmann hatten die Worte gefehlt, und die Leute lachten ihn aus.«

Es war ein wundervoller Tag gewesen, einer der wenigen, an denen Fenna ihren Vater ganz für sich gehabt hatte.

Er schaute sie an, in seinen Augen lag keine Trauer, sondern Zuversicht. »Ich werde ein wenig schlafen, dann reden wir weiter.«

Kaum hatte er die Worte ausgesprochen, schlossen sich seine Lider. Fenna fasste seine Hand noch fester und drückte sie an ihr Herz.

»Vater, bitte sprich mit mir. Egal worüber, nur öffne die Augen. Ich flehe dich an.«

Doch ihr Flehen wurde nicht erhört. Sie ließ sich aufs Bett sinken und weinte.

19

Luca

Der Tag hatte mit einem gewinnbringenden Handel für Luca begonnen, doch dann hatte es eine Schwierigkeit nach der anderen gegeben. Eine Kogge musste entladen werden, doch es fanden sich kaum Tagelöhner ein, denn die hatte der Verwalter der Jaspers alle angeheuert, um zwei Lagerhallen voller Brenntorf umzustapeln. Luca hatte sofort Knechte ausgesandt, in den umliegenden Dörfern und Höfen Leute aufzutreiben. Jeder Tag, an dem die Ware nicht gestapelt werden konnte, kostete viel Geld. Dann hatte er Pit Mommens nicht angetroffen, weil der schon früh am Morgen nach Tondern aufgebrochen war. Sein Trost war, dass er heute vielleicht einiges über die Jaspers erfahren konnte. Einer seiner Zuträger hatte einen Mann aufgetrieben, der angeblich alles über die Küste, die Schiffe, das Salz und die Familie Jaspers wusste.

Sie hatten sich nach der Dämmerung am Abend im Hafen, in der Taverne »Zum grünen Hering«, verabredet, wo es regelmäßig zu Prügeleien unter den Seeleuten kam, wenn sie zu viel getrunken hatten. Um möglichst nicht erkannt zu werden, hatte sich Luca unauffällig gekleidet, und um sich verteidigen zu können, einen Dolch und ein kleines Sandsäckchen eingesteckt, mit dem er, wenn er es in die Faust nahm, einen Gegner mit einem Schlag außer Gefecht setzen konnte. Luca hätte sich lieber woanders mit dem Mann getroffen, aber der hatte darauf bestanden, denn er würde immer in »den Grünen Hering« gehen.

Von der Niederlassung bis zum Hafen war es eine Siebtel Meile. Luca zog sich die Kapuze über den Kopf. Sein dunkler Teint, seine Nase, seine Gesichtszüge verrieten allzu deutlich, dass er aus dem Süden kam. Es dämmerte, in seinem grauen Umhang verschmolz er mit der Landschaft. Wie ein Schatten huschte er am Deich entlang und erreichte unerkannt die Taverne. Er trat ein, Gegröle schlug ihm entgegen und der widerliche Geruch von Bier, Schweiß, Bratfisch und verbranntem Dung.

Niemand nahm Notiz von ihm, er schaute sich um und fand seinen Mann in einer Ecke vor einem hölzernen Humpen an einem Tisch, der den Eindruck machte, schon hundert Jahre dort zu stehen. Der Mann war unschwer an seiner Säufernase zu erkennen, die Beschreibung des Zuträgers war genau gewesen.

Luca setzte sich mit Schwung auf einen Schemel, mit dem Rücken zur Schankstube. Der Mann zuckte zurück, erkannte ihn aber sofort.

»Ihr seid spät, Venezianer.« Er zeigte auf den leeren Humpen. »Nennt mich Dirksen.«

Luca winkte der Schankmagd, die mit säuerlicher Miene zwei gefüllte Humpen auf den Tisch krachen ließ. Er achtete darauf, dass sein Gesicht bedeckt blieb und drückte ihr eine Münze in die Hand.

»Der Rest ist für dich.«

Sie betrachtete die Münze, ihre Miene hellte sich auf, sie knickste. »Vielen Dank, werter Herr, wenn Ihr außer dem

Bier noch andere Dienste wünscht, wendet Euch nur an mich. Ich kenne mich aus.« Sie zwinkerte ihm zu.

»Leider bin ich gerade beschäftigt. Ein anderes Mal vielleicht.«

Sichtbar enttäuscht zog die Magd ab.

»So eine Münze könnte ich auch gut gebrauchen«, meinte Dirksen.

»Wenn du mir sagst, was ich wissen will, können wir darüber reden.«

»Fragt.«

Luca war es schon unangenehm genug, dass Dirksen wusste, wer er war. Doch das war nicht zu umgehen.

»Erzähl, auf welchem Schiff fährst du?«

»Auf der *Sturmwind.*«

»Eine Kogge?«

»Was sonst?«

»Es gibt einige, die fahren auf den Fischerprahmen.«

»Bin aber kein Fischer.«

»Du warst nicht immer auf See, oder?«

»Hab früher Salz gekocht. Bei den Jaspers.«

»Und warum bist du weg?«

Der Mann hielt Luca die Hände hin. Sie waren übersät mit tiefen Falten und Narben.

»Ich hab's nicht vertragen. Eines Tages sind sie rot geworden, und ich hatte höllische Schmerzen. Ging erst weg, als ich nichts mehr mit dem Salz zu tun hatte. Konnte nicht mehr arbeiten. Aber die Jaspers haben mir Geld gegeben und mir die Heuer besorgt.«

»Die Jaspers sind gute Leute. Sie lassen keinen im Stich. Ist recht so, sie verdienen mit dem Salz eine Menge Geld«, sagte Luca und versuchte so zu sprechen wie Dirksen. Doch das war gar nicht so einfach.

»Das tun sie.«

Dirksen legte den Kopf schief. »Ihr seid auf der Suche nach einem einträglichen Geschäft, nicht wahr?«

»Wer ist das nicht?«

»Es gibt so manche, die möchten schnell reich werden, ohne harte Arbeit«, stocherte Dirksen weiter.

»Was willst du damit sagen?« Luca fühlte sich unbehaglich. Es war ein Fehler gewesen, Dirksen zu treffen. Er war schlau. Er konnte vielleicht zur Gefahr werden, wenn er etwas ausplauderte oder einfach nur ein Gerücht säte, zum Beispiel, dass die Venezianer Verschwörungen planten, gegen wen auch immer.

»Habt Ihr schon mal von der *Sillebüll* gehört?«

»Ist das ein Schiff?«

Dirksen trank seinen Humpen leer, Luca orderte einen frischen.

»Was sonst. Wer es findet, hat ausgesorgt.«

»Und warum suchst du es nicht?«

Dirksen winkte ab. »Ein bisschen muss man schon in die Tasche greifen, um sie zu heben.«

Luca verzog das Gesicht. Dirksen wollte Geld für das Heben eines Schiffes, das es nicht gab, nichts weiter. »Lass gut sein. Spinn dein Seemannsgarn woanders.«

»Die *Sillebüll* war ein sehr gutes Schiff. Beladen mit Kostbarkeiten.«

»Und woher willst du das wissen?«

Dirksen senkte die Stimme. »Habt Ihr schon mal Schiffbruch erlitten?«

»Ja, du musst mir nichts erzählen. Mit einer Kogge. Wäre mir mit einer unserer Galeeren nicht passiert. Es sind die besten Schiffe im Mittelmeer. Sie sind ganz anders als die lahmen Koggen. Sie können segeln, werden aber auch von vielen Männern gerudert, können also bei völliger Flaute fahren und sogar bei Sturm. Sie bereisen die halbe Welt. Bis nach China.«

»China? Was ist das?«

Luca zwang sich ein Lächeln aufs Gesicht. »China ist ein unvorstellbar großes und reiches Land, in dem Menschen wohnen, deren Haut gelb ist.«

»Sind die krank? Der Medicus sagt, wer eine gelbe Haut hat, der lebt nicht mehr lange. Der hat zu viel Bier getrunken.«

Luca musste sich beherrschen, um nicht laut loszulachen. »Nein, die sind nicht krank. Die Haut der Chinesen ist immer so.« Er verzichtete darauf, zu erzählen, dass die Augen der Chinesen schräg standen. Das hätte Dirksen restlos überfordert.

Dirksen zeigte mit einem Finger auf die Wand, vor der er saß. In dieser Richtung lag die Nordsee. »Das Meer holt sich viele Schiffe. Gute Schiffe. Aus aller Herren Länder. Allein Rungholt hat im letzten Jahr zwei Dutzend Schiffe verloren, und die Hanse erst.« Er winkte ab. »Die kann man gar nicht mehr zählen.«

Luca bezweifelte, dass Dirksen weiter als bis drei zählen konnte. Die Magd brachte den nächsten Humpen, lächelte Luca verheißungsvoll an, doch der schickte sie mit einer Handbewegung weg. Dirksen leerte auch diesen Humpen in einem Zug. Luca orderte noch einen, diesmal ließ Dirksen keine unnötige Zeit vergehen und leerte auch den. Luca schickte sich nicht an, einen weiteren zu bestellen. Erst musste Dirksen reden.

»Deine Geschichte vom sagenhaften Silberschiff *Sillebüll* kannst du jemand anderem verkaufen. Von mir bekommst du nicht einen Pfennig.«

Er beugte sich zu Luca, der sich beherrschen musste, nicht zurückzuweichen. Die wenigen Zähne, die der Mann noch im Mund hatte, waren gelbbraun, entsprechend übel war sein Atem.

»Ihr wollt Geheimnisse hören?«

»Was immer von Bedeutung ist.«

Dirksen leckte sich mit der Zunge über die Lippen. Luca drückte ihn zurück auf seinen Schemel.

»Mein Hals kratzt. Er ist zu trocken zum Sprechen.«

Luca hatte genug. Der Kerl war gierig, ein Fass ohne Boden. Er zog seinen Dolch und setzte ihn unter dem Tisch an Dirksens Gemächt. Der bekam Glubschaugen, der Unterkiefer klappte ihm herunter.

»Pass auf, du stinkender Haufen Lumpen. Du hast viel Bier bekommen. Und jetzt bekomme ich etwas, womit ich zufrieden bin. Sonst schneide ich dir hier und jetzt deinen Pisseschlauch ab und werfe ihn den Hunden vor.«

Dirksen wurde blass. »Schon gut, schon gut, nur keine Aufregung.« Er schien einen Moment nachzudenken. »Es gab da mal einen Broke Westland. Ist ein paar Jahre her. Der hat der kleinen Jaspers, der Fenna, schöne Augen gemacht. Und wenn ich mich nicht täusche, hat er sie irgendwann nicht nur angeglotzt, sondern auch angefasst. Kurz danach ist er weg gewesen. Kein Mensch weiß, wo er hin ist. Ich denke, der Jaspers hat ihn in die Nordsee geworfen. Ist ja auch sein gutes Recht. Und nun nehmt bitte Euer Messer zwischen meinen Beinen raus.«

Luca steckte die Klinge weg. »Warum nicht gleich so.«

»Kriege ich jetzt noch einen Humpen?«

Luca winkte der Schankmagd, die sofort einen Humpen brachte, den Luca auf seine Tischseite zog. Sie versuchte erneut, Luca mit ihrem Lächeln zu becircen, doch der sah sie nur böse an. Daraufhin machte sie sich mit wippenden Hüften davon.

»Pass auf, Dirksen. Das reicht mir nicht. Es hieß, du weißt alles über die Jaspers.«

»Na ja, was heißt hier alles? Man hat sich erzählt, dass der Tammo Jaspers was mit der Frauke gehabt haben soll.«

»Willst du mir einen Bären aufbinden? Der Redjeve hätte fast jede Frau aus Rungholt haben können. Auch die Jungen und Hübschen.«

»Ich mein ja nur.«

Dieser Dirksen war ein Reinfall. Die Sache mit diesem Broke Westland war nichts wert. Selbst wenn sich herausstellen sollte, dass Fenna Jaspers geschändet worden war, half ihm das nichts. Im Gegenteil. Er musste dafür sorgen, dass niemand davon erfuhr, denn sonst wäre Fenna für den Heiratsmarkt wertlos. Sollte ihr Vater sterben, wäre die einfachste Lösung, dass Jorik Barwegen sie zur Frau nahm. Damit hätten die Barwegens die absolute Macht in Händen. Und Luca würde Ove Barwegen kontrollieren.

Damit Dirksen nicht auf dumme Gedanken kam, drückte Luca ihm eine Münze in die Hand. »Wir haben nie miteinander gesprochen, klar?«

Der Mann ließ die Münze blitzartig in seinem Gewand verschwinden.

»Vollkommen klar.«

»Sollte ich erfahren, dass du irgendjemandem von mir und diesem Gespräch erzählt hast, wirst du es bereuen.«

Dirksen nickte, schien nicht besonders beeindruckt.

»Denk an meinen Dolch. Und an die Männer, die dich kennen, du aber sie nicht.«

Dirksen blickte sich hektisch um.

»Vergiss es. Du wirst sie nicht entdecken. Haben wir uns jetzt verstanden?«

Luca sah Schweißperlen auf Dirksens Stirn. So war es recht. Er zog noch zwei Münzen aus der Tasche, legte sie vor sich hin. »Am besten du verschwindest aus Rungholt.«

Dirksen schluckte hart. »Ich wollte sowieso weg.«

Luca warf ihm noch einen scharfen Blick zu und verließ die Taverne. Auf Umwegen kehrte er in die Niederlassung zurück, wo er Luigi und Alessandro zu sich rief. Er befahl ihnen, die Familie Barwegen zu durchleuchten. Wenn sie nichts fanden, musste er etwas erfinden. Die Wahl war zu wichtig, als dass man sie den Ratsleuten überlassen durfte.

20

Fenna

Fenna erwachte aus einem unruhigen Schlaf. Eyks sanfte Stimme hatte sie geweckt.

»Fenna, der Medicus ist da. Es ist schon fast Abend. Du hast lange geschlafen.«

Sie richtete sich auf, spürte die warme Hand ihres Vaters.

»Verzeiht, Frou Jaspers, aber ich muss Euren Vater untersuchen.«

Widerwillig erhob sich Fenna und trat einen Schritt zurück.

Der Medicus schlug die Decke auf, und Fenna erschrak. Vaters Beine waren angeschwollen.

»Bei der Heiligen Jungfrau Maria«, sagte der Medicus.

»Was bedeutet das, Eyk?« Sie blickte ihm in die Augen und sah darin Trauer. Angst bemächtigte sich ihrer.

»Fenna, es tut mir so leid. Es bedeutet nichts Gutes.«

Fenna konnte die Tränen nicht zurückhalten. »Was heißt das?«

Der Medicus schlug die Decke wieder über Vaters Beine. Seine Augen waren kalt. »Er wird die Nacht nicht überleben. Ich kann Euch nur raten, den Priester zu holen.«

Fenna schüttelte den Kopf. »Nein, das kann nicht sein.

Macht doch etwas. Ihr seid der beste Medicus, so heißt es. Ihr habt gesagt, er wird wieder gesund.«

Doch Signore di Monte schüttelte nur den Kopf.

Fenna legte ihre Hände auf Eyks Schultern und schüttelte ihn. »Du darfst nicht aufgeben. Wo ist das Zimtöl? Was ist mit dem Sud von Signore di Monte? Vielleicht muss er doch zur Ader gelassen werden? Hast du nichts in deinen Büchern gefunden, Eyk? Bitte, so sag doch etwas. Hilf meinem Vater. Er ist doch dein Freund.«

In Eyks Augen schimmerten Tränen. »Der beste, den ich je hatte. Bei allen Göttern, es ist eine harte Prüfung.« Er zog Fenna an sich. »Ich kann nichts mehr tun. Denn meine Bücher sagen, dass die angeschwollenen Beine das Zeichen für den nahen Tod sind. Wenn das Herz zu schwach ist, staut sich das Wasser im ganzen Körper, zuletzt in den Lungen. Es ist wie bei einer Sturmflut. Sind die Deiche zu schwach, ertrinkt das Land.«

Fenna machte sich los, warf sich über ihren Vater, schluchzte.

»Ich denke, meine Dienste werden nicht mehr gebraucht«, hörte Fenna den Medicus wie von ferne sagen.

»Wir danken Euch für Eure Mühe, Signore di Monte«, erwiderte Eyk an Fennas Stelle. »Und dankt auch Signore di Amalfio. Richtet ihm aus, dass er allzeit willkommen sein wird in diesem Haus.«

»Ich werde es ihm ausrichten. Und wenn es Euch recht ist, auch den Priester rufen.«

»Aber ja, ich danke Euch. Und sagt Frauke bitte, dass sie nach Tammos Freunden schickt.«

Fenna hörte Schritte, die Tür ging, dann war es bis auf die unregelmäßigen Atemzüge ihres Vaters still.

Eyk zog sie sanft von ihrem Vater herunter, sie kniete

sich vor dem Bett nieder, ohne seine Hand loszulassen. Eyk schwieg eine Weile.

In Fenna tobte ein Sturm. Vater lebte, und der Medicus und Eyk konnten sich täuschen. Hatten sie nicht beide gesagt, dass Vaters Leben in den Händen der Götter lag? Aber wie konnte sie die Götter nur besänftigen? Sie umfasste mit einer Hand Frigga. Sie war die höchste Göttin, fast so mächtig wie Odin.

»Bitte, Frigga, nimm mir meinen Vater nicht. Er ist ein guter Mensch, und ich brauche ihn so sehr.«

Vater hustete, bäumte sich auf. Fenna hielt den Atem an. Er hustete erneut, schlug die Augen auf und blickte ins Leere, doch dann erkannte er Fenna.

»Mein Kind.« Seine Stimme war nur ein Flüstern, so schwach, dass die leiseste Brise sie verweht hätte.

»Vater.« Fenna stockte, ihre Kehle war so eng, dass sie kaum sprechen konnte.

Die Tür öffnete sich, Adalrich trat ein und mit ihm Vaters Freunde, ihre Mienen waren voller Trauer und Bestürzung.

Vater sah zu ihnen hin, lächelte, dann heftete er seinen Blick auf Fenna, deren Herz zerspringen wollte.

»Bitte verzeih mir, mein Kind, dass ich dich verlassen muss, aber es ist der Wille der Götter, und ich gehe nicht in Bitterkeit. Wer eine so wundervolle Tochter hat, darf sich glücklich schätzen, im Leben wie im Tod.«

Sosehr Vaters Worte sie stolz machten, sosehr schmerzten sie. Tränen liefen ihr in Strömen über die Wangen und tropften auf die Bettdecke.

Er hustete, schnappte nach Luft wie ein Ertrinkender, hob seine rechte Hand einen Zoll über die Decke. »Kommt alle her und hört, was ich zu sagen habe.«

Gewänder raschelten, die Schlafstube war voller Menschen, denn Vater hatte viele Freunde in Rungholt.

»Alles, was ich jetzt vor Zeugen kundtue, ist in meiner Handschrift niedergelegt, gezeichnet und gesiegelt.« Er schloss die Augen, atmete schwer, hustete. »Hiermit erkläre ich nach Recht und Gesetz der Friesen meine Tochter Fenna Jaspers für mündig in allen Angelegenheiten. Sie soll mich vertreten als Redjeve.«

Adalrich zog scharf die Luft ein, Eyk nickte zufrieden, die anderen schwiegen betroffen. Doch Fenna wollte nur in seinen Armen liegen, so wie früher, als sie noch ein Kind gewesen war. Sie wollte nicht mündig sein, nicht erwachsen, wenn das den Tod ihres Vaters bedeutete.

»In einer Sache soll sie meiner Bitte folgen und Hennerk Ydsinglond zum Manne nehmen. Mit seinem Vater habe ich bereits alles besprochen.«

Fenna erschrak. Sie sollte Joriks besten Freund heiraten? Wie sollte das gehen? Vater sprach weiter, sie wagte es nicht, ihn zu unterbrechen.

»Was ihr gehört, soll auch weiterhin ihr gehören. Ihre Mitgift beträgt zweihundert Pfund Silber.« Er griff nach Fennas Händen. »Ich weiß, dass ich dir damit eine große Last aufbürde. Doch glaub mir, du bist der einzige Mensch, der sie tragen kann. Bedenke, dass du dir immer Rat holen kannst bei unseren Freunden. Doch entscheiden sollst du.« Schwach drückte er ihre Hand. »Versprich mir, dass du mein Vermächtnis erfüllst.«

Fenna wusste nicht, was sie sagen sollte. Sie wollte weder Redjeve sein noch Hennerk heiraten. Wusste Vater überhaupt, was er da sagte? Dass er dem einzigen Menschen, der seinem Vermächtnis sicherlich nicht gewachsen war, alle Verantwortung übergab?

»Vater, ich kann doch nicht …«

Er stöhnte. Adalrich und Eyk traten näher.

»Fenna, es geht zu Ende. Du musst dich verabschieden. Und du musst sein Vermächtnis annehmen oder ablehnen.« Eyk legte ihr eine Hand auf die Schulter.

Ablehnen? Fenna konnte das Vermächtnis ihres Vaters nicht ablehnen. Auch wenn es sich so anfühlte, als würde er sie geradewegs in einen aussichtslosen Kampf schicken und in eine unglückliche Zukunft mit einem Mann, den sie als Freund sehr schätzte, aber nicht liebte.

Er zog ihren Kopf mit einer Kraft, die sie ihm nicht mehr zugetraut hätte, so weit herunter, dass ihr Ohr an seinem Mund war. Er flüsterte, sodass nur sie seine Worte hören konnte. »In meiner Schreibstube unter den Dielen findest du wichtige Dokumente. Über viele Leute. Darin steht, vor wem du dich hüten musst und wem du vorerst vertrauen kannst. Und noch viel mehr. Verwende es weise.«

Fenna wurde plötzlich ganz ruhig. So wie damals, als sie begriff, dass Mutter nie wiederkommen, dass sie nie wieder ihre Stimme hören und nie wieder in ihren Armen einschlafen würde. »Ich werde tun, was immer du wünschst, Vater.«

Ein zufriedenes Lächeln trat auf sein Gesicht. »Im Augenblick mag es sich anfühlen, als würde ich dir Unrecht tun, mein Kind. Aber bald wirst du merken, dass es das Richtige ist.«

Fenna richtete sich auf, ohne die Hand ihres Vaters loszulassen. Sie würde bei ihm bleiben, bis zum letzten Atemzug, egal wie lange es dauern würde.

Adalrich beugte sich über Vater, träufelte aus einer Phiole Öl auf seine Stirn und zeichnete mit dem Finger das

Kreuz der Christen nach. »Bereue deine Sünden, mein Sohn, und Gott wird dir vergeben.«

Fenna widerstrebte es, dieses Ritual an ihrem Vater vollzogen zu sehen, von einem Mann, der ihn für einen Ketzer hielt und am liebsten in die Hölle geschickt hätte. Doch es war Vaters Wille, die letzte Ölung zu erhalten. Vor den alten Göttern musste er keine Sünden bereuen. Er war ein aufrechter Mann und ein tapferer Krieger gewesen und würde mit Freuden in der Großen Halle begrüßt werden.

»Ich bereue meine Sünden.«

Fenna konnte ihn kaum verstehen, so leise sprach er. Adalrich schlug das Kreuz über ihrem Vater. »Ego te absolvo in nomine patris et filii et spiritus sancti. Deine Sünden sind dir vor Gott vergeben. Möge der Herr dich aufnehmen in sein ewiges Reich.«

»Danke, Bischof«, flüsterte Vater. »Wenn ich vor Gott trete, werde ich Euch ihm empfehlen.«

Adalrich nickte knapp und trat zurück.

Fenna strich ihrem Vater über den Kopf, er schloss die Augen, seine Gesichtszüge entspannten sich. Vielleicht gab es ja doch Hoffnung. Sie betrachtete sein Antlitz, prägte sich seine Züge ein, strich über jede Falte, denn sie wollte sein Gesicht niemals vergessen, so wie es bei Mutter geschehen war. Noch einmal öffnete er die Augen, sah Fenna an, doch diesmal schien er sie nicht zu erkennen, sein Blick ging ins Leere, aber seine Hand krampfte sich um ihre. Er atmete tief ein und wieder aus. Sein Blick brach, seine Hand erschlaffte.

»Nein, bitte nicht, Vater!« Fenna bedeckte sein Gesicht mit Küssen. »Wach auf. Wach bitte auf. Du kannst später schlafen. Ich muss dir doch noch so viele Sachen erzählen.« Sie rüttelte ihn an der Schulter, doch er bewegte sich nicht.

Vielleicht war er wieder ohnmächtig geworden. Ja, das musste es sein. Gleich würde er die Augen aufschlagen, sie anlächeln, und sie würden wieder in ihren Erinnerungen schwelgen.

Eyk beugte sich zu ihrem Vater, fühlte seinen Puls und hielt ihm eine Silberscheibe vor den Mund, auf der sich kein Atem niederschlug. Er seufzte. »Es ist vorbei. Er ist bald bei deiner Mutter. So viele Jahre hat er ohne sie leben müssen.«

Doch kein Wort konnte Fenna Trost spenden. Sie ließ ihren Kopf auf Vaters Brust sinken, weinte und wollte gleichfalls sterben.

21

Fenna

Fenna wusste nicht mehr, wann Eyk sie vom Sterbebett ihres Vaters weggezogen hatte, damit er gewaschen und für die Aufbahrung hergerichtet werden konnte. Ihre Erinnerung war verschwommen, so als hätte sie hohes Fieber gehabt. Frauke hatte sie ins Bett gebracht, war den Rest der Nacht bei ihr geblieben, hatte ihre Hand gehalten und ihr heiße Milch eingeflößt, bis Eyk gekommen war, um sie abzuholen. Frauke und Eyk stützten sie, damit sie nicht die Treppe hinunterstürzte, sie fühlte sich schwach wie eine hinfällige Greisin, ihr Kopf schien zwischen zwei aufeinanderschlagenden Hämmern zu stecken, ihre Beine verweigerten ihren Dienst. Sie wollte schlafen, nur noch schlafen.

»Fenna!«

Sie sah Eyk an, dessen Augen vom Weinen rot gerändert waren.

»Fenna. Denk an deinen Vater.«

»Ich denke an nichts anderes«, wisperte sie.

»Denk nicht an seinen Tod. Denk an sein Leben. Wie er war, welch glückliche Zeit ihr miteinander verbracht habt. Ich werde dich nicht halten, wenn du gleich vor die Tür trittst, auch wenn du in die Knie gehen und mich den Rest deines Lebens hassen solltest. Es ist an dir, das Andenken deines Vaters zu ehren. Es ist an dir, im Leben zu bleiben, bei aller Trauer, die dich noch lange begleiten wird, die du nicht verleugnen sollst. Aber wenn du dich ihr hingibst, bist du verloren.«

Zorn wallte in Fenna hoch. Am liebsten hätte sie Eyk gepackt und geschüttelt. Doch der Zorn verwehte so schnell, wie er gekommen war, denn er hatte recht. Der Schmerz über Vaters Tod füllte ihr ganzes Sein aus, beherrschte sie wie ein ungnädiger Fürst. In ihrem Bauch bildete sich ein Knoten, der immer größer wurde, sie zu zerreißen drohte. Plötzlich löste sich ein Schrei aus ihrer Kehle, so laut, dass Frauke und Eyk zusammenzuckten. Als er verklang, fühlte Fenna neue Kraft. Sie streckte ihre Beine und ihr Rückgrat durch. Der Schmerz über Vaters Tod war nicht verschwunden, aber er war etwas in den Hintergrund getreten. Es war, als wäre ein Vorhang zur Seite gezogen worden, hinter dem sie eine unbekannte und graue, aber dennoch eine Zukunft sehen konnte. Sie wischte sich übers Gesicht, atmete tief ein und aus.

»So lasst uns gehen und meinen Vater würdig begleiten.«

Eyk schloss kurz die Augen. »Ich werde an deiner Seite stehen, Fenna, was immer auch geschehen mag.«

»So wie ich, Frou Jaspers«, sagte Frauke und trocknete ihre Tränen.

Fenna umarmte beide, machte sich los. Tief in ihrem Inneren spürte sie ein leises Zittern, und sie hörte die Stimme ihres Vaters, erinnerte sich. »Ich bin stolz auf dich, mein Kind. Du hast deine Angst überwunden. Du hast dein Leben in deine eigenen Hände genommen.« Sie war gerade acht geworden und im Galopp von einer Stute gefallen, die gebockt hatte. Sie hatte sich den Kopf aufgeschlagen und wollte nicht mehr aufsteigen. Vater hatte es ihr überlassen, sie aber gefragt: »Wer von euch beiden ist die Herrin?«

Da hatte sie nicht gezögert und sich von ihm zurück in den Sattel helfen lassen. Immer wieder hatte sie sich gesagt: Du bist die Herrin über diese Stute. Seitdem war sie nie wieder vom Pferd gefallen.

Vater war bereits ins Rathaus gebracht worden, wo die Menschen zwei Tage lang von ihm Abschied nehmen konnten. Fenna musste den Anfang machen, dann erst durften die anderen zu ihm.

Sie öffnete die Tür und musste einen Moment innehalten, wieder drohten ihre Gefühle sie zu überwältigen, doch diesmal war es Rührung. Ganz Rungholt war gekommen. Außer dem Wind und dem Kreischen der Möwen war kein Laut zu hören. Niemand trug eine Kopfbedeckung, fast alle legten eine Hand auf ihr Herz und neigten ihr Haupt. Fenna trat hinaus und verbeugte sich tief. Dann schritt sie durch das Spalier der Menschen, hin zum Rathaus, wappnete sich, ihren toten Vater zu sehen. Am Eingang erblickte sie zu ihrer Freude Jorik, der ihr einen langen Blick schenkte. An seinen rot geränderten Augen erkannte sie, dass auch er trauerte. Wie hatte sie nur vergessen können, dass es einen Menschen gab, der sie so sehr liebte wie sie ihn. Jorik war ein Teil ihrer Zukunft, ein wunderbarer. Allein wegen ihm lohnte es sich, zu leben. Sie ging an ihm vorbei, schenkte ihm den Hauch eines Lächelns, so fein, dass nur er es erkannte. Sie betrat das Rathaus. Dutzende Kerzen brannten, Kräuter wurden verbrannt, die Amtsmeister standen in vollem Ornat Spalier, bis zum Portal des Saales. Der große Kamin, der normalerweise den Rat wärmte, war verloschen, so wie das Leben ihres Vaters.

Fenna spürte die Kälte nicht, zögerte nur einen Moment, dann drückte sie mit beiden Armen die Flügel auf und ging zehn Schritte auf ihren Vater zu. Jeder Schritt war eine Kraftanstrengung, für jeden musste sie ihren ganzen Willen aufbringen.

Er war in das dunkelrote Gewand des Redjeven gekleidet, lag auf einem weißen Leintuch, das in getrocknete Blumen gebettet war. Seine Hände lagen gefaltet über seiner Brust. Vier Soldaten der Stadtwache rahmten ihn ein. Wie friedlich er aussah. Fenna konnte und wollte nicht verhindern, dass ihr die Tränen erneut über die Wangen flossen und die Trauer sie überfiel. Doch diesmal ging sie nicht in die Knie. Sie würde sich anstrengen, für ihn, doch ob sie wirklich sein Vermächtnis erfüllen konnte, das wagte sie zu bezweifeln.

»Du wirst niemals Redjeve werden, hörst du«, zischte eine Stimme neben ihr.

Sie fuhr herum. Es war Ove Barwegen, der dem Brauch nach als Zweiter dem Redjeven das letzte Geleit gab, denn er war der Amtsmeister der Fischer.

»Du wirst in der Ratsversammlung verzichten, ist das klar? Sonst wird es dir schlecht gehen.«

Fenna fühlte sich, als hätte ihr Barwegen eine schallende Ohrfeige verpasst. Es dauerte einen Moment, bis sie sich besinnen und begreifen konnte, was gerade vor sich ging. Ove Barwegen missbrauchte sein Vorrecht, um sie unter Druck zu setzen. Um ihr zu drohen. Kalte Wut verdeckte die Trauer, legte sich wie ein Schutzmantel um sie. Hatte sie vor wenigen Augenblicken noch gezweifelt, waren jetzt alle Vorbehalte verschwunden.

Sie lächelte Ove Barwegen an. »Ich danke Euch vielmals für Eure Anteilnahme.«

Sie hörte Barwegens Kiefer mahlen. »Das wirst du bereuen …«

»Ich hätte nicht gedacht, dass der Tod meines Vaters, des Redjeven, Euch so tief trifft. Ich hoffe, Eure Trauer wird nicht allzu lange andauern. Ich weiß, dass Ihr mich am liebsten noch mehr trösten würdet, aber tretet jetzt bitte beiseite, damit die anderen Bürger von Rungholt meinen Vater ehren können.«

Barwegens Kopf wurde knallrot, Fenna rechnete mit dem Schlimmsten, aber er stellte sich hinter ihrem Vater auf seinen Platz und schwieg. Nun kamen die anderen Amtsmeister, und alle zeigten Mitgefühl und wünschten Fenna Kraft und den Beistand der Götter. Auch diejenigen, die Vater nicht zum Redjeven gewählt hatten. Beeke kam zu ihr, umarmte sie, sie musste nichts sagen, trat wieder zurück. Endlich kam Jorik. Sie spürte, dass er sie am liebsten in die Arme genommen hätte wie Beeke, so wie sie es auch am liebsten getan hätte.

»Es tut mir so leid, Fenna.«

»Ich danke für Eure Teilnahme, Jorik Barwegen«, erwiderte Fenna.

Er räusperte sich, hielt eine Hand vor den Mund und flüsterte, damit niemand es hören konnte. »Wir sehen uns auf dem Heuboden«, wisperte er.

Fennas Herz machte einen Sprung. Sie nickte kaum merklich. Jorik stellte sich zu seinem Vater, der die ganze Zeit nur grimmig vor sich hin stierte.

Nach und nach defilierten die Rungholter an Fenna vorbei. Auch Signore di Amalfio drückte sein tiefes Mitgefühl aus und versicherte Fenna, dass sie sich jederzeit an ihn wenden könne, wenn sie etwas, was auch immer, benötigte. Sie bedankte sich in der Gewissheit, dass sie das Angebot nicht annehmen würde. Sie wollte niemanden, den sie nicht lange genug kannte, ins Vertrauen ziehen, auch wenn Luca di Amalfio keinen Anlass zu Misstrauen gab.

Als die Glocken zur sechsten Stunde läuteten, war die Aufbahrung für heute beendet. Fenna würde warten, bis der Saal sich in umgekehrter Reihenfolge geleert hatte, und dann mit Eyk nach Hause zurückkehren.

Als Letzter schritt Ove Barwegen an Fenna vorüber.

Er wandte sich um. »Das letzte Wort ist noch nicht gesprochen, Fenna Jaspers.«

Dabei fletschte er die Zähne wie ein Wolf und verließ dann schnellen Schrittes das Rathaus. Doch Fenna hatte keine Angst vor Joriks Vater. Hunde, die bellten, bissen nicht.

Fenna warf einen Blick auf ihren Vater. Die Trauer war noch immer da, aber sie konnte ihn anschauen, und ein anderes, genauso starkes Gefühl gesellte sich zur Trauer: die Liebe zu ihrem Vater. Die würde nie vergehen.

22

Luca

Luca warf die Gabel auf den Teller. Er saß in seiner Schreibstube zu Tisch, das Huhn duftete köstlich, doch ihm war der Appetit vergangen. Vor ihm stand Signore di Monte und gab ein jämmerliches Bild ab. Er ließ seinen Kopf hängen, und wenn er etwas sagte, konnte Luca ihn kaum verstehen.

»Ihr seid gegangen, bevor der Redjeve gestorben ist?«

»Aber ich hatte nichts mehr zu tun.«

Luca war verblüfft über so viel Einfalt im Kopf eines Gelehrten. Wahrscheinlich hatte seine Abneigung gegen die Ketzer seinen Verstand vernebelt. »Ihr hättet bleiben müssen, solange es möglich gewesen wäre, um mitzuhören, was gesprochen wurde. Aber Ihr konntet ja nicht schnell genug weg.«

»Ich …«

Luca schnitt mit der Hand durch die Luft. »Genug! Ihr könnt von Glück reden, dass Ihr ein bedeutender Medicus seid und sich die Neuigkeiten auch ohne Eure Hilfe herumgesprochen haben. Ansonsten wäre Euer Leben verwirkt. Aber das Geld, das ich Euch gab, das erstattet Ihr mir sofort, und zwar doppelt, oder ich überlege es mir noch einmal.«

Di Monte griff in seinen Umhang, zog seine Geldkatze hervor, warf einen Blick hinein und legte sie vor Luca auf den Tisch. »Es ist mehr als das Doppelte, Signore. Ich danke Euch für Eure Gnade.«

Luca zählte das Geld. Es war tatsächlich fast das Dreifache der Summe, die Luca dem Medicus gezahlt hatte. »Ich wünsche Euch eine angenehme Reise«, sagte er, ohne di Monte noch einmal anzusehen.

Der entfernte sich katzbuckelnd aus der Schreibstube.

Luca widmete sich wieder seiner Mahlzeit. Es war nichts Besonderes, ein Brathuhn, rote Rüben und Weißbrot, dazu ein Falerner. Di Montes Geldkatze hatte ihn ein wenig damit versöhnt, dass auf den Medicus kein Verlass gewesen war. Religiöse Eiferer waren als Spione nicht geeignet. Sie sahen die Welt zu einseitig, waren im Geiste nicht beweglich genug. Wie gut, dass Luca sich nie auf nur eine Quelle verließ. Eine der Stadtwachen hatte ihm gegen ein kleines Entgelt erzählt, was während der Aufbahrung des Redjeven zwischen Fenna Jaspers und Ove Barwegen geschehen war. Dieser Barwegen war noch dümmer, als er gedacht hatte. Luca kannte Fenna Jaspers noch nicht lange, aber er hatte schnell begriffen, dass sie kein verschüchtertes Heimchen am Herd war. Sie war jung und in vielen Dingen unerfahren, aber ihr Vater hatte ihr genug mitgegeben, das sie befähigte, das Amt des Redjeven auszufüllen. Sie war beharrlich, gebildet, zielstrebig. Hätte Barwegen sein dummes Maul gehalten, es wäre ein Leichtes gewesen, Fenna Jaspers davon zu überzeugen, auf das Amt des Redjeven zu verzichten. Sie war in tiefer Trauer, und sie hatte anderes im Kopf, als sich zu überlegen, wie man Rungholt noch reicher, noch bedeutender machen konnte. Doch jetzt würde sie mit aller Macht versuchen, das Vermächtnis ihres Vaters zu erfüllen, allein um Ove Barwegen in seine Schranken zu weisen, und sie hatte viele Verbündete. Wenn seine Akten stimmten, würde sie mit einer knappen Mehrheit übergangsweise zum Redjeven gewählt, obwohl sie eine Frau war. Nach friesischem Recht war sie Erbin des Redjeven, auch seines Amtes, und viele waren überzeugt, dass sie ebenso klug und weise handeln würde wie er. Doch für Luca war Fenna Jaspers zu einem großen Problem geworden. Sie würde niemals mit den Herzögen von Schleswig und den Grafen von Holstein brechen, ebenso wenig wie ihr Vater. Dieser überhebliche Dummkopf von Barwegen! Er hatte alles falsch gemacht, was man falsch machen konnte. Dennoch blieb er sein Kandidat, er war der Einzige, der mit aller Macht und vor allem mit der notwendigen Rücksichtslosigkeit die Loslösung von den Grafen würde durchsetzen können.

Sich mit ihm anzufreunden, würde kaum gelingen. Obwohl Barwegen vom Handel in alle Welt profitierte, liebte er Ausländer nicht besonders. Wenn er unter seinesgleichen war, verhöhnte er alle Italiener als verweichlichte Affen in bunten Kostümen, Sarazenen betrachtete er als Ungläubige, die man eigentlich alle erschlagen müsste, und Eyk, den Schamanen, hätte er am liebsten bei Ebbe an seine Pfähle gebunden, mit denen er das Absinken der Marsch vermaß. Luca hatte sich Eyks Methode und die Ergebnisse erklären lassen, und er musste zugeben, der Mann wusste, wovon er redete. Doch das half ihm bei Ove Barwegen nicht weiter. Sein Sohn Jorik war da schon zugänglicher. Aber der hatte nichts zu sagen. Solange sein Vater lebte. Luca hatte überlegt, einen anderen Kandidaten zu fördern, doch es war keiner in Sicht, der sich mit solchem Eifer für Waldemar Atterdag einsetzte wie Ove Barwegen.

Alle anderen hängten ihr Fähnlein nach dem Wind. Ihnen war egal, wem sie die Treue versprachen, Hauptsache, der Handel blühte, und es gab keinen Krieg. Also blieb nur Ove Barwegen, dem jetzt eine wild entschlossene und vor allem wütende Fenna Jaspers im Weg stand.

Luca riss dem Huhn ein Bein aus und biss hinein. Wie sollte er vorgehen? Mit Geduld oder mit Gewalt? Viel Zeit hatte er nicht. Der Doge drängte, und Atterdag würde sein Angebot nicht ewig aufrechterhalten. Er musste sich eingestehen, dass er Fenna Jaspers mochte, so wie er ihren Vater gemocht hatte. Aber sie stand zwischen ihm und seiner Aufgabe. Würde sie gewählt werden, half nur ein schneller Schnitt. Fenna Jaspers ritt oft alleine aus. Wie schnell konnte da ein Unfall passieren.

23

Fenna

In der vergangenen Nacht hatte sie Vater mithilfe von Eyk, Frauke, Hennerk und Beeke für die Bestattung hergerichtet. Sie hatten ihr angeboten, sie könne zu Hause warten, aber das hatte sie abgelehnt. Sie würde ihren Vater bis zum letzten Moment begleiten. Sein Anblick schmerzte, sie ließ ihrer Trauer freien Lauf, weinte oft, aber gleichzeitig fühlte sie sich ihrem Vater nahe und ihren Freunden, die ebenfalls ihren Tränen freien Lauf ließen.

Sie hatten ihn in ein seidenes dunkelgrünes Gewand gehüllt, ihn rasiert, Haare und Nägel geschnitten, sein Gesicht mit Talkum bestrichen. So sah er aus, als schliefe er und könne jederzeit erwachen. Seine Hände waren über seiner Brust gefaltet, sein Schwert lag rechts von ihm, links von ihm standen Tongefäße, gefüllt mit Bier, Fisch, Brot und Getreide. Es sollte ihm an nichts fehlen, wo immer die Götter ihn hinbegleiten würden. Das gab Fenna das Gefühl, dass sie alles getan hatte, was in ihrer Macht stand, um ihrem Vater den Weg in die Anderswelt möglichst leicht zu machen. Sosehr sie ihn vermisste, in jeder Minute, sosehr gönnte sie ihm und ihrer Mutter, dass sie sich bald wiedersehen würden. Der Gedanke spendete ihr Trost, denn eines Tages würde auch sie ihre geliebten Eltern wiedersehen, daran glaubte sie fest.

Sie blickte Jorik an, auch er spendete ihr Trost. Sie hatten sich wie verabredet auf dem Heuboden getroffen. Unten auf der Gasse wachten Beeke und Hennerk, gaben Bescheid, wenn jemand kam. Jorik war an einem Seil auf den Heuboden geklettert, wo Fenna ihn erwartete, und hatte sich durch das enge Fenster gequetscht.

Obwohl es kalt war, fror Fenna nicht, denn Jorik wärmte sie mit seinem Körper und einer Decke, die er über sie gelegt hatte. Er strich Fenna übers Haar. Sie schloss die Augen und genoss das Gefühl, bei dem Menschen zu sein, den sie liebte, und zu wissen, dass sie Freunde hatte, die unverbrüchlich zu ihr standen. In Joriks Beisein schienen alle Probleme weit weg. Nur die Bestattung ihres Vaters ging ihr nicht aus dem Kopf. Er hatte sich gewünscht, nach alter Väter Sitte den Weg vom Diesseits ins Jenseits zu gehen. Adalrich hatte die Nase gerümpft, prophezeit, dass Vater im Fegefeuer landen würde, wenn er sich diesen barbarischen Ritualen übereignen würde. Fenna war sicher, dass jedweder Gott ihren Vater freudig begrüßen würde.

»Ich würde am liebsten immer hier mit dir bleiben«, flüsterte Jorik ihr nach einer Weile ins Ohr. »Aber es ist so weit. Ich weiß, wie schwer es dir fällt, Liebste.«

Fenna hob ihren Kopf und küsste Jorik federleicht auf die Lippen. »Wenn du bei mir bist, kommt mir alles so einfach vor.«

Sie stand auf, zog Jorik hoch, nahm ihn in die Arme und machte sich los. Jorik strich ihr noch einmal über die Wange, schaute ihr in die Augen. »Ich liebe dich mehr als mein Leben, Fenna. Vergiss das nie.«

»Das werde ich nie vergessen, denn ich liebe dich ebenso.«

Jorik lächelte, Fenna musste sich beherrschen, ihn nicht festzuhalten. Er wandte sich um, schaute aus dem Fenster. Von unten ertönte ein Pfiff. Die Luft war rein. Er zwängte sich nach draußen, packte das Seil und ließ sich hinunter auf die Gasse. Fenna steckte den Kopf aus dem Fenster, winkte den dreien zu, die sich beeilten, zum Rathaus zu kommen.

Fenna fühlte sich, als hätten die Eisriesen sie berührt. Mit Jorik war auch die Wärme gegangen, die er ihrer Seele gespendet hatte.

Sie stieg hinab in ihre Stube, rief Insa, die ihr beim Umkleiden half. Als die Magd die Fibel an den Umhang heftete, rutschte sie ab und stach Fenna damit in den Arm. Sie ließ die Fibel fallen, schlug die Hände vors Gesicht und weinte. Fenna hatte den Stich kaum gespürt.

»Verzeiht, Frou Jaspers«, schluchzte Insa.

Fenna beugte sich zu ihr hinunter. »Es ist doch nichts passiert. Du hast mich ein wenig gepikst, das ist alles.«

Insa wollte sich nicht beruhigen. Fenna kam der Verdacht, dass es nicht das kleine Missgeschick war, das Insa so aus der Fassung gebracht hatte. »Du trauerst um meinen Vater? Ist es so?«

Insa nickte.

Obwohl es sich nicht schickte, nahm Fenna Insa in den Arm, und schon beruhigte sie sich. Fenna hielt sie einen Moment, dann trat sie zurück.

Insa wischte sich die Tränen aus dem Gesicht. »Verzeiht, dass ich so eine Heulsuse bin.«

»Man muss seine Trauer zeigen. Sperrt man sie ein, so frisst sie einen auf«, sagte Fenna. Sie hatte es am eigenen

Leibe erlebt und war Eyk dankbar, dass er sie aus diesem Gefängnis der Trauer herausgeholt hatte. Insa zu trösten tröstete auch sie selbst, und sie wusste, dass Weinen den Schmerz linderte.

»Können wir?«

»Vielen Dank, Frou Jaspers. Ihr seid genauso gut wie Euer Vater.«

Fast hätten Insas Worte Fenna zum Weinen gebracht, aber die Freude darüber, dass die Magd sie so sehr mochte, sie für einen guten Menschen hielt, gab ihr die Kraft, die aufkeimende Trauer beiseitezuschieben.

Fenna hatte allen Bediensteten erlaubt, an der Bestattung teilzunehmen. Sie stieg hinunter, Frauke wartete bereits, die Knechte und Mägde hatten sich alle herausgeputzt und nickten Fenna zu. Sie trat auf die Gasse, das Gesinde folgte ihr. Als sie den Marktplatz überquerte, fühlte sie sich in der Menge der Menschen wie ein Schiff, das in ruhigem Wasser segelte. Die Sonne stand bereits über den Dächern, wärmte ein klein wenig, keine Wolke war am Himmel zu sehen, ein Zeichen, dass die Götter ihrem Vater Geleit gaben.

Vor dem Rathaus warteten die Amtsmänner, die Vater zum Hafen tragen würden. Ove Barwegen war nicht darunter. Sie hatte ihn wissen lassen, dass er am heutigen Tage nicht erwünscht sei, und er hatte sich nicht dagegen gewehrt und getan, was sie erwartet hatte: Jorik war einer der Träger, er vertrat seinen Vater. Ihre List war aufgegangen.

Fenna ergriff die Fackel, die vor der Bahre, auf der Vater lag, in einer Halterung steckte, und entzündete sie an einer Kerze. Die Träger nahmen die Bahre auf, Fenna machte die ersten Schritte, sie ging langsam, einen nach dem anderen.

Draußen warteten die Menschen und zogen ihre Kopfbedeckungen ab, als sie hinaustrat. Wieder hielten viele sich eine Faust ans Herz, ein Zeichen höchsten Respekts vor dem toten Redjeven. Hinter Fenna reihten sich die Menschen ein, begleiteten sie schweigend bis zum Hafen. Dort lag der Prahm, mit dem ihr Vater seine letzte Reise auf dieser Welt antreten würde. Die Amtsmänner hatten auf dem Schiff einen Scheiterhaufen errichtet, ihn mit flüssigem Pech getränkt.

Fenna legte die Fackel ab, stieg auf das Schiff, ging bis zum Bug und wandte sich um. Die Träger ließen die Bahre vorsichtig auf dem Scheiterhaufen ab.

Dann setzten sie sich an die Ruder und begannen zu pullen. Der Prahm musste durch die Schleuse hindurch in den Heverstrom gesteuert werden, wo der mächtige Ebbstrom das Schiff und den Redjeven mit sich nehmen würde, sobald er einsetzte.

Hinter der Schleuse wartete ein Ruderboot, die Träger verließen den Prahm, Fenna blieb zurück. Ein letztes Mal legte sie ihre Hand auf die ihres Vaters. Sie war kalt, doch das machte ihr nichts aus. Seine Seele schwebte noch über dem toten Leib, und sobald das Feuer seine reinigende Kraft entfaltet hatte, würde sie sich von ihm lösen und war entbunden von ihrer sterblichen Hülle.

»Gute Reise, Vater«, sagte sie mit weicher Stimme. »Ich bin so dankbar für die Liebe, die du mir geschenkt hast. Und ich verspreche, dass ich dein Vermächtnis nach bestem Wissen und Gewissen erfüllen werde.«

Sie holte tief Luft, stieg in das Ruderboot, das sie zurück zur Schleuse brachte, wo der Bogenschütze wartete, der den Brandpfeil abschießen würde, um den Scheiterhaufen anzuzünden.

Der Schütze hob seinen Bogen.

»Halt!«, rief Fenna. Alle Köpfe wandten sich ihr zu. »Verzeiht, aber bitte gebt mir Pfeil und Bogen. Es ist an mir, meinen Vater auf die Reise zu schicken.«

Zustimmendes Murmeln hüllte sie ein wie ein warmer Mantel. Der Schütze verbeugte sich und reichte Fenna den Bogen.

Fenna nahm ihn, entzündete den Pfeil, legte ihn auf, spannte die Sehne und ließ sie los. Der Pfeil zischte durch die Luft, beschrieb einen hohen Bogen, senkte seine brennende Spitze und schlug in den Scheiterhaufen ein, der augenblicklich lichterloh in Flammen stand.

Fenna ließ den Bogen sinken und starrte auf das Feuer, das sich rasend schnell ausbreitete. Das Prasseln klang fast wie Gewittergrollen. Eine kräftige ablandige Brise kam auf und trieb das Totenschiff vor sich her, der Ebbstrom setzte ein und zog es mit sich. Es wurde kleiner und kleiner, nur die Rauchfahne war noch zu sehen, als es hinter dem Horizont verschwand.

24

Jorik

Jorik sattelte sein Pferd. Es war kurz vor Mittag, er hatte voller Ungeduld jeden Stundenschlag der Kirche erwartet. Gleich würde er sich mit Fenna treffen, das erste Mal, seit ihr Vater wie ein Wikinger auf See bestattet worden war. Selbst die Arbeit hatte Jorik nicht ablenken können. Vater war den ganzen Tag schon mürrisch, deshalb ging er ihm aus dem Weg. Mutter war auf dem Markt, seine Schwestern büffelten mit Magister Cornelius lateinische Vokabeln. Der Magister hatte auch Jorik Lesen und Schreiben, Latein sowie die Führung der Bücher beigebracht. Ebenso hatte das Studium der Gesetze auf dem Stundenplan gestanden, doch davon hatte Jorik nicht viel behalten. Nachmittags durfte er mit Snorre Wymkes mit Schwert, Bogen und Lanze üben. Am meisten Freude hatten ihm die Reitstunden auf dem Schimmel Skinfaxi bereitet, benannt nach dem Pferd, das bei den alten Göttern den Tag brachte. Skinfaxi war inzwischen vierzehn Jahre alt und noch immer so kraftvoll wie eh und je, wenn auch nicht der Schnellste.

Jorik fragte schon lange nicht mehr, ob er ausreiten durfte oder nicht. Natürlich sagte er Bescheid, und er würde niemals seine Pflichten vernachlässigen, aber er holte keine Erlaubnis mehr ein.

Zu seiner Überraschung hatte Vater ihn zum zweiten Tag der Aufbahrung des Redjeven an seiner statt geschickt und auch als Träger des Redjeven zum Totenschiff. Das hatte er sich nicht zweimal sagen lassen, und es war ihm gleich, warum Vater das wollte. Hauptsache, er konnte Fenna nah sein. Ein glücklicher Umstand, auch wenn sie außer ein paar Höflichkeitsfloskeln nicht miteinander reden durften. Er hatte jeden Moment genossen, und Fenna ebenfalls. Sie schien den Tod ihres Vaters gut zu verkraften. Ein wenig übernächtigt sah sie aus, kein Wunder, und die Trauer war ihr ins Gesicht geschrieben. Aber sie hielt sich aufrecht und schenkte ihm immer wieder ein Lächeln, das sein Herz zum Klopfen brachte. Am Abend nach der Bestattung verabschiedete er sich von ihr und hauchte ihr zu: »Ich liebe dich! Wir sehen uns morgen. Ich kann es kaum abwarten.« Sie hatte verbindlich gelächelt und ihm laut und deutlich erwidert: »Ich danke Euch für Euren Beistand, Jorik Barwegen. Grüßt Euren Vater von mir.« Als sie seinen Vater erwähnte, trat ein seltsamer Glanz in ihre Augen, den er nicht deuten konnte.

Snorre sattelte Skinfaxi, der voller Vorfreude die Ohren aufstellte. »Wo gehts denn hin, Meister Barwegen?«

»Ein wenig durchs Land. Skinfaxi muss bewegt werden, und ich auch.«

»Gebt acht, denn es können noch immer gefrorene Stellen lauern. Die Nächte sind kalt, und man weiß nie, wo die Eisriesen ihre Fallen auslegen.«

Wenn Snorre ihm einen Rat gab, dann beherzigte Jorik ihn. »Danke, Meister Wymkes, ich werde darauf achten.«

Jorik schwang sich in den Sattel.

Snorre hielt ihm ein Kurzschwert hin. »Nehmt es mit,

man munkelt, dass sich üble Gesellen in der Gegend herumtreiben. Gestrandete Piraten. Und Schatzsucher. Jemand hat das Gerücht in die Welt gesetzt, die *Sillebüll* mit einem Bauch voller Gold und Silber sei im Watt gesichtet worden.«

Jorik kannte das Märchen von dem sagenhaften Piratenschiff, das vor Rungholt gesunken sei. Schon viele waren auf der Suche nach dem Wrack ertrunken, weil sie die Gezeiten vergessen hatten. Manche hatten ein Wrack gefunden, allerdings nichts Wertvolles darin.

Jorik gürtete das Schwert um. Hoffentlich lief Fenna keinem Räuber über den Weg, zwar hätte sie sich verteidigen können, aber nur, wenn sie ihr Schwert mitführte, was sie selten tat.

»Gott zum Gruße, Meister Barwegen. Ich wünsche Euch einen sicheren Ritt.«

»Dank Euch, Meister Wymkes.«

Jorik versetzte Skinfaxi in Trab und lenkte ihn über die Ostgasse aus der Stadt hinaus auf das Tor des Schicksals zu, die Landbrücke, die Rungholt mit dem Rest der Edomsharde verband.

Kaum hatte er das letzte Haus hinter sich gelassen, ließ er die Zügel locker, und Skinfaxi sprang in den Galopp. Er wollte die Eiche so schnell es ging erreichen. Er brauchte etwa eine halbe Stunde im Galopp, für Skinfaxi ein Vergnügen, für Jorik üblicherweise auch, wenn er sich nicht gerade Sorgen um seine Liebste machte.

Gerade als es Jorik schien, dass der Weg nie zu Ende gehen würde, kam die Eiche in Sicht, und, den Göttern sei Dank, auch Fenna, die auf ihrem Pferd saß und ihm zuwinkte. Skinfaxi hielt von alleine vor Fenna, die ebenso wie Jorik aus dem Sattel sprang. Sie flog auf ihn zu, umarmte ihn und küsste ihn leidenschaftlich. Kurz bevor er den Verstand verlor, löste sich Fenna von ihm.

Sie strich ihm über die Wange. »Ich liebe dich so sehr, Jorik.«

»So, wie ich dich liebe. Wie geht es dir?«

Fenna legte ihren Kopf an seine Brust. »Ich fühle mich wie auf einem Schiff im Sturm, werde hin- und hergeworfen. Mal glaube ich, dass ich es nicht ertragen kann, und einen Moment später fühle ich mich allem gewachsen, nur um darüber ins Grübeln zu geraten, was ich als Nächstes tun muss und ob das richtig ist und ob ich es nicht besser anders machen würde.«

»Vielleicht wäre es gut, wenn du etwas Abstand gewinnst. Euer Verwalter kann sicherlich die Geschäfte führen, ohne dass Schaden entsteht. Im Augenblick ist ja nicht so viel zu tun.«

Fenna schaute ihn verständnislos an. »Abstand gewinnen, jetzt? Das ist unmöglich.«

Jorik verstand nicht. Fenna hatte keinerlei Verpflichtungen, die nicht jemand anderes übernehmen konnte. »Du bist frei, zu tun, was du willst. Niemand wird dich daran hindern.«

»Er hat dir nichts erzählt«, sagte Fenna. »Natürlich nicht.«

»Wer hat mir nichts erzählt?«

»Dein Vater.«

»Was soll er mir nicht erzählt haben?«

Fenna schüttelte den Kopf. »Versprich mir, dass du nichts tun wirst, was ich nicht will.«

»Natürlich, das weißt du doch.«

Fenna sah ihn ernst an. »Versprich es!«

Jorik beschlich ein ungutes Gefühl. »Wenn du es

wünschst, gerne. Ich verspreche dir hoch und heilig, schwöre bei allen Göttern, dass ich nichts tun werde, das du nicht willst.«

»Er hat mich während der Aufbahrung bedroht. Gemeint, ich würde niemals Redjeve werden.«

Zorn schlug über Jorik zusammen wie eine haushohe Welle. »Ich werde ihn windelweich prügeln, und dann zerre ich ihn vor Gericht. Ich werde ihn des Wahnsinns bezichtigen.«

»Das wirst du nicht, auch wenn es mir gefiele. Er würde alles aufbieten, um den Spieß umzudrehen, und dann hätten wir das Nachsehen. Denk an dein Versprechen.«

»Wie kann er es wagen!« Jorik wusste nicht, wohin mit seiner Wut. Er wollte seine Fäuste ballen, aber Fennas Hände lagen in seinen.

»Du darfst ihm nicht ein Sterbenswörtchen erzählen.«

Jorik atmete durch. »Ich werde schweigen, und ich werde die Finger von ihm lassen, auch wenn er Prügel verdient hat.«

Fenna küsste Jorik auf beide Wangen, dann schaute sie ihn lange an, und er spürte, dass sie noch etwas auf dem Herzen hatte.

»Raus damit«, sagte er. »Ich sehe es dir an. Was quält dich?«

Sie seufzte tief. »Es war Vaters Wille, dass ich Hennerk heirate. Er hat alles mit seinem Vater besprochen. Es gibt einen Heiratsvertrag.«

Joriks Magen fühlte sich an, als hätte er einen Hieb mit der Faust in den Bauch bekommen.

»Was soll ich nur tun, Jorik? Wärest du mündig, so wäre alles kein Problem. Aber wie soll ich Hennerks Vater drei Jahre lang hinhalten?«

»Ich weiß nicht, Fenna. Ich habe keine Ahnung. Kannst du den Vertrag nicht auflösen?«

»Die Strafe wäre erheblich und die Schande ebenfalls.«

Joriks Hoffnungen schwanden. »Jetzt verstehe ich, warum Ilvys Vater die Verlobung der beiden verboten und seine Tochter eingesperrt hat.«

Er würde Fenna nie heiraten können. Es gab nur einen Ausweg. »Lass uns fortgehen. In ein anderes Land, wo uns niemand kennt. Wir verkaufen, was wir haben, dann können wir neu anfangen, wo immer wir uns auch niederlassen.«

»Ein verlockender Gedanke, Liebster. Aber ich muss das Vermächtnis meines Vaters erfüllen.«

Jorik ergriff Verzweiflung. »Auch wenn das bedeutet, dass du Hennerk heiraten wirst? Meinen besten Freund? Wie soll ich das ertragen?«

Fenna schüttelte traurig den Kopf. »Ich weiß es doch auch nicht. Ich will Hennerk nicht heiraten. Ich will dich. Niemanden sonst. Aber wie soll das gehen?«

Darauf wusste Jorik keine Antwort. Aber er musste eine finden, denn ein Leben ohne Fenna wäre sinnlos.

Fenna streckte sich. »Wir müssen etwas tun, einen Plan schmieden. Morgen um dieselbe Zeit treffen wir uns wieder. Ich bringe Beeke mit und du Hennerk.«

25

Luca

Luca unterschrieb einige Dokumente, die ihm sein Schreiber vorlegte. Die Geschäfte liefen gut, er hatte genügend Träger verpflichten können, um die Schiffe zu entladen und die Waren zu stapeln. Dass Fenna Jaspers die Nachfolgerin ihres Vaters sein sollte, hatte für Luca ganz neue Möglichkeiten eröffnet. Zuerst hatte er gedacht, er müsse sie mit Gewalt aus dem Weg räumen, doch wie es schien, war das gar nicht nötig. Wenn der Rat sie nicht akzeptierte und abwählte, stand Ove Barwegen bereit, als neuer Redjeve einzuspringen. Luca hatte von seinem Informanten erfahren, dass Barwegen genau das plante, er also nicht ganz so beschränkt war, wie Luca angenommen hatte: In der Ratssitzung, die in drei Tagen stattfinden sollte, wollte Ove dafür sorgen, dass Fenna Jaspers abgesetzt und er gewählt wurde. Er hatte bereits einige Ratsmänner auf seine Seite gezogen, mit Versprechungen und Geld. Doch noch war es Barwegen nicht gelungen, eine Mehrheit zu erreichen. Luca wiederum hatte fünf Ratsmänner mit großzügigen Beträgen davon überzeugen können, dass Fenna für dieses Amt nicht geeignet war, auch wenn sie die Tochter des besten Redjeven war, den Rungholt bisher gehabt hatte. Fehlte nur noch eine Stimme für die Mehrheit. Diese eine Stimme würde Pit Mommens sein, der heute von seiner Reise zurückgekommen war. Luca nahm an, um an der Wahl teilzunehmen.

Luca bedankte sich bei dem Schreiber und schickte ihn weg. Er öffnete seine Truhe mit den Geheimdokumenten und entnahm die Rolle, die Mommens in die Knie zwingen würde. Luigi und Alessandro warteten bereits vor dem Haus. Luca nickte ihnen zu. Sie setzten sich in Bewegung. Mommens wohnte in der Schneidergasse, zu Fuß brauchten sie weniger als eine Viertelstunde. Er war zu Hause, das hatten seine Zuträger Luca berichtet.

Luca grüßte auf dem Weg hier und da einige Handelspartner, wechselte ein paar Worte mit ihnen. Normalerweise hätte er sich mehr Zeit gelassen, aber er musste sich Pit Mommens sicher sein. Das Haus des Amtsmeisters zählte zu den prächtigsten Bauten in Rungholt. Zwar war es nicht so groß wie das der Jaspers, aber es konnte mit dem von Ove Barwegen mithalten. Es war aus Stein gebaut, das Dach war nicht mit Binsen, sondern mit Schindeln gedeckt, aus drei Schornsteinen quoll Rauch, ein Zeichen, dass es Mommens gut ging, wenn er neben der Küche noch zwei weitere Zimmer heizen konnte.

Er wandte sich an Luigi und Alessandro. »Ihr bleibt ganz ruhig, ihr müsst nur dastehen und grimmig dreinblicken.«

Die beiden nickten, Luca ließ den Türklopfer, der aus Bronze bestand und wie eine Schere geformt war, auf die Tür schlagen.

Es dauerte nur einen Moment, bis eine vierschrötige Frau öffnete, die ohne Zweifel eine Magd war.

Sie musterte ihn misstrauisch. »Wer seid Ihr und was wollt Ihr?«

Luca musste an sich halten, dieser unverschämten Person nicht mit der Hilfe von Luigi Manieren beizubringen. Er zwang sich, zu lächeln. »Ich bin Luca di Amalfio, Vorsteher der venezianischen Handelsvertretung, und möchte Pit Mommens, den Amtsmeister der Schneider sprechen.«

»Wartet hier.« Die Magd trat zurück in den Flur. »Herr, da ist ein Fremder, der Euch sprechen will. Er nennt sich Luca di Amalfio.«

Ein spindeldürrer Mann schob die Magd beiseite und hielt Luca eine Hand hin. Dieser schlug ein.

»Kommt herein, werter Meister di Amalfio, und verzeiht meiner Magd das ungebührliche Auftreten. Sie kann nicht anders, ist aber ansonsten eine Seele von Mensch. Womit kann ich dienen? Braucht Ihr ein neues Gewand?« Er wedelte mit den Armen. »Kommt nur, ich habe soeben allerfeinste Seide erhalten, die vorzüglich zu Euch passen würde. Ich kann Euch einen Vorzugspreis machen.«

»Das ist sehr freundlich. Und warum eigentlich nicht? Wollt Ihr sofort Maß nehmen für ein Gewand?«

Einen besseren Vorwand, um eingelassen zu werden, gab es nicht. Mommens wusste, dass Luca wohlhabend war, dass er sich die allerfeinsten Stoffe und raffiniertesten Schnitte leisten konnte. Er hatte sofort angebissen.

Mommens' Augen blitzten auf. »Aber ja. Nur herein in die gute Stube, folgt mir.«

Er führte sie in seine Werkstatt, in deren Mitte ein hoher Tisch thronte, auf dem zugeschnittene Teile für ein Kleidungsstück lagen.

Der Amtsmeister zeigte darauf. »Das wird ein Hochzeitsgewand, allerdings darf ich nicht verraten für wen, verzeiht mir bitte.«

»Kein Problem. Ich hätte eine ganz andere Frage, die mich beschäftigt.«

Mommens schaute ihn fragend an.

»Werdet Ihr morgen für Fenna Jaspers stimmen?«

Mommens' Miene wurde ernst und abweisend. »Nun, das ist mein Geheimnis, und das wird es auch bleiben.«

Luca schob sich dicht an den Schneider heran. »Ich könnte Euch Aufträge verschaffen, mit denen Ihr viermal so viel verdient wie mit Hochzeitsgewändern. Ich habe meine venezianischen Freunde davon überzeugen können, dass nur die Mode aus Rungholt standesgemäß kleidet.«

»Ich bewundere Eure Überzeugungskraft, und dagegen habe ich nichts einzuwenden. Nur sagt mir, was ist der Preis dafür?«

Mommens war nicht dumm. Er wusste, wie die Dinge liefen.

»Ihr müsstet für die Absetzung von Fenna Jaspers stimmen, was Euch ja nicht schwerfallen sollte, denn dieses junge Ding kann eine Stadt wie Rungholt unmöglich regieren. Oder seht Ihr das anders?«

»Und wer sollte Eurer Meinung nach der Redjeve sein?«

»Ove Barwegen. Er ist wie Ihr ein Anhänger des Königs.«

Pit Mommens nahm eine Rolle Garn in die Hand und betrachtete sie von allen Seiten. »Ich wünsche mir in der Tat den Schutz des dänischen Königs und würde gerne das Joch der Grafen abwerfen. Sie sind gierig und versuchen ständig, uns zu gängeln.«

Luca glaubte nicht, dass es unter Waldemar Atterdag für die Friesen und Rungholt besser stünde, denn der König der Dänen strebte nach Alleinherrschaft, genauso wie die Grafen von Holstein. Aber das würde er Mommens nicht auf die Nase binden.

»Nun, dann sind wir uns ja einig.«

Mommens warf die Garnrolle auf den Tisch. »Ich kenne Fenna Jaspers gut. Selbst wenn sie den einen oder anderen Fehler machen würde. Ihre Sorge gilt immer den Menschen und der Stadt. Das ist bei Ove Barwegen nicht so. Der Mann kennt nur seine eigenen Interessen. Und was er sich beim Biikebrennen geleistet hat ...«, er stockte kurz, »da fehlen mir die Worte. Ich würde Barwegen niemals wählen.«

Luca seufzte. Also musste er doch die Daumenschrauben anlegen. Er zog das Dokument heraus und reichte es Mommens.

»Lest, und dann sagt mir noch einmal, ob Ihr Ove Barwegen nicht wählen wollt.«

Mommens rollte das Pergament auseinander. Seine Miene wurde finster. Als er fertig war, zerriss er das Pergament und warf es auf den Boden. Er baute sich vor Luca auf.

»Ihr seid ein ...«

Luca unterbrach sich. »Gebt acht, was Ihr sagt. Ich könnte auf die Idee kommen, Eure kleine Vorliebe bekannt zu machen. Man würde Euch den Sitz im Rat entziehen und anklagen. Welche Strafe steht auf Eure kleine Vorliebe? Nun ja, die Hölle ist Euch gewiss, es sei denn, Ihr bereut. Die Friesen ertränken Leute wie Euch im Moor, ist es nicht so? Ich biete Euch ein gutes Geschäft an. Eure Stimme im Rat gegen Euren Untergang. Das ist nicht so schlecht, oder? Was wählt Ihr?«

Mommens fiel in sich zusammen, wandte sich zu seinem Tisch um und stützte sich darauf. »Ihr bekommt, was

Ihr wollt, aber verlasst mein Haus und wagt nicht, es jemals wieder zu betreten.«

Mehr wollte Luca gar nicht hören. Er ging vor, Luigi und Alessandro deckten ihm den Rücken. Als er auf die Gasse hinaustrat, schaute er in den Himmel. Es war immer wieder ein berauschendes Gefühl, wenn er eine Kreatur seinem Willen unterwarf.

26

Fenna

Kaum war Fenna wieder zu Hause, überfielen sie die Aufgaben. Ohne Wolfram von Selgrund wäre sie hoffnungslos überfordert gewesen. Ein gutes Dutzend Rechnungen mussten geschrieben werden, zum Teil mit Beträgen, für die der Verwalter nicht unterschreiben durfte. Die Schreibarbeit übernahmen zwei Scriptoren, dennoch mussten Fenna und von Selgrund ihnen die Anschriften, die Beträge und die Leistungen auflisten. Den ganzen Vormittag über konnte Fenna nichts anderes tun, als in der Schreibstube zu sitzen und Entscheidungen zu fällen. Bei welchem Händler sollten sie Binsen bestellen, und welcher Handwerker sollte die Dächer reparieren? Wie sollte sie mit einem säumigen Kunden umgehen, der um weitere Stundung bat? Was war mit den Salzsiedern, die keine Arbeit hatten, weil der Torf noch nicht getrocknet war? Wolfram von Selgrund übertrug sie die Auswahl des Händlers und des Dachdeckers, dem säumigen Kunden setzte sie eine letzte Frist, und den Salzsiedern zahlte sie so viel aus, dass sie zumindest ihre Familie ernähren konnten. Es war ja nicht ihre Schuld, dass die Dächer undicht waren.

Als endlich alles geschafft war, war es schon nach Mittag. Fenna ließ sich ihre Stute satteln und brach auf. Vor den Toren der Stadt wartete Beeke. Sie umarmten sich und ritten weiter. Fenna hatte eine Entscheidung getroffen, die ihr nicht leichtgefallen war.

Jorik und Hennerk empfingen sie an der alten Eiche. Ihren Gesichtern konnte Fenna ansehen, das Jorik seinen Freund eingeweiht hatte. Sie saßen ab und begrüßten sich. Es war windstill, die Kälte erträglich. Da Fenna am Nachmittag einige Ratsmänner erwartete, hatte sie nicht viel Zeit und kam gleich zur Sache.

»Du hast Hennerk alles erzählt, Jorik?«

»Das hat er«, sagte Hennerk. »Aber bevor wir darüber reden. Wie geht es dir, Fenna?«

Hennerk war ein echter Freund. Anstatt zu jammern und zu klagen, dass er Ilvy nicht heiraten konnte, sorgte er sich um sie. Sie hätte ehrlich sein können und sagen, dass sie schon nach einem halben Tag ohne ihren Vater kurz davorstand aufzugeben. Aber Hennerk hatte genug Kummer. Sie wollte nicht, dass er sich auch noch den Kopf über ihre Sorgen zerbrach. Stattdessen sagte sie: »Es geht ganz gut, auch wenn ich ständig an Vater denken muss und ich immer wieder traurig bin.«

Hennerk schaute sie an. »Mir geht es ähnlich. Ständig denke ich an Ilvy und daran, dass ihr Vater von meinem Vater dazu gedrängt worden ist, die Verlobung zu verbieten. Mich würde interessieren, was er dafür gezahlt hat. Aber das ist nichts im Vergleich zu deinem Verlust, Fenna.«

»Danke, Hennerk. Aber ist es nicht genauso grausam, einen geliebten Menschen durch den Tod zu verlieren wie durch die Entscheidung des eigenen Vaters? Ich will Jorik heiraten, du Ilvy«, sagte Fenna und spürte, dass das Vermächtnis ihres Vaters mehr von ihr verlangte, als sie geben konnte. Fenna hatte eine Entscheidung gefällt, die ihr das Herz vorgab, nicht der Verstand. Sie würde damit ihr Versprechen Vater gegenüber brechen, aber sie hatte keine Wahl. Sie würde sich mit den Amtsmännern herumschlagen, Ove Barwegen die Stirn bieten und von morgens bis abends arbeiten, wenn es sein musste, um die Strafe zu zahlen, die das Thing verhängen konnte. Aber sie würde nicht auf Jorik verzichten.

»Unsere Väter dürfen unser Leben nicht zerstören.« Fenna fiel es nicht leicht, diesen Satz auszusprechen, aber es musste sein. »Hennerk, ich werde dich nicht heiraten. Unter keinen Umständen. Irgendwie müssen wir die Heirat verhindern.«

Jorik atmete erleichtert auf, küsste Fenna auf die Stirn. »Ich hatte schon befürchtet …«

Fenna legte ihm einen Finger auf die Lippen. »Niemals, Liebster.«

»Eine gute Entscheidung, Fenna. Du kommst wirklich nach deinem Vater, hast deinen eigenen Kopf und das Herz am rechten Fleck.« Hennerk kratzte sich am Kopf. »Ihr könnt euch denken, dass mein Vater mehr als begeistert ist, dass ich Fenna heiraten soll. Damit würde er zum mächtigsten Mann in der Stadt aufsteigen. Er will sich sogar zur Wahl des Redjeven stellen.«

»Und du hast nichts gewusst?«, fragte Fenna.

»Er hat gesagt, er wollte mir keine falschen Hoffnungen machen. Auch wenn es einen Vertrag gibt, so hätte es sein können, dass sich dein Vater anders entscheidet. Er glaubt tatsächlich, dass ich mich darüber freue, dich zu heiraten und damit sozusagen in die Fußstapfen deines Vaters zu treten. So hat er sich ausgedrückt.« Hennerk schüttelte den Kopf. »Ich schwöre bei allen Göttern, dass ich meinen Kindern niemals vorschreiben werde, wen sie heiraten sollen.«

»Was hast du ihm gesagt?«, fragte Beeke.

»Zuerst habe ich herumgestottert, dann habe ich gesagt, dass ich sehr überrascht sei und dass ich Bedenkzeit bräuchte. Er hat Verständnis gezeigt und mir zwei Wochen gegeben. Allerdings rechnet er nicht mit einer Ablehnung.«

»Sehr großzügig.« Jorik verzog das Gesicht.

Fenna überlegte, unter welchen Umständen eine Heirat aufgeschoben oder ausgesetzt werden konnte. Sie wollte nicht mit der Tür ins Haus fallen, zumal sie sich als Redjeve behaupten musste und dann im Oktober zur Wahl stand. Sich Hennerks Vater zum Feind zu machen, war keine gute Idee. Es gab das Trauerjahr für Witwen, die nach friesischem Recht zwölf Monate warten mussten, bevor sie erneut heiraten durften. Eine Heirat war auch dann nicht möglich, wenn eine Frau geschändet worden war oder ein uneheliches Kind hatte. Nichts davon traf auf Fenna zu, auch wenn es immer wieder Gerüchte gegeben hatte, dass Broke Westland ihr etwas angetan hätte und danach verschwunden war. Doch das hatte nichts mit ihr zu tun. Vater hatte ihm die Flucht ermöglicht, nachdem er einen Büttel des Herzogs erschlagen hatte. Der hatte sich an Broke Westlands Tochter vergriffen. Nur sie und Vater kannten die Wahrheit.

»Und wenn wir nur so tun?«, warf Hennerk ein. »Es wäre nicht das erste Mal, dass eine Frau mit Hühnerblut die Jungfräulichkeit vortäuscht.«

»Wie stellst du dir das vor?«, fragte Beeke belustigt. »Hast du Ilvy gefragt, ob sie die Scharade mitspielen würde? Glaubst du wirklich, dass ein solches Possenspiel unentdeckt bleibt?«

Hennerk seufzte. »Wohl kaum. Dumme Idee. Aber was dann?«

»Hennerk, ich werde deinem Vater einen Brief schreiben, dass ich mich im Trauerjahr nicht imstande sehe, eine Hochzeit zu feiern, denn sowohl ich als auch mein gesamter Hausstand sind in tiefer Trauer. Damit gewinnen wir Zeit. In zwölf Monaten wird vieles anders sein.«

»Ich glaube nicht, dass sich etwas ändern wird. Du wirst auch in zwölf Monaten die beste Partie der Stadt sein.«

»Hennerk, hast du vergessen, dass du in zwölf Monaten mündig wirst? Dann kannst du selber entscheiden, wen du heiraten willst«, warf Jorik ein.

»Das ist richtig, aber mein Vater will meine Entscheidung in zwei Wochen, ich muss ihm mein Wort geben, das so gut ist wie ein Eid. Ich müsste ihn also belügen und somit meinen Eid brechen. Auch wenn ich mündig werde, mein Vater würde mir nie verzeihen, wenn ich die Heirat mit Fenna ausschlüge.«

»Das kann ich gut verstehen, Hennerk. Und es war ja mein Vater, der sich die Heirat zwischen uns ausgedacht hat. Also werde ich, sobald das Trauerjahr abgelaufen ist, die Heirat verweigern. Das wird viel Geld kosten und auch Ansehen, aber das ist es mir wert. So kommst du ohne Gesichtsverlust aus der Sache raus, und vielleicht kannst du dann Ilvy doch heiraten.«

Fenna war fest entschlossen, zu verhindern, dass gleich vier Menschen unglücklich wurden.

»Lasst uns also zuerst Zeit gewinnen. Ich werde den Brief schreiben und ankündigen, dass ich die Heirat nicht ablehne, aber erst in zwölf Monaten ins Auge fassen werde. Das kann mir dein Vater nicht abschlagen. Und du, Hennerk, kannst deinen Eid schwören und ein Versprechen abgeben, damit dein Herz rein bleibt.«

»Das würdest du tun, Fenna? Viele werden dich dafür angreifen und verachten.«

»Ich tue es für uns. Oder willst du wirklich auf Ilvy verzichten?«

Hennerk senkte den Kopf. »Ich bin ein Feigling! Eigentlich müsste ich zu meinem Vater gehen und ihm an den Kopf werfen, dass er nicht einfach über mein Schicksal entscheiden darf und dass ich Ilvy heiraten werde und sonst niemanden und dass er mich von mir aus enterben kann und dass ich mit Ilvy weggehe, ob er das will oder nicht.« Er holte tief Luft, schaute Fenna in die Augen. »Seit ihr Vater unsere Verlobung verboten und mir untersagt hat, sie zu sehen, ist sie krank.«

»Dann solltest du ihr so schnell wie möglich erzählen, dass sie nur etwas Geduld braucht. Dann wird sie schnell wieder gesund.«

Hennerk nickte. »Ich danke dir, Fenna. Dafür werde ich dir ewig dankbar sein.«

Jorik lächelte ihr zu. »In einem Jahr werden wir Doppelhochzeit feiern, und dann sehen wir ja, wer unsere Freunde sind und wer nicht. Und wenn Beeke sich ranhält, wird es eine Dreifachhochzeit.« Er zwinkerte ihr zu.

Beeke wurde rot, sagte aber nichts. Auch Fenna wusste nicht, ob Beeke in jemanden verliebt war. Darüber schwieg sie sich aus.

»Wir alle werden zu dir stehen«, sagte Hennerk. »Sollen die Dummen sich doch über dich aufregen. Du bist und bleibst die mächtigste Frau in Rungholt.«

Beeke reckte kampfeslustig ihr Kinn vor. »Die werden sich genau überlegen, ob sie es sich mit dir verscherzen oder nicht.«

»Ich danke euch, meine Freunde. Wir werden sehen, was die Götter für uns bereithalten. Vielleicht werde ich morgen auf der Ratssitzung abgewählt, und dann sieht alles ganz anders aus. Wie gerne würde ich noch bleiben, aber jetzt muss ich mich mit zwei Amtsmeistern treffen, die mich um ein Gespräch gebeten haben. Ich hoffe, sie werden mich morgen unterstützen.«

Sie wusste alles über den Ablauf der Sitzung, sie war schon Dutzende Male dabei gewesen, aber dennoch schlug ihr das Herz bis in den Hals, wenn sie nur daran dachte, mit dem Stock des Redjeven die Sitzung zu eröffnen.

Jorik nahm sie in die Arme und küsste sie. »Du wirst das schaffen, Liebste, dessen bin ich mir sicher.«

Fenna wünschte sich nichts mehr, als dass Jorik recht behielt. Und dass sie ihn bald heiraten konnte.

27

Jenna

Das Gespräch mit den Amtsmeistern war erfreulich ausgegangen. Das lag vor allem daran, dass sie sich die Notizen angesehen hatte, die Vater über sie angefertigt hatte. Daher hatte sie gewusst, wie sie die beiden anpacken musste. Ihnen war egal, wem sie Tribut zahlten, ihnen war nur wichtig, dass das alte friesische Recht in Kraft blieb, der Handel blühte und sie vortreffliche Geschäfte machten. Sie hatte sie davon überzeugen können, dass nur die Treue zu Graf Nikolaus den Frieden sicherte, der so wichtig war für den Handel. Als sie darüber hinaus einen guten Salzpreis versprochen hatte, waren sie einverstanden, sie als Redjeve zu bestätigen. Bis spät in die Nacht hatte sie dann mit Wolfram von Selgrund über den Büchern gebrütet, bis endlich der letzte Eintrag vollendet war. Sie war ins Bett gefallen, hatte aber kaum geschlafen, hatte hundertmal stumm wiederholt, was sie zur Eröffnung der Ratssitzung sagen wollte, hatte hundertmal die Götter um Beistand gebeten. Denn sie war sich alles andere als sicher, dass sie die Mehrheit erringen würde.

Als Insa sie wecken wollte, hatte sie sich schon gewaschen und angezogen. Nur ihre Haare hatte sie noch nicht gebändigt. Insa kämmte sie und flocht sie zu zwei Zöpfen, die sie am Hinterkopf in einen Knoten band. Sie legte

Fenna den Surcot um, richtete ihn und schloss ihn mit einer silbernen Fibel. »Ihr seht wunderbar aus, Frou Jaspers. Niemand wird Euch widerstehen können.«

Das bezweifelte Fenna. Ove Barwegen würde sie mit allem, was ihm zur Verfügung stand, bekämpfen, und er hatte im Vorfeld sicherlich ebenfalls viele Gespräche geführt, Versprechungen gemacht und vielleicht auch gedroht. »Danke Insa, ich hoffe, du hast recht.«

Jetzt kam der schwierigste Teil. Sie musste in Vaters Schlafkammer gehen, sein Richtergewand und den Stab des Redjeven an sich nehmen. Beides musste sie im Rat vorzeigen. Und das Dokument, in dem ihr Vater sie als Nachfolgerin bestimmte. Sie trat vor die Tür ihrer Kammer, ging einige Schritte, doch dann verweigerten ihre Füße den Dienst. Sie blieb wie angewurzelt stehen und konnte sich nicht mehr bewegen. Vielleicht war es doch besser, wenn sie auf die Nachfolge als Redjeve verzichtete. Wenn sie noch nicht einmal das Gewand und den Stab an sich nehmen konnte, wie sollte sie dann Rungholt führen? Was, wenn sie mitten in der Ratsversammlung auf einmal kein Wort mehr herausbrachte? Die Demütigung wäre furchtbar. Ove Barwegen musste gar nicht gegen sie kämpfen, sie war so schwach, dass sie von alleine aufgab. Sie hob einen Arm. Ihre Hand zitterte wie bei einer alten Frau. So konnte es nicht weitergehen. Sie sank auf die Knie, vergoss nicht eine Träne, sie war nur unendlich müde. »Mutter, was soll ich nur tun?«

Die Stimme ihrer Mutter erklang warm in ihrem Inneren, wie immer, wenn sie nach ihr rief. »Wenn du mit mir sprechen kannst, warum redest du dann nicht mit deinem Vater? Er ist immer für dich da.«

Fennas Müdigkeit verflog. »Vater«, flüsterte sie, vergegenwärtigte ihn, er erschien in ihren Gedanken, lächelte.

»Fenna, mein Kind. Es ist ganz einfach. Öffne die Tür. Nimm den Stab, das Gewand und das Dokument. Es wird ein Heidenspaß, glaub mir. Die Ratsmänner werden Augen machen, so groß wie Scheunentore. Willst du dir diesen Spaß entgehen lassen?«

»Spaß, Vater? Aber was, wenn sie mich nicht wollen?«

»Dann warst du die erste Frau in ganz Friesland, die Redjeve war. Wenn auch nur ein paar Tage. Auf jeden Fall hast du mein Vermächtnis erfüllt und wirst unser Geschäft zum Blühen bringen. Und bedenke: Du bestimmst dein Schicksal.«

Fenna zögerte, doch die Stimme ihres Vaters schwieg nicht. »Na los, sonst verpasst du noch die Sitzung. Die Ratsmänner sind pünktlich. Schließlich habe ich sie dazu erzogen, wie du weißt.«

Oh ja, das wusste Fenna. Wie oft war er wutschnaubend nach Hause gekommen und hatte den Rat verflucht, weil er wie eine Schar Hühner war. Doch dann hatte er durchgegriffen und saftige Wergelder festgesetzt für alle, die zu spät kamen oder ohne Entschuldigung überhaupt nicht. Es hatte nicht lange gedauert, und jede Ratssitzung konnte pünktlich beginnen und kaum jemand fehlte.

»Jetzt ist es an dir, sie nach deinen Wünschen zu formen. Mach ihnen klar, dass du der beste Redjeve bist und sie, wenn sie dich abwählen wollen, dir dabei in die Augen sehen müssen. Und jetzt zögere nicht länger.«

Fenna erhob sich, sie hatte wieder die Kontrolle über ihre Füße, betrat die Schlafstube ihres Vaters und atmete tief durch. Dort auf dem Bett hatte er gelegen, Fenna schien es, als sei es eine Ewigkeit her, doch seit seinem Tod waren nur wenige Tage vergangen.

Neben dem Bett stand der Stab. Ihr fiel auf, dass sie

ihn noch nie angefasst hatte. Vater war in vielen Dingen ihr gegenüber nachsichtig gewesen, doch der Stab durfte nur vom Redjeven berührt werden. Sie nahm ihn in die Hand. Ein Gefühl des Friedens durchflutete sie. Aber auch ein Gefühl der Macht, das sie so noch nicht gekannt hatte. Und zuletzt spürte sie die Verantwortung, die nun auf ihr lastete.

Er war leichter, als sie gedacht hatte, obwohl er aus einem Eichenstamm geschnitten, so dick wie eine Kinderfaust und fast sechs Fuß lang war. Am unteren Ende war eine Kappe aus Eisen angebracht, damit der Redjeve ihn mit Kraft auf den Boden stoßen konnte, ohne dass das Holz litt. Am oberen Ende, aus Silber gearbeitet, befanden sich zwei schmale Kaufmannshäuser mit Giebel, die auch auf dem Siegel der Stadt zu sehen waren. Unter den Häusern war der Name des ersten Redjeven eingeschnitzt, der diesen Stab als Zeichen seines Amtes und seiner Würde getragen hatte. Danach folgten die Namen aller Redjeven der Stadt Rungholt. Zuletzt stand dort: Tammo Jaspers. Ob ihr Name nach dem ihres Vaters eingeritzt werden würde? Es spielte keine Rolle.

Das Gewand lag in Vaters Truhe. Es war ihr viel zu groß, und es war auch nicht unbedingt notwendig, dass es zur Ratssitzung getragen wurde. Wichtiger war die Amtskette. Doch die hing am Stuhl des Redjeven im Ratssaal. Erst wenn sie sich auf dem Stuhl niederlassen würde, hatte sie das Recht, die Kette zu tragen.

Sie legte sich das Gewand über den linken Arm, nahm den Stab in die Rechte und streckte das Kreuz durch. Sie war bereit.

28

Fenna

Fenna trat auf den Marktplatz, der wieder mit Menschen gefüllt war, denen anzusehen war, dass sie voller Neugier darauf warteten, ob Fenna als erste Frau auf dem Stuhl des Redjeven würde sitzen bleiben dürfen bis zur Wahl.

Sie betrat das Rathaus, stieg die Stufen zum Saal empor, die gesäumt waren von den Wachen des Rates, und musste sich mit aller Macht zusammenreißen, um nicht umzukehren. Die Kraft, die sie kurz zuvor gespürt hatte, war verflogen. Noch immer sah sie das brennende Schiff vor sich, auf dem Vater nach Walhall gefahren war. Noch immer brannte der Schmerz in ihrer Seele, und der Schlafmangel machte sich bemerkbar. Eyk hatte ihr einen stärkenden Trank gegeben, bevor sie das Haus verlassen hatte, der half, ihre Gedanken ein wenig zu ordnen.

Der Saal war hergerichtet wie zur Gerichtsverhandlung. Auf dem Podest saßen die Amtsmänner, und genau in der Mitte war ein Stuhl frei. Es war der mit der höchsten und am schönsten mit Schnitzereien verzierten Rückenlehne. Die Kette hatte bereits ein Ratsdiener genommen, der auf sie wartete. Fenna hatte das Gefühl, dass sie in dem Stuhl versinken würde wie in Treibsand, wenn sie sich auf ihm niederließ. Er war viel zu groß für sie. Dennoch setzte sie einen Fuß vor den anderen, sagte sich immer wieder, dass Vater und Mutter auf sie hinabschauten und ihr Mut zusprachen. Sie warf einen Blick auf Ove Barwegen, der sie nicht grimmig, sondern siegessicher anschaute. Sie vermied, ihn weiter anzusehen, denn er schüchterte sie mit seinem zufriedenen Blick mehr ein als mit seinem grimmigen. Sie heftete ihre Augen auf die Schnitzereien der Lehne, Ove Barwegen verschwand aus ihrer Wahrnehmung. Niemand sprach ein Wort, Fenna hörte nur das Rascheln von Stoff, hier und da ein Räuspern oder ein kurzes Husten. Sie stieg die drei Stufen zum Podest hinauf, ihr Herz schlug wie wild. Sie zwang sich, ruhig zu atmen, denn sie musste in wenigen Augenblicken zu den Amtsmeistern, Ratsmännern und den Bürgern von Rungholt sprechen.

Ein Diener rückte ihr den Stuhl zurecht, sie legte das Gewand vor sich auf den Tisch und darauf den Stab des Redjeven. Sie konnte nicht umhin, den Blick von Ove Barwegen aufzufangen, der sich mit der Zunge über die Lippen leckte, als wären der Stab und sie nur ein Leckerbissen für ihn. Sie erinnerte sich an ihren Zorn, den sie verspürt hatte, als Ove die Aufbahrung mit seinen unverschämten Drohungen entweiht hatte. Das gab ihr Kraft und Entschlossenheit.

Sie setzte sich, hob das Gewand und den Stab in die Höhe und ließ ihren Blick über die Amtsmänner streifen, die ihr zunickten. Bis auf Joriks Vater. Doch das war ihr egal. Damit war die Echtheit des Gewandes und des Stabes mit großer Mehrheit bestätigt, und Fenna musste erklären, warum sie der Redjeve sein wollte. Der Diener legte die Kette vor ihr auf den Tisch. Im ersten Moment hatte sie das Gefühl, sie würde ihr den Atem nehmen, doch dann kühlte das Metall ihr Blut, zumindest für einen Moment.

Alle Blicke richteten sich auf sie. In ihrem Nacken kribbelte es, ihr wurde heiß, der Mund trocken. Vor ihr stand ein Becher. Sie winkte dem Amtsdiener, der ihr sofort verdünnten Wein einschenkte. Sie setzte den Becher an und leerte ihn in einem Zug. Erst als sie ihn absetzte, wurde ihr bewusst, dass es seltsam wirken musste, wenn sie einen Becher Wein die Kehle hinunterschüttete, bevor sie auch nur ein Wort als Redjeve von sich gegeben hatte. Sie blickte in zum Teil amüsierte, zum Teil erstaunte und einige fassungslose Gesichter. Jetzt half nur noch die Vorwärtsverteidigung, so wie Vater es ihr beigebracht hatte. Sie musste ihre so lang geübte Rede ändern.

»Meine überaus geschätzten Amtsmeister, ehrenwerte Ratsmänner, meine guten Bürger von Rungholt! Ihr habt ganz recht gesehen. Ich habe einen Becher Wein getrunken, in einem Zug. Denn ich hatte Durst, meine Kehle war trocken.« Sie hörte zustimmendes Gemurmel. »Wie soll ich reden, wenn mir die Zunge am Gaumen klebt?«

Einige nickten, manche lachten.

»Ich musste sie vom Gaumen lösen, und was hilft da besser als guter Wein, mit klarem Wasser vermischt? Und so werde ich alle Probleme lösen als Redjeve, nicht indem ich Wein trinke, sondern indem ich die Schwierigkeiten angehe, ohne Zögern. So, wie mein Vater es mich gelehrt hat, und so, wie es am besten ist für unsere Stadt, auf dass sie wachse und gedeihe und wir, unsere Kinder und Kindeskinder in Frieden, Freiheit und Wohlstand leben können.«

»Ja!«, rief einer, der aussah wie ein Bauer. Andere stimmten mit ein.

Für einen Bauer mochte Fenna den richtigen Ton getroffen haben. Doch was war mit den Amtsmeistern und den Ratsmännern? Diese Versprechungen machte doch jeder, der zum Redjeven gewählt werden wollte.

»Ich werde dafür sorgen, dass in Rungholt weiterhin jeder seinem Glauben nachgehen kann. Sei er Christ, Jude, Sarazene oder Anhänger der alten Götter.«

Auch dem stimmten viele zu. Fenna hatte noch einiges sagen wollen, doch sie spürte, dass zu viele Worte ihr schaden könnten. Nein, sie musste es schnell zu Ende bringen. »Wenn Ihr mit meinem Vater zufrieden wart, werdet Ihr es auch mit mir sein. Und nun schreiten wir zur Abstimmung. Wir haben keine Zeit für endloses Gerede.« Sie hob den Stab. »In diesem Fall sieht das Recht eine Abstimmung mit der Hand vor. Erhalte ich mehr als vierundzwanzig Stimmen, so bin ich als Redjeve bestätigt bis zur Wahl in zehn Monaten. Wenn nicht, muss in einer zweiten Abstimmung noch heute ein neuer Redjeve gewählt werden.«

Ove Barwegen lehnte sich nach hinten, faltete die Hände über dem Bauch und wirkte wie eine zufriedene Katze, der die Beute sicher ist.

»Also, Amtsmeister und Ratsmänner. Entscheidet Euch. Wer für mich ist, der gebe jetzt sein Zeichen.«

Hände schossen nach oben. Fenna zählte. Es waren vierundzwanzig. Sie fühlte den Boden unter ihren Füßen wanken. Vierundzwanzig bedeutete, dass sie abgewählt war. Sie empfand Enttäuschung, obwohl sie noch vor wenigen Tagen darüber glücklich gewesen wäre, sich nicht die Verantwortung dieses Amtes auf die Schultern laden zu müssen. Gerade wollte sie ihre Niederlage eingestehen, als sich eine weitere Hand hob. Es war Pit Mommens, der sie kurz ansah und dann den Blick senkte.

Ove Barwegen schoss von seinem Stuhl hoch und hieb mit seinem Zeigefinger in Richtung des Amtsmeisters der

Schneider. »Zu spät«, schimpfte er. »Mommens hat zu lange gezögert, seine Stimme gilt nicht.«

Fenna stockte der Atem. Sie wusste nicht, ob Barwegen recht hatte oder nicht. Ein solcher Fall war noch nie vorgekommen. Sie musste etwas sagen, denn wenn es keine Gegenrede gab, musste der Rat Barwegen recht geben.

Sie öffnete den Mund, doch Hennerks Vater kam ihr zuvor.

»Barwegen, bei allen Göttern. Ihr solltet es besser wissen. Die Abstimmung ist erst geschlossen, wenn der Redjeve es verkündet, spätestens jedoch nach zwei Stunden. Wer abgestimmt hat, kann seine Entscheidung nicht zurücknehmen, wer es noch nicht getan hat, kann dies in der genannten Zeit nachholen. Setzt Euch und hört auf, Euch aufzuplustern. Das könnt Ihr machen, wenn die ordentliche Wahl stattfindet. Hier und jetzt ist Fenna Jaspers als Redjeve bestätigt. Das müssen wir alle bezeugen, ob es uns lieb ist oder nicht.«

Joriks Vater ließ sich auf seinen Stuhl fallen und bedachte Fenna mit einem eiskalten Blick, der ihr einen Schauer über den Rücken jagte. Er würde nicht ruhen, bis er den Stab des Redjeven in der Hand halten würde, das stand außer Frage.

Doch in diesem Moment zählte das nicht. Sie war als Redjeve bestätigt und hatte damit einen wichtigen Teil des Vermächtnisses ihres Vaters erfüllt. Sie dachte an ihn, und nach einem Moment der Trauer durchströmte sie ein warmes Gefühl. Vater war ganz nah bei ihr, mit seiner Hilfe würde sie alle Schwierigkeiten meistern.

Wie es die Tradition verlangte, erhob sie sich. Zwei Amtsdiener legten ihr den Mantel um die Schultern und zogen ihn so zurecht, dass sie nicht allzu sehr wie eine Vogelscheuche aussah. Als sie ihr die Kette anlegten, spürte sie ein kurzes Lächeln auf ihrem Gesicht. Damit war sie als Redjeve bestätigt. Sie nahm den Stab und stieß ihn dreimal auf den Boden.

»Werte Amtsmeister und Ratsmänner. Ich danke Euch für Euer Vertrauen, Ihr werdet es nicht bereuen. Es hieß, wegen des Todes meines Vaters solle ein Jahr lang nicht gefeiert werden und die Wehrübung solle ausfallen. Aber das ist nur ein Gerücht. Der Tod meines Vaters schmerzt mich über alle Maßen, doch er war letztlich ein Mensch wie wir alle, er verstand sich als Gleicher unter Gleichen, als Euer Diener, und deshalb frage ich Euch: Müssten wir dann nicht jegliches Feiern unterlassen für alle Zeiten? Denn es sterben jeden Tag Menschen, die Angehörige in Trauer und Verzweiflung zurücklassen. Ich sage Nein. Das Leben geht weiter. Die Wehrübung soll stattfinden, denn wir müssen auch in der kommenden Zeit jederzeit bereit sein, unsere Stadt mit den Waffen zu verteidigen. Und auch das Biikefest werden wir nachholen.«

Einige Amtsmeister trommelten mit ihren Fäusten auf die Tischplatte. Langsam fielen alle mit ein. Bis auf Ove Barwegen, der die Arme über der Brust gekreuzt hatte und sie mit hasserfülltem Blick anstarrte. Doch jetzt konnte er ihr nichts mehr anhaben.

Der Amtsmeister der Maurer erhob sich. »Ich habe gegen Euch gestimmt, und ich muss zugeben, es war ein Fehler. Ihr seid eine Frau, aber Ihr seid aus dem rechten Holz geschnitzt. Seid Euch meiner Unterstützung gewiss!«

Fenna traten Tränen in die Augen. Doch diesmal nicht aus Trauer, sondern aus Freude. Aber sie wäre nicht die Tochter ihres Vaters gewesen, wenn sie nicht gewusst hätte, wie schnell sich die Zuwendung der Menschen verflüchtigen konnte. Sie hatte einen Schritt geschafft. Einen wichtigen, aber nur den ersten von Hunderten weiteren, und ständig würde ihr Ove Barwegen im Nacken sitzen und alles, was sie tat, misstrauisch beäugen und ihr alles, was er konnte, in den Weg werfen. Der Kampf war gerade erst eröffnet worden.

29

Luca

»Dieser Wurm! Diese Nachgeburt von einem Hundsfott!«

Luca schleuderte einen Becher gegen die Wand, der dort in tausend Splitter zersprang. Luigi senkte den Blick und drehte seine Kappe in den Händen.

»Ich werde ihn zertreten wie eine Kakerlake! Was glaubt dieses Schwein, wer ich bin? Glaubt er etwa, ich mache meine Drohung nicht wahr?« Luca starrte Luigi an.

»Verzeiht, Herr, aber ich weiß nicht, was dieser Mensch glaubt.«

Luca donnerte die Faust auf den Tisch, ein Becher sprang vom Tisch, doch Luigi fing ihn auf, bevor er den Boden erreichte, stellte ihn zurück auf die Tischplatte und schwieg.

Luigi hatte wirklich unglaubliche Reflexe. Luca war sich nicht sicher, ob er ihn im Fechtkampf hätte besiegen können. Auf jeden Fall konnte er nichts für seine Niederlage. Luca war wütend auf sich selbst, dass er diesen Mann so falsch eingeschätzt hatte. Aber seine Zuträger waren sich sicher gewesen, dass Mommens sich eher ins Meer stürzen würde, als die Schande zu ertragen, wenn herauskam, dass er ein Sodomit war, dass er sich zu Männern gelegt hatte. Die Kirche würde ihn exkommunizieren, keine Frage, und wenn sich ein Kläger fand, würde man ihn auch vor dem Thing aburteilen. Denn bei den Friesen galt, gleich welchen Göttern sie anhingen, das strenge Verbot, sich zu Männern zu legen. Die Strafen waren drakonisch: Hatte der Angeklagte Glück, wurde er nur zum schnellen Tode durch Erdrosseln und Versenken im Moor verurteilt und nicht zur Folter, bis der Tod eintrat. Mommens würde seine Entscheidung zweifellos bereuen, aber das half Luca nicht weiter. Fenna Jaspers war als Redjeve bestätigt, die Neuwahl fand erst in zehn Monaten statt. Und wenn sie ihre Sache gut machte, wovon Luca ausging, stand zu befürchten, dass sie wiedergewählt wurde und seine Pläne endgültig scheitern würden. Dann blühte ihm dasselbe Schicksal wie seinem Vorgänger, wenn auch nicht wegen Veruntreuung und Verrat. Dem Dogen allerdings war das gleich. Für ihn war Versagen ebenso Verrat wie Veruntreuung von Geld. Aber er wäre nicht Luca di Amalfio gewesen, wenn er nicht nach vorne geblickt hätte. Noch war nicht aller Tage Abend.

»Mach nicht so ein trauriges Gesicht, Luigi. Ich bin nur wütend auf mich selbst. Ich hätte mehr Ratsmänner bestechen müssen, aber ich habe gedacht, wir hätten die Mehrheit auf unserer Seite. So kann man sich täuschen. Fenna Jaspers ist wirklich gut. Sie hat mit ihren Worten die Herzen der Menschen bewegt. Das kann Ove Barwegen nicht.«

»Was werden wir jetzt tun, Herr?«

Luca wusste es noch nicht. Er musste nachdenken. Doch vorher würde er Pit Mommens einen Besuch abstatten. Er wollte zumindest wissen, warum er für Fenna Jaspers seinen Ruf, ja seine Existenz ruinierte. Denn Luca würde nicht zögern, seine Erkenntnisse, seine Beweise, dem Rat zuzuspielen. Und wenn Mommens versuchen sollte, ihn der Erpressung zu beschuldigen, würde ihm niemand glauben.

Allein wollte er nicht zu Mommens gehen, wer konnte schon wissen, wie der Mann reagieren würde. Schließlich hatte er nichts mehr zu verlieren. Luca rief Luigi und Alessandro zu sich.

»Wir statten Mommens einen Besuch ab. Ich will wissen, warum er für Fenna Jaspers gestimmt hat. Vielleicht müssen wir ihn etwas härter anfassen.«

Alessandro lächelte. »Er wird nicht lange Widerstand leisten, Herr.«

Das stand außer Frage. Alessandros Methoden waren ausgefeilt. Er benutzte meist eine Nadel, die er unter die Fingernägel schob. Diesem Schmerz hielt niemand stand, und die Verletzung war unscheinbar. Sie machten sich auf den Weg.

Die grantige Magd öffnete die Tür. »Was gibt's?«, schnarrte sie.

Wieder musste sich Luca beherrschen, damit er sie nicht einfach zur Seite stieß. »Ich würde gerne Meister Mommens sprechen.«

»Mein Herr ist aushäusig«, gab die Magd in einem mehr als unverschämten Ton zurück.

Luca hörte Luigi sich räuspern. Der hätte die Magd schnell dazu gebracht, sich daran zu erinnern, wo sie stand. Nämlich ganz am unteren Ende der gottgewollten Ordnung.

»Wärst du so gut, mir zu sagen, wo ich ihn finde. Es ist dringend.«

Luca sah der Magd an, dass sie mit sich rang, doch schließlich gab sie nach. »Er ist nach dem Rechten sehen, bei der alten Kate.«

»Und wo ist die alte Kate?« Luca zwang sich ein Lächeln auf die Lippen.

»Eine Viertelmeile nördlich der St.-Peter-Mühle. Ihr könnt sie nicht verfehlen. Davor steht eine alte Esche. Noch was? Ich muss das Essen für den Herrn zubereiten.«

Luca deutete eine Verbeugung an. Er war mehr als zufrieden mit der Auskunft. Mommens war allein, besser konnte es nicht kommen. »Ich danke vielmals.«

Sie eilten zurück in die Niederlassung, ließen sich Pferde satteln und sprengten los. Luca hatte nicht gewusst, dass es diese Kate überhaupt gab, geschweige denn, dass sie Mommens gehörte. Er musste sich dazu ermahnen, sich immer wieder daran zu erinnern, dass seine Unterlagen über die Amtsmeister und Ratsmänner nie vollständig waren, dass immer wieder Überraschungen vorkommen konnten, angenehme und unangenehme. Es gab zu viele von diesen Hütten, man konnte sie nicht alle kennen und jemandem zuordnen.

Nach einer halben Stunde kamen die Esche und die Kate in Sicht, und nur wenig später erblickte Luca ein Pferd, das vor der Tür angebunden war. Es musste das von Mommens sein. Es tänzelte nervös, so als würde es eine Bedrohung wittern.

Luigi und Alessandro parierten ihre Pferde vor dem kleinen Haus durch, stiegen ab und schauten sich um. Luca legte dem unruhigen Pferd eine Hand auf die Stirn. Es schnaubte einmal und hörte auf zu tänzeln. Er wies auf die Tür. Luigi und Alessandro zogen ihre Messer, drückten sie auf und verschwanden im Inneren. Nur einen Moment später rief Luigi: »Signore di Amalfio, das müsst Ihr Euch ansehen. Sofort.«

Luca stürzte in die Kate, die lediglich von einem fahlen Dämmerlicht erhellt wurde, da die Fenster geschlossen waren und nur durch die offene Tür Helligkeit eindringen konnte.

Er blieb abrupt stehen. Es roch nach Fäkalien und Tod. Bei der Heiligen Jungfrau Maria! Das hatte ihm gerade noch gefehlt. Mochte die Kate insgesamt von außen einen maroden Eindruck gemacht haben, weil das Fachwerk hier und da aus dem Ständerbau herausgefallen war, die Einrichtung war es nicht, und ebenso der Firstbalken. Daran nämlich hing Pit Mommens, streckte ihnen im Tod die Zunge heraus. Unter ihm hatte sich eine Lache gebildet, der Gestank rührte daher, dass im Tode alle Muskeln erschlafften, sich alle Körperöffnungen auftaten und sich Darm und Blase leerten. Ein Tisch mit vier robusten Stühlen, ein Bett mit Fellen und Decken, ein Ofen, eine Truhe und ein Regal mit Krügen und Körben voller Früchte, Brot und Käse bewiesen, dass die Kate regelmäßig besucht wurde.

Alessandro hielt Luca eine Pergamentrolle hin. Die ersten Zeilen machten Luca klar, was er in der Hand hielt. Mommens hatte in deutlicher Schrift ein Geständnis abgelegt: dass er nur Männer liebe, dass er es nicht länger ertrage, so von Gott gestraft zu sein, und dass er sich nicht von einem venezianischen Halunken erpressen lassen wollte.

Luca hob den Kopf gen Himmel. Derselbe Gott, der Mommens mit dieser furchtbaren Krankheit der Sodomie gestraft hatte, hatte ihn zur rechten Zeit hierher geführt, um zu verhindern, dass er mit Schimpf und Schande aus der Stadt gejagt wurde. Wenn dieses Geständnis ruchbar würde, waren seinc Tage in Rungholt gezählt, ob Mommens nun Sodomit war oder nicht. Ein Geständnis gepaart mit dem Selbstmord wog schwer. Einen Bürger Rungholts zu erpressen war nach friesischem Recht ein schweres Verbrechen. Luca steckte das Pergament ein. Jetzt galt es, keine Zeit zu verlieren.

»Alessandro, Luigi. Ihr schafft mir diesen vermaledeiten Kerl hier raus und versenkt ihn irgendwo so gründlich und tief, dass er nie wieder auftaucht. Das Pferd ebenso. Und sorgt dafür, dass es hier keine Spuren mehr gibt von der Todsünde, die er begangen hat. Ich kehre in die Niederlassung zurück. Niemand darf mich mit Mommens' Schicksal in Verbindung bringen.«

Die beiden nickten und machten sich an die Arbeit. Luca konnte sich darauf verlassen, dass sein Auftrag zur vollsten Zufriedenheit ausgeführt würde. Er hätte seinen Kopf darauf gewettet, dass Mommens auf Nimmerwiedersehen verschwand und dass die Kate nichts von dem preisgeben würde, was hier geschehen war. Was er nicht begriff, war, warum Mommens diese Dummheit begangen hatte. Er würde in der Hölle schmoren bis ans Ende der Zeit, denn sich das Leben zu nehmen war eine Todsünde. Hätte er gebeichtet, wäre er zwar hingerichtet worden, aber der liebe Gott hätte ihn aufgenommen ins Himmelreich, denn Gott erwies jedem reuigen Sünder Gnade, was auch immer er getan hatte. Doch wer sich selbst tötete, konnte keine Beichte ablegen und war verdammt. Wie viele andere dachte Mommens zu kurz. Er hätte all sein Geld nehmen und fliehen können, irgendwohin, wo ihn niemand kannte. Vielleicht hätte er ein paar schwere Jahre gehabt, um wieder auf die Beine zu kommen, doch was waren ein paar Jahre gegen die ewige Verdammnis?

Luca sah sich noch einmal um, aber er konnte nichts entdecken, das er persönlich hätte beseitigen müssen. Er nickte seinen Männern zu, stieg auf und ritt los.

Die Rückseite hatte er noch nicht gelesen, das wollte er jetzt nachholen, und er stellte fest, dass es sich lohnte. Hier fand er den Grund, warum Mommens so gehandelt hatte. Er glaubte, nirgends sicher zu sein, fürchtete die Folter, unter der er die Männer verraten würde, die dieselbe Krankheit hatten wie er. Lieber wolle er der Verdammnis anheimfallen, als die Menschen zu verraten, die er liebte.

Nachdenklich rollte Luca das Pergament zusammen. Eigentlich hatte er es verbrennen wollen, doch vielleicht konnte es ihm noch von Nutzen sein. Eines musste er Mommens lassen: Seine Treue war unverbrüchlich. Sowohl dem Redjeven gegenüber als auch seinem Geliebten.

30

Hennerk

Wie Fenna versprochen hatte, hatte sie seinem Vater einen Brief geschrieben und um den Aufschub gebeten. Den hatte er gewähren müssen, er hatte vorher aber Hennerk das Versprechen abgenommen, in die Heirat einzuwilligen, sobald das Jahr vorüber und Fenna bereit war. Hennerk hatte zugestimmt, sein schlechtes Gewissen hatte ihn nicht so sehr gequält, wie er gedacht hatte, denn er würde seinen Eid nicht brechen, aber er schwor ihn, wissend, dass er ihn nie einlösen musste.

Ein weiteres Versprechen hatte Fenna eingelöst, auch wenn es ein wenig gedauert hatte. Drei Monate waren ins Land gegangen, der Mai war mit Wärme, Blütenduft und viel Sonne eingezogen. Heute, an Pankratius, fand die Wehrübung statt. Seit letztem Jahr war Hennerk Führer einer kleinen Schar, die aus ihm, Kimi, Klaas und Ragnar bestand. Sie nannten sich die »Unbezwingbaren Vier«, was ihnen schon viel Spott eingebracht hatte.

Jeder wehrfähige Mann in Rungholt war mit anderen für einen bestimmten Teil der Stadt zur Verteidigung eingeteilt. Da gab es die Wehrgruppen der Fischer, der Schmiede und aller anderen Ämter. Aber auch die Bauern, Salzsieder oder Tagelöhner, die hier lebten, mussten ihren Dienst tun.

Die »Unbezwingbaren Vier« hatten einen schmalen Abschnitt, keine hundert Fuß breit, am Norderhever Ebbstrom zu verteidigen, zumindest in Friedenszeiten. Doch wenn Krieg drohte, würde man sie woanders einsetzen, denn keine Armee würde versuchen, den Norderhever zu überqueren, auch nicht bei Ebbe, da er nie trockenfiel, und selbst wenn, würden Schlick und Treibsand Pferde und Soldaten zu solcher Langsamkeit zwingen, dass man sie wie lahme Enten abschießen konnte. Außerdem waren Ebbe und Flut so stark, dass man nicht dagegen ansegeln konnte. Es gab nur eine Stelle, eine Landbrücke, an der ein Feind trockenen Fußes nach Rungholt eindringen konnte, und genau dort würde man ihn auch erwarten. Zwischen einem Arm des Norderhever und des Heverstroms, etwa eine halbe Meile von seinem Elternhaus entfernt, öffnete sich diese Landbrücke zum Festland hin und war tausend Fuß breit, also schwer zu verteidigen. Deshalb trug sie den Namen »Tor des Schicksals«. Bisher hatte es noch kein Feind vermocht, Rungholt einzunehmen, doch sowohl Atterdag als auch die Landesherren von Schleswig und Holstein stellten immer größere Heere mit immer besseren Waffen und Kriegern auf. Sollte Rungholt angegriffen werden, so war die Stadt auf sich gestellt, denn bis die anderen Harden Krieger schicken konnten, würde zu viel Zeit vergehen. Rungholt musste sich selbst verteidigen können.

In diesem Jahr würde Hennerk es ihnen allen zeigen und das Pferderennen gewinnen, den wichtigsten Wettkampf. Jorik hatte schon einen kleinen Vorgeschmack darauf bekommen, wie schnell Sleipnir war. Er hatte Skinfaxi immer wieder um Längen geschlagen. Durch das regelmäßige Training war Sleipnir noch schneller geworden.

Hennerk betrachtete die Sonne. Sie stand fast im Zenit,

Zeit also, sich der vereinigten Rungholter Bürgerwehr anzuschließen, die heute genau an dieser Stelle, am »Tor des Schicksals«, die jährlichen Übungen abhielt. Fast tausend Mann hatten sich versammelt, davon mehr als fünfhundert Berittene in voller Rüstung, ein Heer, das sich sehen lassen konnte und selbst Atterdag Respekt abgenötigt hätte. Fahnen und Wimpel flatterten in der frischen Brise, Zelte waren aufgestellt worden, eine ansehnliche Streitmacht. Allerdings wussten alle, dass nur die wenigsten Kampferfahrung hatten. Deshalb bereiteten sich die Rungholter auf die Verteidigung vor, darauf, das »Tor des Schicksals« um jeden Preis zu halten, jeden abzuwehren, wer auch immer es sein mochte.

Dafür hatte Hennerk auf Fennas Geheiß neue Armbrüste bestellt, die besonders hohe Durchschlagskraft haben sollten. Heute probierte er sie aus. Kimi, Klaas und Ragnar schauten ihm erwartungsvoll zu, als er die Kurbel ansetzte, mit aller Kraft drehte, so schnell er konnte, bis die Sehne einrastete. Er ließ die Kurbel fallen, legte einen Bolzen ein, nahm die Armbrust hoch, zielte und zog den Abzug durch. Den Rückschlag der Sehne spürte er bis in den Rücken. Mit einem Geräusch, als würde ein Schmied seinen Hammer auf den Amboss sausen lassen, schlug der Bolzen drei Zoll tief in die Rüstung ein. Die Platten waren zwar rostig, die Ringe, die sie zusammenhielten, nicht mehr stabil, denn es wäre ja Verschwendung gewesen, eine neue zu verwenden, aber das Blech war noch robust genug, um die Durchschlagskraft der Armbrust zu prüfen. Hennerk begutachtete den Schaden. Erstaunlich. Der Bolzen hatte ohne Mühe die Platte durchschlagen, ebenso das Polster darunter. Der Soldat hätte mindestens eine schwere Verletzung davongetragen, die ihn kampfunfähig gemacht oder vielleicht sogar auf der Stelle getötet hätte. Hennerk lief es eiskalt über den Rücken. Bis jetzt hatte er noch nie auf einen Menschen geschossen, und er hoffte, dass es so bleiben würde. Aber Rungholt musste gewappnet sein, sollten Piraten oder, noch schlimmer, der dänische König auf die Idee kommen, sich die Stadt einverleiben zu wollen. Graf Nikolaus gab Ruhe, solange sich Rungholt an die Vereinbarung mit ihm hielt.

»Der hätte uns nicht mehr geschadet«, sagte Kimi und rieb sich den Bart.

»Wie viele davon können wir bekommen?«, fragte Ragnar. »Wenn wir genug haben, können wir damit jeden Feind abwehren. Wir errichten Barrikaden und schießen die Feinde ab wie die Rebhühner. Selbst die Ritter des Dänenkönigs würden uns nicht überwinden können.«

Das sah Hennerk auch so. Allerdings würde noch mindestens ein halbes bis ein Jahr vergehen, bis eine ausreichende Anzahl der Armbrüste geliefert werden konnte. Es mussten mindestens dreihundert sein, damit sie wirkungsvoll eingesetzt werden konnten. »Das kann dauern. Hoffen wir, dass uns bis dahin niemand angreift.«

Sein Vater hatte schon darüber nachgedacht, ein Kriegsschiff zu bauen, obwohl er Arbeit genug hatte. Es lagen Aufträge für die nächsten drei Jahre vor, die Geschäfte der Werft gingen wirklich gut.

Hennerk hatte, wie es üblich war, das Handwerk des Schiffbauers erlernt, er liebte diesen Beruf. Sein Bruder ebenfalls, aber der war von Vater auch noch in die Abwicklung der Geschäfte eingeweiht worden, weil er als Erstgeborener die Werft eines Tages erben würde. Hennerk musste sich um seinen Lebensunterhalt keine Sorgen machen, Schiffe wurden immer gebraucht und sein Bruder würde ihm mit Sicherheit gut bezahlte Arbeit geben. Aber er wünschte sich etwas Eigenes. Am liebsten würde er mit Ilvy, die ebenfalls hervorragend ritt und einen Narren an den Tieren gefressen hatte, schnelle Pferde züchten. Ein Grund, warum er sie so liebte. Aber damit konnte man nichts verdienen, es war mehr ein Zeitvertreib. Pferde mussten stark und ausdauernd sein, um auf dem Feld den schweren Pflug durch die lehmige Erde zu ziehen oder einen Ritter, der in voller Rüstung gute zweihundert Pfund wog, in die Schlacht zu tragen.

Die Wehrübung bestand zum Großteil aus Wettbewerben im Schießen, Fechten, Barrikadenbauen und dem Pferderennen, das Abschluss und Höhepunkt des Tages bildete. Trotz seines Kummers, noch mindestens ein Jahr warten zu müssen, bis er Ilvy zur Frau nehmen konnte, freute sich Hennerk auf die Herausforderung, denn er konnte mit Sleipnir und seinen Reitkünsten glänzen. Er war sich so gut wie sicher, dass es niemand mit ihm aufnehmen konnte. Kein Pferd konnte weiter oder höher springen als Sleipnir, keines war schneller. Endlich würde er das Querfeldeinrennen gewinnen, das als das schwierigste aller Harden galt, denn wer gewinnen wollte, musste den Schlund überspringen, den Gezeitenstrom, dessen Strömung bei Ebbe und Flut alles mit sich riss, was er zu fassen bekam. Nur wenn die Ebbe am tiefsten Punkt war, setzte der Mahlstrom aus. Dennoch war das Wasser immer noch vier Fuß hoch, ein Durchwaten war kaum möglich, da dort Treibsand auf jeden wartete, der es wagte.

Für Hennerk war die Wehrübung die beste Zeit des Frühlings, der alle Säfte fließen ließ. Die Bäume legten ihr grünes Kleid an, ganz Rungholt war auf den Beinen, es gab zu trinken, zu essen, und die Maiden putzten sich heraus, um den jungen Männern zu gefallen. Hennerk hatte Ilvy bei der Wehrübung vor zwei Jahren das erste Mal heimlich geküsst. Er kannte sie schon lange, denn die Schmiede und die Schiffbauer arbeiteten stets eng zusammen. Ohne Nägel kein Schiff, ohne Axt und Säge keine Planken und kein Mast. Früher hatte er Ilvy keine besondere Beachtung geschenkt, doch dann war sie innerhalb kurzer Zeit erblüht und eins der schönsten Mädchen von Rungholt geworden. Hennerk seufzte. Hoffentlich behielt Jorik recht und alles würde gut werden. Doch mit jedem Tag, der verging, zweifelte er mehr daran.

Hennerk striegelte Sleipnir noch einmal, prüfte das Zaumzeug und den Sattel. Alles war bestens. Seine ganze Familie war mitgekommen, Bendix umarmte ihn und wünschte ihm Glück, Vater tätschelte Sleipnir und sagte: »Dass du mir meinen Jungen gesund wiederbringst!«

Einen Vorteil hatte der Heiratsvertrag mit Fenna. Vater behandelte Hennerk wie ein kostbares Juwel. Nicht dass er ihn jemals schlecht behandelt hatte, aber die Aussicht auf die Salzwiesen ließ Vater nicht kalt. Nur Jorik hatte Hennerk noch nicht gesehen.

Endlich war es so weit. Noch einmal wünschte Bendix ihm viel Glück. Hennerk führte Sleipnir an die Startlinie, schwang sich in den Sattel. Er nahm Fenna in den Blick, als Redjeve würde sie gleich mit einem roten Tuch das Zeichen zum Start geben. Für einen Moment dachte Hennerk an Ilvy. Wenn er gewann, würde sein Ruhm vielleicht dazu beitragen, dass sein Vater seine Meinung änderte. Also würde er alles geben.

Das Tuch senkte sich, Hennerk ließ Sleipnirs Zügel locker, der sogleich lossprengte und schnell eine halbe Länge Vorsprung hatte. Es ging vorüber an den Barrikaden aus

Balken und Brettern, die das Tor des Schicksals gegen Feinde verteidigen sollten, hinein in die Dünen Richtung Wittenbüll, einem kleinen Dorf mit einer Kirche, die über tausend Jahre alt sein sollte. Auch dort standen Menschen und feuerten die Reiter an. Sleipnir kannte die Strecke besser als Hennerk, kannte jedes Sandloch und jede Wurzel, deshalb fiel er in einen leichten Galopp. Mühelos setzte er über Büsche und einen umgestürzten Baum.

Bis auf Ivar, Sohn des Besitzers der Hafentaverne und sein ärgster Konkurrent, lagen alle anderen weit zurück. Sie bogen nach Süden ab, der Schlund kam in Sicht. Die Ebbe hatte bereits voll eingesetzt, die Strömung war mächtig, wer zu kurz sprang, musste um sein Leben fürchten. Sleipnir setzte an, und einen Augenblick später war er auf der anderen Seite und blieb stehen. Hennerk wandte sich um. Ivar setzte zum Sprung über den Schlund an, und Hennerk wollte schon weiterreiten, als er sah, dass Ivar viel zu weit vor der Kante des Schlundes absprang. Selbst Sleipnir hätte von dort den Schlund nicht überwinden können. Als stünde die Zeit fast still, sah Hennerk, wie Ivar und sein Pferd abhoben, und wie der Junge die Augen vor Panik aufriss, weil er begriffen hatte, dass der Schlund ihn wegspülen würde.

Hennerk trieb Sleipnir an die Kante des Schlundes, sprang aus dem Sattel, streifte mit einer Handbewegung Halfter und Zügel über Sleipnirs Kopf, warf das Halfter über den Schlund und sprang mit beiden Beinen in die Zügel. Ivar verstand, schnellte aus dem Sattel, griff das Halfter, klatschte in den Schlund. Sein Pferd versank, tauchte kurz auf, wieherte herzzerreißend und wurde sofort weggerissen. Das alles dauerte nur wenige Wimpernschläge.

Hennerk stemmte sich in den Sand, Ivars Gewicht zog

ihn bis an den Rand, er warf sich hin, schrie vor Anstrengung. Aus den Augenwinkeln sah er drei Reiter über den Schlund springen und davonreiten. Erst der vierte, Kimi, stieg auf dieser Seite ab und half Hennerk, der am Ende seiner Kräfte war, Ivar aus dem Schlund zu ziehen. Sie ließen sich in den Sand fallen, Ivar spuckte und prustete.

»Ich dachte, das ist mein Ende«, flüsterte er. »Ihr habt mir das Leben gerettet. Hennerk, Kimi, das werde ich euch nie vergessen. Wie kann ich das je wiedergutmachen?«

31

Fenna

Fenna pochte mit dem Stab des Redjeven dreimal auf den Boden. Sofort kehrte Ruhe ein. Sie fühlte sich unbehaglich, denn als sie am Morgen in den Himmel geblickt hatte, waren schwarze Wolken darüber hinweggezogen, starker Wind war aufgekommen, und es war noch wärmer geworden. Doch das Wetter schlug um, ein Sturm zog auf, der schlagartig für Kälte sorgen würde, für Regen und eine hohe Flut. Daran bestand kein Zweifel. Es beunruhigte sie, dass es Mitte Mai ein solches Unwetter gab, in einer Zeit, in der das Wetter üblicherweise ruhig war. Jeder Sturm weckte in Fenna die Trauer über den Tod ihrer Mutter. Hinzu kamen die schwachen Deiche und das Land, das immer tiefer absank, das hatte Eyk ihr erst vor zwei Tagen zeigen können. Er war ernsthaft besorgt. Aber Fenna konnte nicht von einem Tag auf den anderen die Salzproduktion einstellen, so wie Eyk sich das wünschte. Sie hatte sich etwas anderes ausgedacht, das einige schmerzen würde, doch zunächst würde sie die Gewinner der Wehrübungen küren.

Fenna erhob sich. »Bürger von Rungholt! Ratsleute und Amtsmeister! Gestern haben wir alle gesehen, wie unsere tapferen Recken gegeneinander angetreten sind und gezeigt haben, dass wir uns um unsere Sicherheit keine

Sorgen machen müssen. Denn sie haben sich nicht nur miteinander gemessen, sondern bewiesen, wie stark sie sind, wenn sie Seite an Seite stehen.«

Sie ließ ihren Blick über die Menschen gleiten, die sie gebannt ansahen. Es war ihr leichter gefallen als gedacht, die Herzen der Rungholter zu gewinnen. Bis auf wenige Amtsmeister waren alle zu ihr gekommen und hatten ihr Unterstützung zugesagt. Nun, sie würde bald herausfinden, wie ernst das gemeint war. Nämlich dann, wenn sie ihren Entschluss bekannt gab, ein zusätzliches Deichgeld zu erheben, von allen, die mehr als 1000 Mark Lübisch ihr Eigen nennen konnten, sei es in Münzen oder in Vieh oder Land. Alle Amtsmeister gehörten dazu und alle Räte. Sie würde von allen zehn Prozent verlangen. Mit diesen Einnahmen konnte sie die schwachen Deiche verstärken und neue bauen, wo immer es nötig war. So plante sie, zu den Salzwiesen hin einen zweiten Deich zu errichten, der die größten Brecher abfangen und deren Wucht bremsen sollte, damit der Süderdeich länger hielt. Sie hatte ihren Plan mit Eyk besprochen und einigen Amtsmeistern, die ihn für gut befunden hatten, aber zu bedenken gaben, dass die Kosten höher seien, als ein Heer auszurüsten und gegen den Dänenkönig zu ziehen. Sie hatte gesagt, dass ein Heer innerhalb eines Tages vernichtet sein konnte, ein Deich aber für viele Jahre seine Aufgabe erfüllen würde. Dagegen hatten sie nichts mehr ins Feld führen können.

Jetzt aber freute sie sich darauf, den Siegern ihre Prämien zu überreichen und sie von allen Anwesenden ehren zu lassen. Anschließend gab es ein Fest, das drei Tage lang dauern sollte, denn das Biikebrennen war mit dem Fest, das zur Wehrübung gefeiert wurde, zusammengelegt worden.

Fenna zog ihre Aufzeichnungen zurate. Es waren zwei Dutzend Wettbewerbe, die abgehalten worden waren, sie hatte sich nicht alle Namen, weder der Preisträger noch der einzelnen Wehrdisziplinen, merken können. Vater hätte es gewusst, sie würde wohl noch Jahre brauchen, bis sie so weit war. Wer hatte das Weitwerfen mit Steinen gewonnen? Sie fuhr mit dem Zeigefinger die Liste entlang. Es war der Sohn des Müllers von der Mühle am Deich. Fenna rief ihn auf, gratulierte ihm, überreichte ihm einen Stein, nachgebildet aus Silber, ein wertvolles Stück, denn Rungholt ließ sich nicht lumpen, lobte ihn und ließ ihn von den Menschen beklatschen. Nach und nach rief sie die Sieger im Barrikadenbau, im Bogenschießen, im Armbrustschießen, im Speerwerfen und allen anderen Disziplinen auf, bis sie zum Schwertkampf kam. Alle hatten erwartet, dass wie immer der Sohn des Schmiedes die Trophäe mit nach Hause nehmen würde, doch Jorik hatte sie alle eines Besseren belehrt. In einem Kampf, der lange unentschieden stand, gelang es ihm schließlich, seinem Gegner die Waffe aus der Hand zu schlagen, womit er augenblicklich als Sieger feststand.

»Jorik Barwegen! Tretet vor und nehmt den Preis entgegen, den Ihr Euch redlich verdient habt.«

Mit hoch erhobenem Kopf und durchgedrücktem Rücken trat Jorik vor Fenna, verbeugte sich und kniete sich hin. Am liebsten hätte sie ihn in die Arme genommen und geküsst, bis ihm schwindelig wurde, doch sie beherrschte sich und tat, was der Redjeve zu tun hatte. Sie berührte Hennerk mit ihrer Hand an der rechten Schulter. Dabei spürte sie, wie ein leichtes Beben durch seinen Körper ging, das sich auf sie übertrug. Es lief ihr heiß den Rücken herunter.

»Erhebt Euch als Ritter von Rungholt und nehmt das Schwert der Stadt entgegen.« Das Schwert wurde von Jahr zu Jahr an den weitergereicht, der Sieger im Schwertkampf wurde. Der durfte das Schwert so lange tragen, bis ein anderer ihn besiegte. Das Schwert war angeblich mit Mjöllnir, dem Hammer Odins, im Feuer eines Vulkans geschmiedet worden. Es trug geheimnisvolle Runen, die selbst Eyk nicht deuten konnte. Daher ging man davon aus, dass es sich um Zauberworte von Gullveig handelte, die wie Frigga aus dem älteren Geschlecht der Götter, der Wanen, stammte und die Hüterin der Götterschätze und der Zauberei war. Die Runen auf dem Schwert Rungholts, so hieß es, führten zu den Schätzen der Götter, darunter Rüstungen, die nicht von Waffen durchdrungen werden konnten, Speere und Pfeile, die immer ihr Ziel trafen, und ein Trunk, der das Altern verzögern sollte. Doch selbst wenn man die Runen hätte entziffern können, den Schatz konnte nur der erringen, der die Wächter des Schatzes überwand: mächtige Trolle, die in den Diensten Gullveigs standen und so stark waren, dass sie mit bloßen Händen Felsen zu Staub zerreiben konnten. Daher glaubte Fenna, dass dies nur ein Märchen war, in dem ein weiser Rat verborgen lag: Man sollte nie nach dem streben, was unmöglich ist, sondern nur nach dem, das man auch erreichen konnte.

Jorik erhob sich, nahm das Schwert entgegen. »Ich schwöre bei allen Göttern, mit diesem Schwert die Bürger von Rungholt zu verteidigen.«

Er wandte sich um und stellte sich auf seinen Platz. Sein Vater schlug ihm auf die Schulter, doch seine Miene blieb ungerührt. Joriks Lächeln war etwas gequält.

So gern Fenna noch mit Jorik geplaudert hätte, ihm noch drei Preise verliehen hätte, jetzt ging es nicht mehr um ihn, sondern um den besonderen Preis, den sie Hennerk und Kimi verleihen würde. »Bürger von Rungholt. Der Rat hat beschlossen, in diesem Jahr eine weitere Auszeichnung zu vergeben, für die Männer, die die wichtigste Tugend unserer Stadt verkörpern: Wir treten füreinander ein! Wir helfen uns gegenseitig, auch wenn es im ersten Moment aussieht, als erwachse uns kein Vorteil daraus.«

Sie schwieg einen Moment, im Saal war es still bis auf den Wind, der an den Fensterläden zerrte und immer lauter um die Ecken des Rathauses pfiff.

Sie suchte Hennerks Blick. »Hennerk Ydsinglond! Ihr habt den sicheren Sieg im wichtigsten Rennen der Harden aus der Hand gegeben, um Eurem Konkurrenten Leib und Leben zu retten. Und Ihr, Kimi Feddersen, seid ihm beigesprungen, denn alleine hätte er es nicht geschafft. Kommt zu mir!«

Hennerks Blick war an Überraschung nicht zu überbieten, Kimi grinste hingegen wie ein Lausbub und schlug dem Freund auf die Schulter, so fest, dass der einen Schritt nach vorne machen musste, um nicht zu stürzen. Sie traten vor Fenna, Kimi grinste noch immer, Hennerk schaute sie ernst an.

Fenna hob eine schwere Eisenkette vom Tisch, an der zwei goldene Münzen hingen. »So wie diese Kette sollen alle Rungholter stets zusammenhalten, denn das ist mehr wert als alles Gold der Welt!«

Fenna wusste, dass diese Worte vor allem ein Wunsch waren, denn Tag für Tag erlebte sie, dass es eben nicht so war. Die drei, die Ivar nicht geholfen hatten, bewiesen es. Doch erstrebenswert war es allemal, und vielleicht würden sie beim nächsten Mal anders handeln, weil sie sich im Nachhinein schämten.

Sie legte die Kette über die Schultern der beiden, dann wandte sie sich an die Bürger. »Ehrt diese beiden mutigen und ehrenhaften Männer!«

Applaus brandete auf, Hochrufe erschollen. Hennerk und Kimi kehrten mit vor Stolz geschwellter Brust zu ihren Plätzen zurück. Dann erleuchtete ein Blitz, der heller als tausend Kerzen war, den Ratssaal, und nur einen Wimpernschlag später rollte ein mächtiger Donner über die Stadt und ein dumpfes Grollen ließ den Ratssaal erbeben. Fenna wartete, bis der Donner abgeebbt war, setzte zum Sprechen an. Doch sie kam nicht dazu, auch nur ein Wort zu sagen.

Die Türen schlugen auf, Männer stürzten herein und schrien: »Der Süderdeich! Er droht zu brechen, wenn die Flut den höchsten Stand erreicht hat. Der Sturm kommt aus Nordwest und drückt mit aller Macht in den Heverstrom!«

Mit einem Schlag war es still wie in einem Grab. Alle starrten auf Fenna, die sich plötzlich nicht mehr bewegen, nicht mehr sprechen konnte. Sie sah Vater und Eyk hereinstürzen, ein nasses Bündel auf den Tisch legen, ihre Mutter. Die Welt versank im Schmerz, und plötzlich erkannte sie, dass sie machtlos war gegen die Gewalten der Natur. Die Flut war stärker. Alle würden sterben.

32

Jorik

Was war mit Fenna los? Jorik starrte sie an. Sie war der Redjeve, sie musste sagen, was zu tun war. Doch sie stand da wie vom Blitz getroffen. Sie musste etwas tun, sonst würde man sie noch heute als Redjeve absetzen. Verzweiflung, Wut und Ärger standen in den Gesichtern der Rungholter. Gerade wollte er zu ihr, als Fenna sich aus ihrer Starre löste. Keinen Moment zu früh.

»Verzeiht, ich musste einen Moment nachdenken. Bildet drei Scharen. Die erste Schar spannt jedes Fuhrwerk an, das zu finden ist. Fahrt zu den Lagerhallen am Hafen, nehmt alle Fässer, die ihr finden könnt, gleich wem sie gehören, füllt Sand hinein, stärkt damit die Krone des Deichs, indem ihr sie eingrabt und mit Latten und Brettern vernagelt und Pfähle in den Deich rammt, um sie zu stützen. Dann stapelt alle anderen Fässer zur Landseite hin, damit der Deich nicht nachgibt. Die zweite Schar bringt alle Bewohner von Klein-Rungholt in Sicherheit. Wenn der Deich brechen sollte, darf sich niemand mehr südlich des Hauptdeichs aufhalten. Die dritte Schar geht zur Schleuse. Nehmt Balken mit, Nägel und Seile, damit ihr euch anbinden könnt. Das Tor darf überflutet werden, aber nicht nachgeben. Rammt die Balken in den Grund und stützt so die Fluttore. Achtet auf den Deich vor und hinter der Schleuse. Der sollte halten, das ist der einzige Abschnitt, der in den letzten Jahren instand gehalten worden ist. Und jetzt: Kämpft um Rungholt! Kämpft um das Leben eurer Familien. Gebt nicht auf!«

Die Mienen der Menschen hellten sich ein wenig auf. Fenna hatte ihnen Hoffnung gegeben, hatte ihnen einen Weg aufgezeigt, mit dem Sturm fertigzuwerden, den Deich und die Schleuse zu halten. Jorik warf ihr voller Stolz einen Blick zu, den sie jedoch nicht wahrnahm. Sie war damit beschäftigt, weitere Anweisungen zu erteilen und Fragen zu beantworten.

Jorik rannte los, ihm folgten einige Dutzend Männer, auch Hennerk und Kimi. Kaum waren sie auf der Straße, da warfen die Sturmböen sie fast um. Der Sturm war stark, sehr stark, sie kämpften sich gegen den Wind vorwärts. Außer Atem kam Jorik an ihrer Lagerhalle an, in denen die Fässer gestapelt waren. Sein Vater stand davor, der Sturm zerzauste ihm die Haare, neben ihm einige ihrer Knechte, die sich gegen den Wind stemmten.

»Hier kommt keiner rein. Glaubt Ihr etwa, ich werfe meine Fässer in die Nordsee? Die Deiche werden auch so halten. Glaubt mir.«

Jorik drängte sich nach vorn. »Vater, der Redjeve hat es befohlen. Wir müssen ihm gehorchen.«

»Der Redjeve! Mach dich nicht lächerlich. Diese Metze hat mir gar nichts zu befehlen.«

Jorik packte der Zorn. »Geh mir aus dem Weg, Vater. Bricht der Süderdeich, nutzen uns unsere Fässer gar nichts, denn dann kann es sein, dass ganz Rungholt weggespült wird. Die Idee des Redjeven ist großartig. So können wir die Stadt und die Menschen retten.«

»Unsinn!«

Jorik hatte keine Zeit mehr, mit seinem Vater zu streiten. Er ging an ihm vorbei und winkte den Männern, die ihm gefolgt waren. Die Knechte rührten sich nicht, sie wussten, dass Jorik sie einfach zur Seite gefegt hätte.

»Das wirst du büßen!«, schrie sein Vater und schüttelte drohend seine Faust.

Jorik fühlte Scham und Zorn zugleich darüber, dass sein Vater selbst in diesem Augenblick nur an sich denken konnte. Er öffnete die Tore, der Wind riss ihm die Flügel aus der Hand, einige halfen, sie festzubinden. Jorik zeigte auf die Fässer. »Los, Männer, es duldet keinen Aufschub.«

Dutzende Hände packten an, vor den Hallen gab es genug Sand, in Windeseile waren die ersten hundert Fässer gefüllt, auf die Wagen gehievt. Sie fuhren zum Deich, wo die Männer mit Balken und Rammen bereitstanden.

Jorik blieb vorerst im Lager, denn es konnte gut sein, dass sein Vater versuchen würde, das Füllen der Fässer zu behindern oder sogar abzubrechen. Doch als Jorik vor die Halle trat, war er verschwunden. Vielleicht hatte er eingesehen, dass er niemals zum Redjeven gewählt würde, wenn er seine Fässer für sich behielt und damit Hunderte Menschenleben aufs Spiel setzte. Also entschied Jorik, doch zum Deich zu fahren, denn dort wurden starke Hände gebraucht. Er half, einen Wagen mit Fässern zu beladen, und setzte sich auf den Bock. Den Kutscher kannte er nicht, sie nickten sich kurz zu. Für ein Gespräch war es zu laut, denn der Sturm toste und brauste immer mehr, an allen Enden und Ecken rappelte es, von einem Dach flogen Schindeln herunter und krachten vor dem Wagen auf die Straße. Der Kutscher musste sich anstrengen, die Pferde im Zaum zu halten, die ängstlich die Ohren nach hinten stellten.

Sturmlampen, aufgehängt an Pfosten, die in den Boden getrieben waren, markierten den Weg zum Deich, sie schaukelten im Wind wie wild, aber sie hielten und verloschen nicht. Es war nicht der erste Sturm, der über Rungholt hinwegfegte, aber es war ein heftiger. Jorik hoffte, dass er abflauen würde, bevor die Flut erneut einsetzte. Sonst würden sie den Süderdeich nicht halten können.

Die anderen Wagen kamen in Sicht, sie hoben sich wie Schatten von der Landschaft ab, ebenso wie die Männer, die jeweils zu zweit ein Fass abluden und den Deich hinaufrollten, wo die Gischt über die Krone schlug und alle durchnässte. Noch stand das Wasser knapp zwei Fuß unterhalb der Deichkrone, sie konnten die Fässer gut verankern, doch mit jedem Zoll, den die Flut stieg, erhöhte sich der Druck auf den Wall. Es musste ihnen gelingen, die Krone so zu sichern, dass die Brecher sie nicht abtragen konnten. Denn ein Deich brach immer von oben, nie von unten. Da war er breit und fest, die Flut rollte hinauf und nagte an der Krone. Überlebten sie den höchsten Stand der Flut, waren sie gerettet.

Jorik stemmte sich gegen den Sturm, rollte alleine ein Fass nach oben, versenkte es mit dem Deckel nach oben in der Vertiefung, die die Männer ausgehoben hatten. Dann wurde der Sand um das Fass herum mit Stoßhölzern festgedrückt, die Verstärkungsbalken, die alles zusammenhalten sollten, mit den Rammen hineingetrieben. Vier Fässer hintereinander, im rechten Winkel zur Linie der Deichkrone, sorgten für die nötige Verstärkung.

Ungebremst jagte der Sturm die Brecher an die Küste. Jorik war wie alle anderen durchnässt, doch er fror nicht, denn er musste um jedes Fass kämpfen, musste alle Kräfte aufbieten, um nicht von den Böen und den Wassermassen, die immer wieder über die Krone peitschten, hinweggefegt zu werden. Fuß für Fuß, Fass für Fass arbeiteten sie sich weiter vor. Immer wieder dachte Jorik an Fenna, und das verlieh ihm Kraft. Fast tausend Fässer hatten sie bis jetzt verankert und damit der See die Stirn geboten. Mit seinen Mitbürgern gegen den Sturm zu kämpfen, gab ihm ein gutes Gefühl, die Gemeinsamkeit machte sie stark. So konnten sie jeder Gefahr trotzen. Er dachte erneut an Fenna, die die Einheit Rungholts beschworen hatte. Ihr hatten sie es zu verdanken, dass jeder sein Letztes gab.

Fass für Fass wurde versenkt und verankert, Jorik vergaß die Zeit, erst als durch die dicken Wolken fahles Licht sickerte und der Tag anbrach, wurde ihm bewusst, dass sie seit Stunden mit der See und dem Sturm kämpften. Er konnte erkennen, dass sie in der Nacht die Deichkrone an den schwächsten Stellen mit den Fässern hatten verstärken können, sodass der Damm gehalten hatte. Gerade so.

Und noch etwas spürte er: Der Sturm flaute ab. Am Horizont zeigte sich ein Streif blauen Himmels. Sie hatten gesiegt! Sie hatten den Sturm und die Nordsee besiegt, und er hatte seinem Vater die Grenzen aufgezeigt.

Sobald die Flut abgelaufen war, würden alle Fässer ausgegraben, gereinigt und wieder in die Lagerhäuser gebracht. Das eine oder andere war von der See mitgenommen oder von einem Brecher zerlegt worden, aber wenn Jorik es richtig sah, war der Verlust nicht sonderlich groß. Hoffentlich war keiner zu Schaden gekommen. Immer mehr Männer erkannten, dass die Gefahr vorüber war, und stellten die Arbeit ein. Die Wagen mit frischen Fässern wurden zurückgeschickt. Jorik ließ seinen Blick schweifen.

Was er sah, ließ ihm das Blut in den Adern gefrieren. An mindestens einem Dutzend Stellen war die Krone des

Deiches schwer beschädigt. Hätte der Sturm noch einen halben Tag angedauert, hätte er bis zur nächsten Flut getobt, wäre die Krone gebrochen und hätte Klein-Rungholt weggespült, daran hätte auch nichts geändert, dass sie einen Teil des Deiches befestigt hatten.

Sie hatten Glück gehabt, nichts weiter.

33

Fenna

Fenna saß an dem langen Tisch im Ratssaal und fühlte sich erschöpft wie noch nie. Als der Süderdeich zu brechen drohte, hatten die Erinnerungen an den Tod ihrer Mutter sie eingeholt, heftiger als je zuvor. Fast hätte sie ihre erste echte Aufgabe als Redjeve nicht bewältigen können. Joriks Blick hatte sie in die Gegenwart zurückgeholt, sie hatte die richtigen Anordnungen getroffen, doch dass Jorik sich in Lebensgefahr bringen würde, als er aus dem Rathaus stürmte, das hatte sie erst begriffen, als er fort gewesen war, und da war sie erneut in eine Starre gefallen, aus der sie sich nur mit Mühe wieder hatte befreien können.

Die Nacht war ihr endlos erschienen, doch jetzt war der Sturm abgeflaut, die Sonne brach durch die Wolken, und die Meldung, dass niemand zu Schaden gekommen war, ließ Fenna innerlich jubeln. Doch die Freude währte nicht lange. Sie verließ das Rathaus mit einigen Ratsleuten und begutachtete den Deich. Eyk war bereits dort.

Jetzt erst wurde ihr klar, wie knapp sie der Katastrophe entgangen waren. Dort, wo die Fässer den Deich stützten, hatte er gut gehalten, an vielen Stellen jedoch war die Krone zerstört und dort, wo er an den Heverstrom grenzte, war er gebrochen. Wasser war in die Senkung, die durch den

Salzabbau entstanden war, geflutet und hatte den Hauptdeich, der Rungholt schützte, auf einer Breite von hundert Fuß unterspült. Fenna zitterte. Hätte der Sturm nur wenige Stunden länger gedauert, wäre die Flut ein zweites Mal gekommen, während er noch tobte, Rungholt wäre verloren gewesen, denn der Hauptdeich hätte nicht standhalten können.

Eyk warf ihr einen Blick zu. »Diesmal haben die Götter uns verschont.«

»Aber der Deich hat gehalten«, wandte Aiko Auckens, der Amtsmeister der Metzger, ein. »Wir reparieren ihn, so haben wir es schon immer gemacht.«

Ja, so hatten sie es schon immer gemacht, und es hatte sie dahin geführt, wo sie jetzt standen. Auch ihr Vater hatte nicht einsehen wollen, dass es nicht allein die Willkür des Wetters war, die Rungholt bedrohte, sondern dass es die Menschen waren, die das Ihre dazu beitrugen. Heute Nacht waren es wenige Zoll Erde gewesen, die sie vor dem Untergang gerettet hatten.

Eyk verzog das Gesicht. »Ja, und wenn wir es wie immer machen, wird Rungholt bald nicht mehr da sein. Dieser Sturm war stark, aber er hat sich gelegt, bevor die nächste Flut gekommen ist. Dennoch hat er fast die Deiche überwunden. Hätte Fenna nicht so besonnen und klug gehandelt, wäre Rungholt überflutet worden, Klein-Rungholt gäbe es nicht mehr, Hunderte wären ertrunken.«

»So schlimm wäre es nicht geworden. Es hat schon schlimmere Stürme gegeben«, beharrte Aiko Auckens.

Eyk wies mit seinem Stock auf die Nordsee. »Es hat schon schlimmere gegeben, aber es werden stärkere kommen, Meister Auckens, und deshalb müssen wir uns besser vorbereiten. Es reicht nicht, ein paar Eimer Sand in die

Bresche der Deiche zu werfen. Das ganze Land ist abgesunken, deshalb war dieser eigentlich normale Sturm fast der Untergang Rungholts.«

Fenna war gespannt, was Auckens darauf sagen würde. Sie kannte ihn als bedächtigen Mann, der nicht vorschnell urteilte, aber er war behäbig und hatte es lieber, wenn alles so blieb, wie es war. Veränderungen machten ihm Angst.

»Ich weiß nicht, Meister Eyk. Es mag ja stimmen, was Ihr sagt, aber letztlich bestimmt der liebe Gott unser Schicksal. Lasst uns beten und unserem Herrn danken, dass er uns wieder einmal verschont hat. Adalrich hat recht, wenn er sagt, dass Rungholt unter Gottes Schutz steht. Was soll also schon passieren?« Er nickte Fenna zu. »Ihr habt richtig entschieden, Frou Japsers. Auch das ist eine Gabe Gottes, selbst wenn Ihr nicht an ihn glauben mögt. Seid gewiss: Er wird auch Euch beschützen. Und nun muss ich an die Arbeit, sonst bleibt die Wurstkrone leer und meine Kunden zeihen mich der Faulheit.«

Auckens ging seines Weges, Eyk stieß ärgerlich einen Seufzer aus. »Seine Wurst ist ein Gedicht, aber sein Verstand ist nicht besser als der eines Schweinsfußes. Wie steht es mit dir, Fenna, Redjeve von Rungholt? Willst du auch so weitermachen wie bisher?«

Fenna hatte Eyks Frage erwartet, und sie hatte sich entschieden. »Nein, ich werde nicht so weitermachen wie bisher.«

»Und das bedeutet?« Eyk schaute sie erwartungsvoll an.

»Lass uns den Rat zusammenrufen, dann werde ich es verkünden.«

Der Boden unter Fennas Füßen schien weich zu werden. Was sie zu verkünden hatte, war ungeheuerlich, war noch nie vorgekommen und würde einen Sturm der Entrüstung hervorrufen, der so stark sein konnte, dass er sie hinwegfegte. Doch sie hatte keine Wahl, wenn sie ihre Aufgabe ernst nahm, als Redjeve Schaden von Rungholt abzuwenden und alles zu tun, damit die Stadt wachsen und gedeihen konnte. Nie wieder durfte die See jemanden holen, nie wieder durften die tosenden Wellen Unglück über die Menschen bringen. Sie küsste Frigga. »Für dich, Mutter.«

Gegen Mittag hatten sich fast alle Ratsleute versammelt, nur Joriks Vater fehlte und einige andere, darunter auch Pit Mommens, dem sie persönlich danken wollte, da er sie gewählt hatte, obwohl er zu den Anhängern von Ove Barwegen gehörte und sich sichtlich hatte dazu durchringen müssen.

Bevor Fenna etwas sagen konnte, applaudierten die Männer, manche neigten ihren Kopf oder nickten ihr aufmunternd zu. Sie hatte ihren Respekt erlangt, etwas, das man nicht kaufen, aber leicht verspielen konnte. Und genau das, fürchtete sie, würde sie jetzt tun. Noch vor wenigen Tagen hätte sie es nicht für möglich gehalten, dass sie je so entscheiden würde. Doch der Sturm der letzten Nacht hatte jegliche Zweifel zerstreut, hatte ihr die Augen geöffnet, und sie hoffte, dass die Rungholter Vernunft annehmen würden.

Fenna erhob sich, stieß den Stock des Redjeven dreimal auf den Boden. »Ich danke Euch. Doch nicht mir gebührt der Dank, sondern allen, die gestern ihr Leben in Gefahr gebracht haben, um Rungholt vor den Fluten der Nordsee zu beschützen.« Fenna wartete, bis der Applaus verebbt war. »Wie durch ein Wunder ist heute Nacht niemand ums Leben gekommen. Doch Ihr alle wisst, warum. Die einsetzende Ebbe hat verhindert, dass die geschwächten Deiche geborsten sind. Aller Heldenmut hätte uns nichts genutzt, hätte der Sturm bis zur nächsten Flut gedauert. Wir hätten die halbe Stadt verloren, die Schleuse und den Hafen. Gewiss ist, dass es wieder Stürme geben wird, auch stärkere, das ist das Gesetz der Natur, dem sich jeder beugen muss. Doch wir sind dem nicht schutzlos ausgeliefert. Was müssen wir tun? Wir müssen die Deiche stark machen. Sie erhöhen und verbreitern. Und zwar in der Höhe um drei Fuß.«

»Drei Fuß?« Sander Jannen, Amtsmeister der Dachdecker, war von seinem Stuhl aufgesprungen. »Bei allem Respekt, Frou Jaspers, wie soll das gehen? Wir müssten den Deich zwölf Fuß breiter machen, damit er nicht zu steil wird. Selbst wenn wir alle Kraft in dieses Werk hineinlegen, brauchen wir zehn Jahre, um es fertigzustellen.«

Fenna nickte. »Ihr kennt Euch aus mit dem Deichbau und habt richtig gerechnet. Aber sagt mir eins, Meister Jannen, wie alt sind Eure Töchter? Es sind vier an der Zahl, nicht wahr? Wann werden sie ihre ersten Kinder bekommen, die Eure Enkel sein werden?«

Jannen schaute sie verblüfft an. »Eins muss man Euch lassen, Redjeve. Ihr seid ebenso gut im Bilde wie Euer Vater, was die Verhältnisse der Rungholter angeht, und ebenso geschickt mit Worten.«

Fenna war nicht entgangen, dass Jannen sie als Redjeve angesprochen hatte und nicht als Frou Jaspers. Er schien sie als Oberhaupt Rungholts anzuerkennen.

Sie fuhr fort. »Wir dürfen nicht in zwei, fünf oder zehn Jahren denken. Wir müssen in Generationen denken. Wenn wir jetzt nicht handeln, werden wir unsere Enkel vielleicht gar nicht auf dem Schoss sitzen haben, weil unsere Kinder in den Strudeln der See ertrunken sind.«

Jannen setzte sich, schüttelte den Kopf, faltete die Hände und stützte seinen Kopf darauf. Er hatte Fenna sicherlich verstanden, aber er fühlte sich damit sichtlich unwohl, denn diese Erkenntnis zog unweigerlich harte Folgen für die nach sich, die jetzt lebten: noch mehr Arbeit und vor allem Verzicht auf ungebremsten Reichtum und den Abschied von liebgewonnenen Gewohnheiten.

Auckens erhob sich. »Nun macht doch mal langsam, Frou Jaspers. Seit dreißig Generationen trotzt Rungholt den Elementen. Ich bin ja auch dafür, die Deiche zu reparieren, aber wir sollten nicht gleich vom Schlimmsten ausgehen. Dann müssten wir auch ein riesiges Heer aufstellen, weil ein Feind kommen könnte, der stärker ist und mächtiger als die Landesherren von Schleswig, von Holstein und des Königs von Dänemark zusammen.«

Die meisten applaudierten Auckens. Fenna hatte es geahnt. Was sie vorhatte, würde schwierig werden, wenn nicht gar unmöglich. Wäre es nicht doch besser, alles zu lassen, wie es war, und auf die Gunst der Götter zu vertrauen?

»Es ist nicht nur das unberechenbare Wetter, das dazu führt, dass die Stürme uns immer mehr bedrohen. Es ist auch unser Werk. Durch unsere Hand sinkt das Land ab, auf dem wir leben. Jedes Jahr schneller. Eyk hat es gemessen, ich habe es gesehen, und wer von Euch nicht blind und taub ist, wird mir recht geben müssen.«

Fenna blickte in offene Münder. Langsam wurde den Ratsleuten klar, was sie plante, und jetzt war der Moment, um es auszusprechen, oder sie würde es nie tun.

»Ich habe beschlossen, die Salzwiesen stillzulegen, um das Absinken des Landes zu beenden. Gleichzeitig werde ich die entstandenen Senken mit Kleierde füllen und die Deiche erhöhen lassen. Das ist mein Wort als Redjeve …«

Ihre letzten Worte gingen im Durcheinander der Stimmen unter. Gegen den Sturm, der jetzt über sie hinwegfegte, war der in der vergangenen Nacht nur ein laues Lüftchen gewesen. Selbst der Stab des Redjeven, den sie mit aller Macht auf den Boden schlug, vermochte nicht Ruhe zu stiften. Ihr blieb nichts anderes übrig, als abzuwarten, bis sich die Gemüter beruhigten. Gerade noch war sie die Retterin Rungholts gewesen, jetzt wünschte man sie auf den tiefsten Grund der Nordsee.

Sie biss die Zähne zusammen, spürte das Zittern in all ihren Gliedern, vor Angst, Wut und Verzweiflung. Doch sie würde stark bleiben. Sie würde das Vermächtnis ihres Vaters erfüllen, Rungholt zu schützen, wenn auch nicht auf die Weise, wie er es sich vorgestellt hatte.

34

Fenna

Fenna ließ sich erschöpft auf den Schemel sinken. Endlich war sie zu Hause, sie hatte schon geglaubt, gar nicht mehr aus dem Rathaus herauszukommen. Die Sitzung war in völligem Aufruhr zu Ende gegangen, sie war nicht in der Lage gewesen, die Ratsleute zur Vernunft zu bringen. Daher hatte sie die Sitzung einfach verlassen. Wer etwas von ihr wollte, sollte zu ihr kommen, sie hatte das Siegel der Stadt, ohne das kein gültiges Dokument abgefasst werden konnte.

Eyk hatte sie begleitet, und dafür war sie ihm zutiefst dankbar, denn er stieß jeden zur Seite, der ihr zu nahe kam. Erst als die Tür hinter ihr in die Angeln fiel, war die Spannung von ihr abgefallen.

Frauke hob den Kessel von der Feuerstelle und schöpfte ihr und Eyk heiße Hühnersuppe in Schalen. Sie löffelten stumm, bis Eyk das Schweigen brach.

»Vielleicht hättest du die Leute ein wenig vorbereiten sollen?«

Fenna legte den Löffel beiseite und erntete dafür einen tadelnden Blick von Frauke. »Warum? Heißt es nicht, Böses soll man schnell tun und Gutes langsam? Und das Böse vor dem Guten, sodass die Menschen das Böse vergessen, weil es vom Guten verdrängt wird?« So hatte es Vater ihr erklärt.

»Das ist wohl wahr, aber es stimmt nicht immer. Manchmal muss man die Daumenschrauben langsam anziehen.«

Der Gedanke war Fenna auch gekommen, aber sie hatte befürchtet, dass sie das nicht durchhalten konnte. Sie hatte auch nicht damit gerechnet, dass die Ratsleute so heftig reagieren würden. Ihr stellten sich noch immer die Nackenhaare auf, wenn sie daran dachte, und ihr graute vor der nächsten Sitzung.

Es klopfte. Fenna zuckte zusammen und erschrak über sich selbst, weil ihr schon so bang war, dass ihr die Angst die Kehle zuschnürte, wenn nur jemand Einlass begehrte.

Frauke eilte zur Tür und war einen Moment später wieder zurück. Sie hielt sich eine Hand vor den Mund und flüsterte: »Es ist Ove Barwegen mit seinem Sohn Jorik und Barne, seiner rechten Hand. Er fragt, ob er Euch sprechen dürfte. Er war sehr höflich.«

So ganz unbegründet war ihr Schreck dann doch nicht. Ove Barwegen war nicht der Besuch, den sie sich jetzt wünschte, aber da er in ihr Haus kam, musste er sich an die Gepflogenheiten eines Gastes halten und sie sich an die einer Gastgeberin. Er durfte nicht laut werden oder gar herumschimpfen, sie durfte ihn nicht abweisen und musste ihm Respekt erweisen. Schwierig wurde es, weil ihn Jorik begleitete. Ihn hätte sie freudig willkommen geheißen. Sie hatte noch nicht mit ihm reden können, vermutete aber, dass er nicht glücklich über ihre Entscheidung war.

Eyk nickte ihr zu.

»Bitte die Herren herein.« Fenna schloss kurz die Augen, dachte an Vater und Mutter. Sie wollte ihre Eltern nicht enttäuschen, also würde sie, wie es sich für eine Jaspers gehörte, sich den Herausforderungen stellen, die sie erwarteten, und es würden nicht wenige sein. Der Besuch von Ove Barwegen war ein Vorzeichen dafür, nur der Anfang.

Frauke eilte davon, und Fenna erhob sich, als Ove Barwegen die Stube betrat.

»Ich grüße Euch, Amtsmeister der Fischer.« Sie nickte Jorik knapp zu, dessen Miene verschlossen und hart war. Sonst hatte er immer ein Lächeln für sie übrig. Ihr sank der Mut. »Bitte begleitet mich in den Saal.«

Eyk blieb in der Stube.

Fenna ging vor, wartete, bis Jorik, sein Vater und Barne am Tisch Platz genommen hatten, und setzte sich dann ans Kopfende. Frauke trug Brot, Käse und Wein auf.

Ove Barwegen erhob sich, lächelte Fenna verbindlich an. »Wie du weißt, Fenna …«

Weiter kam er nicht. Fenna unterbrach ihn. »Ich wüsste nicht, dass wir ein Verhältnis zueinander haben, das es Euch zugesteht, mich derart respektlos anzusprechen. Ich bin Frou Jaspers, der Redjeve von Rungholt.«

Joriks Vater blieb der Mund offen stehen. Barne zog ihn am Hemd, Ove setzte sich, griff sich seinen Becher und trank einen Schluck Bier.

Fenna konnte sich denken, was in ihm vorging. Er musste schäumen vor Wut, dass sie, in seinen Augen ein ungezogenes Mädchen, ihn so vor den Kopf stieß.

Joriks Vater hatte sich schnell wieder im Griff, überging ihren Tadel. »Ich denke, Eure Ankündigung vorhin ist falsch verstanden worden. Sicherlich habt Ihr nicht die Absicht, die Salzsiederei einzustellen, sondern Ihr nutzt Eure Ankündigung, um die Händler und Fischer in Angst und Schrecken zu versetzen, damit Ihr, da Ihr nun die Geschäfte führt, neue Verträge aushandeln könnt, die weitaus günstiger sind als die bisherigen. Das ist Euer gutes Recht, und diese kleine, aber wirksame Finte respektiere und achte ich. Legt mir ein Angebot vor. Ich denke allerdings, wir sollten im Wesentlichen fortführen, was bisher ohne Reibung funktioniert hat, verehrteste Frou Jaspers«, sagte er mit fast unterwürfigem Ton und einer guten Portion Hohn.

»Das denke ich nicht«, sagte Fenna und schwieg.

»Wie soll ich das verstehen?«, fragte Ove Barwegen unsicher.

»Ich werde unseren Vertrag nicht verlängern. Ich liefere Euch die vereinbarte Menge zum vereinbarten Preis. Damit kommt Ihr über den Sommer. Danach stelle ich die Lieferung ein.«

Barne zog scharf die Luft ein, und auch Jorik fiel aus allen Wolken, das konnte Fenna ihm ansehen. Es schmerzte sie, aber sie hatte keine Wahl. Sie würde später mit ihm reden, ihm alles erklären, und sie hoffte, dass er sie verstand.

Jorik räusperte sich, sah sie ernst an, seine Stimme kratzte. »Wäre es nicht sinnvoll, die Menge vorerst zu reduzieren, das würde doch sicherlich auch dazu führen, dass das Land nicht weiter absinkt?«

Fenna wollte Jorik ein warmes Lächeln schenken, doch sie verkniff es sich. Er hätte es falsch verstehen können, er hätte denken können, dass sie ihn bemitleide oder auf ihn herabsehe, dabei war sie ihm dankbar, dass er nach einer Lösung suchte.

»Leider ist das nicht möglich. Es darf in den Wiesen kein Salz mehr abgebaut werden. Im Gegenteil. Ich werde, wie gesagt, die Senken aufschütten lassen.«

Jorik wurde blass, sah Fenna entsetzt an, dann verhärtete sich seine Miene. Sein Vater erhob sich so abrupt, dass sein Stuhl krachend nach hinten umfiel.

»Das kannst du nicht machen, Mädchen«, presste er durch die Zähne.

Fenna verzichtete darauf, ihn erneut zurechtzuweisen. »Wieso sollte ich das nicht machen können? Die Wiesen gehören mir.«

»Ich zahle zehn Prozent mehr, ist es das, was Ihr wollt? Mehr Geld?«

»Geld? Nein. Ich würde mich auf einen neuen Vertrag einlassen, wenn Ihr in einem weiteren Vertrag zusichert, dass Ihr alle Deiche Rungholts um mindestens drei Fuß erhöhen lasst.«

Joriks Vater lachte laut. »Träumt weiter, Frou Jaspers, Mädchen, Möchtegern-Redjeve. Das würde mehr kosten als der Gewinn von fünf Jahren.«

»Diese Summe habe ich ebenfalls ausgerechnet. Ich wäre bereit, ein Drittel beizusteuern, das Amt der Fuhrleute und die anderen Ämter sollen gemeinsam ein weiteres Drittel der Kosten übernehmen. So ist es für niemanden zu viel, und es ist gerecht verteilt, jeder gibt einen Teil seiner Einnahmen, die Reichen mehr, die Armen weniger.«

»Wie gnädig. Ich bin aber nicht bereit, mich für ein vollkommen sinnloses Unterfangen zu ruinieren.«

»Sinnlos? Rungholt ist in Gefahr. Die nächste schwere Sturmflut …«

»… wird Rungholt nicht einfach wegspülen.« Er hob seine Stimme. »Unsere Warften liegen sechs Fuß über den Deichkronen, Rungholt selbst steht auf festem Grund, die Deiche sind stark genug, werden vielleicht überspült, aber sie brechen nicht, niemals. So wie Ihr es gerade erlebt habt. Wir bessern sie aus, mehr ist nicht nötig.«

»Dann habe ich nichts mehr zu sagen.«

Fenna erhob sich, Ove Barwegen schlug mit der Faust auf den Tisch, Jorik zuckte zusammen, Barne hob erschrocken die Augenbrauen. Fenna rührte nicht einen Muskel. Ihr Gesicht blieb undurchdringlich wie ein Fels.

»Ihr wagt es, in meinem Haus, als mein Gast, die Hand zu erheben? Verlasst mein Haus, Ove Barwegen, auf der Stelle, oder die Büttel werden Euch hinausschleifen!«

Ove Barwegen beugte sich vor. »Das wirst du büßen, Metze. Glaub ja nicht, dass du damit durchkommst. Ich werde dich aus dem Rathaus jagen, und ich werde dich ruinieren. Wenn du dann vor meinem Haus bettelst, werde ich dich mit Fußtritten verscheuchen wie einen Hund.«

Fenna sah, wie Jorik zusammenzuckte. Sie suchte seinen Blick, doch er wandte sich ab. Die Worte seines Vaters ließen Fenna kalt. Sie machte sich Sorgen um Jorik, der sich fühlen musste wie zwischen Hammer und Amboss. Sie hatte dieses Versteckspiel so leid. Sie würde einen Weg finden, Jorik zu heiraten, ohne dass die Salzwiesen in den Besitz seines Vaters gerieten. Mit einem Mal wurde ihr klar, was sie tun musste. Warum war ihr das nicht eher eingefallen?

»Anstatt Euch hier aufzuplustern und wüste Drohungen auszustoßen, solltet Ihr Euch lieber überlegen, wo Ihr Salz kauft. Ihr habt genug Zeit, Euch nach einem anderen Lieferanten umzusehen oder Eure Entscheidung zu überdenken, nicht bei der Eindeichung zu helfen.«

Einen Moment lang sah es so aus, als wolle Ove Barwegen sich auf sie stürzen, doch dann stürmte er aus dem Saal, wobei er ihr noch einen Satz entgegenschleuderte: »Eure Tage als Redjeve sind gezählt.«

35

Jenna

Kaum waren Jorik, sein Vater und Barne gegangen, trat Eyk in den Saal.

»So wie die drei das Haus verlassen haben, ist das Gespräch mit den Barwegens nicht besonders gut verlaufen, nicht wahr?«

Sie schilderte die Vorkommnisse, Eyk hob die Augenbrauen.

»Du könntest ihn verklagen. Er hat das Hausrecht mit Füßen getreten. Das bringt ihm ein ordentliches Sühnegeld ein, und wenn er sich weigert, könntest du ihn am Halse nehmen. Ist das nicht eine verlockende Vorstellung?«

»Wenn Jorik nicht wäre, vielleicht. Aber nein, auch dann nicht. Ich habe mich gegen Ove Barwegen behauptet, seine Schmach, sich meinem Willen beugen zu müssen, ist Strafe genug für ihn.«

Eyk lächelte. »Sehr gut, eine weise Entscheidung. Es liegt allein an dir, ob du dich von diesem Fischkopf herausfordern lässt oder nicht. Er wird sich zu gegebener Zeit selbst um Kopf und Kragen reden.« Eyk schlug die Faust in die Hand. »Dennoch wird er immer gefährlicher. Er steht mit dem Rücken an der Wand. Ich traue ihm alles zu. Du musst vorsichtig sein.«

»Das werde ich.« Fenna seufzte. »Wenn doch nur Vater da wäre. Er wusste immer, was zu tun ist.«

Eyk nickte müde, Fenna sah die Trauer in seinen Augen. Sie wusste, wie nah sich er und ihr Vater gestanden hatten.

»Ich vermisse ihn auch. Jeden Tag, jede Stunde, jede Minute.« Eyk ergriff ihre Hände. »Seit er tot ist, hat sich die Welt verändert. Sie ist nicht mehr das, was sie einmal war. Dein Vater war die Seele von Rungholt. Er hat die Menschen geeint.«

Fenna schluckte. Sie hatte die Menschen mit ihrer Entscheidung entzweit. »Habe ich alles falsch gemacht?«

Eyk schüttelte den Kopf. »Aber nein, Fenna, dir fällt eine andere Aufgabe zu, die weitaus schwerer ist. Um die Menschen zu retten, musst du ihnen etwas wegnehmen, an das sie sich gewöhnt haben, das sie nicht hergeben wollen, weil sie glauben, es sei ihr Lebenssinn. Und du musst die schützen, die schwach sind, die arm sind. Denn sie leiden zuallererst, wenn das Salz versiegt. Die Amtsmeister und Ratsleute sind reich genug, um einige Jahre mit viel weniger auszukommen. Doch das alles nützt nichts, wenn wir nicht die Deiche erhöhen.«

»Glaubst du, dass es gelingen kann?«

»Du musst die um dich scharen, die so denken wie du, und die, die dir folgen, weil du der Redjeve bist.«

»Das werde ich. Aber vor allem werde ich Jorik heiraten.«

Eyk ließ fast seinen Becher fallen. »Aber dann gehören die Salzwiesen seinem Vater, Jorik ist noch nicht mündig …« Er schaute sie an, kniff ein Auge zusammen. »Aber das weißt du alles. Was hast du vor?«

»Ich schenke dir meine Wiesen.«

Eyk schlug sich mit der flachen Hand an die Stirn. »Natürlich. Warum bin ich nicht darauf gekommen? Du bist mündig, also kannst du mit deinem Besitz tun, was immer du willst. Wir müssen eine Urkunde aufsetzen und sie vom Rat beglaubigen lassen. Dann müssen die Steuerbücher umgeschrieben werden. Sobald das geschehen ist, stelle ich dir alle Vollmachten aus, und du kannst Jorik heiraten. Sein Vater hat dann kein Recht an den Wiesen, obwohl Jorik noch nicht mündig ist.«

Fenna spürte ein lange nicht gekanntes Glücksgefühl aufsteigen. Auch wenn Hennerks Vater nicht begeistert sein würde, er sie nicht noch einmal wählen würde und sie vielleicht eine Strafe zahlen musste – alles war besser, als ihre Gefühle verstecken zu müssen oder gar den falschen Mann zu heiraten.

»Viele werden das nicht gutheißen, Fenna.«

»Das werde ich ertragen, denn seit der Ratssitzung heute bin ich sowieso bei den meisten nicht mehr gut gelitten.«

»Das wird sich geben.«

Fenna dachte an die kleinen Fischer, die gerade so von ihren Erträgen leben konnten. Das waren die, die Fenna schützen musste. Sie wollte auf keinen Fall, dass wegen ihr jemand sein täglich Brot verlor. Die Barwegens konnten woanders Salz kaufen, das Einzige, was ihnen drohte, war ein geringerer Gewinn. Aber die Wiesen durften nicht länger genutzt werden, das stand fest.

Fenna kam ein Gedanke. Ihr Vater hatte ihr erzählt, wie vor Generationen Salz gewonnen wurde, bevor man wusste, wie man es den Wiesen abringen konnte.

»Es gibt noch eine andere Art, der Nordsee Salz abzuringen, die aber niemand mehr ausübt, weil sie zu aufwendig ist. Ich wollte alle meine Salzsieder zum Deichbau heranziehen, so bleiben sie in Lohn und Brot, aber ich darf die kleinen Fischer nicht vergessen, die es sich nicht leisten können, Salz auf dem freien Markt zu kaufen. Es ist einfach zu teuer für sie. Ich werde einen Teil meiner Sieder ins Watt schicken, um Salz zu gewinnen. Das geht nur wenige Stunden am Tag, schadet dafür aber nicht den Deichen oder den Wiesen. Und es bringt genug, um die kleinen Fischer zu beliefern, zu Preisen, mit denen sie weiterhin Gewinn machen können.«

Eyk nickte bedächtig. »Das ist klug. Dein Vater hat recht behalten: Du machst deine Sache gut.« Er legte den Kopf schief. »Nein, du machst deine Sache nicht gut.«

Fenna erschrak. War doch alles Unsinn, was sie plante? Was hatte sie übersehen?«

Er grinste frech. »Du machst sie sehr gut. Ausgezeichnet sogar.«

Sie knuffte ihn in den Oberarm. »Du Schuft! Mich so zu erschrecken.«

Er lachte. Seine Worte machten Fenna stolz, sie schöpfte neue Hoffnung. Vielleicht gelang es ihr doch, den Schutz Rungholts und den Salzabbau miteinander zu verbinden. Und wenn die Deiche stark genug waren, konnte sie sich Gedanken darüber machen, wie die Wiesen beim Abbau aufgefüllt, das Land erhöht werden konnte. Ein Werk, das zehnmal so viel Erde, zehnmal so viele Arbeiter und zehnmal so viel Geld benötigte.

»Wie lange brauchst du für die Dokumente, Eyk?«

»Ich werde mich beeilen, aber die eine oder andere Woche wird es schon dauern. Wer hätte gedacht, dass die Lösung so nahe liegt?« Eyk rieb sich das Kinn. »Jorik wird sich freuen.«

»Oh ja, davon bin ich überzeugt. Ich werde es ihm gleich sagen.«

36

Fenna

Fenna hatte Beeke zu Jorik geschickt, um ihn zur alten Kate zu bestellen, auf einer Warft, etwa eine halbe Stunde mit dem Pferd westlich von Rungholt. Früher hatten sie sich an einer anderen Kate getroffen, vor der eine alte Esche stand, doch das Häuschen hatte Pit Mommens gekauft, deshalb konnten sie sich dort nicht mehr heimlich treffen.

Sie war sogleich aufgebrochen und wartete in der Kate, die schon lange unbewohnt war. Jeder Moment schien ihr endlos lang. Sie lief auf und ab, betrachtete jede Spinnwebe. Was, wenn Jorik nicht kam? Wenn er ebenso wütend war wie sein Vater, wegen des Salzes? Er hatte mit seinem Vater das Haus verlassen, ohne sie eines Blickes zu würdigen.

Endlich hörte sie Hufschlag, kurz darauf öffnete sich die Tür und Jorik trat ein. Alle Vorahnungen verflogen, sie spürte ihre Liebe, flog auf ihn zu, umarmte ihn, wollte ihn küssen, doch er versteifte sich, drehte seinen Kopf weg. Sie erschrak, ließ ihn los, trat zurück. Ihre Befürchtungen schienen sich zu bewahrheiten.

»Jorik, was ist denn? Freust du dich denn gar nicht?«

»Du weißt doch, worum es geht.«

Sie legte vorsichtig eine Hand auf seine Brust. »Ich

weiß. Das Salz. Aber es geht nicht anders. Es gibt doch genug andere Salzhändler. Ist nicht Sönke Jacobsen in der Stadt, der Salzhändler aus Rostock?«

»Ja, aber ich habe ihn noch nicht gesprochen, und er wird sicherlich die Hälfte mehr verlangen.«

»Das ist der übliche Preis.«

»Aber nicht in Rungholt.«

Er trat einen Schritt zurück, Fennas Hand fiel ins Leere, sie verspürte einen Stich im Herzen. Sie schaute ihm in die Augen, die kalt waren wie die tiefe See. So hatte sie ihn noch nie erlebt.

»Du machst dir Sorgen, das kann ich verstehen, Liebster. Aber das Salz war schon viel zu lange billig. Wir haben so oft darüber gesprochen. Wir zerstören unsere Lebensgrundlage, unser Land. Was nützt uns ...«

»Wer sagt das?« Jorik unterbrach sie grob. Sie schluckte hart. Das hatte er noch nie getan, ihr einfach ins Wort zu fallen. »Eyk, der Schamane? Der, der immer alles weiß?«

Fenna spürte, wie in ihr Zorn aufwallte. Sie umfasste Frigga, sah ihre Mutter auf dem Tisch liegen, kalt und tot. Jorik verstand nichts. Er ließ sie im Stich, jetzt wo das Geschäft der Barwegens bedroht war und damit sein Erbe. Er war nicht besser als sein Vater. Es ging ihm nur um Geld und Macht. Wie hatte sie sich nur so in ihm täuschen können? Und wie gut, dass sie es erfahren hatte, bevor sie ihn geheiratet hatte, bevor sie ihm gesagt hatte, dass das möglich war. Sie spürte, wie ihr Herz zu einem Klumpen Eis erstarrte, wo sie doch am liebsten geweint hätte.

»Ich sage das.« Ihre Stimme war ebenso kalt wie Joriks.

Sein Blick wurde hart. »Wer glaubst du, bist du? Frigga? Eine Göttin, die das Schicksal der Menschen formt, wie es ihr gerade passt? Dein Vater hat es richtig gemacht. Er hat dafür gesorgt, dass es uns allen gut ging. Aber du willst das zerstören. Wir haben Schiffe auf Reede, die müssen wir bezahlen, und das können wir nicht, wenn wir teures Salz einkaufen müssen. Selbst wenn wir dieses Jahr gerade so auskommen, im nächsten werden wir ruiniert sein. Deinetwegen.«

»Wir werden alle sterben, wenn wir nicht handeln. Wenn wir nicht auf ein wenig von dem verzichten, was wir im Überfluss haben«, sagte sie leise, zügelte ihre Gefühle, die Jorik laut entgegenschreien wollten, dass er doch endlich Vernunft annehmen musste.

»Das ist doch Unsinn! Vater hat völlig recht. Einen solch gewaltigen Sturm, der ganz Rungholt ertränken könnte, den kann es gar nicht geben. Bisher haben wir alle Unwetter überstanden, und das wird auch so bleiben.«

Joriks Worte stachen Fenna wie ein Dolch in den Unterleib. »Ach ja? Und was ist mit meiner Mutter? Die Flut hat sie mitgenommen, weil die Deiche nicht hoch genug waren, weil sie Kinder gerettet hat, die sonst in Klein-Rungholt ertrunken wären, so wie Dutzende andere.« Wut, Trauer und Zorn übermannten sie. »Wie dumm bist du, Jorik Barwegen, dass du glaubst, alles wird bleiben, wie es war? Dass du nicht siehst, was doch offensichtlich ist?«, schrie sie ihn an.

Jorik prallte zurück, sein Unterkiefer bebte, er ballte die Fäuste und öffnete sie wieder.

»Ich werde meinen Vater nicht im Stich lassen, so wie du mich im Stich lässt.«

»Dann geh doch zu deinem Vater, und lass mich in Ruhe, Jorik Barwegen!« Ihre Stimme überschlug sich.

Noch vor einer halben Stunde hatte sie sich gefreut, dass sie einen Weg gefunden hatte, ihn zu heiraten, und jetzt wünschte sie ihn nur noch weit weg. Ihr Schmerz war unter ihrer Trauer und der Wut auf Jorik vergraben. Immerhin war sie von einer Last befreit. Jetzt musste sie auf niemanden mehr Rücksicht nehmen.

»Du wirst scheitern, Fenna Jaspers«, zischte Jorik. »Denn du glaubst, die Welt retten zu können. Doch das kann niemand. Selbst die Götter nicht.«

Damit drehte er sich abrupt um, öffnete die Tür mit einem Schlag seiner Faust, schwang sich in den Sattel und sprengte davon.

Fenna sah ihm hinterher. Sie schlug die Hände vors Gesicht und weinte. Jetzt hatte sie nicht nur ganz Rungholt gegen sich aufgebracht, sondern auch mit ihren unbeherrschten Worten ihre Liebe zerstört.

37

Jorik

Fast wäre sein Pferd gestürzt, so sehr trieb Jorik es an. Er parierte es durch, schlug mit der Faust immer wieder auf den Sattelknauf, bis sie schmerzte, und stieß einen Schrei aus, so laut, dass Skinfaxi nervös tänzelte. Er brachte das Tier unter Kontrolle. Es war nicht Schmerz gewesen, weswegen er so geschrien hatte, sondern sein Zorn. Selbst auf Vater war Jorik noch nie so wütend gewesen wie jetzt auf Fenna. Er hatte sich eingebildet, dass sie ihn lieben würde, dass sie versuchen würde, ihn zu verstehen. Doch sie war verbohrt und blind und hörte nur noch auf Eyk, der schon immer seltsame Dinge von sich gegeben hatte, den man eigentlich gar nicht ernst nehmen durfte.

Auf jeden Fall war Jorik Fenna letztlich gleichgültig, das hatte er erkannt. Auch wenn es ihm in der Seele wehtat, er würde sie vorerst nicht mehr treffen. Er hatte Wichtigeres zu tun. Er musste seinem Vater helfen, den Ruin abzuwenden. Sie mussten Salz kaufen, auch wenn es teuer war, denn selbst wenn Fenna ihre Verträge erfüllte, sie mussten in diesem Jahr mehr Fisch fangen, mehr einsalzen und verkaufen, damit sie die Schiffe bezahlen konnten und die Fässer, die viel teurer waren als gedacht. Dafür konnte Fenna nichts, aber wenn sie nicht so starrsinnig wäre, hätten sie alle Probleme bewältigen können. Die Nachfrage nach gesalzenem Hering war so hoch wie noch nie und stieg ständig weiter.

Er ließ sein Pferd antraben.

Eigentlich müsste man mehr Salz abbauen, mehr verkaufen, damit man die Deiche für die See unüberwindbar machen konnte. Mit Geld konnte man fast alles bewegen, auch Hunderte von Lasten an Sand, Erde und Grassoden für die Deiche. Es war zum Verrücktwerden. Aber Jorik würde nicht die Hände in den Schoß legen.

Er ritt zum Rathaus und fragte, wo Sönke Jacobsen abgestiegen sei. Dort sagte man ihm, dass er ein Treffen mit seinem Vater habe.

Manchmal, so schien es Jorik, fügten sich die Dinge auf wunderbare Weise. Er würde Fenna beweisen, dass die Barwegens nicht auf sie angewiesen waren. Sollte sie doch das Lebenswerk ihres Vaters vernichten, das war ihre Sache. Er führte sein Pferd am Zügel, ein Mann rempelte ihn an.

»Verdammt, Hundsfott, kannst du nicht aufpassen?«, fuhr Jorik den Mann an.

Der schüttelte nur den Kopf und ging weiter. Die Leute schauten ihn an, als wären ihm Hörner gewachsen. »Was glotzt ihr so blöde?«, wollte er sagen, aber er besann sich. Seine Wut auf Fenna sollten nicht andere ausbaden. Er ging weiter, setzte ein verbindliches Lächeln auf.

Vater stand vor dem Haus und redete mit Sönke Jacobsen. Jorik trat näher, Vater zeigte auf ihn. »Oh, da kommt er ja. Mein Sohn Jorik.«

Jorik reichte Jacobsen die Hand. »Sehr erfreut, Meister Jacobsen. Ich habe schon viel von Euch gehört.«

»Ich ebenfalls von Euch. Heute Morgen war ich auf der

Werft der Ydsinglonds.« Er wandte sich an Joriks Vater. »Da liegen vier prächtige Schiffe auf Reede. Eure?«

»Sie sollen in diesem Spätsommer, wenn die Saison beginnt, ihre Jungfernfahrten machen und mit vollen Bäuchen zurückkehren. Die Heringsgründe warten nur auf uns, die Schwärme sind so gewaltig, dass sie die Schiffe ausbremsen.«

Jacobsen rieb sich das Kinn. »Vielleicht sollte ich auch das eine oder andere Schiff losschicken. Aber das bedeutet eine große Investition, und es besteht immer das Risiko, dass die Schiffe im Sturm untergehen oder von Piraten gekapert werden.«

Jorik fühlte, wie er etwas ruhiger wurde. Das Gespräch übers Geschäft tat ihm gut.

»Das ist nur zu wahr, Meister Jacobsen«, räumte Vater ein. »Aber dennoch lohnt es sich, wenn man genug Schiffe hat.«

»Und genug Salz, um die Heringe haltbar zu machen«, ergänzte Jacobsen.

Jorik horchte auf. Jacobsen spielte sicherlich darauf an, dass Fenna kein Salz mehr liefern wollte. Es hatte sich schnell herumgesprochen, und Sönke war der größte Salzhändler Rostocks, er war in der Lage, ihnen ausreichend Salz zu verkaufen. Jorik spürte die Sonne, die warm vom Himmel schien, doch er fühlte sich im Inneren seltsam kalt. Die See sandte eine würzig-salzige Brise, die sich mit dem Geruch der erwachenden Natur mischte. Doch auch dieser Duft vertrieb nicht diese Eiseskälte in seinem Herzen. Fenna hatte es ihm herausgerissen. Jorik musste schlucken, er kämpfte gegen die Tränen an. Verdammt, er würde jetzt nicht wie ein Mädchen anfangen zu heulen. Er war ein Mann, und ein Mann steckte so etwas weg.

»Ich würde gerne ein paar Schritte gehen«, sagte Jacobsen.

»Aber gerne«, erwiderte Vater.

Er ging vor, zeigte auf dieses und jenes Haus, erklärte, wer darin wohnte und was er tat. Ihre harten Lederabsätze klackten auf der mit Backsteinen gepflasterten Straße, die von ihrem Haus zum Marktplatz und von dort bis zur Schleuse führte. Sie war vor vier Jahren fertiggestellt worden. Und schon seit zwei Generationen war es verboten, Abfälle einfach vor die Haustür zu kippen. Wanderarbeiter sammelten den Dreck ein, der mit dem Schietschiff weit vor die Küste transportiert und dort ins Meer geworfen wurde.

»Eure Stadt blüht und gedeiht, ich war das letzte Mal vor vier Jahren hier, und was man mir in der Zwischenzeit erzählt hat, ist nicht übertrieben«, sagte Jacobsen anerkennend »Solche Straßen findet man sonst nur in Lübeck oder meiner Heimatstadt Rostock oder in Hamburg.«

»Das ist nur der Anfang. Ich werde alle Straßen und Wege Rungholts pflastern lassen. Bald schon wird kein Rocksaum mehr bei schlechtem Wetter im Schlamm schleifen.«

Jorik war es unangenehm, dass Vater sich mit fremden Federn schmückte, denn es war Tammo Jaspers gewesen, der gegen den Widerstand vieler Rungholter, auch gegen den seines Vaters, durchgesetzt hatte, die teuren Pflastersteine zu kaufen und zu verlegen. Sie kamen am Marktplatz an.

»Euer Rathaus!«, rief Jacobsen aus. »Es ist immer wieder ein besonderer Anblick, und es steht für das, was alle Händler eint.«

Jorik ergriff das Wort. »Wie recht Ihr habt. Die vier Tore

stehen für Handelsbeziehungen in alle Herren Länder, egal, ob sie im Süden, Norden, Westen oder Osten liegen.«

»So hoffe ich, dass der neue Redjeve dies ebenso sieht. Tammo Jaspers' Tochter sitzt nun auf dem Stuhl des Redjeven, nicht wahr?«

Vaters Miene verdunkelte sich. »So ist es, und viele sind darüber nicht glücklich.«

Allein die Erwähnung von Fenna versetzte Jorik einen Stich. Hoffentlich gelang es ihm bald, sie zu vergessen.

Sie gingen weiter, das Hafenbecken kam in Sicht, zwei Schiffe wurden gerade zum Kai gezogen.

Jacobsen blieb stehen. »Ein Portugiese und ein Venezianer! Was bringen die Händler?«

»Feinste Glaswaren von der sagenhaften Insel Murano, die niemand verlassen darf, damit das Geheimnis der venezianischen Glaskunst nicht verraten wird. Bestes Porzellan aus Alcobaça und einiges mehr.«

»Was werden sie mitnehmen?«

Jorik antwortete, denn er musste irgendwie Fenna aus dem Kopf bekommen. »Felle aus den Nordländern, feinste Stoffe aus Schottland, Bernstein und natürlich gesalzenen Hering. Die Portugiesen sind zurzeit ganz verrückt danach. Vielleicht sind sie ihres getrockneten und gesalzenen und fettarmen Kabeljaus überdrüssig.«

»Womit wir beim Thema wären«, sagte Jacobsen. »Ihr habt Schwierigkeiten mit dem Salz, wenn ich richtig gehört habe.«

Vaters Gesicht wurde steinhart. »Das ist im Moment so, aber das wird nicht so bleiben. Sobald wir das Problem aus der Welt geschafft haben, werden wir sehen, wer mit uns in dieser schwierigen Zeit gerecht und ehrenhaft gehandelt hat. Das gilt für alle Händler.«

Jorik hielt den Atem an. Vater drohte Jacobsen ohne jeden Anlass, was hatte er vor? Den Händler zu vergraulen?

»Nichts anderes habe ich im Sinn«, sagte Jacobsen bedächtig. »Es ist also richtig, dass Ihr Salz kaufen wollt, und ich werde gerne mit Euch ins Geschäft kommen. Dass ich dieselben Preise wie Tammo Jaspers nicht bieten kann, muss Euch klar sein, nicht wahr? Er hat Euch das Hut Salz, das sind bei uns einhundertsechzig Pfund, für weniger als einen Gulden überlassen. Ein Spottpreis. Das war nur möglich, weil er es nicht transportieren musste und weil er an Eurem Gewinn beteiligt war.« Jacobsen überlegte einen Moment. »Und weil er ein Mann Rungholts war. Seine Tochter scheint, warum auch immer, vollkommen anders vorzugehen. Ehrlich gesagt, verstehe ich es nicht.«

Da konnte Jorik Jacobsen nur zustimmen, und schon wieder ging es um Fenna. Am liebsten hätte er sich auf sein Pferd gesetzt und wäre weit weggeritten, irgendwohin, wo es keine Fenna gab und kein Salz und keine Sorgen.

»An welchen Betrag habt Ihr für das Hut gedacht?«, fragte Vater.

Jacobsen blickte ihm geradewegs in die Augen. »Zwei Gulden zehn Schillinge und sieben Prozent vom Gewinn.«

Jorik schnappte nach Luft, ebenso wie sein Vater. Das war mehr als das Doppelte des Preises, den Tammo Jaspers ihnen gemacht hatte. Jorik hatte angenommen, dass Jacobsen das Eineinhalbfache verlangen würde.

»Ihr beliebt zu scherzen«, sagte Vater erstaunlich ruhig. »Ich müsste meinen Hering so verteuern, dass ihn niemand mehr kaufen würde.«

»Oder Ihr müsstet Eure Gewinne neu kalkulieren.«

Damit traf Jacobsen ins Schwarze. Bei diesem Salzpreis würden die Gewinne um mehr als drei Viertel sinken. Sie würden nicht verhungern, aber sie könnten die Schiffe nicht bezahlen, ihr Geschäft würde zuerst stagnieren und dann immer kleiner werden, bis sie es aufgeben mussten.

Jorik wandte sich seinem Vater zu, der an Jacobsen vorbei starr geradeaus blickte. »Ich gebe Euch einen und einen halben Gulden und drei Prozent. Damit seid Ihr gut bedient.«

»Werter Meister Barwegen. Muss ich Euch erklären, wie der Handel funktioniert? Anscheinend seid Ihr in den letzten Jahren verwöhnt worden. Angebot und Nachfrage bestimmen den Preis. Ich kann mein Salz jederzeit für diesen Preis verkaufen, im Süden des Reiches erziele ich sogar einen deutlich höheren. Schlagt ein oder lehnt ab. Es ist Eure Entscheidung.«

»Ihr seid unverschämt, Sönke Jacobsen. Ich rate Euch, Euer Angebot zu überdenken. Glaubt mir, dieses anmaßende Kind wird nicht lange Redjeve sein. Ich werde sie sehr bald ablösen. Und dann bestimme ich, ob die Rostocker in Rungholt noch willkommen sind oder nicht.«

Joriks Vater machte auf dem Absatz kehrt und ließ Jorik und Jacobsen einfach stehen. Jorik wäre am liebsten im Boden versunken, so sehr schämte er sich. Er konnte nicht sagen, wer verrückter war: Fenna oder sein Vater. Beide taten alles, um Unglück heraufzubeschwören. Er fasste einen Entschluss. Ab jetzt ging es nicht mehr um seinen Vater oder Fenna oder Rungholt. Es ging um seine Schwestern und um sein Erbe, das er eines Tages antreten würde. Ja, Fenna hatte recht. Darum musste er sich kümmern. Er musste dafür sorgen, dass seine Schwestern eine anständige Aussteuer bekamen und sie nicht den Erstbesten heiraten mussten oder gar im Elend versanken. Er holte tief Luft.

»Werter Herr Jacobsen, bitte verzeiht meinem Vater, er ist im Moment nicht er selbst.«

Jacobsen blickte Jorik in die Augen. »Ihr habt es nicht leicht, mein Junge. Vielleicht hätte ich mit mir handeln lassen, denn das gehört zum Geschäft, doch jetzt halte ich das für keine gute Idee. Richtet Eurem Vater aus, dass ich mit ihm kein Geschäft machen werde. Er muss sich sein Salz woanders besorgen. Ich wünsche Euch Glück, Jorik Barwegen, denn ich glaube, Ihr seid ein anständiger Kerl.«

Jorik reichte Jacobsen die Hand. »Möge Gott Euch beschützen auf all Euren Wegen.«

»Habt Dank.« Jacobsen ging los, wobei er immer wieder den Kopf schüttelte.

Jorik blieb wie vom Donner gerührt zurück. Alles schien sich gegen ihn verschworen zu haben.

38

Fenna

Fenna hob den Blick von der Liste der Salzsieder, die sie im Watt eingesetzt hatte. Es waren vierundachtzig. Alle anderen, fast zweihundert, arbeiteten am Deich. Die Arbeit ging voran, jedoch sehr viel langsamer, als sie gedacht hatte.

Zumal die Zeit nicht verstreichen wollte. Seit vier Tagen wartete sie auf eine Nachricht von Jorik. Sie hatte nach ihrem Streit vor der Kate noch lange gewartet, hatte gehofft, dass Jorik zurückkommen würde und sie miteinander reden konnten. Doch er war nicht gekommen. Vielleicht hatte er ja eine Nachricht hinterlassen? Sie war nach Hause zurückgekehrt, doch Jorik hatte sich nicht blicken lassen und hatte ihr auch keine Botschaft hinterlassen. Seither hoffte sie, ihn zu erreichen, aber auch Hennerk und Beeke hatten ihn weder gesprochen noch gesehen. Er war wie vom Erdboden verschluckt, es hieß nur, er habe viel zu tun und sei ständig unterwegs. Sie hatte Hennerk und Beeke nichts von ihrem Streit erzählt, sie brachte es nicht fertig, es kam ihr vor wie eine Niederlage, die sie sich nicht eingestehen wollte. Sie hatte Mutter und Vater verloren und nun auch Jorik. Was konnte noch Schlimmeres geschehen? Sie straffte den Rücken. Schluss mit den dunklen Gedanken, sagte sie sich und rief ihren Verwalter zu sich.

»Wie weit sind die Salzsieder im Watt vorangekommen?«

»Es geht langsam, genau wie am Deich, aber die Erträge sind erstaunlich hoch. Nicht so hoch wie in den Salzwiesen, wo wir die dreißigfache Menge in derselben Zeit abbauen können, aber wir sieden zweimal so viel Salz aus derselben Menge Torf. Wollt Ihr Euch selbst überzeugen?«

»Das ist eine gute Idee.«

Der Tag versprach warm zu werden, noch wärmer als die vergangenen. Fenna liebte es, wenn ihr die Sonne kräftig ins Gesicht schien. Sie ging den Salzsiedern entgegen, die um diese Zeit aus dem Watt zurückkehren mussten, um nicht von der Flut überrascht zu werden. Ihre Arbeitszeiten wechselten und verschoben sich mit den Gezeiten.

Vom Deich aus konnte Fenna die Prozession schon von Weitem erkennen. Mit Pferdefuhrwerken schafften die Sieder den Salztorf herbei, den sie dem Schlick abgerungen hatten. Die Arbeit war mühsam, aber wie Wolfram von Selgrund gesagt hatte, war der Torf aus dem Watt sehr ergiebig. Das musste daran liegen, dass er die Hälfte des Tages im Salzwasser stand.

Sie dankte den Göttern dafür, denn so konnte sie zusätzlich zu dem, was sie an die kleinen Fischer für einen kleinen Preis verkaufte, noch einen Vorrat anlegen für schlechte Zeiten. Den konnte sie, wenn es darauf ankam, für gutes Geld in Rostock oder Lübeck unter die Leute bringen. Salz wurde immer gebraucht. Sie hatte von dem Angebot gehört, das Sönke Jacobsen Ove Barwegen gemacht hatte. Die ganze Stadt hatte darüber geredet, und Fenna war das Herz schwer geworden, weil Jorik so unter seinem Vater leiden musste. Aber er wollte es nicht anders. Wenn sie ihn nur davon überzeugen könnte, dass sie ihm nichts Böses wollte. Doch er stellte sich tot.

Fenna fragte sich, warum Jorik und sein Vater nicht auf die Idee gekommen waren, Salz aus dem Watt zu gewinnen? Sie hätten investieren müssen, ja, aber auf lange Sicht hätten sie zumindest ein Viertel ihres Bedarfs selbst erwirtschaften und damit den Ankauf des teuren Salzes ein wenig ausgleichen können. Aber wer sagte denn, dass sie nicht auf die Idee kamen? Zwar fehlte es an Arbeitern, doch der alte Barwegen würde nicht davor zurückschrecken, Fenna bei den Löhnen zu überbieten, nur um ihr ins Handwerk zu pfuschen.

Als die Arbeiter an ihr vorbeizogen, bemerkte sie, wie erschöpft sie waren. Kein Wunder, die Plackerei ging an die Knochen.

»Männer!«, rief Fenna. »Wartet einen Augenblick.« Die Fuhrwerke stoppten, neugierige Blicke streiften sie. »Ihr alle leistet großartige Arbeit. Deshalb sollt ihr auch mehr Lohn erhalten. Ab heute bekommt jeder fünf Pfennige zusätzlich.«

Wolfram von Selgrund stöhnte. »Bei aller Liebe für die Menschen, Frou Jaspers, Ihr habt mehr als dreihundert Arbeiter. Rechnet aus, was sie Euch im Jahr kosten werden.«

»Es ist eine Menge Geld, Meister Selgrund, aber es wird sich lohnen. Sie werden noch eifriger und noch besser arbeiten. Und sie werden sich von niemand anderem anwerben lassen.«

Der Verwalter nickte. »Ihr denkt an Mitbewerber im Watt.« Er deutete eine Verbeugung an. »Ich komme mir vor wie ein Bauerntölpel, denn als Euer Berater hätte ich selbst darauf kommen müssen.«

»Schon gut, Wolfram von Selgrund, stellt Euer Licht nicht unter den Scheffel. Es gibt genug Dinge, von denen ich nicht so viel weiß, zum Beispiel die Führung der Bücher, die ich ohne Eure Hilfe nicht bewältigen könnte.«

Aus den neugierigen Blicken der Arbeiter wurden erfreute Blicke. Einige verneigten sich, andere murmelten einen Dank. Mit dieser Erhöhung bekamen die Sieder jetzt fast die Hälfte eines Gesellenlohns und dreimal so viel wie die Steinschlepper auf den Baustellen der Kirche oder der Grafen. Für alle, die an den Deichen arbeiteten, würde Fenna den Lohn ebenfalls erhöhen. Damit sicherte sie sich die Arbeitskräfte, ohne die nichts zu bewegen war. Noch immer stöhnte das Land unter einem Mangel an Menschen, das Loch, das die Pest gerissen hatte, war noch lange nicht gestopft.

Die Sieder zogen weiter, trotz ihrer Müdigkeit sichtlich fröhlicher.

Fenna dankte ihrem Verwalter, der die Arbeiten auf dem Deich noch kontrollieren wollte, und kehrte in die Stadt zurück. Sie ging über den Marktplatz, genoss die Düfte von Gewürzen, bewunderte bunt gefiederte Hühner und Fasane und Glaswaren aus Murano. Sie kaufte eine Vase, in die eine Blume eingearbeitet war. Die kostete so viel wie der Monatslohn eines Gesellen, aber Fenna sagte sich, dass auch sie etwas Schönes verdient hätte. Frauke sollte jeden Tag frische Blumen hineinstellen, im Winter getrocknete.

Dann reihte sie sich in der Schlange bei einem Bäckerstand ein. Normalerweise besorgte Frauke die Einkäufe, aber da Fenna gerade hier war, konnte sie es auch erledigen. Vor allem war es eine willkommene Abwechslung. Menschen schlenderten vorbei, nur wenige hatten es eilig. Fenna betrachtete die Leute. Alles schien wie immer, es wurde gelacht, geflucht und getratscht, so manche nickten ihr zu, doch aus vielen unergründlichen Mienen konnte sie nicht herauslesen, was sie dachten. Alle mussten ja wissen, dass sie nun der Redjeve war und dass sie eine Entscheidung getroffen hatte, die für jeden in Rungholt Folgen hatte.

Als sie an die Reihe kam, wich die Bäckersfrau ihrem Blick aus.

»Vier dicke Laibe bitte, vom Emmer«, sagte Fenna freundlich.

Heute sollte es für alle im Haus Brot mit Griebenschmalz geben, und das schmeckte bekanntlich am besten auf Brot, das noch nicht lange aus dem Ofen heraus war. Die Bäckersfrau starrte sie mit zusammengebissenen Zähnen an und schwieg. Hatte Fenna sich so unklar ausgedrückt? Sie wiederholte ihre Bestellung, doch die Bäckersfrau reagierte nicht. Anscheinend gehörte sie zu denen, die Fenna nicht besonders mochten.

Bevor sie noch ein weiteres Wort sagen konnte, schob der Bäcker seine Frau zur Seite und zeigte auf Fenna.

»Wo kein Salz, da kein Brot«, zischte er. »Ihr verkauft Salz, wem Ihr wollt, und ich Brot, wem ich will.«

39

Hennerk

Hennerk zog das Hobelmesser über den Spanten. Er liebte es, wenn durch seine Hand ein totes Stück Holz wieder zum Leben erwachte, indem es eine wichtige Aufgabe in der Konstruktion des Schiffes übernahm.

Seit fast zwei Wochen hatte Hennerk nichts von Jorik gehört, und auch Fenna machte sich rar. Nur Ilvy hatte er heimlich getroffen und ihr die frohe Kunde gebracht. Sie hatte geweint vor Freude, und da waren auch ihm ein paar Tränen über die Wangen gerutscht. Als er von Fenna und Jorik berichtet hatte, war Ilvy sich sicher gewesen, dass irgendetwas zwischen den beiden vorgefallen sein musste. Später hatte er Beeke gefragt, aber die wusste auch nichts, und das war etwas Besonderes, denn normalerweise blieb ihr nichts von den kleinen und großen Ereignissen in den höheren Kreisen Rungholts verborgen. Auch sie hatte in den letzten Wochen Fenna so gut wie nicht gesehen.

Es gab nicht viele Möglichkeiten: Sie wollten besonders vorsichtig sein, damit sein Vater nicht Wind von ihrer Liebschaft bekam, oder sie hatten sich gestritten. Auf jeden Fall musste es etwas Ernstes sein, etwas, das für Jorik so furchtbar war, dass er sich noch nicht einmal seinem besten Freund anvertrauen wollte, und Fenna nicht ihrer besten Freundin, mit der sie sonst alles teilte.

Hennerk hielt inne. Er war so in Gedanken versunken gewesen, dass er fast zu viel abgehobelt hatte. Mit der Hand strich er über die Kante, sie war gerade und glatt. Dann legte er die Schablone an. Die Planke würde perfekt zu den anderen passen. Damit war sein Tagwerk erledigt. Die Sonne stand bereits tief, er hatte im Morgengrauen angefangen und war zufrieden mit seiner Arbeit. Sein Bruder Bendix war mit Vater unterwegs, um Holz einzukaufen.

Hennerk sattelte Sleipnir und machte sich auf den Weg. Er hatte genug gegrübelt. Er würde Jorik finden und mit ihm sprechen. So konnte das nicht weitergehen. Aber wo sollte er mit der Suche anfangen? Jedes Mal, wenn er bei ihm zu Hause gefragt hatte, war ihm gesagt worden, Jorik sei nicht anwesend. Da half nur, sich auf die Lauer zu legen. Irgendwann musste Jorik das Haus verlassen, und dann würde Hennerk ihn nicht mehr vom Haken lassen, bis er wusste, was mit ihm los war. Das war er ihm als Freund schuldig.

Hennerk band Sleipnir auf dem Marktplatz an. Es waren noch immer viele Leute unterwegs, er hörte zwei Spanier, die so laut redeten wie zwanzig Portugiesen, die näselnde Melodie der Franzosen und den harten Zungenschlag der Nordländer. Er verstand nicht viel, doch die Gesten zeigten ihm, dass die meisten verhandelten, dass sie feilschten. Manche einigten sich, manche trennten sich, ohne ein Geschäft abgeschlossen zu haben. Seit Fenna erklärt hatte, die Salzgewinnung zu stoppen, waren Händler aus allen Landen gekommen, um die letzten Reste des günstigen Herings zu kaufen, denn sie wussten, dass die Preise bald noch schneller steigen würden, als sie es eh schon taten. Doch Jorik war nicht zu sehen, auch sein Vater nicht. Hennerk bezog in einer Gasse Posten, in der er so gut wie unsichtbar war, das Haus der Barwegens aber dennoch im Blick hatte.

Dort herrschte ein reges Kommen und Gehen. Einige der Besucher kannte Hennerk. Der Amtsmeister der Bäcker kam und ging, ebenso die Amtsmeister der Schmiede, Schuster und Küfer. Sie alle liefen an ihm vorbei, da er aber im Schatten stand und seine Gugel tief ins Gesicht gezogen hatte, erkannten sie ihn nicht. Es war nicht seine Art, zu lauschen, aber er fing einige Gesprächsfetzen auf.

So fragte Harring Svenson den Amtsmeister der Küfer, ob er wisse, wo Pit Mommens stecke, der Amtsmeister der Schneider. Er habe bei ihm ein neues Wams in Auftrag gegeben und auch neue Beinlinge aus Wolle, die vor drei Wochen aus England eingetroffen war. Was ihn aber noch mehr umtreibe, sei, dass alle Bäcker Rungholts das Brot verteuern müssten, denn das Salz, das sie nun einkauften, sei dreimal so teuer wie das der Jaspers.

Hennerk war sich nicht sicher, was er von Fennas Entscheidung halten sollte. Er war überzeugt, dass sie nach bestem Wissen und Gewissen handelte, aber deshalb musste es noch lange nicht richtig sein. Für ihn und seinen Vater spielte es, bis auf die Aufträge von Joriks Vater, keine Rolle. Der war bereits eine Rate schuldig geblieben, und sollte eine weitere nicht kommen, mussten sie den Bau stoppen.

Die Zeit verstrich, doch von Jorik keine Spur. Vielleicht war er doch verreist, und es hatte keinen Sinn zu warten. Er würde es morgen noch mal versuchen. Hennerk trat aus der Gasse, und im selben Moment sah er Jorik auf Skinfaxi, wie er auf den Marktplatz einbog. Hennerk machte vier schnelle Schritte und griff ihm in den Zügel.

»Was fällt Euch ein, Mann?«, schimpfte Jorik.

Hennerk zog die Gugel herunter. »Was fällt dir ein, dass du dich totstellst? Willst du nichts mehr mit deinem besten Freund zu tun haben? Was zum Teufel ist in dich gefahren?«

Jorik sackte in sich zusammen. »Hennerk, ich ...«

»Wir gehen in die Schenke, und du erzählst mir alles. Keine Widerrede. Du kannst dein Pferd neben Sleipnir anbinden, ich lasse dich nicht in dein Haus, sonst entwischst du mir wie ein glitschiger Hering.«

Ein leichtes Lächeln flog über Joriks Gesicht. Hennerk hatte gewonnen. Jorik würde sich ihm nicht entziehen. Was er wohl zu berichten hatte? Hennerks Neugier und seine Sorge um Jorik waren gleichermaßen groß, er konnte es kaum erwarten, alles zu erfahren.

Sie betraten die Schenke »Zum Krummhorn« und suchten sich einen Tisch abseits des Trubels, der hier fast immer herrschte. Die Schankmagd brachte ohne Aufforderung zwei Krüge Bier, die beiden stießen an und tranken.

»Also, Jorik, lass hören. Was treibt dich um, mein Freund?«

Jorik starrte in seinen Krug. »Vielleicht ist es am besten, wenn du Fenna doch heiratest.«

Hennerk fiel aus allen Wolken. Seine schlimmsten Befürchtungen schienen sich zu bewahrheiten. »Jorik, bei allen Göttern! Habt ihr euch etwa getrennt?«

»Sie denkt nur an sich und ihre verrückten Ideen.« Er hob den Blick, Tränen glitzerten in seinen Augen. »Ich bin ihr nicht wichtig, nur lästig, verstehst du?«

Hennerk verstand gar nichts. »Aber ihr liebt euch doch? Bestimmt hat Fenna das nicht so gemeint. Sicher hast du etwas falsch verstanden.«

»Sie war deutlich, Hennerk. Sehr deutlich.«

Wenn es um die Liebe ging, schossen die Gefühle manchmal in die eine und in die andere Richtung ins Kraut. Er hatte sich mit Ilvy auch schon gestritten, und sie waren auseinandergegangen in dem Gefühl, der jeweils andere könne ihn nicht verstehen. Doch sobald sie mit kühlem Kopf darüber geredet hatten, war alles wieder gut gewesen, und sie hatten gespürt, dass sie sich liebten.

»Du solltest mit ihr sprechen. Dann renkt sich alles wieder ein.«

»Nichts renkt sich wieder ein. Wenn du ein guter Freund sein willst, dann lass uns über etwas anderes reden. Es ist alles gesagt.«

Immerhin wusste Hennerk jetzt, dass sein Freund an Liebeskummer litt. Denn dass er Fenna nicht mehr liebte, das würde Hennerk niemals glauben. Aber es war richtig, die Gefühle nicht ständig aufzuwühlen. Jorik brauchte Zeit, dann würde er von selber erkennen, dass er sich nur verrannt hatte, dass er verletzt war, von was auch immer, und Fenna ihn genauso liebte wie er sie.

»Gute Idee. Du warst viel unterwegs? Was hast du gemacht?«

Jorik schüttelte verzweifelt den Kopf. »Ich habe versucht, Salz aufzutreiben. Ich bin von Harde zu Harde geritten, bis an die dänische Grenze. Nichts. Alles Salz auf zwei Jahre ausverkauft. Jeder hortet es, denn Rungholt fällt aus, und damit fast ein Drittel der gesamten Menge.«

Joriks Miene war düster und grau, als wäre er gerade der Unterwelt entstiegen.

Womit wir wieder beim Thema wären, dachte Hennerk, und er ahnte, worüber sich die beiden zerstritten hatten. Das Salz, darum ging es. Da er die zwei gut kannte und beide einen außerordentlichen Dickschädel hatten, waren sie aufeinandergeprallt wie zwei Ziegenböcke. So musste es gewesen sein, aber er würde nicht weiter auf Jorik einreden, sondern versuchen, ihm zu helfen.

»Was ist mit Sönke Jacobsen?«

Jorik gab ein gekünsteltes Lachen von sich. »Den hat Vater vergrault. Mir ist Jacobsen nicht gram, aber was hilft das schon?«

»Dann solltest du nach Rostock reiten und ihn darum bitten, mit dir das Geschäft dennoch abzuwickeln. Er hat gute Beziehungen zur Hanse und kennt alle Salzhändler, auch die aus ferneren Landen. Ihr braucht Salz, koste es, was es wolle, richtig?«

»Das stimmt zwar, aber es ist ein nutzloses Unterfangen. Ich werde keinen Erfolg haben.«

»Du bist landauf, landab geritten. Warum nicht Rostock? Erst wenn du dort warst, weißt du, ob du recht hast. Das ist doch einen Versuch wert, nicht?«

40

Jorik

Jorik traf seinen Vater in der Schreibstube an. Ohne Umschweife kam er zur Sache. Es war an der Zeit, klare Worte zu sprechen. »Du hast Sönke Jacobsen vergrault, den Einzigen, der uns ausreichend Salz hätte verkaufen können. Alle anderen haben abgelehnt, oder ihre Vorräte sind zu knapp. Ist dir überhaupt klar, was das bedeutet?«

»Warum sollte ich mich von diesem unverschämten Händler betrügen lassen? Hast du nicht gehört, was Jacobsen gesagt hat? Welche Preise er verlangt hat? Wir werden Verluste machen. Hohe Verluste. So hoch, dass wir unsere Schiffe nicht bezahlen können. Ydsinglond hat bereits gemahnt. Er will in zwei Monaten die nächste Rate. Sonst stellt er die Arbeiten ein, und wenn wir dann immer noch nicht bezahlen können, verkauft er die Boote an den Meistbietenden. Und das alles nur wegen dieser verfluchten Metze! Dieser Hexe! Sie hat diesen Weichling von Hennerk eingewickelt mit ihrer schwarzen Magie, die sie von Eyk, dem Ketzer, gelernt hat.« Speichelfäden flogen Vater aus dem Mund, so sehr redete er sich in Wallung. »Und den alten Ydsinglond hat sie ebenfalls verhext. Wer weiß, was die des Nachts so treibt. Mit dem Sohn und dem Vater.«

Jorik versetzte seinem Vater einen so harten Stoß vor die Brust, dass der nach hinten taumelte. »Wage es nicht, Fenna so zu beleidigen! Und Hennerk ist mein Freund.« Seine Lippen bebten. Auch wenn Fenna und er nun getrennt waren, durfte sie niemand so nennen. Und sein Vater schon gar nicht.

Sein Vater glotzte Jorik ungläubig an. »Du wagst es, mich anzugreifen?«

»Allerdings! Und wenn du dein Schandmaul nicht hältst, werde ich dir eine Tracht Prügel verpassen. Ich habe lange genug geschwiegen. Wir hätten schon längst wieder Salz, wenn auch zu höheren Preisen, wenn du Meister Jacobsen nicht hättest stehen lassen wie einen Aussätzigen, wenn du nicht ihn und ganz Rostock und die Hanse beleidigt hättest.« Jorik hörte sich schreien, und es tat gut.

»Ach so, der Herr Sohn glaubt zu wissen, wie die Dinge laufen, ja? Dann geh doch zu deinem Freund Jacobsen und handele ein Geschäft aus.«

»Auf die Idee bin ich schon längst gekommen. Ich breche noch in der Nacht auf. Der Mond scheint hell, weist mir den Weg.«

Jorik kochte vor Wut. Nicht nur, dass sein Vater alle beschimpfte, die Jorik am Herzen lagen, er war auch zu feige, zuzugeben, dass es sein Fehler gewesen war, der sie in diese Lage gebracht hatte. Seine Machtgier. Seine grenzenlose Überheblichkeit. Aber er würde es ihm zeigen.

Jorik ließ seinen Vater stehen, nahm Bogen und Schwert und genug Vorräte mit, um einige Zeit auszukommen. Zuletzt füllte er seinen Beutel mit Silber, seinen eigenen Ersparnissen. Er musste Jacobsen ja zumindest eine Anzahlung bieten können. Bevor er sich in den Sattel schwang, suchte er seine Schwestern auf, die ihn ängstlich ansahen.

»Was ist geschehen, Jorik«, fragte Mia. »Du siehst wütend aus wie der Stier von Beekes Vater, der die sechs Männer umgerannt hat, die ihn bändigen wollten.«

Wie recht seine Schwester hatte. So außer sich war Jorik in seinem ganzen Leben noch nicht gewesen.

»Ich reite nach Rostock und verhandele mit Sönke Jacobsen und der Hanse. Ohne Salz werde ich nicht zurückkommen. Ihr müsst mir versprechen, dass ihr so folgsam seid wie nie. Vater wird furchtbar schnell wütend und ist ungerecht, ungerechter als sonst. Ich bin bald zurück, und dann wird alles gut.«

Sie schauten ihn voller Angst an. Er musste sich beherrschen, seinen Plan nicht aufzugeben. Als er alle drei nacheinander in die Arme nahm, flüsterte er jedes Mal in ihre Haare: »Es wird alles gut.«

Dann sprang er auf, rannte hinaus, schwang sich auf Skinfaxi und preschte los. Als er im Mondschein das Tor des Schicksals passierte, wurde ihm mit einem Mal klar, dass er mit seinem Vater nicht mehr unter einem Dach leben konnte.

41

Fenna

Der Duft von frischem Brot zog durch das Haus. Fenna hielt einen Augenblick inne, stellte die Feder ins Tintenfass und sog ihn tief ein. Sie musste an Mutter denken, diese hatte mit Frauke oft Brot gebacken, doch seit sie tot war, hatte die Kellerin darauf verzichtet. Vater war damit einverstanden gewesen, auch er hatte schmerzliche Erinnerungen mit dem frisch gebackenen Brot aus dem Ofen verbunden.

Nachdem der Bäcker Fenna kein Brot verkaufen wollte, hatte sie Frauke geschickt, doch auch ihr hatte er keines gegeben. Sie hatte Wolfram von Selgrund gefragt, ob der Bäcker nicht verpflichtet sei, zu verkaufen, was er anbiete, doch der Verwalter musste sie enttäuschen. Das friesische Recht erlaubte jedem, zu verkaufen, an wen er wollte, oder auch nicht. Der Bäcker hätte all seine Backwaren in den Heverstrom werfen können, niemand hätte ihn daran hindern dürfen. Nur wenn Hungersnot herrschte, galten andere Gesetze.

Mit dcn Worten: »Was brauchen wir einen hässlichen und dummen Bäcker!«, hatte sich Frauke an die Arbeit gemacht, die Mägde nach Wasser und Mehl geschickt und die Knechte nach Reisig für den Backofen.

Fennas Plan, aus dem Watt genug Salz zu gewinnen, um die kleinen Fischer zu versorgen, war aufgegangen. Das hatte ihr bei einigen Leuten wieder etwas Achtung eingebracht. Sie hatte erwogen, kein Salz mehr an die Bäcker zu liefern, hatte es aber verworfen, weil sonst alle unter noch höheren Preisen gelitten hätten. Dennoch wollte ihr kein Bäcker Brot verkaufen. Das musste an Harring Svenson liegen, dem Amtsmeister der Bäcker, der bekanntermaßen ein Parteigänger von Ove Barwegen war. Auch die meisten anderen Amtsmeister waren nach wie vor verärgert über ihre Entscheidung. Vielleicht war es ein Fehler gewesen, nicht bis zur Wahl des Redjeven zu warten. Die Wahl rückte immer näher, es waren keine drei Monate mehr, und Fenna hatte sich noch nicht darum gekümmert, Stimmen zu sammeln. Zu sehr war sie damit beschäftigt, die Deiche instand zu setzen und ihre neuen Geschäfte zu planen.

Vorerst würde sie einen Prahm zum Fischen hinausschicken. Das Salz aus dem Watt würde ausreichen für die Menge Hering, die die Fischer fangen würden. Mit Wolfram von Selgrund hatte sie Berechnungen angestellt, was sie damit verdienen konnte. Es war nicht viel, aber doch ausreichend, um mit ihren anderen Einnahmen aus dem Bierverkauf und der gut gefüllten Schatztruhe für drei Jahre ihren Anteil für die Reparatur der Deiche zu bezahlen. Hennerks Vater hatte zugesichert, zusätzlich zum im Deichrecht festgelegten Mindestbeitrag mehr beizusteuern, ebenso einige Noble von Rungholt. Dennoch fehlte an allen Ecken und Enden das Geld. Die Deiche waren in noch schlechterem Zustand als erwartet.

Es klopfte. Frauke schob ihren Kopf herein. »Hennerk Ydsinglond möchte Euch sprechen. Soll ich ihn hereinbitten?«

Fenna überlegte. Sicher war er nicht hier, um ihr einen guten Tag zu wünschen, sondern um sie zur Rede zu stellen, warum sie sich nicht meldete und warum sie und Jorik sich seit Wochen nicht getroffen hatten. Ihr Herz wurde schwer beim Gedanken an Jorik. Eigentlich hatte sie keine Zeit, auf der anderen Seite hatte Hennerk als Freund das Recht, zu erfahren, was zwischen ihr und Jorik vorgefallen war. Hennerk hatte sie noch nie im Stich gelassen. Ihr schlechtes Gewissen meldete sich. Genauso wartete Beeke sicherlich auf ein Lebenszeichen von ihr.

»Aber ja, Frauke.«

Die Magd verschwand, und nur einen Moment später stand Hennerk vor ihr. Er zögerte kurz, dann nahm er sie in den Arm, drückte sie einmal fest, machte sich los und schaute sie ernst an.

»Ach, Fenna, was ist denn passiert? Ich habe endlich mit Jorik sprechen können. Das kann doch alles nicht wahr sein.«

Er wusste also schon Bescheid. Dennoch fiel es ihr nicht leicht, auszusprechen, was sie aussprechen musste. »Setz dich doch, Hennerk. Möchtest du etwas trinken oder essen?«

»Nein, danke. Ich möchte wissen, was geschehen ist zwischen meinem besten Freund und meiner besten Freundin. Ich gräme mich Tag und Nacht, frage mich, ob ich etwas falsch gemacht habe.«

Fenna schüttelte den Kopf. »Bei allen Göttern, nein, du kannst doch nichts dafür, dass Jorik so ein Dickschädel ist.«

»Im Gegensatz du dir?«

»Es geht um alles.« Fenna verspürte wieder diese Angst, wenn sie an die tosende See und deren zerstörerische Kraft dachte, sah ihre Mutter auf dem Tisch liegen, durchnässt, kalt und tot.

»Ich habe die Deiche gesehen nach dem letzten Sturm. Ja, es war knapp, und mein Vater sieht das genauso. Deswegen beteiligt er sich an den Kosten, und er wird dich auch wählen, obwohl er es nicht gutheißt, dass du kein Salz mehr aus den Wiesen holst.« Hennerk schwieg einen Moment. »Aber jetzt geht es um dich und Jorik. Du kannst mir doch nicht erzählen, dass ihr euch streitet und dann eure große Liebe mit einem Schlag dahin ist?«

Hennerks Worte trafen Fenna wie Eiswasser auf nackter Haut. Er hatte ja keine Ahnung. Mit Joriks großer Liebe konnte es nicht weit her sein, wenn er bei der ersten Bewährungsprobe kniff und die Flucht ergriff. Schließlich hatte sie eingesehen, dass sie weiterhin Salz liefern musste, aber eben nicht aus den Wiesen. Und wenn es sein musste, würde sie es noch hundertmal erklären und hundertmal dieselbe Entscheidung treffen. Jorik aber war beleidigt verschwunden und hatte es nicht für nötig gehalten, ihr wenigstens die Gelegenheit zu geben, mit ihm zu reden.

»Er hat mich stehen lassen wie ein leeres Fass. Meldet sich nicht. Ist beleidigt wie ein kleines Kind, dessen Spielzeug kaputt ist. Anstatt es zu reparieren, wirft er es weg.«

Hennerk wurde blass. »So schlimm ist es?«

»Es ist schlimmer. Es gibt keine Heimlichkeiten mehr. Ich werde deinem Vater sagen, dass ich dich nicht heiraten werde.«

Hennerk kratzte sich am Kopf. »Nun, das ist nicht die schlechteste Neuigkeit. So schnell wird er niemanden auftreiben, der sich mit dir auch nur annähernd vergleichen lässt.« Ein Grinsen breitete sich auf seinem Gesicht aus. »Vielleicht kann ich dann Ilvy doch bald heiraten.« Seine

Miene wurde wieder ernst. »Ich gebe dir einen Rat, auch wenn es gegen meine Wünsche ist. Warte damit, bis die Wahl vorbei ist. Sonst könnte Vater es sich anders überlegen. Du wirst ihn vor den Kopf stoßen, wenn du die Heirat aufkündigst.«

Das hatte Fenna sich auch überlegt, aber sie war die ganzen Lügen satt. Trotzdem, wenn Hennerk ihr den Rat gab zu warten, dann würde sie ihn beherzigen. Schließlich kannte er seinen Vater besser als sie, auch wenn ihr eigener Vater einiges über ihn zusammengetragen hatte. Dass er am liebsten Hennerk die Werft überlassen hätte, dass er seine Söhne gleichermaßen liebte, dass er in die Kirche ging, aber in seiner Schreibstube noch immer einen Schrein mit den alten Göttern hegte und pflegte. Doch niemals würde Fenna von ihrem Wissen Gebrauch machen. Ob Vater es getan hatte, wusste sie nicht. Sie wusste nur, dass er dem einen oder anderen eine stattliche Summe Münzen zugesteckt hatte, das ging aus den Dokumenten hervor.

Fenna war Hennerk dankbar. Dafür, dass er sie aufgesucht hatte, und dafür, dass er für sie Verständnis zeigte. So wie sie es von Jorik erwartet hätte. Hennerk wäre sicher ein guter Ehemann, und sie wünschte sich von Herzen, dass er seine Ilvy bekam. Es reichte, wenn sie unglücklich war. Sie hätte ihn viel früher einweihen müssen. Deshalb beschloss sie auch, sogleich Beeke zu besuchen und ihr ebenfalls alles zu beichten.

»Ich danke dir, Hennerk. Du bist ein wahrer Freund und verzeih mir, dass ich mich vor dir versteckt habe.«

»Fenna, du musst dich nicht entschuldigen. Es muss furchtbar sein, wenn der Mensch, den man liebt, einem plötzlich so fremd ist. Ich hoffe, ihr findet wieder zusammen.«

Fenna wusste nicht, ob sie sich das wirklich wünschte. Im Moment hatte sie das Gefühl, dass das nur in einer anderen Welt möglich wäre.

Hennerk erhob sich und drückte Fenna noch einmal. Das tat gut.

»Dann mache ich mich mal auf den Weg. Ich werde Ilvy treffen, und wir planen unsere Heirat, auch wenn es noch ein bisschen dauert. Und sobald mein Vater mir berichtet, dass du die Eheschließung ablehnst, werde ich erneut um Ilvys Hand anhalten.«

»Ich wünsche euch alles Glück dieser Welt.«

»Das wünsche ich dir auch, Fenna. Und ich weiß, dass du es finden wirst.«

Das allerdings bezweifelte Fenna.

42

Jorik

Jorik stieg ab, band sein Pferd an, nahm sein Bündel. Um ihn herum wimmelte es von Menschen. Der Marktplatz in Rostock war mindestens viermal so groß wie der in Rungholt, und von den dicht gedrängt stehenden Verkaufsständen strömte der Duft nach Brot, Kräutern sowie Geräuchertem und Gebratenem in Joriks Nase. Sein Magen knurrte und erinnerte ihn daran, dass er, obwohl er genug Vorräte dabeihatte, kaum etwas gegessen hatte.

Zumindest seine Reise war ruhig verlaufen. Kurz hinter Oldorp, nur wenige Meilen nordöstlich von Rungholt, war er auf einen Handelszug gestoßen. Die Kaufleute hatten nichts dagegen einzuwenden, einen gut bewaffneten jungen Mann mitzunehmen. Auch wenn der Handelszug langsamer war, als wenn er alleine geritten wäre, es war sicherer und er wollte keine Gelegenheit versäumen, mit Händlern zu sprechen, die vielleicht jemanden kannten, der noch Salz zu verkaufen hatte. So war er unbehelligt in zehn Tagen bis vor die Tore von Rostock gelangt, wo er sich verabschiedete, nicht ohne die braven Kaufleute nach Rungholt einzuladen. Es war immer gut, Kontakte zu pflegen und neue zu knüpfen.

Der Handelszug musste auf einen städtischen Zöllner

warten, der die Waren schätzte und festlegte, zu welchen Preisen sie angeboten werden durften. Waren sie zu niedrig, würde er weiterziehen. Da sie aber Salz, Hering und Felle feilboten, würde man ihnen gewiss ein gutes Geschäft anbieten. Jorik hatte nach dem Preis des Salzes gefragt, aber die Menge war viel zu wenig und obendrein bereits versprochen, zudem hatte er erfahren, dass der Händler in diesem Jahr auch nichts mehr anzubieten hatte. Um die Unmengen an Hering, die sie mit den neuen Prahmen im nächsten Jahr fangen würden, verarbeiten zu können, brauchten sie mindestens vierhundert Fass Salz.

Rostock lag an der Mündung der Warne, der Hafen zwei Meilen weiter nördlich. So war die Hansestadt bestens vor Unwettern und Fluten geschützt. Auch hier an der Ostsee gab es zuweilen starke Stürme, doch gegen die Gewalten der Nordsee waren sie harmlos.

Am Steintor, das der Führer des Handelszuges Jorik empfohlen hatte, wurde er zwar von den Wachen misstrauisch beäugt, doch da er keine Waren zu verzollen hatte und einen Beutel voller Silber mit sich führte, sodass er niemandem auf der Tasche liegen würde, ließ man ihn ohne weitere Formalitäten in die Stadt ein. Hier ging es ebenso betriebsam zu wie in Rungholt. Händler priesen ihre Waren an, andere fluchten, Fuhrwerke verkeilten sich, Büttel schimpften, alles schien ein einziges Durcheinander, und doch fand ein jeder seinen Weg und sein Ziel. Die Gassen waren jedoch viel schmäler als die Straßen in Rungholt. Nur auf den Warften der Salzsieder ging es noch enger zu als hier.

Die Menschen sprachen einen seltsamen Dialekt, den Jorik aber recht gut verstand. Sie waren freundlich, und so brauchte er nicht lange, bis er das Haus des Sönke Jacobsen auf dem Marktplatz nahe der Kirche St. Petri gefunden hatte.

Unsicher, ob er es wirklich wagen sollte, einfach so unangekündigt anzuklopfen, stand er da und schaute sich um. Hier unterschied sich Rostock deutlich von Rungholt. Die Häuser waren allesamt aus Backsteinen errichtet, viele waren verputzt, vier Stockwerke hoch und hatten prächtige Fassaden mit Ornamenten und Mosaiken. Die Rostocker Händler mussten sehr reich sein, wenn sie sich solch prächtige Bauten leisten konnten.

Dennoch gab es auch Armut in der Stadt, wie überall. Viele Kinder rannten herum, einige trugen nur Lumpen, ihre Gesichter und bloßen Füße starrten vor Dreck. Jorik war gewarnt worden: Diese Kinder waren in aller Regel ausgekochte Taschendiebe, die schon manchen unbedarften Reisenden um seine Geldkatze erleichtert hatten. Zwei der Kleinen kamen auf Jorik zu, setzten einen leidenden Blick auf.

»Herr, bitte, wir haben Hunger. Gebt uns ein wenig Geld, damit wir uns Brot kaufen können.«

Jorik war kein Mensch mit steinernem Herzen, aber er wollte sich auch nicht bestehlen lassen. Seine Geldkatze blieb, wo sie war, unter seinem Gewand, festgebunden an seiner Hüfte. Hätte er sie hervorgeholt, hätten ihn womöglich andere Kinder angerempelt, und sein Silber, das er als Anzahlung für das Salz brauchte, wäre verloren gewesen. So aber griff er in sein Bündel und zog genau das hervor, worum ihn die mageren Kerlchen gebeten hatten: einen halben Laib Brot.

»Nehmt das hier.« Er reichte das Brot dem Kleineren der beiden.

Der griff zu, roch daran und biss hinein, seine Augen

weiteten sich erstaunt. »Das ist frisch, das Brot«, sagte er kauend. »Sonst bekommen wir nur harte Kanten.«

Der Junge schien tatsächlich Hunger zu haben. Jorik langte noch einmal in sein Bündel und holte ein Stück Käse heraus. »Dann sollt ihr euch heute mal an etwas Besserem als hartem Brot satt essen.« Er warf den Käse dem Älteren zu, der ihn misstrauisch ansah.

»Er ist nicht vergiftet. Und jetzt trollt euch.«

Die zwei wechselten einen Blick und stoben davon. Jorik war zufrieden. Er hatte den beiden ein wenig geholfen und seine Geldkatze behalten. Dann wandte er sich dem Eingang des Hauses zu. Doch bevor er den Türklopfer aus Messing noch betätigen konnte, schwang die Tür auf, und vor ihm stand Sönke Jacobsen und lächelte ihn an.

»Jorik Barwegen! Seid Ihr gekommen, um die Speisung der Fünftausend in Rostock zu vollziehen?«

»Wenn ich mich recht erinnere, hat Jesus Fisch zum Brot gereicht und nicht Käse.«

»Nun, der Grund war derselbe. Barmherzigkeit. Wahrhaftig, Ihr seid das glatte Gegenteil Eures Vaters. Deshalb: Kommt herein, seid mein Gast. Nehmt Quartier bei mir.«

Jorik schluckte. So schlecht war sein Vater angesehen. Trauer stieg ihm die Kehle hoch, und ein Gefühl von Sehnsucht nach einem Vater, der so war wie Sönke Jacobsen, der ihn nicht nach dem Verhalten seines Vaters maß, sondern nach dem, was er tat. Wie auch immer, er war bei Sönke Jacobsen willkommen, und nur das zählte. Er reichte dem Kaufmann die Hand. »Ich bin zutiefst dankbar und nehme gerne an.«

Jacobsen drückte Joriks Hand und trat zur Seite. Jorik machte ein paar Schritte und blieb dann mit offenem Mund stehen. Die Wände waren mit Bildteppichen behängt, die den Kreuzweg von Jesus Christus zeigten, aber auch eine Jagdgesellschaft und eine Landschaft mit hohen Bergen, deren Kuppen weiß vom Schnee waren. Es duftete nach Rosen, frischem Brot und Minze.

Jacobsen überholte ihn und wies den Weg. Sie durchquerten den Flur und betraten einen großen hellen Raum, der vollgestopft war mit Bücherregalen, die sich unter dicken Folianten bogen.

»Meine bescheidene Bibliothek. Üblicherweise findet Ihr solche Bücher nur in Klöstern, aber ich war es leid, in kalten zugigen Zellen die Manuskripte zu studieren.«

Wieder flogen Joriks Gedanken zu Fenna. Sie wäre sicher ein halbes Jahr nicht mehr vor die Tür gegangen, oder zumindest so lange, bis sie jedes Buch gelesen hätte.

»Nehmt Platz, esst und trinkt, und dann berichtet, was Euch zu mir führt.«

Jorik legte sein Bündel ab, eine Magd trat ein, knickste.

»Bring Wein, Brot, Fleisch und Käse, weißes Brot und Oliven. Mein Gast ist sicherlich hungrig.«

Die Magd eilte davon.

Jorik überlegte. Er war hungrig, keine Frage, aber sein Anliegen brannte ihm auf der Seele. Eigentlich hätte er warten müssen, bis sie gegessen hatten und er von seiner Reise erzählt hatte. Sollte er wirklich mit der Tür ins Haus fallen? Warum nicht? Jacobsen hatte ihn schließlich nach dem Grund seiner Reise gefragt. Außerdem konnte Jacobsen sich an den fünf Fingern abzählen, was Jorik nach Rostock trieb.

»Es geht um das Salz.«

Jacobsen nickte langsam. »Ich habe Euch vorhin beobachtet, wie Ihr den Kindern zu essen gabt. Nur deshalb habe ich Euch überhaupt eingelassen. Doch ich habe keine guten Nachrichten für Euch. Selbst wenn ich mit Euch, und nicht mit Eurem Vater, ein Geschäft abschließen wollte, ich könnte es nicht. Ich habe all mein Salz für die nächsten Jahre bereits verkauft. Zu genau dem Preis, den ich Eurem Vater bot. Es tut mir leid. Aber bitte, nehmt Platz.«

Jorik setzte sich und seufzte. Die Reise war umsonst gewesen, auch wenn er sich nicht viele Hoffnungen gemacht hatte, war er bitter enttäuscht, und die Wut auf seinen Vater und Fenna rumorte in seinem Bauch. Warum war nur alles so schwierig? Er hätte am liebsten laut geschrien, doch Sönke Jacobsen sollte nichts von dem Sturm merken, der in seinem Inneren tobte. »Das habe ich mir schon gedacht«, sagte Jorik und brachte ein Lächeln zustande, »und ich bin Euch dankbar, dass Ihr mich so freundlich aufnehmt. Nun, dann will ich versuchen, den Rostocker Rat zu überzeugen, mir den Handel mit der Hanse zu erlauben, die ja sicherlich über viele Quellen verfügt, aus denen das Salz sprudelt.«

Die Magd trat ein, brachte eingelegte Oliven und weißes Brot.

»Ihr müsst etwas trinken und eine Kleinigkeit zu Euch nehmen, sonst heißt es noch, die Rostocker seien unhöflich.«

Jorik verstand. Er war es, der unhöflich gewesen war, weil er mit der Tür ins Haus gefallen war. »Wer immer das behauptet, soll sich bei mir eine Backpfeife abholen, Herr Jacobsen. Ihr seid zu gütig. Und verzeiht, dass ich Euch mit meinen Problemen so überfallen habe.« Dabei waren es eigentlich nicht seine, sondern Vaters Probleme. Er hatte die Sache gründlich versaut. Wenn sich der Rostocker Rat nicht erweichen ließ, konnten sie ihr Geschäft über kurz oder lang aufgeben.

Jacobsen deutete auf die Leckerbissen.

Jorik kostete den Wein und die Oliven, die unvergleichlich schmeckten. Ganz anders als die bitteren, die es auf dem Markt von Rungholt gab. Jorik fragte sich, warum diese nicht den Weg nach Nordfriesland fanden. Der Wein war süß und vollmundig, schmeckte nach Beeren und auch ein wenig nach Eiche.

»Der Wein kommt aus Italien, ebenso wie die Oliven. Man munkelt, die Italiener würden sich von nichts anderem ernähren, und ich muss sagen, ich bin geneigt, es zu glauben. Oliven sind haltbar, nahrhaft und leicht zu ernten. Eine Kunst allerdings ist es, sie richtig einzulegen, und auch die Qualität des Öls ist so unterschiedlich wie Tag und Nacht, je nachdem wie es gepresst wird und welche Früchte dafür genommen werden. Diese hier sind von besonderer Qualität und werden nur in begrenzten Mengen angebaut, geerntet und eingelegt. Ansonsten sind Oliven die Salzheringe des Südens.«

»Wäre da nicht das Salz.«

»Von dem Ihr eigentlich genug hättet, wenn …« Jacobsen führte den Satz nicht zu Ende.

Wenn Fenna nicht so ein Sturkopf wäre. Es brachte nichts. Er hatte die Sache in die eigenen Hände genommen, das war das einzig Richtige. Aber wie würde es weitergehen? Selbst wenn er Salz kaufen konnte, wusste er noch immer nicht genau, wie er vorgehen sollte. Ja, er konnte nicht mehr mit Vater unter einem Dach leben. Aber wo sollte er hin? Vielleicht zu Hennerk? Warum nicht? Sein Vater würde ihn bestimmt aufnehmen. Wenn sie die Schiffe nicht bezahlen konnten, würde er Hennerks Vater ein Geschäft anbieten: Er würde die Schiffe nicht besitzen, aber mit ihnen auf Fang gehen, würde für Salz, Fässer und den

Verkauf sorgen, sie würden sich den Gewinn teilen. Jorik wusste alles über den Heringsfang, übers Einsalzen, er kannte die kleinen und großen Geheimnisse: Dass man den Fisch sorgsam übereinanderlegen musste, dass man nicht zu viel, aber auch nicht zu wenig Salz nehmen durfte, woran man erkannte, dass die Fische umgeschichtet werden mussten, und welche Fässer am besten geeignet waren. Nicht zuletzt kannte er Dutzende Handelsleute, die ihm den Salzfisch jederzeit abkaufen würden. Das war ein guter Plan. Er verspürte neuen Mut. Nur was Fenna anging, war er ratlos. Es verging kaum ein Moment, in dem er nicht an sie dachte.

»Meister Barwegen?«

Jorik schreckte hoch. »Verzeiht, ich war in Gedanken.«

»Wie mundet Euch der Wein?« Jacobsen klang, als hätte er die Frage bereits mehrmals gestellt.

Jorik schnalzte mit der Zunge. »Wir in Rungholt sind bekannt für gutes Bier, und auch der eine oder andere gute Wein kommt bei uns auf den Tisch.« Er zeigte auf die Glaskaraffe, in der dunkelrot der Wein schimmerte. »Doch dieser Tropfen übersteigt alles, was ich jemals kosten durfte.«

Jacobsen beugte sich vor. »Das freut mich. Doch zurück zum Thema. Ihr wollt mit der Hanse verhandeln. Das ist grundsätzlich ein guter Gedanke. Allerdings kann ich Euch keine Hoffnung machen, dass Ihr Erfolg haben werdet. Die Nachricht, dass Rungholt so gut wie kein Salz mehr siedet, ist hier eingeschlagen wie ein Tausend-Pfund-Brocken aus einem Tribok. Nicht alle sind darüber traurig, doch die, deren Handel es betrifft, haben sich geschworen, Rungholt aus ihren Listen der Orte zu streichen, mit denen es sich lohnt, Handel zu treiben. Es geht nicht nur um Euren Vater, der nicht besonders gut gelitten ist. Es geht um Fenna Jaspers. Man hat über sie beraten. Es macht keinen Sinn zu wiederholen, was über den Redjeven von Rungholt gesagt wurde, denn das meiste war nicht gerade schmeichelhaft. Ich würde mich sehr wundern, wenn Ihr etwas erreichen würdet. Es sei denn, Rungholt heizt die Siedepfannen wieder an.«

Jorik nahm sein Glas und leerte es in einem Zug. Dass es so schlimm stand, hätte er nicht gedacht. Dennoch würde er einen Versuch wagen. »Ich danke Euch für Eure ehrlichen Worte. Würdet Ihr mir dennoch ermöglichen, beim Rat vorzusprechen?«

Jacobsen lehnte sich zurück und betrachtete Jorik eine Weile. »Ihr seid ein aufrechter Mann, Jorik Barwegen. Also will ich mich für Euch einsetzen. Doch wappnet Euch mit Langmut. Es wird dauern, bis ich Euch vor den Rat der Stadt bringen kann. Es könnten Wochen, sogar Monate vergehen.«

Jorik blieb keine Wahl. Auch wenn ihm genau das fehlte, was Jacobsen anmahnte: Zeit und Geduld.

43

Luca

Die Wochen waren verflogen, der Sommer war ins Land gegangen mit Hitze und einigen schweren Gewittern, der September war warm und sonnig. Die Arbeiten am Deich schritten mühsam voran, Fenna Jaspers tat, was sie konnte, aber da sie nach wie vor kein Salz aus den Wiesen gewann, waren ihre Mittel begrenzt, und einige, die sie unterstützt hatten, waren es leid, ihr Geld in einem Sandhaufen zu versenken, und hatten die Zuwendungen gekürzt und oft sogar ganz eingestellt.

Die Folgen ihrer Starrsinnigkeit waren deutlich zu spüren. Die Hanse lief Rungholt nicht mehr an, wer mit dem Bund Geschäfte machen wollte, musste sich andere Wege suchen. Doch die waren teuer, wegen der Stapelrechte und mehrfachen Zöllen.

Für Luca stand fest, dass Fenna Jaspers nicht Redjeve bleiben durfte. Schon die Ankündigung, dass Rungholt kein Salz mehr in größeren Mengen liefern würde, hatte für Verwirrung und Ärger bei den Händlern gesorgt. Die ersten hatten sich nach einem neuen Umschlagplatz umgesehen und Rungholt verlassen. Dafür kamen nur wenige Häfen infrage, und nur in einem davon, nämlich in Bremen, besaß Venedig eine Handelsniederlassung. Würde

Rungholt ganz wegfallen, wäre das für die Lagunenstadt, aber vor allem für ihn selbst ein großes Unglück, denn der Doge würde ihm die Verantwortung dafür geben. Und das bedeutete, dass Luca nicht nach Venedig zurückkehren brauchte, es sei denn, er wollte das Schicksal seines Vorgängers teilen und im tiefsten Kerker der Stadt verrotten.

Er postierte Alessandro und Luigi vor der Tür zur Schreibstube, öffnete seine Schatztruhe und entnahm ihr fünfhundert Lübische Goldmünzen, fast seinen ganzen Vorrat, ein Vermögen, und teilte die Summe auf vier Beutel auf. Jeweils einhundertfünfundzwanzig pro Beutel. Goldmünzen wurden in Nordfriesland selten verwendet, dennoch kannte jeder Händler den Wert und würde sich die Finger danach lecken. Ein Goldgulden war so viel wert wie ein gutes Pferd, für zwei Goldgulden konnte man ein Hut Salz erstehen, drei Goldgulden kostete eine gute Milchkuh und sieben ein Bulle für die Zucht.

Er ging seine Liste der Ratsleute durch. Fenna Jaspers hatte deutlich an Zustimmung verloren, aber nicht so deutlich, wie Luca gedacht hatte. Viele standen treu zu ihr, auch wenn sie nicht damit glücklich waren, dass sie kein Salz mehr aus den Wiesen holte. Wenn seine Informationen stimmten, gab es mindestens zwanzig Männer im Rat, die sie mit hoher Wahrscheinlichkeit wählen würden. Nicht genug, um zu gewinnen, aber Luca wollte denselben Fehler nicht noch einmal begehen. Außer ihr und Ove Barwegen trat niemand an, es ging also um mindestens fünf Stimmen, die er für Ove Barwegen gewinnen musste, wenn möglich mehr, damit dessen Wahl gesichert war. Diesmal durfte er nichts dem Zufall beziehungsweise einer einzigen Stimme überlassen. Diesmal würde er auch niemanden erpressen.

Wenn er an Pit Mommens dachte, wurde ihm immer noch übel, obwohl Luigi und Alessandro ganze Arbeit geleistet hatten. Seine beiden Männer fürs Grobe hatten Kleidung, Waffen und Geld aus Mommens' Haus gestohlen, sodass es aussah, als wäre er unerwartet verreist. Der Amtsmeister der Schneider wurde zwar vermisst, aber niemand wusste, warum er so plötzlich aufgebrochen war und nichts von sich hören ließ, niemand hatte auch nur eine Ahnung, was mit ihm geschehen war. Und das musste auch so bleiben.

Ein Nachfolger war noch nicht bestimmt, die Schneider konnten sich nicht einig werden, also fiel seine Stimme unter den Tisch, wenn sich das bis zur Wahl nicht änderte. Gut für Luca, denn Mommens hätte sicherlich wieder Fenna Jaspers gewählt, allein schon, um ihm eins auszuwischen.

Den Amtsmeister der Bäcker hatte Luca in der Tasche, der ließ keine Gelegenheit aus, Fenna zu verspotten und zu beschimpfen. Er zog seine Liste zurate. Wer hatte Schulden? Vier Ratsleuten ging es nicht besonders gut. Ihnen drohten Strafen, wenn sie nicht bald ihren Verpflichtungen nachkamen. Einer von ihnen war Detlev Bundis, ein Viehhändler, dem fünfzig Rinder gestohlen worden waren.

Luca schwang sich auf sein Pferd, er würde allein mit Bundis sprechen, es wäre kein gutes Zeichen, wenn er mit bewaffneten Leibwächtern auftauchte.

Bundis wohnte im Norden der Edomsharde, er nannte fette Wiesen sein Eigen, die bereits so weit von der See entfernt waren, dass sie nicht mehr salzig waren. Seit Menschengedenken waren sie nicht mehr überflutet worden. Bundis' Haus stand auf einer kleinen Warft, die nur einem Gebäude Platz bot. Stall und Scheune hatten ihren Platz vor der Warft. Das sprach dafür, dass der Mann keine Angst vor der See kannte.

Schon von Weitem konnte Luca gesehen werden, das Land war flach wie ein Brett. Als er an Bundis' Haus ankam, stand der bereits vor der Tür und wies auf einen Tisch, auf dem sich das Übliche befand. Wein, Brot, Käse und Rauchfleisch. Das kam Luca nicht ungelegen, denn er hatte großen Hunger, weil er das Frühstück hatte ausfallen lassen.

Luca stieg ab, Bundis reichte ihm die Hand. »Willkommen auf meiner bescheidenen Warft, Venezianer. Was führt Euch zu mir?« Er zeigte auf den Tisch. »Bitte, gebt mir die Ehre, dass Ihr mit mir speist.«

Luca setzte sich. »Gerne, Meister Bundis. Ich danke für Eure Gastfreundschaft.«

Wie es sich gehörte, wartete Luca, bis sein Gastgeber ihm das Brett füllte, dann aß er, und er musste zugeben, dass alles von vorzüglichem Geschmack war. Bundis schien noch genug Geld zu besitzen, um sich auserlesene Speisen leisten zu können.

Luca hielt ein Stück Rauchfleisch in die Höhe. »Ausgezeichnet, woher bezieht Ihr dieses herrliche Rauchfleisch?«

»Vom Metzger aus Drörup, das erste Dorf auf der Geest, wenn Ihr von hier Richtung Westen reitet. Liegt in der Nähe der Mildeburg. Könnt Ihr nicht verfehlen.«

»Was ist sein Geheimnis?«

Bundis lächelte. »Dass es ein Geheimnis ist und bleibt. Niemand kennt seine Rezeptur für die Lake und den Rauch.«

»Natürlich, eine dumme Frage.« Luca kostete den Käse, der ebenfalls ein Gaumenschmaus war. Es war Zeit, zur Sache zu kommen. »Ihr fragt, was mich zu Euch führt? Es könnte Euer Glückstag werden, heute. Niemandem ist entgangen, dass man Euch viele Rinder gestohlen hat.«

Bundis' Miene wurde finster. »Es waren dänische Räuber, sie haben das Vieh mit Prahmen weggebracht, das hat mir ein Zeuge berichtet. Die Wachen von Rungholt haben sie verfolgt, aber sie hatten zu viel Vorsprung und konnten schließlich entkommen.«

Das alles wusste Luca natürlich, Fenna Jaspers hatte schnell gehandelt, aber dennoch war es zu spät gewesen. Der Rat hatte Bundis eine Entschädigung zugesprochen, doch die war nur ein Tropfen auf den heißen Stein. Das Problem war, dass Bundis glaubte, dass es Dänen gewesen sein könnten. Also war er auch auf den dänischen König nicht gut zu sprechen, denn es war allgemein bekannt, dass er diese Raubzüge guthieß. Luca musste diesen Umstand für sich nutzen.

»Was würdet Ihr sagen, wenn es eine Möglichkeit gäbe, diese Raubzüge ein für alle Mal zu unterbinden?«

Bundis hob die Augenbrauen. »Wollt Ihr die venezianische Flotte nach Dänemark entsenden?«

»Das wäre eine Möglichkeit, keine Frage. Atterdag würde bei ihrem Anblick sicherlich die Flucht ergreifen. Aber es geht auch weniger aufwendig. Wir machen Atterdag zu unserem Verbündeten.«

»Dann fallen die Grafen von Schleswig und Holstein über uns her.«

»Nicht wenn ganz Nordfriesland zu Dänemark gehört. Dann wird Atterdag bald auch über Schleswig herrschen. Mit der Hilfe der Nordfriesen, die ihre Freiheit behalten und gleichzeitig Teil des dänischen Reiches sein werden und dann unter dem Schutz Atterdags stehen.«

Bundis rieb sich das glatt rasierte Kinn. »Das klingt nicht so übel. Aber zum einen wird Fenna Jaspers dem niemals zustimmen und zum anderen, selbst wenn sie die Wahl verliert, wird es lange dauern, zu lange. Ich stehe vor dem Ruin. Ich denke, das wisst Ihr?«

Bundis war nicht dumm, die Verhandlung über den Preis seiner Stimme war eröffnet.

»Das weiß ich, und es tut mir leid, dass ein aufrechter Mann ohne eigenes Verschulden in eine solch missliche Lage gerät. Wir sollten in die Zukunft blicken und alles tun, damit so etwas nicht wieder vorkommt. Dafür würde Ove Barwegen sorgen.«

Bundis verzog die Mundwinkel. »Barwegen ist nicht gerade ein Bürge für Aufrichtigkeit und Gerechtigkeit.«

»Das ist wohl wahr, aber er ist der Garant dafür, dass Nordfriesland das Joch der der holsteinischen Herren von Schleswig abwerfen kann. Das wird dauern, keine Frage, er wird behutsam vorgehen müssen. Deshalb werde ich Euch mehr helfen, als Fenna Jaspers es jemals tun könnte, selbst wenn sie es wollte.«

Er legte einen Beutel mit Goldmünzen auf den Tisch. »Dafür erhaltet Ihr genug Stiere und Kühe, um wieder auf die Beine zu kommen.«

»Und dafür soll ich Ove Barwegen wählen.«

Es war keine Frage, sondern eine Feststellung. Luca neigte leicht den Kopf.

Bundis' Mundwinkel verzogen sich zu einem Lächeln. Er reichte Luca die Hand. »Bei meiner Ehre, das ist ein gutes Geschäft.«

44

Fenna

Der Oktober war schneller gekommen, als es Fenna lieb war, und damit der Tag der Wahl des Redjeven.

Sie hatte das Gefühl, jede Stunde zweimal zu brauchen, um mit allem fertig zu werden, was sie tun musste. Und von Jorik hatte sie noch immer nichts gehört, außer dass Hennerk ihr erzählt hatte, dass er nach wie vor in Rostock weilte. Ob er jemals zurückkommen würde, das wusste niemand. Selbst Hennerk nicht, der sich wunderte, dass Jorik selbst ihm noch keinen Brief geschrieben hatte. Je länger er fort war, desto mehr sehnte sich Fenna nach ihm. Der Schmerz über den Tod ihres Vaters war noch lange nicht versiegt, aber den Schmerz über den Verlust von Jorik konnte sie kaum ertragen. Sie war schon mehrfach kurz davor gewesen, die Salzpfannen wieder anzuheizen, nur damit er zurückkam, doch sie hatte sich nicht von ihren Gefühlen überwältigen lassen. Was wäre das für eine Ehe, die darauf gründete, dass sie ihr Gewissen verriet? Die Unsicherheit, ob sie ihn jemals wieder küssen durfte, suchte sie sogar im Schlaf heim. Sie träumte, dass Jorik an einer Klippe stand, sich zu ihr umdrehte, lächelte und sich dann nach hinten fallen ließ. Danach wachte sie stets schweißgebadet auf und fühlte sich zerschlagen, als wäre sie selbst gefallen und auf die Felsen geprallt. Dann musste sie sich aus dem Bett quälen und brauchte lange, bis sie richtig wach war.

Ohne Eyk, Hennerk, Wolfram von Selgrund, Frauke und Beeke hätte sie schon lange aufgegeben. Doch ihre Freunde schenkten ihr Kraft und Zuversicht, sie munterten sie auf und halfen ihr, wo sie nur konnten. So hatte Hennerk seinen Vater überzeugen können, ihr einen Prahm zu verkaufen, für die Hälfte des üblichen Preises. Schließlich blieb das Schiff sozusagen in der Familie. Fenna war nicht ganz wohl dabei gewesen, aber als Hennerk beteuert hatte, dass er damit ohne schlechtes Gewissen leben konnte, hatte sie eingewilligt.

Der Prahm war randvoll mit Hering zurückgekehrt, den sie einsalzen und für gutes Geld hatte verkaufen können. Es war nur ein Bruchteil der Menge, die die Barwegens üblicherweise fingen, da sie mehrfach mit sechs Prahmen hinausfuhren, aber genug, um über die Runden zu kommen. Als Redjeve musste sie jeden Tag so viele Entscheidungen treffen und regelmäßig zu Gericht sitzen, und jede Sitzung war eine Qual, denn Ove Barwegen warf ihr, wo es ging, Knüppel zwischen die Beine. Er hoffte wohl, dass sie aufgeben würde, aber da täuschte er sich. Er musste sich der Wahl stellen, so wie sie auch.

Heute war es so weit, ein Schicksalstag für Fenna und ganz Rungholt. Fenna fühlte sich so müde wie schon seit Langem nicht mehr. Sie musste nicht nur die Arbeiten am Deich beaufsichtigen, sondern auch das Salzsieden überwachen und Dutzende Dokumente siegeln, die von Selgrund nicht siegeln konnte, da es seine Kompetenzen überschritten hätte, und vor allem, weil sie nicht wollte, dass er unterschrieb, wofür sie rechtmäßig den Kopf hinhalten musste.

Sie hatte nicht geruht, hatte mit allen Wahlmännern gesprochen, einige hatte sie überzeugen können, andere jedoch hatten mit ihrer Meinung nicht hinter dem Berg gehalten: Nur wenn die Siedepfannen dampften, würden sie Fenna wählen. Wenn sie sich nicht täuschte, hatte Ove Barwegen eine Mehrheit von einer Stimme. Sie hatte hin und her überlegt, ob sie Ratsleute bestechen sollte, so wie es Vater ihr geraten hatte. Sie hatte sich dagegen entschieden. Entweder die Leute wählten sie aus freien Stücken und aus Vernunft oder nicht. Auch wenn Vater das Beste für Rungholt gewollt hatte, sie brauchte Menschen, die von ihr und der Sache überzeugt waren. Ansonsten würde sie ihr Vorhaben nicht in die Tat umsetzen können.

»Du wirst es dem Fischkopf zeigen, Fenna, da bin ich mir sicher«, sagte Beeke, die sich bei ihr einhakte.

»Du bist auf jeden Fall die bessere Wahl«, meinte Eyk und hob den Blick gen Himmel. »Aber was die Götter planen, das wissen wir erst, wenn uns die Wirklichkeit einholt.«

Hennerk blickte ihr in die Augen. »Was immer heute geschieht, Fenna. Wir werden stets Freunde bleiben, und das Leben wird weitergehen. Du darfst eins nicht vergessen: Du bist reich, kannst gehen, wohin du willst.«

Gut, dass Hennerk sie daran erinnerte. Aber sie würde nicht weglaufen. Sie wollte ihre Heimat nicht verlassen, nicht die Stadt, in der sie groß geworden war, in der sie so wunderbare Zeiten erlebt hatte, mit ihrer Mutter und ihrem Vater. Sie schritten schweigend zum Marktplatz.

Die Wahl des Redjeven war nicht geheim. Alle Einwohner Rungholts durften ihr beiwohnen. Auf dem Platz war ein Podest errichtet worden, auf dem die Kandidaten und Ratsleute standen, damit alle sie sehen konnten. Ratsmann mit Stimmrecht konnte werden, wer mindestens einhundert Hektar Land sein Eigen nannte oder drei Schiffe, mindestens achtzig Kühe oder den Besitz einer Summe von fünftausend Silbermark nachweisen konnte.

Aus der ganzen Edomsharde waren die Wahlmänner zusammengekommen, es waren klingende Familiennamen darunter: die Obbins, die Reimers und die Tetens. Einige kannte Fenna, denn ihr Vater unterhielt viele Verbindungen auch in die entlegensten Gegenden und kleinsten Weiler und Warften der Edomsharde.

Der Stab des Redjeven lehnte an einem Pfosten und wartete auf seinen neuen oder alten Besitzer, sein Stuhl war aus dem Rathaus auf das Podest geschafft worden, damit er nach der Wahl sogleich Platz nehmen konnte.

Noch ein letztes Mal durften die Anwärter für sich werben, noch einmal wurden sie mit Fragen aus den Reihen des Volkes geprüft, dann musste jeder Ratsmann seinen farbigen Wahlstein in den Kessel werfen. Den blauen für Ove Barwegen, den gelben für Blome Feddersen, Amtsmeister der Fuhrleute, der sich im letzten Moment noch beworben hatte, und den roten für Fenna.

Die Wahl wurde nach altem friesischem Recht abgehalten, bis auf die Anrufung Odins. Der Rat hatte sich darauf geeinigt, die alten Götter aus dem Spiel zu lassen, damit nicht unnötig Unruhe aufkam.

Fenna stieg auf das Podest. Wie immer grüßten sie alle, sogar Harring Svenson, der Amtsmeister der Bäcker, der dafür gesorgt hatte, dass ihr niemand Brot verkaufte. Nur Ove Barwegen blickte an ihr vorbei. Sie atmete tief durch. Obwohl sie die letzten Monate keinen direkten Zusammenstoß mit ihm gehabt hatte, fühlte sie sich in seiner Gegenwart unwohl.

Fenna übergab den Stab des Redjeven an Johann Magnus, den Zeremonienmeister. Für die Dauer der Wahl war er der Redjeve und achtete darauf, dass das Verfahren ordnungsgemäß vonstattenging. Dreimal klopfte er mit dem Stab auf den Boden und zeigte dann auf Blome Feddersen. Es ging das Gerücht, dass Blome eine Wette verloren hatte und sich deshalb zur Wahl stellte. Er war ein bulliger Kerl, machte den Eindruck, er könne einen schwer beladenen Karren ganz alleine ziehen.

Blome Feddersen reckte einen Arm in die Höhe. »Bürger von Rungholt! Werde ich Redjeve, so seid gewiss, dass ich der Stadt Ruhm, Ehre und Gewinn einbringen werde. Ich werde Brücken zum Festland bauen, damit mehr Karren und Wagen unsere Waren in die Welt liefern können.«

Ein paar Umstehende klatschten, ansonsten blieb es ruhig.

Ein junger Mann hob die Hand. »Und wie wollt Ihr das anstellen, Blome Feddersen? Wo nehmt Ihr das Geld her und die Steine und die Arbeitskräfte? Wir müssen jedes Jahr viele Wanderarbeiter einstellen, um unser tägliches Geschäft abzuwickeln, und viele Tagelöhner und Salzsieder schuften an den Deichen. Es gibt niemanden mehr, der Brücken bauen könnte, ganz zu schweigen davon, dass ich mir nicht vorstellen kann, wie man überhaupt eine Brücke über den Heverstrom bauen sollte. Wie wollt Ihr Fundamente im Schlick verankern, die Hunderte Lasten an Steinen und Balken tragen können? Die versinken doch sofort.«

»Mit dem Geld machen wir es wie immer. Jeder zahlt ein bisschen, dann kommt genug zusammen. Und die Arbeiter erscheinen von selbst, wenn sie hören, dass es etwas zu verdienen gibt. Und die Konstruktion soll ein berühmter Architekt vornehmen. Den finden wir schon.«

Der junge Mann schüttelte den Kopf. »Mich überzeugt das nicht.«

Da es keine weiteren Fragen gab, zuckte Blome Feddersen die Achseln und trat zurück in die Reihe der Räte.

Johann Magnus zeigte auf Fenna.

Sie trat vor, lächelte, obwohl sie fast von ihrer Sehnsucht nach Jorik überwältigt wurde. Warum waren ihre Gefühle ausgerechnet jetzt so stark? Lag es daran, dass sie sich verloren fühlte und Jorik ihr immer Sicherheit und Kraft gegeben hatte?

»Bürger von Rungholt!«, rief sie. »Was ist das Wichtigste in unserem Leben?«

»Frauen«, rief einer, einige lachten.

»Aber ja«, antwortete Fenna. »Wer sonst sollte uns auf die Welt bringen? Wer uns das Essen kochen und den Haushalt besorgen? Ohne unsere Frauen, Mütter und Töchter wären wir nichts.«

Jetzt brandete Applaus auf. Fenna spürte, dass sie auf dem richtigen Weg war. Doch wie immer war es eine Sache, die Bürger zu überzeugen, und eine ganz andere, die Ratsleute auf ihre Seite zu bringen.

»Und doch gibt es etwas, ohne das alles nichts ist.«

Sie machte eine Pause, trat an den Rand des Podests. Dehnte ihr Schweigen, bis die Ersten murrten.

»Unsere Freiheit! Unsere Unabhängigkeit! Unser gutes altes friesisches Recht!«

»Ja!«, brüllten die Leute wie mit einer Stimme. »Freiheit! Lieber tot als Sklave!«

Fenna wartete, bis wieder Ruhe einkehrte. »Doch was nützen Freiheit, Unabhängigkeit und Reichtum, wenn wir nichts davon genießen können …« Sie ließ den Satz in der Luft hängen, schwieg, blickte in fragende Gesichter.

»… weil wir ertrunken sind in den Fluten der See!« Mehr musste sie nicht sagen. Alle wussten, worum es ging. Diesmal brandete kein Applaus auf.

Sie hatte gesagt, was zu sagen war, hatte klargestellt, dass sie genauso weitermachen würde, wie sie begonnen hatte. Sie trat zurück.

Johann Magnus erteilte Ove Barwegen das Wort. Er schritt wie ein König an ihr vorbei bis zum Rand des Podests, wartete.

»Wer von euch erinnert sich an das größte Unglück, das der Welt je widerfahren ist?«

Der Anfang war nicht schlecht. Ove Barwegen musste das Wort, auf das er anspielte, nicht aussprechen. Er meinte das große Sterben, den Schwarzen Tod. Nicht mit einem Wort ging er auf das ein, was sie gesagt hatte. Er war nicht dumm, dennoch wappnete sich Fenna für Angriffe.

»Wer hat die meisten von euch davor beschützt? Warum sind in Rungholt nur wenige gestorben?« Ove Barwegen beantwortete seine Frage selbst. »Weil Gott seine Hand über uns gehalten hat. Der einzige und wahre Gott. Der Herrgott hat uns gesehen, und es hat ihm gefallen, dass wir ihn verehren und ihm die schönste Kirche weit und breit gebaut haben. Und er wird uns strafen, wenn wir von ihm abfallen. Er wird Rungholt verschlingen lassen von der See. Ich aber werde dafür sorgen, dass Gott uns liebt, dass er unsere Stadt noch größer macht, unseren Reichtum verdoppelt und uns vor Krieg, großem Sterben und tosenden Fluten bewahrt.«

Fenna musste sich beherrschen, Joriks Vater nicht ins Wort zu fallen, denn damit hätte sie gegen die Regeln verstoßen. Es war alles ganz anders gewesen. Ihr Vater, der jüngste Redjeve seit Menschengedenken, hatte weise gehandelt und nach den ersten Fällen des Schwarzen Todes, die in der Geest auftauchten, Rungholt abgeriegelt. Wer in die Stadt wollte, musste vier Wochen in einem Lager jenseits des Tores des Schicksals warten. Wenn er dann keine Anzeichen der Krankheit zeigte, wurde ihm der Zutritt erlaubt. Er hatte angeordnet, dass alles peinlich sauber zu sein hatte, damit keine schlechte Luft nach Rungholt kam, er ließ alles Ungeziefer vernichten und einen Graben zum Festland anlegen, in dem Tag und Nacht ein Feuer brannte, damit die schlechte Luft gereinigt würde, die vom Festland herüberwaberte.

Einer fing an zu skandieren: »Ove, Ove, Ove!«

Fenna kannte den Mann. Ein Parteigänger von Ove Barwegen. Ein anderer fiel mit ein, es wurden immer mehr, die Menschen ließen sich von den Vorklatschern anstecken, und bald brüllte fast jede Kehle Ove Barwegens Namen, der sich sichtlich zufrieden neben Blome Feddersen platzierte und ihn frech angrinste. Er hatte mit einer Lüge das Wohlwollen der Menschen gewonnen.

Nach einiger Zeit kehrte wieder Ruhe ein, ein junger Mann trat vor und zeigte auf Fenna. »Fenna Jaspers! Was wollt Ihr machen, wenn der Dänenkönig Waldemar Atterdag unsere Stadt angreift?«

»Dann werde ich mein Schwert in die Hand nehmen und zusammen mit allen wehrfähigen Männern und Frauen von Rungholt ihm entgegentreten. Und wir werden mit den besten Waffen ausgerüstet sein. Ich habe bereits von meinem eigenen Geld dreihundert Armbrüste bestellt, dreißig davon hat Hennerk Ydsinglond bereits geprüft. Sie sind sehr wirksam, durchschlagen jede Plattenrüstung. Und ich habe bei einem Hamburger Büchsenmacher zehn Feuerrohre in Auftrag gegeben, eine Waffe, die zehnmal so stark ist wie eine Armbrust und viel weiter schießt.«

Der junge Mann schien nicht zufrieden. »Das klingt mutig und entschlossen, aber was ist mit denen, die auf dem Schlachtfeld zurückbleiben werden?«

»In jedem Krieg sterben aufrechte Männer, und oft verschont der Feind auch Frauen, Kinder und Alte nicht. Daher werde ich, so wie mein Vater, alles dafür tun, dass es erst gar nicht dazu kommt. Ich habe bereits Kontakt aufgenommen zum Staller des Königs. Er hat mir versichert, dass Waldemar Atterdag keinen Feldzug gegen die Edomsharde plant.«

Applaus brandete auf. Als er verebbte, trat Ove Barwegen vor und lächelte. Es war sein Recht, dazu Stellung zu nehmen. »Frou Jaspers hat gut gesprochen. Doch sie irrt sich, wenn sie glaubt, dass Atterdag uns in Ruhe lässt. Das hat er auch den anderen Harden versprochen, die er dann verwüstet hat. Es gibt nur eine Möglichkeit, dem Zorn des dänischen Königs zu entgehen und sogar seinen Schutz zu erlangen: Wir werden ihm die Treue schwören. Graf Nikolaus, dem Herrn von Schleswig, wird es einerlei sein, er schert sich nicht um die Edomsharde, solange wir ihm ein wenig Silber aus unseren Schatztruhen geben und ihre Schiffe bei uns Schutz suchen dürfen.«

Fenna drängte sich nach vorn, zeigte auf Joriks Vater. »Das ist nicht wahr. Graf Nikolaus wird das Schwert gegen uns erheben, wenn wir die Seiten wechseln. Das hat er unmissverständlich erklärt, als er zu Besuch war. Atterdag wiederum hat anerkannt, dass wir dem Grafen Tribut schulden, und uns Frieden geschworen, weil wir zulassen, dass von Rungholt aus auch mit den Dänen Handel getrieben werden darf. Ihre Händler stehen noch immer unter unserem Schutz. Es besteht kein Zwist zwischen dem dänischen König und den Uthlanden. Dass

Räuber uns immer wieder heimsuchen, ist nicht das Werk der Dänen! Bedenkt: Ein Streit mit den Grafen würde bedeuten, dass wir viele Feinde hätten. Ganz Schleswig und Holstein würde sich gegen uns erheben. Das dänische Heer ist aber viel schwächer als das der Schleswiger Landesherren. Mit Atterdag könnten wir fertigwerden, sollte er sein Wort brechen, nicht aber mit den Schleswiger Herrschern, nicht mit Graf Nikolaus und dem Eisernen Hinnerk. Ein Bündnis mit Atterdag wäre unser Untergang. Diese Herren würden uns alles nehmen.«

»Unsinn!«, rief Joriks Vater. »Die Grafen mögen mehr Soldaten haben, aber sie kämpfen ständig an vielen Fronten, sie haben gar keine Zeit, gegen uns zu ziehen. Rungholt ist hervorragend zu verteidigen. Mehr als fünftausend Mann müsste der Feind aufbieten, um uns zu überrennen. Das kann niemand. Nichts Übles wird uns geschehen, denn Gott wird seine Hand über uns halten.«

Die Menge jubelte ihm zu.

Johann Magnus hob den Stab, das Volk wurde still. »Noch Fragen?« Niemand meldete sich.

Fenna wusste nicht mehr, was sie denken oder fühlen sollte. Die Menschen rannten mit offenen Augen ins Verderben. Wenn Ove Barwegen Redjeve wurde und tatsächlich Atterdag die Treue schwor, bedurfte es keiner Flut, um Rungholt zu vernichten. Das würden die Grafen erledigen. Sie würden mit Feuer und Schwert über die Stadt herfallen und keinen Stein auf dem anderen lassen. Sie hatte Graf Nikolaus in die Augen geschaut, er war ein Mann ohne jegliche Gewissensbisse. Er würde nicht zögern und nicht ruhen, bis Rungholt ausgelöscht war.

»So mag die Wahl beginnen«, verkündete Magnus.

Wie es Brauch war, wurden die Namen der Wahlmänner aufgerufen, jeder musste gut sichtbar einen Stein in den Kessel werfen und die beiden anderen abgeben. Wer zu täuschen versuchte, dem drohte die Verbannung. Soweit Fenna wusste, hatte noch niemand versucht, bei der Wahl des Redjeven zu betrügen.

Insgesamt waren es achtundvierzig Wahlmänner. Anders als bei ihrer Bestätigung als Vertreterin ihres Vaters, war Sieger, wer die Mehrheit mit mindestens einer Stimme gewinnen konnte.

Die ersten Steine fielen in den Kessel. Johann Magnus zählte laut mit. Das Wahlglück neigte sich zwischen Fenna und Barwegen hin und her, nachdem schnell klar war, dass Blome Feddersen mit bisher nur vier Steinen aus dem Rennen war. Immer wenn es schien, dass es einen Gewinner gab, fielen die Steine zugunsten des anderen.

Schließlich hatten alle Räte ihren Stein abgegeben. Auch Fenna. Joriks Vater führte mit 22 zu 21. Eine Stimme fehlte. Es war die des Amtsmeisters der Schneider, Pit Mommens, von dem niemand wusste, wo er steckte. Erschien er nicht, oder ein rechtmäßiger Vertreter, wurde seine Stimme nicht gezählt und Ove Barwegen hatte die Wahl gewonnen. Fenna wusste, dass die Schneider es nicht vermocht hatten, einen Nachfolger zu bestimmen. Damit war die Wahl entschieden.

Fenna empfand einerseits große Enttäuschung, andererseits war sie doch erfreut, dass so viele für sie gestimmt hatten.

Gerade als Ove nach dem Stab des Redjeven greifen, ihn Johann Magnus aus der Hand reißen wollte, noch bevor dieser die Wahl für beendet erklärt hatte, sprang eine Gestalt auf das Podest und zog sich die Kapuze vom Kopf. Das Gesicht eines jungen Mannes kam zum Vorschein. Er zog ein Pergament aus seinem Umhang und reichte es Johann Magnus, der sich mit einer Drehung dem Ansinnen von Ove Barwegen entzog und mit einem scharfen Befehl die Wachen aufhielt, die den jungen Mann festnehmen wollten.

»Wartet.« Er überflog die Zeilen, zeigte auf den jungen Mann. »Dies ist laut dieser Urkunde der rechtmäßige Erbe von Pit Mommens. Er heißt Gerkens und ist Pit Mommens' Sohn. Das wird in dieser Urkunde vom Rat der Stadt Lübeck bestätigt.« Er hielt das Dokument hoch, die roten Siegelbänder waren nicht zu übersehen.

Ein Raunen ging durch die Menge.

Er wandte sich an Gerkens Mommens. »Ihr dürft sprechen.«

Gerkens Mommens erhob seine Stimme. Sie war klar und laut. »Ich bin im Namen meines Vaters hier, um seinen Wahlstein in den Kessel zu werfen. Und ich bin hier, um zu verlangen, dass nach ihm gesucht wird, zu verlangen, dass es eine Untersuchung gibt, denn ich glaube, dass ihm etwas zugestoßen ist.«

Dass Pit Mommens einen Sohn gehabt hatte, das hatte Fenna nicht gewusst. Er hatte ihn nie erwähnt. Da sie immer noch Redjeve war und daher auch während der Wahl Sprachrecht hatte, richtete sie das Wort an Gerkens Mommens.

»Ich habe bereits eine Untersuchung angestellt, denn die Magd Eures Vaters hat mir berichtet, dass Pit Mommens nicht auffindbar ist, dass er angeblich verreist sei. Bisher habe ich jedoch keinerlei Erkenntnisse über seinen Verbleib. Hat sie Euch davon nichts erzählt?«

»Ich bin ohne Zögern von Lübeck nach Rungholt geritten, als ich hörte, dass die Wahl zum Redjeven der Stadt

Rungholt ansteht und mein Vater verschwunden ist. Er hat mir in seinen Briefen von Euch erzählt, Fenna Jaspers, Redjeve von Rungholt. Und es war nur Gutes.«

Johann Magnus wartete einen Moment, doch niemand meldete sich zu Wort. Er gab die Urkunde weiter, Fenna begutachtete sie eingehend und konnte nichts Falsches entdecken. Sie hatte schon viele Dokumente aus Lübeck gesehen. Sie kannte die Unterschriften und auch das Siegel der Stadt, das einen kleinen Fehler hatte, den sie auch hier entdecken konnte. Sie reichte die Urkunde weiter.

Schließlich fragte Magnus: »Räte von Rungholt. Anerkennt Ihr den Anspruch von Gerkens Mommens und gebt Ihr ihm das Recht abzustimmen?«

Fenna hielt die Luft an. Die Ratsleute wussten jetzt, dass Mommens' Sohn sehr wahrscheinlich sie wählen würde. Wollten sie ihre Wahl verhindern, mussten sie nur sein Anliegen ablehnen. Ove Barwegen schien nervös. Er nestelte ständig an seiner Fibel herum, sein Blick ging zwischen Mommens' Sohn und den Ratsmännern hin und her und schien nur eines zu sagen: »Wagt es ja nicht, den Anspruch anzuerkennen!«

Diese Abstimmung würde nur per Handzeichen vonstattengehen, auch hierbei genügte die einfache Mehrheit. Fenna hob die Hand, es folgten weitere, manche zögerlich. Ove Barwegens Miene verfinsterte sich, als er sah, dass immer mehr für die Anerkennung von Gerkens Mommens stimmten. Fenna war sich sicher, dass die Ratsleute sich überlegten, wie es wohl sein würde, wenn sie in einer solchen Lage wären. Dann hätten sie sich ebenfalls gewünscht, dass ein rechtmäßiger Anspruch anerkannt würde. Schon bald war die nötige Mehrheit erreicht, und als sich keine Hand mehr hob, waren es vierzig, die dafür stimmten. Viele von ihnen waren gegen Fenna als Redjeve, aber sie respektierten Recht und Gesetz.

»So ist es entschieden, Gerkens Mommens!«, rief Johann Magnus. »Ihr seid berechtigt, Euren Wahlstein in den Kessel zu legen.«

Er übergab Gerkens den blauen und den roten Stein.

Der nahm sie und sagte zu den Räten: »Wenn Ihr klug seid, dann sorgt dafür, dass Fenna Jaspers Euer Redjeve bleibt.« Er hielt die zwei Steine hoch und warf den roten in den Kessel.

Joriks Vater ballte die Fäuste, und Fenna ertappte sich dabei, dass sie sich vor allem darüber freute, dass sie seine Ränkespiele ausgehebelt hatte. Es gab weder Gewinner noch Verlierer. Gab es ein Unentschieden, so verlangte das friesische Recht den Losentscheid. Nun mussten die Götter entscheiden.

Ein roter und ein blauer Stein wurden in einen Hut gelegt, der Hut wurde geschüttelt. Es war an Johann Magnus, mit verbundenen Augen den Stein zu ziehen, der bestimmen würde, wer der neue Redjeve von Rungholt wurde.

Fenna schloss die Augen. »Frigga, ich lege mein Schicksal in deine Hand. Was immer du entscheiden magst, ich werde dein Urteil als Aufgabe verstehen und es annehmen.«

Nicht ein Muckser war zu hören. Alle Augen klebten an dem Hut und an Magnus' Hand, die darin verschwand. Es schien eine Ewigkeit zu dauern, bis er sie als Faust geballt wieder herauszog.

Fennas Herz schlug heftig. Was wünschte sie sich? Es wäre ihr am liebsten gewesen, wenn Vater sich vom Sterbebett erhoben und sein Amt wieder angetreten hätte, aber das war nicht möglich. Wollte sie Redjeve werden oder wieder in Ruhe leben? Sie konnte sich nicht entscheiden.

Magnus öffnete die Hand. Darin lag ein blauer Stein. Fenna atmete aus. Die Götter hatten entschieden. Einerseits fiel ihr eine Last von den Schultern, andererseits schien die Zukunft Rungholts hinter einem grauen Vorhang zu verschwinden.

Ove Barwegen war der neue Redjeve, und er würde Unheil über die Stadt bringen.

45

Luca

Luca beobachtete Fenna Jaspers. Sie trug ihre Niederlage mit Fassung, schüttelte Ove Barwegen, der sie noch immer nicht ansah, die Hand und überließ ihm den Stuhl des Redjeven. Sie trat zurück, ein leichtes Lächeln spielte um ihre Lippen, als wäre sie erleichtert über den Ausgang der Wahl. Aber das glaubte Luca nicht. Fenna Jaspers war zu klug, um nicht zu wissen, dass Rungholt unruhige Zeiten bevorstanden.

Als der Sohn von Pit Mommens aufgetaucht war, wäre Luca fast in Ohnmacht gefallen. Schon die Abstimmung hatte seine Nerven gehörig strapaziert. Hätte er nicht die fünf Ratsmänner bestochen, wäre Fenna Jaspers mit eindeutiger Mehrheit gewählt worden. Dass Gott die Wahl für Ove Barwegen entschieden hatte und damit für Luca, versöhnte ihn mit den Schreckmomenten, die er durchlebt hatte. Jetzt kam es darauf an, dass Ove Barwegen vorsichtig vorging. Er durfte Graf Nikolaus nicht vor den Kopf stoßen, er musste die Ablösung Stück für Stück betreiben und vor allem Atterdag genügend Zeit lassen, ein Heer zu sammeln, falls der Graf zu den Waffen griff. Der dänische König leckte sich noch die Wunden von seiner Niederlage im Sommer vor Visby. Mehr als tausend Soldaten hatte er eingebüßt. Er würde noch Monate brauchen, die Lücke aufzufüllen.

Ove Barwegen nahm Johann Magnus den Stab aus der Hand. Der warf dem neuen Redjeven einen bösen Blick zu, denn eigentlich gehörte es sich, dass der Zeremonienmeister den Stab feierlich übergab.

»Ihr werdet nicht mehr benötigt, Johann Magnus, ich danke Euch«, sagte der Redjeve und ließ sich nieder.

Luca beschlichen leise Zweifel, ob Barwegen wirklich der Richtige für seine Pläne war. Der Hochmut sickerte ihm aus allen Poren.

»Bürger von Rungholt, der Edomsharde und der Uthlande! Wie ich es vorausgesagt habe, hat Gott mich zum Redjeven gemacht und damit ein eindeutiges Zeichen gesetzt, dass ich seinen Willen vertrete.«

Luca zuckte zusammen. Aus den leisen wurden laute Zweifel. Ove Barwegen hielt sich für den Stellvertreter Gottes! Doch es gab nur einen Stellvertreter Gottes auf Erden, und das war der Papst. Was Ove Barwegen da sagte, war Ketzerei. Doch viele Bürger stimmten zu, applaudierten. Der Redjeve schien in seinem Stuhl zu wachsen.

Er pochte mit dem Stab dreimal auf den Boden. »Mit der mir vom Rat übertragenen Macht verkünde ich Folgendes: Ab sofort werden keine Tribute mehr an Graf Nikolaus gezahlt! Ab sofort werden die Schiffe von Schleswig und Holstein im Hafen von Rungholt ebenso Liegegeld zahlen wie alle anderen Schiffe. Davon ausgenommen sind die des dänischen Königs.«

Für einen Moment war es totenstill. Dann redeten alle durcheinander, sodass Luca nicht ein Wort verstand. Er warf Fenna Jaspers einen Blick zu, in deren Augen das pure Entsetzen stand.

Wütend drosch der Redjeve den Stab auf den Boden. Ruhe kehrte ein, nur hier und da hörte Luca einzelne Worte der Zustimmung und der Ablehnung.

Der Redjeve hob ein Pergament. »Dies ist der Vertrag mit Waldemar Atterdag, dem König der Dänen. Er garantiert uns alle Freiheiten, entbindet uns von Tributen und bittet lediglich um Zugang zum Hafen. Mehr will er nicht. Dafür bietet er uns Schutz und Zugang zu den Märkten des Nordens, unabhängig von der Hanse und den Landesherren von Schleswig und Holstein.« Er breitete das Dokument aus, setzte seine Unterschrift und das Siegel der Stadt Rungholt, der Edomsharde und der Uthlande darunter. Dann hielt er das Dokument hoch, damit alle es sehen konnten. »Die Zukunft Rungholts ist golden! Denn jetzt können wir ungehindert Handel treiben und sind befreit vom Joch Schleswigs!«

Luca wurde übel. So hatte er sich das nicht vorgestellt. Graf Nikolaus würde schäumen vor Wut. Was der Redjeve hier vollzog, war Vertrags- und Eidbruch. Waldemar wusste das, und Luca begriff plötzlich, was der König bezweckte. Er kannte Barwegen besser, als Luca es tat, er hatte gewusst, dass der Redjeve unbedacht handeln würde, entgegen allem, was er öffentlich gesagt hatte, und auch entgegen allem, was Luca von seinen Zuträgern erfahren hatte. Ihm kam ein furchtbarer Verdacht.

Hatte Atterdag ihn benutzt? Um die Ratsleute zu bestechen? Weil Ove Barwegen gar nicht das Geld dazu gehabt hätte? Hatte Atterdag alles von langer Hand geplant? Dass Graf Nikolaus gegen Rungholt ziehen, die Stadt verwüsten und dabei einen Großteil seines Heeres einbüßen würde? Dann fiel Atterdag ganz Nordfriesland und Schleswig wie eine reife Frucht in die Hände.

Luca hatte versagt. Hatte alles noch viel schlimmer gemacht. Atterdag würde sich nicht einmal an seine Vereinbarungen mit Venedig halten müssen, denn wenn Rungholt zerstört war, gab es in Nordfriesland keine Niederlassung der Venezianer mehr. Um eine neue zu gründen, musste Venedig alle Bedingungen erfüllen, die Atterdag stellen würde. Und die würden hart sein.

Selbst wenn Luca Ove Barwegen aus dem Weg räumen würde, es war zu spät. Der Bruch war vollzogen, Graf Nikolaus würde keinem Redjeven mehr trauen. Das Tuch war zerschnitten, und es gab keine Möglichkeit, das Unheil abzuwenden.

Jetzt galt es zu retten, was zu retten war, bevor der Krieg über Rungholt hinwegfegen würde und nichts als Asche zurückblieb.

46

Fenna

Fenna starrte Ove Barwegen mit offenem Mund an. Er hatte gerade das Todesurteil über die Stadt gesprochen, und ein Großteil der Einwohner applaudierte auch noch. Doch es gab auch viele, die erkannten, dass Ove Barwegen den Untergang der Stadt heraufbeschwor. Eyk, Hennerk und dessen Vater, Beeke sowie die Amtsmeister und Ratsleute, die auf ihrer Seite standen, waren erstarrt und schauten Fenna ratlos an.

Sie musste etwas tun. Als Amtsmeister der Salzsieder hatte Fenna das Recht, jederzeit vor dem Rat das Wort zu ergreifen. Sie hob die Hand, Ove Barwegen musste sie sprechen lassen, ob er wollte oder nicht. Er nickte ihr zu, ohne sie anzusehen.

Fenna streckte ihr Kreuz durch und zeigte auf Ove Barwegen. »Der Redjeve hat eine furchtbare Entscheidung getroffen. Da ich sie nicht ändern kann, will ich zumindest wissen, was der Redjeve zu tun gedenkt, um den Angriff des Grafen Nikolaus abzuwehren, der so sicher wie Ebbe und Flut kommen wird. Ihr könnt gewiss sein, dass der Graf in wenigen Tagen weiß, dass der neue Redjeve die Vereinbarungen mit ihm gebrochen hat. Glaubt Ihr wirklich, er lässt sich das gefallen?«

Ove Barwegen setzte ein überhebliches Grinsen auf. »Und woher wollt Ihr wissen, was der Graf plant oder weiß oder will? Ich frage euch: Glaubt Ihr wirklich, dass sich Graf Nikolaus auf das Abenteuer einlässt, Rungholt anzugreifen, wo der dänische König uns seinen Beistand zugesagt hat? Außerdem haben die Harden Nordfrieslands schon oft ihren Herrscher gewechselt, und doch hat niemand sie besiegen können. Daran sieht man mal wieder, wie weltfern Ihr seid. Weder habt Ihr ein Gespür für unsere Geschichte und unsere Vorfahren noch einen Blick auf das Ganze. Ihr seht nur, was Ihr sehen wollt.«

Einige der Herren lachten, doch Hennerks Vater sprang auf und hieb mit dem Zeigefinger in Richtung des Redjeven. »Ich weiß nicht, warum uns die Götter derart strafen. Wie konnten sie nur zulassen, dass Ihr Redjeve geworden seid? Fenna Jaspers hat recht. Nicht nur der Graf, auch der Eiserne Hinnerk wird gegen uns ziehen, und niemand wird uns zu Hilfe eilen, denn wir sind eidbrüchig geworden. Graf Nikolaus hat vor Gott und den Menschen das Recht, uns anzugreifen!« Er schaute die Ratsleute, die für Ove Barwegen gestimmt hatten, einen nach dem anderen an. »Ich kenne Euch nicht mehr. Ich habe Euch für Ehrenleute gehalten, doch jetzt zweifle ich daran.«

Eine Welle der Empörung schlug Hennerks Vater entgegen. Ove Barwegen schmunzelte und wartete eine ganze Weile, bis er mit dem Stab für Ruhe sorgte.

»Lasst den ehrenwerten Knut Ydsinglond zu Ende sprechen, das ist sein Recht, und das werde ich verteidigen, so wie ich jedes Mannes Recht in Rungholt verteidigen werde.«

Fenna hätte am liebsten laut losgelacht und gleichzeitig vor Wut geweint. Ove Barwegen verteidigte nur seine eigenen Interessen und das, was er für seine Rechte hielt. Sie fing einen Blick von Luca di Amalfio auf, der trotz seiner dunklen Gesichtsfarbe blass geworden war. Also wusste auch er, was Rungholt drohte und damit der venezianischen Handelsvertretung.

Fenna schlug mit der Faust auf den Tisch. »Wir werden unseren guten Namen verlieren, Handelsbeziehungen werden abreißen, wir werden bald eine unbedeutende Stadt sein, falls es Rungholt dann überhaupt noch gibt. Es bedarf keiner Sturmflut, um uns in den Untergang zu treiben! Dafür sorgen wir schon selber.«

All diejenigen, die auf Fennas Seite waren, applaudierten, alle anderen buhten, riefen Schimpfwörter und drohten. Die Einigkeit, die Fenna noch vor wenigen Monaten beschworen hatte, war dahin. Die Feinde Rungholts würden die Stadt pflücken wie reifes Obst. Und Atterdag? Der würde sich den fetten Braten nicht entgehen lassen, Dänemark wieder zu seiner früheren Machtstellung führen und in Schleswig dänisches Krongut wiederherstellen. Das war es, was sie in Luca di Amalfios Augen gesehen hatte. Und sie war mit dafür verantwortlich. Sie hätte mehr kämpfen müssen, hätte jeden bestechen müssen, den sie hätte bestechen können. Vater hätte dieses Unheil abgewendet. Sie hatte versagt.

Über den Lärm hinweg erhob Hennerks Vater seine Stimme. »Ich werde meine Verträge erfüllen, und dann schließe ich die Werft in Rungholt und gehe woanders hin. Vielleicht Bremen. Dort sucht man immer Schiffbauer.«

Diese Ankündigung überraschte auch Fenna. Knut Ydsinglond musste sich gerade erst dazu entschieden haben. Seine Worte sorgten für plötzliche Stille.

Ove Barwegen machte ein Gesicht, als hätte er einen Geist gesehen. »Ihr wollt was?«

Knut Ydsinglond reckte angriffslustig das Kinn. »Ich gehe. Verlasse die Stadt, die anscheinend verrückt geworden ist. Ich warte nicht, bis mich die Söldner der des Grafen Nikolaus aufspießen wie einen Truthahn und auf den Leichen meiner Frau und meiner Söhne tanzen.«

»Das könnt Ihr nicht tun«, blaffte der Redjeve. »Wer soll unsere Schiffe bauen?«

»Fragt Atterdag. Der weiß alles, kann alles, ist doch Euer großer Freund und Beschützer.«

Fenna konnte nicht umhin, zu genießen, dass Hennerks Vater den großen Barwegen aus der Fassung brachte.

Knut warf noch einen Blick auf die vollkommen verdatterten Ratsleute, dann verließ er mit Hennerk erhobenen Hauptes den Marktplatz. Niemand versuchte, ihn aufzuhalten.

Fenna konnte Hennerks Vater gut verstehen. Gegen Ove Barwegen und seine Kumpane half weder Verstand noch Klugheit und Weisheit schon gar nicht. Die einzige Waffe gegen den Redjeven hatte Fenna in der Hand. Das Salz. Dass sie Barwegen nicht mehr beliefern würde, daran würde sie nicht rütteln. Es sei denn, er lenkte ein.

»Keine Schiffe, kein Salz«, rief Fenna, die Köpfe der Anwesenden drehten sich ruckartig zu ihr hin. »Wenn Ihr mir und dem Rat zusichert, alle Anstrengungen zu unternehmen, den Grafen zu besänftigen und die alten Vereinbarungen wieder einzuhalten, dann will ich Salz liefern, so viel Ihr wollt.«

Ove Barwegen kräuselte die Lippen, Fenna beschlich ein ungutes Gefühl. »Ist das so? Ihr glaubt, mich erpressen zu können?« Er winkte einem Amtsdiener, der ihm eine Pergamentrolle übergab. »Ich werde es bald nicht mehr nötig haben, mir Eure unverschämten Worte anzuhören.«

Er entrollte das Pergament. Es trug das Siegel der Stadt Rungholt, das ein Sinnbild für den Redjeven und das Volk zeigte sowie den Schriftzug: »Siegel der Edomsharde«.

»Gegeben eine Woche nach Calixtus, im Jahr des Herrn 1361, in Rungholt, dem Haupt der Edomsharde und den Uthlanden, wird Klage geführt gegen die Fenna Jaspers. Auf dem großen Thing in zehn Tagen wird festgestellt werden, dass Fenna Jaspers den Bürgern und der Stadt großen Schaden zufügt. Das Thing wird nach altem friesischem Recht der Fenna Jaspers auferlegen, Salz zu sieden und es zu verkaufen. Sollte sie das nicht tun, wird man ihr die Salzwiesen wegnehmen, auf dass wieder Salz gesiedet werde und Rungholt blühe.«

47

Fenna

Fenna fühlte sich wie von Thors Hammer Mjöllnir getroffen. Sie wusste nicht, wohin mit ihren Gefühlen, die zwischen Wut und Verzweiflung hin- und herschwangen.

Ove Barwegens Hinterhältigkeit war nicht zu überbieten. Ihr die Salzwiesen abzunehmen war so ungeheuerlich, dass ihr die Worte fehlten, ebenso wie den Menschen auf dem Marktplatz. Selbst ihre Gegner schwiegen bestürzt.

Wurde das Urteil rechtskräftig, woran sie nicht zweifelte, verhinderte Ove, dass sie die Wiesen an Eyk übergeben konnte, denn bis zum Urteil gehörten sie zwar noch ihr, aber sie durfte sie bis zum Spruch des Things weder verkaufen noch verschenken. Ove Barwegen hatte sie mit dem Rücken an die Wand gedrängt. Ihr blieb nichts mehr, sie war ruiniert, musste alles verkaufen, was sie hatte, und bei Freunden Unterschlupf suchen oder am besten Rungholt verlassen.

Nur verschwommen nahm sie wahr, dass Ove Barwegen die Sitzung schloss und die Leute den Marktplatz verließen.

»Fenna, komm, lass uns gehen.«

Es war Eyks Stimme, die sie aus der Starre riss. »Ich habe die anderen nach Hause geschickt, sie alle werden dir helfen, wo immer es nötig ist. Du wirst stets ein Dach über dem Kopf haben.«

Eyks Worte konnten Fenna nicht trösten. Sie hatte alles, was ihr Vater aufgebaut hatte, verspielt.

Eyk nahm sie an der Hand, wie damals, als sie noch ein Mädchen gewesen war und er ihr die Wunder der Natur gezeigt hatte. Die Insekten, die den Nektar der Blumen saugten und gleichzeitig die Pflanzen bestäubten, damit sie Früchte trugen. Die kleinen und großen Tiere, die alle im Kreislauf des Lebens ihren Platz hatten, und die Naturgewalten, die für den Menschen einerseits bedrohlich waren und dennoch Leben schenkten, denn sie zerstörten ebenso, wie sie Land fruchtbar machten, so wie die ausgedehnten Marschen, die ohne Stürme und Gezeiten nicht die fetten Wiesen zu bieten hätten, auf denen die besten Rinder heranwuchsen.

Er führte sie zu seinem heiligen Hain, der auf einer alten steilen Warft mit vier Eichen lag. Er hatte den Hain der Göttin der Erde, Hludana, gewidmet. Hier lebte er in einer einfachen Strohhütte, so wie es die armen Bauern taten, zusammen mit seinem Vieh. Immer wieder hatte Fennas Vater ihm ein festes Haus angeboten, doch Eyk hatte abgelehnt mit der Begründung, er müsse nahe an der Natur leben, nur so würden die Geister zu ihm sprechen. Aus dem Schlotloch im Dach quoll weißer Rauch, eine leichte Brise trug den Geruch von Kräutern zu Fenna. Am Fuß der Warft lehnte eine Leiter, die es leicht machte, die steile Böschung zu erklimmen. Bei Sturmflut zog Eyk die Leiter ein und bat die Geister um Beistand. Bisher hatten sie ihn erhört.

Eyk stieg die Leiter hinauf, hielt ihr eine Hand hin und zog sie auf die Warft.

»Ich habe einen Kräutersud bereitet. Möchtest du einen Becher davon?«

Sie nickte. Im Moment war es ihr gleichgültig, ob sie Tee trank oder Wein oder Bier. Die Welt war grau in grau, und Fenna sah nirgends einen Schimmer Sonnenlicht.

»Es ist kein Sud, um mit den Geistern in Kontakt zu treten, sondern um eine Erkältung abzuwehren, die sich gerade jetzt gerne festsetzt.« Er schaute sie an, winkte ihr.

Fenna folgte Eyk wie eine Schlafwandlerin in seine Hütte und ließ sich auf ein Kuhfell fallen. Möbel besaß Eyk nicht, er sah keinen Verwendungszweck für Gerätschaften, die seiner Meinung nach nur Platz wegnahmen. Auch sie würde bald in einer Hütte ohne Möbel leben. Auch das war ihr gleichgültig. Der heutige Tag hatte ihr die letzten Kräfte geraubt. Wozu lohnte es sich überhaupt noch, zu leben?

Eyk reichte ihr einen Becher mit dampfendem Sud. Sie kostete, er schmeckte nach dem Sommer, der so weit weg war, dass sie nicht glaubte, jemals wieder fröhlich sein zu können.

Fenna stellte den Becher neben dem Fell auf der hart gestampften Kleierde ab und erhob sich. »Es ist besser, wenn ich jetzt gehe, Eyk. Ich bringe nur Unglück.«

»Es ist Barwegen«, sagte Eyk.

Fenna konnte nur stumm nicken.

»Er schreckt vor nichts zurück. Du fühlst dich schwach, glaubst, dass er dich zerquetscht hat wie eine Laus. Du hältst dich für dumm, für einfältig, und du glaubst, du taugst für nichts. Ich kann nachfühlen, wie es dir geht, Fenna. Aber du darfst die Hoffnung nicht aufgeben. Du darfst nicht den dunklen Mächten nachgeben, die von dir Besitz ergreifen wollen, so wie sie von Ove Barwegen Besitz ergriffen haben. Bitte, hör dir eine Geschichte an. Danach magst du gehen, dich in die See stürzen oder Rungholt verlassen, du kannst tun, was immer du möchtest, ich werde deine Entscheidung achten.«

»Du willst mich nur einwickeln, Eyk.«

Er schmunzelte, Lachfalten zogen sich durch sein Gesicht, doch Fenna war nicht nach Lachen zumute.

»So würde ich es nicht nennen. Ich möchte dir bei deiner Entscheidung helfen. Was ist? Schenkst du einem alten Mann ein wenig Aufmerksamkeit?«

Eyk hatte immer zu ihr gehalten. Wie konnte sie ihm diese Bitte abschlagen? Auch wenn sie sich keine Hoffnung machte, dass eine Geschichte ihr helfen konnte. Fenna setzte sich und nahm noch einen Schluck vom Sud, der zumindest ihren Bauch wärmte. Ihre Seele war kalt und starr. Sie dachte an ihren toten Vater, an ihre tote Liebe und fühlte sich ebenso tot.

Eyk stützte sein Kinn auf die gefalteten Hände. »Als ich noch ein Krieger war und gerade auf einem Raubzug viele Gegner getötet hatte, ging ich zu meinem Schamanen und berichtete ihm, dass ich unglücklich sei und dass ich mein Leben ändern wolle, es mir aber einfach nicht gelänge und was ich nur machen solle.«

Fenna starrte Eyk an. Sie hatte nicht gewusst, dass er Krieger gewesen war, dass er im Kampf getötet hatte. Welche Geheimnisse verbarg er noch?

»Ich habe dir noch nie davon erzählt, weil es nicht notwendig war. Doch heute ist es notwendig.«

Fenna nickte und spürte, dass sie wach wurde, dass sie begierig war, Eyks Geschichte zu hören.

»Mein Schamane hat mich lange angeschaut. Dann hat er Kräuter verbrannt und die Geister angerufen. Wohl einen ganzen Tag, vielleicht auch zwei oder drei habe ich bei ihm verbracht, ohne dass er auch nur ein Wort gesprochen hat. Dann endlich, nach einer durchwachten Nacht, nahm er meine Hände und legte sie mir auf die Brust. ›Hier kämpfen zwei Wölfe miteinander. Der eine ist der Wolf des Krieges, des Blutes und der Dunkelheit, der Wolf der Schwäche, der Verzweiflung und des Scheiterns. Der andere ist der Wolf der Stärke, des Lichts, der Klugheit, der Wärme, der Liebe und des Erfolgs.‹ Da fragte ich den Schamanen: ›Aber welcher Wolf wird gewinnen?‹ Und er antwortete: ›Der, den du fütterst.‹«

48

Jorik

Jorik stand am Hafen und beobachtete, wie die Schiffe be- und entladen wurden. Inzwischen kannte er den genauen Ablauf, seit Wochen kam er jeden Tag hierher.

Besonders beeindruckend waren die Kräne. In einer großen Trommel liefen zwei Männer nebeneinanderher und trieben mit der Kraft ihrer Beine Seile an, die über Flaschenzüge große Ballen aus den Bäuchen der Koggen hoben. Die Kräne konnten gedreht werden, sodass die Ballen nur einen Augenblick später schon auf einem Fuhrwerk lagen. So war es ein Kinderspiel, eine Kogge zu entladen. Fässer wurden in ein Netz gepackt und auf die gleiche Weise an Land gebracht. Doch auch dieses Schauspiel wurde nach einer gewissen Zeit langweilig.

Der November war fast vorüber, und noch immer wartete er auf einen Bescheid. Jacobsen hatte ihn gewarnt, dass er viel Geduld brauchen würde, und ihm gleichzeitig versichert, dass er bei ihm wohnen könne, solange er wolle. Jorik hatte daraufhin angeboten, zu arbeiten, doch Jacobsen hatte fast empört abgelehnt. Jorik hatte dankend angenommen und sich gewundert, warum Vater es sich mit so vielen verscherzte. Es war doch viel besser, sich gut zu verstehen, die Interessen auszugleichen. Dann hatten alle etwas davon.

Er musste an Fenna denken. Er hatte es nicht viel besser gemacht, und Fenna auch nicht. Er glaubte sich im Recht, ebenso wie Fenna. Er fühlte sich so verloren, wenn er an sie dachte, erinnerte sich an die wunderbaren Stunden, die sie miteinander verbracht hatten. An die Pläne, die sie geschmiedet hatten. Doch jetzt würde sie sicherlich Hennerk heiraten, oder irgendjemand anderen. Vielleicht war es besser, heimzukehren und den Streit mit Fenna beizulegen, indem er nachgab. Sie hatte ja recht. Ihm war sein Erbe wichtiger gewesen als sie, als das, was für sie von Bedeutung war. Aber jetzt hatte er so lange gewartet, da kam es auf ein paar Wochen nicht an. Fenna würde mit Sicherheit nicht überstürzt heiraten, und wenn er es recht bedachte, würde sie wahrscheinlich gar nicht heiraten. Er hatte es ihr gründlich ausgetrieben, hatte ihr vor Augen geführt, wie schnell die große Liebe zu Ende war. Er schämte sich. Er war ein riesiger Hornochse gewesen, verletzt in seinem Stolz.

Er würde hier ausharren, bis er vorgelassen wurde, dann würde er heimkehren und Fenna freien, ganz offen, egal was sein Vater oder sonst wer davon halten würde, sie überzeugen, dass er gelernt hatte, und dass er sie nie wieder im Stich lassen würde. Und wenn sie ihn dennoch nicht wollte, dann war er selber schuld daran.

Doch mit jedem Tag, den Jorik warten musste, fiel es ihm schwerer, die Zeit totzuschlagen. Am liebsten hätte er in Jacobsens Kontor geholfen, aber das ging ja nicht, wenn er es sich mit ihm nicht auch verscherzen wollte. Mit jedem Tag, der verging, liefen die Geschäfte zu Hause schlechter, und sprangen Kunden erst einmal ab, dann war es schwer, sie wiederzugewinnen. Mit jedem Tag, der verging, fühlte er sich weiter weg von Fenna und ihr doch irgendwie seltsam nah, seit er erkannt hatte, dass er sie nach wie vor liebte. Er verzichtete darauf, ihr einen Brief zu schreiben, er wäre sich vorgekommen wie ein Feigling, der sich nicht traute, ihr von Angesicht zu Angesicht gegenüberzutreten. Auch das war nicht leicht, denn er hatte ihr so viel zu sagen.

Damit er nicht den Verstand verlor, hatte er beschlossen, zu lernen, was er lernen konnte. Jacobsen erzählte ihm freimütig, wie er seine Geschäfte abwickelte, wer in welcher Stadt ein wichtiger Ansprechpartner war und wie die Bestimmungen aussahen, um dort Handel zu treiben. Mit Jacobsen hatte Jorik wirklich Glück gehabt. Abends saßen sie zusammen, er erzählte von Rostock, von seiner Familie, die seit zweihundert Jahren hier lebte, die mit nichts angefangen hatte und jetzt zu einer der reichsten Familien der Stadt gehörte.

Er stellte Jorik seinen Brüdern vor, die ebenso gebildet wie welterfahren waren. Sie erzählten von den fernen Ländern, in die sie gereist waren: von Spanien, das zum Teil noch von Sarazenen beherrscht wurde, mit denen sie gerne Handel trieben, denn sie zahlten gute Preise und galten als harte, aber ehrbare Kaufleute. Vom Fernen Osten, mit Nowgorod, der Stadt, in der die Hanse ein Kontor unterhielt und die unverzichtbar war für den Warenstrom, der aus China nach Westen floss, vor allem Seide. Von Italien und noch weiter südlich, jenseits des Mittelmeeres von den Mamelucken, die über Ägypten herrschten, und von der Stadt Jerusalem, in der Jesus gestorben und wiederauferstanden war, der Heiligen Stadt, die vor hundert Jahren der Christenheit verloren gegangen war.

Wie scin Vater, ging auch Jorik in die Kirche, obgleich er die Christen nicht wirklich verstand. Aber er genoss es, mit Jacobsens Familie die Messe zu besuchen, denn danach wurde gefeiert und erzählt. So wie er es sich von seiner Familie gewünscht hätte. Wie es wohl seinen Schwestern ging? Er dachte oft an sie, aber er hatte begriffen, dass er nicht ihre Geschicke lenken konnte. Er war jetzt so lange fern von zu Hause, sie würden sicherlich auch ohne ihn auskommen, schließlich war ja auch noch Mutter da, die ihren Mann in die Schranken wies.

Heute war sein Gastgeber den ganzen Tag unterwegs, zum Abendmahl aber würde er wieder zu Hause sein. Die Sonne senkte sich bereits hinter den bunten Fassaden der Handelshäuser. Jorik machte sich auf den Weg dorthin.

Er hatte einiges über die Hanse gelernt. Der Städtebund handelte mit der ganzen Welt. Das machten die Rungholter auch, aber die Hanse verfügte über Hunderte Schiffe und Dutzende Städte, die ihr angeschlossen waren. Durch diesen Zusammenschluss war sie so mächtig, dass sie Königen die Stirn bieten konnte, und sie schreckte auch vor Gewalt nicht zurück, um ihre Interessen zu verteidigen.

Insofern war die Idee, der Hanse beizutreten, nicht schlecht. Teil eines so großen Ganzen zu sein, bot große Vorteile. Doch die Nachteile lagen ebenfalls offen zutage: Viele Entscheidungen nahm die Hanse den Städten aus der Hand. Wer nicht bedingungslos folgte, wurde ausgeschlossen. Das ließ sich mit der friesischen Freiheit nicht gut vereinbaren. Letztlich war es müßig, sich darüber Gedanken zu machen. Die Hanse würde Rungholt niemals aufnehmen, dafür hatten sein Vater mit seiner Unhöflichkeit und Fenna mit dem Aussetzen der Salzproduktion gesorgt. Rungholt war nicht mehr besonders begehrenswert für einen Handelsriesen wie die Hanse.

Hoffentlich konnte Jorik wenigstens so viel Salz ergattern, dass seine Familie nicht mittellos wurde.

Auf dem Weg zum Haus von Jacobsen sagte er sich immer wieder, dass er Geduld haben müsse, dass er auf keinen Fall Druck ausüben dürfe. Vielleicht war das Warten nur eine weitere Prüfung.

Weil er spät dran war, wählte er den kürzeren Weg durch einige Gassen am Hafen, die nicht gut beleumundet waren, denn er wollte nicht unpünktlich sein. Hier trieb sich allerlei Gesindel herum, doch er fürchtete sich nicht. Er spürte sein Schwert an der Hüfte, das Schwert der Stadt Rungholt. Mit ihm konnte er es mit üblen Gesellen aufnehmen. Hübschlerinnen sprachen ihn an, doch er lehnte freundlich, aber bestimmt ab.

Als er in die nächste Gasse abbog, stutzte er. Er hörte laute Stimmen, eine davon war ihm bekannt. Es war die von Sönke Jacobsen. Jorik beschleunigte seine Schritte, und schon bald erkannte er, worum es ging. Zwei Räuber bedrohten Jacobsen mit Messern und verlangten seine Geldkatze. Der Kaufherr hielt ebenfalls ein Messer in der Hand und wich zurück. Doch hinter ihm tauchte ein dritter Mann auf. Jorik zog sein Schwert, rannte los und schrie, so laut er konnte: »Jacobsen, hinter Euch!«

Die beiden Räuber drehten sich nach Jorik um, Jacobsen Gott sei Dank nach dem dritten, der ihn von hinten erdolchen wollte. Die Gestalten waren abgemagert, ihre Kleider, die eher Fetzen waren, schlackerten ihnen um den Leib. Sie hatten Hunger, doch das gab ihnen nicht das Recht, einen Menschen auszurauben und vielleicht sogar zu töten.

Jorik stürmte auf die beiden Räuber los, die angesichts des Gegners, der da auf sie zukam, ihre Messer wegwarfen und die Hände hoben. Der dritte machte kehrt und verschwand so schnell, wie er gekommen war. Jorik ging an den beiden Räubern mit erhobenem Schwert vorbei. Sobald sie sahen, dass sie freie Bahn hatten, rannten sie los. Jorik hatte kein Interesse daran, sie den Bütteln auszuliefern, es genügte, dass er sie in die Flucht geschlagen hatte, auch wenn das bedeutete, dass sie vielleicht wieder zuschlagen würden. Die Messer hob er auf, er würde sie unschädlich machen oder in die Warne werfen.

Die Gefahr war vorüber, Jorik schob sein Schwert in die Scheide, blieb aber wachsam. Vielleicht holten die Räuber Verstärkung.

Jacobsen lehnte sich an eine Mauer und schnaufte. »Das war knapp. Jorik Barwegen, Ihr habt mir das Leben gerettet. Ich stehe für immer in Eurer Schuld. Wie kann ich Euch nur danken?«

Jorik kam ein Gedanke, aber vorerst wollte er ihn für sich behalten. Was er hier in Rostock gesehen und gehört hatte, schürte sein Fernweh. Er hätte Jacobsen am liebsten gebeten, ihn mit einem Schiff ins ferne Land der Mamelucken zu schicken, weg von seinem Vater. Doch was war mit seinem Vorsatz, um Fenna zu werben? Was mit seinen Schwestern? Er würde den Kontakt zu Jacobsen halten, und wenn er Rungholt verlassen musste oder wollte, dann erst würde er ihn um eine Passage bitten.

Sie kehrten in Jacobsens Haus zurück, sein Gastgeber wurde nicht müde, ihn zu loben und ihm zu danken.

Frou Jacobsen dankte ihm ebenfalls überschwänglich und versprach ihm, jederzeit und so lange er wolle in ihrem Haus willkommen zu sein. Sie wies sodann ihren Koch an, nur das Beste, das Keller und Küche zu bieten hatten, auf den Tisch zu bringen, als wenn das nicht an jedem Tag so gewesen wäre.

Bevor sie zu essen begannen, sprach Sönke Jacobsen das

Tischgebet. »Herr im Himmel, wir danken Dir für Deine Gnade, für das Gute, das Du uns jeden Tag zuteilwerden lässt. Ehre sei Dir in der Höhe. Amen.«

Jorik fühlte sich wie am Hofe eines Fürsten und gleichzeitig wie zu Hause, obwohl, nein, nicht wie bei ihm zu Hause. Sondern so, wie seine Familie einmal sein sollte. Mit großem Appetit betrachtete er das Festmahl: Fasan gab es und Kaninchen, braune Soße, weißes Brot und knusprige Brathähnchen und einen Wein, wie ihn Jorik selbst hier noch nicht gekostet hatte. Dieser Wein war in der Tat der beste im Keller der Jacobsens.

Frou Jacobsen ließ es sich nicht nehmen, seinen Teller eigenhändig zu füllen, obwohl Diener bereitstanden, um ihm erneut aufzutun, sobald er leer war. Jorik war froh, dass er mit den Portionen, die sie ihm aufhäufte, fertigwurde, er wäre sich sonst undankbar vorgekommen.

Als es an die Süßspeisen ging, betrat ein Diener das Esszimmer und überreichte Sönke Jacobsen einen Brief. Es musste etwas Wichtiges sein, denn sonst durfte niemand das Essen stören.

Sönke Jacobsen legte sein Messer zur Seite, tupfte sich die Lippen ab und öffnete den Brief. Er las und warf Jorik einen Blick zu. »Neuigkeiten aus Eurer Heimatstadt, Meister Barwegen.« Er schwieg und nahm einen Schluck Wein.

Jorik fürchtete schon, dass es etwas Schlimmes war, dass jemandem aus seiner Familie ein Unglück zugestoßen war.

»Euer Vater ist zum Redjeven gewählt worden.«

Jorik hatte gar nicht mehr an die Wahl gedacht, war insgeheim davon ausgegangen, dass Fenna wiedergewählt würde, doch das war nur Wunschdenken gewesen. Dass sein Vater nun Redjeve war, war in der Tat keine gute

Neuigkeit. Jorik hätte sich statt Fenna Hennerks Vater gewünscht, ein bedächtiger Mann, der sich für die Bedürfnisse aller eingesetzt hätte. Dass Fenna nicht mehr Redjeve war, war nicht gut für Rungholt, aber besser für sie. Sie hatte unter dem Amt geächzt, die Last auf ihren Schultern hatte sie niedergedrückt von Anfang an.

Sönke Jacobsen schaute Jorik ernst an. »Ihr könnt stolz sein auf Euren Vater, nicht?«

Jorik wollte schon Ja sagen, aber die Offenheit der Jacobsens mit einer Lüge zu vergelten, das brachte er nicht fertig. Wenn er bedachte, was sein Vater anrichten konnte, machte er sich große Sorgen. Und die konnte er ohne Bedenken mit seinen Gastgebern teilen.

»Auch wenn das undankbar klingen mag. Nein, ich bin nicht stolz auf meinen Vater. Ich glaube nicht, dass er ein guter Redjeve ist. Ich glaube, dass er Rungholt schaden wird. Noch mehr, als es Fenna Jaspers getan hat.«

49

Fenna

Fenna hatte kaum geschlafen. Die zehn Tage waren ihr vorgekommen wie eine Ewigkeit, und weder Beeke noch Hennerk hatten sie aufmuntern können, auch wenn sie ihr hundertmal versichert hatten, dass Fenna nie Not leiden würde, solange sie lebten. Zwar hatte Eyks Gleichnis mit dem Wolf ihr geholfen, ruhiger zu werden und ihre Verzweiflung zu überwinden, aber dennoch graute ihr vor diesem Tag. Sie hatte Eyk mitnehmen wollen, er sollte für sie sprechen, doch er war am Tag nach der Wahl plötzlich verschwunden, ohne ein Wort zu sagen. Also musste sie sich alleine dem Thing, Ove Barwegen und den Ratsleuten stellen, die ihr alles wegnehmen wollten.

Insa kam herein, Fenna quälte sich aus dem Bett.

»Ihr werdet es den Schurken schon zeigen«, sagte die Magd, und Fenna musste lächeln. Insa wusste nicht viel vom Leben, aber sie hatte ein gutes Herz, und das war besser als große Erfahrung und ein kaltes wie das von Ove Barwegen.

Fenna genoss es, gewaschen und angekleidet zu werden. Insa schien heute besonders einfühlsam, aber Fenna war sich nicht sicher, ob es an ihr lag, dass sie ihren Körper an diesem Tag besonders deutlich spürte, oder an Insa, deren Hände wie Federn über ihre Haut glitten. Wahrscheinlich war es beides.

»Leg mir ein schlichtes Gewand an, Insa. Ich werde heute nicht als noble Frau auftreten, sondern so, wie ich bin. Ohne Besitz, ohne Macht, ohne Eltern und meinen Liebsten. Aber gräme dich nicht, Insa, denn ich tue es auch nicht. Ich habe echte Freunde, und das macht mich zur reichen Frau.«

Insa drückte ein paar Tränen weg. »Muss ich dann woanders arbeiten, Frou Jaspers?«

Fenna wandte sich um, nahm Insas Hände. »Ich werde mit Hennerk und Beeke sprechen, dass sie dich anstellen. Dann kannst du weiter bei mir sein.« Inzwischen hatten auch andere Ratsleute und Amtsmeister Fenna eine Bleibe angeboten. Ihr ging es so viel besser als manch anderen, die tatsächlich alles verloren hatten, die kein Dach mehr über dem Kopf hatten und nichts zu essen.

Fenna zog die Kette mit Frigga unter dem Surcot hervor. Heute sollten alle sehen, dass sie ein Kind der alten Götter war. Frauke erwartete sie an der Tür, knickste. »Für mich werdet Ihr immer der beste Redjeve bleiben, den Rungholt jemals hatte, und wenn Ihr mich nicht bezahlen könnt, dann arbeite ich umsonst für Euch.«

Fenna nahm Frauke in die Arme. »Ich danke dir. Du bist wahrhaft eine gute Seele.« Dann machte sie sich los und schritt auf den Marktplatz. Genau dort, wo die Wahl des Redjeven stattgefunden hatte, tagte auch das Thing der Uthlande. Es würde beginnen, wenn die Sonne am höchsten stand.

Vor der Tür wartete Wolfram von Selgrund. Er verbeugte sich und reichte Fenna die Urkunden, die bezeugten, dass das Land, das der Redjeve ihr wegnehmen wollte, seit Generationen der Familie Jaspers gehörte. Doch das würde Barwegen gar nicht in Zweifel ziehen.

Die Sonne schien von einem blauen Himmel, es war ungewöhnlich warm für den November. Früher hätte sie sich über die Wärme gefreut und über die Sonne, die noch so spät im Jahr ihre Haut kitzelte. Wäre doch Jorik an ihrer Seite. In der Gewissheit, dass sie und er für immer zusammengehörten, hätte sie all die Sorgen leicht ertragen können.

Eine leichte Brise aus Nordwest brachte den würzigen Duft der Nordsee mit sich, den Fenna so liebte.

Sie bogen auf den Marktplatz ein, die Menschen bildeten eine Gasse, sonst wäre sie nicht bis zum Podest am Südeingang gelangt. Gemurmel drang an Fennas Ohren, doch sie konnte keine Worte verstehen.

Diesmal war nur ein kleineres, aber höheres Podest aufgebaut für den, der gerade das Wort hatte. Büttel schirmten die Mitglieder des Things und den Redjeven ab, ließen aber Wolfram von Selgrund und Fenna passieren. Ove Barwegen stellte sich vor ihr hin.

»Immerhin habt Ihr den Mut, hier aufzutauchen, obwohl Ihr auf verlorenem Posten steht.«

Fenna verzichtete auf eine Antwort, drückte dem Schreiber die Dokumente in die Hand und wandte sich ab.

»Ihr seid ebenso stur wie Euer Vater«, zischte der Redjeve.

Fenna blieb auch diesmal eine Antwort schuldig. Sie würde sich nicht von Barwegen provozieren lassen. Stattdessen huschten ihre Blicke über die Menschenmenge, die den Marktplatz füllte. Sie entdeckte Beeke und Hennerk, die ihr zuwinkten und eine Hand auf ihr Herz legten. Sie war nicht allein.

»Wie Ihr wollt, Frou Jaspers. Euch ist nicht an Höflichkeit gelegen. Nichts anderes habe ich erwartet. So lasst uns denn beginnen. Ich bin der Redjeve von Rungholt, Richter und Ankläger in einem.«

Eigentlich hätten die Menschen aufschreien, die Räte Widerspruch einlegen müssen, denn der neue Redjeve entrechtete sie mit seiner Eigenmächtigkeit. Eigentlich hätte er das Thing nicht leiten dürfen, doch da niemand protestierte, machte er einfach weiter. Fenna verzichtete darauf, Einspruch zu erheben. Ove Barwegen hätte ihn mit ein paar scharfen Worten beiseitegefegt. Ein Büttel schlug die Trommel, das Gemurmel verstummte, Ove Barwegen schwang sich aufs Rednerpodest.

»Bürger von Rungholt! Hört mich an! Heute verhandeln wir nach altem Recht und Gesetz, was in der Klageschrift niedergelegt ist.« Er entrollte und verlas sie. »Niemand bezweifelt den Besitzanspruch der Jaspers. Ich habe der Klageschrift nichts hinzuzufügen. Möge nun die Angeklagte sprechen.«

Barwegen lächelte siegessicher und machte den Platz frei. Fenna stieg auf das Podest, ließ ihren Blick schweifen. Es war so still, dass man die Möwen hörte, die über dem Heverstrom ihre Kreise zogen und dabei ihr grelles Lachen ausstießen.

»Bürger von Rungholt. Unseren Wohlstand, ja unseren Reichtum verdanken wir dem Salz der See, unserer harten Arbeit und dem weisen Wirken meines Vaters in den vergangenen Jahren. Er hat sich nichts zuschulden kommen lassen. Ich allein habe entschieden, die Salzwiesen nicht länger auszubeuten. Und das aus gutem Grund, wie ihr alle wisst.«

Sie suchte Beekes Blick, die ihr zulächelte. Die meisten

anderen schauten sie ausdruckslos an, sie dachten nur vom Morgen bis zum Abend und nicht darüber hinaus. Was in einem Jahr oder gar zehn Jahren geschehen konnte, das war für sie nicht vorstellbar.

»Seht ihr es denn nicht?«, rief Fenna. »Seid ihr so blind? Was muss geschehen, dass ihr die Gefahr erkennt?«

Unmut wurde laut. »Es reicht«, riefen einige. »Das Thing soll entscheiden, wir haben viel Arbeit, die macht sich nicht von selbst.«

»Genug geplappert«, erscholl es aus den Reihen der Menge.

Sie konnte nicht erkennen, wer gerufen hatte, aber ihr stiegen die Tränen in die Augen. Warum waren die Menschen nur so verbohrt? Sie wollte Gutes bewirken, aber sie wurde beschimpft und ausgelacht. Ihre Kehle schnürte sich zu, sie brachte kein Wort mehr heraus. Mit hängenden Schultern verließ sie das Podest. Jeder Schritt fiel ihr schwer, am liebsten wäre sie nach Hause geflüchtet und hätte sich in den Armen ihres Vaters ausgeweint oder in Joriks. Doch ihr Vater war tot und Jorik liebte sie nicht mehr.

Wolfram von Selgrund warf ihr einen tröstenden Blick zu. »Noch ist nichts entschieden«, flüsterte er.

Doch Fenna wusste es besser. Das Thing würde ihre Familie enteignen, denn Ove Barwegen hatte sie alle mit seinen Lügen auf seine Seite gebracht. Sie konnte ihren Untergang nicht mehr aufhalten.

Ove Barwegen sprang aufs Rednerpodest. »Verehrte Mitglieder des Things der Uthlande. Ihr habt das Für und Wider gehört, die Anklage und die Verteidigung, so wie es das Recht der freien Friesen verlangt. Nun frage ich: Hat noch jemand etwas zu sagen?« Er wartete einen Moment.

»Wenn niemand mehr sprechen will, dann soll nun die Entscheidung fallen.«

»Haltet ein!«

Fennas Herz machte einen Sprung. Eyk! Er drängte sich durch die Leute, schwang seinen Stock und marschierte auf das Podest zu.

»Wir sind noch nicht fertig, Ove Barwegen!« Sein Blick war grimmig, seine Stimme hart und entschlossen. Eyk schickte sich an, auf das Rednerpodest zu steigen, doch der Redjeve wollte nicht weichen.

Eyk funkelte ihn böse an. »Willst du mir das Recht verwehren, auf dem Thing zu sprechen?« Seine Stimme steigerte sich zu einem drohenden Grollen.

Barwegen zögerte noch einen Moment, dann gab er den Weg frei.

Mit einem Satz war Eyk oben. »Ich bin entsetzt!«, rief er. »Wie die Schafe lasst ihr euch hier zusammentreiben, lasst euch einschüchtern und schenkt dem Falschen Glauben. Nun gut, jeder soll glauben, was er will. Aber das Recht darf nicht gebeugt werden.« Er zog einen Folianten hervor. »Ich habe es gesucht, ich habe es gefunden. Das alte friesische Recht. Das Asega-Buch. Es galt als verschollen, doch nun liegt es vor Euch. Die Mitglieder des Things mögen es prüfen, und sie werden feststellen, dass es echt ist.«

Eyk reichte den Folianten einem Büttel, der es dem ersten Ratsmann aushändigte. Der blätterte darin, nickte heftig und gab es weiter. So wanderte es durch die Reihen der Räte und Mitglieder des Things, bis der Büttel es voller Ehrfurcht mit einer Verneigung an Eyk zurückgab.

»Grundsätzlich ist die Klage des Redjeven durchaus zulässig«, erläuterte Eyk. »Jegliches Hab und Gut kann der Allgemeinheit zufallen.« Er machte eine kurze Pause. »Wenn die Voraussetzungen dafür gegeben sind.«

Fenna sah den hasserfüllten Blick, den der Redjeve Eyk zuwarf.

Der schlug den Folianten auf, blätterte. »Hier steht geschrieben: ›Haus und Grund sind, wenn einmal verbrieft, Besitz und Eigentum für immer, und es gibt nichts, was diesen Umstand ändern kann.‹«

Ein Raunen ging durch die Menge.

»›Es sei denn …‹« Eyk legte eine Pause ein, wartete, bis auch der Letzte keinen Laut mehr von sich gab. »›… es gilt Schulden zu tilgen. Oder der Beklagte hat sich eines schweren Verbrechens, das eine Verbannung oder den Tod nach sich zieht, schuldig gemacht.‹«

Fenna hätte jubeln können, doch sie beherrschte sich. Noch hatte das Thing nicht abgestimmt. Vielleicht hatte Barwegen, so wie bei der Wahl zum Redjeven, die Leute bestochen, und die würden trotz ihrer jetzt erwiesenen Unschuld gegen sie stimmen.

Eyk schwang seinen Stock in Richtung des Redjeven. »Jetzt könnt Ihr zur Abstimmung schreiten. Denn jetzt weiß jeder, was Recht und Gesetz ist.« Er stieß das Ende des Stocks auf den Boden des Podests, dass es nur so krachte. »Und jeder muss sich für sein Urteil vor dem All-Thing der Friesen verantworten, das ich einberufen werde, sollte der Spruch dieses Things gegen die Gesetze des Asega-Buches verstoßen.«

Jeder wusste, was das bedeutete. Das All-Thing stand über dem Thing der Harden und der Uthlande. Wer dieses Gesetz brach, dem erging es schlecht. Eyk ließ sich Zeit, das Podest zu verlassen, gemächlich legte er die wenigen Schritte bis zu Fenna zurück.

»Verzeih mir, mein Kind, dass ich so spät kam und dich nicht mehr einweihen konnte. Ich war nicht sicher, ob ich das Buch finden würde, und wollte keine falschen Hoffnungen schüren.«

Fenna hätte ihn am liebsten umarmt, aber das ziemte sich nicht.

»Du bist zur rechten Zeit gekommen. Ich danke dir.«

Der Redjeve erklomm das Podest, es schien, als sei er um zwanzig Jahre gealtert. Fenna gönnte ihm, dass er jetzt, da er die Leitung an sich gerissen hatte, auch die Abstimmung abhalten musste.

Er hielt sich nicht mit einer Vorrede auf. »Wer stimmt für die Klage?«

Niemand hob die Hand.

50

Jorik

Drei Wochen, nachdem er seinem Gastgeber das Leben gerettet hatte, wartete Jorik noch immer. Inzwischen hatte sich ein Tagesablauf eingespielt. Jorik stand mit der Dämmerung auf, frühstückte mit den Jacobsens, ging zum Rathaus, nur um zu erfahren, dass er noch nicht vorgelassen wurde. Er war seit Monaten in Rostock und hatte nichts erreicht. Langsam befürchtete er, dass sein Unterfangen zum Scheitern verurteilt war. Auch Sönke Jacobsen konnte sich nicht erklären, warum der Rat Jorik so lange warten ließ. Ein paar Tage oder eine Woche, ja sogar ein Monat oder auch zwei waren üblich, nicht jedoch so viele Monate. Schließlich kam Jorik ja nicht aus irgendeinem Bauerndorf, sondern er war der Sohn des Redjeven von Rungholt.

Jorik ging zum Hafen, spazierte an den Schiffen vorbei, begutachtete Waren und kam mit Händlern und Seeleuten ins Gespräch. Mit dem einen oder anderen hatte er sich schon angefreundet. So auch mit dem Hafenmeister, der alles wissen wollte über Rungholt, seinen Hafen und die Friesen. Jorik blieb bis zum Nachmittag, besuchte dann das Kloster zum Heiligen Kreuz beim Kröpeliner Tor, wo er seltene Schriften einsehen durfte.

Darunter waren nicht nur Bücher über christliche Heilige, sondern auch Werke über die Sterne, das Wetter und den menschlichen Körper. Vor allem die Schriften über die Wirkung der Sterne je nach ihrer Position am Firmament auf die Welt machten Jorik neugierig. Er hatte schon davon gehört, aber sein Vater tat diese Lehre, die auch Astrologie genannt wurde, als Scharlatanerie ab. Für ihn war Gott der Lenker, dem auch die Sterne gehorchten. Doch die Schriften legten so klar dar, dass sie einen großen Einfluss auf alles hatten, dass Jorik beschloss, einen Astrologen aufzusuchen und ihn zu seiner Zukunft zu befragen.

Die Abende verbrachte er mit den Jacobsens am Kamin. Jorik genoss das ruhige Leben ohne ständigen Streit. Er genoss es, dass Sönke Jacobsen ihn ernst nahm und nicht ständig an ihm herumkrittelte.

Heute änderte er jedoch seinen Tagesablauf. Er suchte einen Astrologen auf, von denen es in Rostock mehrere gab. Am Marktplatz hatten sie ihre Stände und warben mit guten Preisen und genauesten Vorhersagen. Jorik entschied sich für einen älteren Mann mit einem dunkelblauen Gewand und einem spitzen Hut auf dem Kopf, der sich »Homo Veritatis« nannte, was so viel hieß wie »Der Mann der Wahrheit«. Genau die wollte Jorik erfahren.

Er trat an den Stand heran, der in einem runden Zelt aus bunten Bahnen bestand und eine Spitze aus gold schimmernder Bronze trug. Davor war ein Regal aufgestellt, auf dem Fläschchen mit Tinkturen standen, darunter auch Teriak, das Wundermittel gegen jedwede Krankheit.

»Ich grüße Euch, Meister der Sterne. Mein Name ist Jorik Barwegen, ich komme aus Rungholt und möchte meine Zukunft erfahren.«

»Nun, junger Mann, da seid Ihr bei mir genau richtig.

Doch eines muss ich wissen: Wie umfangreich soll ich Euer Horoskop erstellen? Ich frage wegen der Kosten.«

»So umfangreich, wie es eben notwendig ist.«

»Dann empfehle ich Euch das große Horoskop, es kostet bei mir nur acht Schillinge Lübisch.«

Das war eine ganze Menge Geld, denn dafür konnte man sich auch ein Paar Schuhe kaufen. Aber Jorik wollte nicht geizig sein, wenn es um seine Zukunft ging. Also stimmte er zu und reichte Homo Veritatis das Geld.

»Eine gute Entscheidung, Jorik Barwegen aus Rungholt. Kommt herein.«

Jorik betrat das Zelt, Homo Veritatis schloss die Plane, um das Tageslicht auszusperren. Überall hingen bunte Tücher, die mit seltsamen Zeichen bemalt waren, in der Mitte stand ein niedriger Tisch ohne Stühle, es roch nach Weihrauch.

»Bitte, setzt Euch, Meister Barwegen.«

Jorik ließ sich im Schneidersitz nieder, der Astrologe ihm gegenüber.

»Lasst mich noch eines klarstellen. Nicht immer sagen die Sterne, was meinen Kunden gefällt. Ich warne Euch also: Die Sterne lügen nicht, wappnet Euch auch gegen schlechte Nachrichten. Und macht nicht mich dafür verantwortlich. Ich bin nur der Bote.«

Jorik wollte seine Zukunft wissen, gleich wie sie aussah. »Ich werde Euch nichts vorwerfen, verlasst Euch drauf.«

»Gut. Bevor ich Euch das Horoskop stellen kann, brauche ich einige Angaben von Euch. Wisst Ihr, wann Ihr geboren wurdet?«

Glücklicherweise war es in der Familie Barwegen üblich, den Geburtstag zu feiern, was längst nicht alle machten. Die meisten Bauern kannten ihren Geburtstag nicht einmal, und selbst bei den noblen Familien wussten viele nur das Jahr, in dem sie auf die Welt gekommen waren. Der Adel jedoch verzeichnete Geburtstag, Jahr und Stunde sehr genau, denn es ging um die Erbfolge und damit um Macht und Geld.

»Drei Tage vor Johanni, in der Morgendämmerung.«

»Sehr gut. Zur Zeit der Sommersonnenwende. Das lässt auf einen Lebenslauf schließen, der von Höhen und Tiefen geprägt ist.«

Das traf wahrscheinlich für alle Menschen zu, aber wie stark die Höhen und Tiefen voneinander abwichen, das war sicherlich unterschiedlich. Es war etwas anderes, seine Mutter in frühen Jahren zu verlieren, so wie Fenna, und dann auch noch den Vater zur Unzeit, als mit einem Vater wie dem seinen gestraft zu sein. Jorik wusste manchmal nicht, was ihm lieber gewesen wäre. Allerdings wünschte er seinem Vater nicht den Tod, niemals. Er wünschte ihm vielmehr Erkenntnis, auf dass er sein Wesen zum Besseren ändern konnte.

Homo Veritatis machte sich Notizen. »Ihr seid in Rungholt geboren?«

»Ja, so ist es. In meinem Elternhaus am Markt.«

Der Astrologe nahm einen dicken Folianten, der neben ihm gelegen hatte, blätterte darin, machte sich wieder Notizen.«

»Habt Ihr Geschwister?«

»Drei Schwestern.« Jorik musste wieder an sie denken, und daran, dass er schon so lange fort war von zu Hause. Sein schlechtes Gewissen regte sich. Wie es ihnen wohl erging? Er hoffte, dass sie seinen Rat befolgt und Vaters Zorn nicht unnötig erregt hatten.

»Kennt Ihr die Geburtstage Eurer Eltern?«

»Mein Vater ist an Mariä Lichtmess geboren, meine Mutter an Calixtus.«

»Februar und Oktober«, murmelte der Astrologe. »Juni. Sehr reizvoll.«

Dann verfiel er in Schweigen. Jorik störte ihn nicht, sondern beobachtete sein Tun. Mit einer Feder zog Homo Veritatis eine Linie über ein Pergament, auf dem schon mehrere Rechtecke vorgezeichnet waren. In die Rechtecke trug er dieselben Zeichen ein, die Jorik auch auf den Tüchern sah. In den Büchern im Kloster hatte er ähnliche Symbole gesehen, und jetzt erinnerte er sich, dass einige davon für die Planeten standen, andere für die Sternzeichen. Doch wie alles zusammenhing, das hatte Jorik nicht ganz begriffen. Er wusste nur, dass die Stellung der Planeten zum Zeitpunkt seiner Geburt ausschlaggebend war für sein Horoskop.

Der Astrologe zeichnete weitere Linien, schrieb etwas an das untere Ende des Pergaments, kniff die Augenbrauen zusammen, zog hektisch noch drei Linien, stieß einen leisen Fluch aus, blickte Jorik mit schräg geneigtem Kopf an, dann legte er die Feder behutsam zur Seite.

Jorik wurde mulmig. Was hatte der Mann in den Sternen entdeckt? Es musste etwas Furchtbares sein.

»Ihr erinnert Euch daran, dass Ihr mir versprochen habt, nicht mich für Euer Schicksal verantwortlich zu machen?«

Jorik umklammerte mit beiden Händen die Tischkante. »Ja, aber ich habe Euch nicht versprochen zu ertragen, dass Ihr mich auf die Folter spannt.«

»Nun gut. So höret.«

Der Astrologe warf einen Blick auf die Linien und Zeichen, dann lehnte er sich zurück und kreuzte die Arme über dem Bauch.

»Die Sterne stehen für Euch ungünstig und günstig zugleich. Das hat sich schon dadurch angedeutet, dass Ihr zur Sommersonnenwende geboren seid. Über Rungholt ballen sich dunkle Wolken. Euch droht große Gefahr. Krieg und Vernichtung wird Euch erreichen, und Menschen, die Euch sehr nahestehen, werden sterben. Ihr werdet durch die Hölle gehen, doch am Ende wartet ein neues Leben auf Euch, das Ihr auf den Trümmern Eures alten aufbauen werdet. Vorausgesetzt …«

Jorik erschrak zu Tode. Sein Vater war zum Redjeven gewählt worden. Hatte er wahr gemacht, was er versprochen hatte? Hatte er die Grafen verprellt, den Treueschwur gebrochen? Was war mit Fenna? Mit seinen Schwestern, seiner Mutter und Hennerk? Er sprang auf, der Astrologe schaute ihn unsicher an. Doch Jorik wollte dem Mann nichts tun. Er setzte sich wieder.

»Vorausgesetzt, was?«

Der Astrologe entspannte sich und seufzte. »Vorausgesetzt, die Götter eilen Euch zu Hilfe. Sonst werdet Ihr lebend in einem dunklen Grab enden. Schon bald.«

51

Fenna

Fenna hatte alle ihre Freunde zum Feiern eingeladen. Denn der Sieg über Ove Barwegen war allemal ein Grund zur Freude. Sie war zwar kein Redjeve mehr, aber die Salzwiesen würde ihr nun niemand wegnehmen können. Sie hatte den Saal herrichten lassen, Frauke war begeistert gewesen, dass endlich wieder ein großes Fest gefeiert wurde. Frauke scheuchte die Knechte und Mägde herum, bot alles auf, was Küche und Keller zu bieten hatten. Beeke, Hennerk und Eyk saßen mit Fenna in der Mitte der Tafel und strahlten um die Wette.

Fenna freute sich auch, dass Luca di Amalfio gekommen war. Er hatte ihr gratuliert, allerdings hatte sie das Gefühl gehabt, dass ihn etwas bedrückte, denn üblicherweise trug er immer ein warmes Lächeln im Gesicht, doch heute blickte er ernst drein. Sie machte sich weiter keine Gedanken, es gab so viele Gründe, warum das Gemüt getrübt sein konnte, es musste noch nicht einmal etwas Ernstes sein. Manchmal reichte es schon, dass man schlecht geschlafen hatte oder die Milch sauer geworden war, die man zum Frühstück hatte trinken wollen. Vielleicht hatte er ein Geschäft nicht so gut abschließen können wie erwartet.

Das Fest dauerte bis in die frühen Morgenstunden.

Fenna fühlte sich so leicht wie lange nicht, doch auf ihrem Gemüt lag der Schatten von Joriks Abwesenheit. Vater fehlte ihr ebenfalls, jedoch war die Trauer nicht mehr so scharf und unerbittlich wie noch vor wenigen Monaten. Sie dachte oft an ihn, aber ihre Gefühle überwältigten und behinderten sie nicht mehr.

Als der letzte Gast gegangen war, legte sie sich zufrieden schlafen.

Am nächsten Morgen begutachtete sie, wie jeden Tag, die Arbeiten am Süderdeich. Sie gingen schleppend voran. Nach wie vor beteiligten sich nur wenige Noble und Wohlhabende von Rungholt an den Kosten. Damit die Arbeiten dennoch nicht allzu langsam fortschritten, spornte sie die Arbeiter mit Zusatzportionen Essen und reichlich Lob an und prüfte gleichzeitig, ob die Kleierde hoch genug und im passenden Winkel aufgeschüttet und gestampft wurde, ob das Reisig an den richtigen Stellen und in ausreichender Menge in den Deich eingebracht und die Krone mit Pfosten, die tief in den Boden getrieben werden mussten, verfestigt war, sodass sie den Deich unter ihr schützte.

Da der Rat nichts weiter hatte unternehmen wollen, weil Ove Barwegen sich dagegen ausgesprochen hatte, bezahlte sie einen Deichbauer aus den Niederlanden, der die Hände über dem Kopf zusammengeschlagen hatte, als er den Zustand des Süderdeiches gesehen hatte.

»Das ist ja nicht viel mehr als ein Sommerdeich, der in der warmen Jahreszeit überflutet werden darf«, hatte er kopfschüttelnd gesagt. »Ein Wunder, dass er überhaupt einem Wintersturm getrotzt hat.«

Fenna hatte ihm erzählt, dass sie den Deich mit Fässern hatten so weit befestigen können, dass er gehalten hatte.

Der Mann war beeindruckt gewesen, hatte aber zu Recht angemerkt, dass ein Deich aus Eichenfässern zehnmal mehr kostete als einer aus Kleierde, Reisig und Balken.

Er hatte Fenna aufgezeichnet, wie der Deich verändert werden musste, damit er auch schweren Stürmen standhielt, und ausgerechnet, welche Summe er dafür benötigte. Ihre eigenen Berechnungen kamen denen des Deichbauers recht nahe, leider. Es war ein Betrag, den sie nicht aufbringen konnte.

Sie hatte alles versucht, hatte die Voranschläge und Pläne und auch die Bedenken des Deichbauers dem Rat vorgelegt, aber die Amtsmeister waren nicht gewillt, ihre Anstrengungen über das Mindestmaß hinaus zu vergrößern, das im Deichrecht der Friesen verankert war. Das Spatenrecht legte fest, dass jeder Friese, der am Meer lebte, sich und sein Land gegen die See schützen musste. Tat er das nicht, verlor er sein Land. Doch was genau zu tun war, das war nicht niedergeschrieben. Einige ließen einmal in der Woche ein paar Schubkarren Kleierde auf den Deich bringen und stampfen, andere legten hier und da Reisigbündel aus und feierten dies, als hätten sie alleine den gesamten Deich um vier Fuß erhöht.

Fenna war enttäuscht, dass so wenige halfen. Aber sie hätte es sich ja denken können. Seit sie kein Salz mehr lieferte, war sie für die meisten in Rungholt eine Verräterin. Doch Eyks Messungen zeigten, dass sich das Land nun kaum noch senkte. Es war also richtig, dass sie die Wiesen ruhen ließ.

Nur Hennerks Vater und die Amtsmeister der Maurer, Sattler und Schneider gaben, was sie konnten. Ohne sie hätte Fenna überhaupt nicht anfangen können, denn Kleierde, Balken und Reisig mussten vom Festland herangeschafft werden, Hunderte Fuhren an Erde waren nötig, um den Deich auch nur zwei Fuß höher zu machen. Ebenso wie der Deichbauer lehnte sie es ab, vor dem Damm den Boden abzugraben, denn dadurch wurde der Deich geschwächt, bevor er überhaupt verstärkt war.

Desto höher der Deich wurde, desto länger wurde der Deichfall, also der Teil, der sanft zum offenen Meer hin abfiel. War der Damm vier Fuß hoch, so betrug die Länge des Deichfalls zwölf Fuß, maß seine Höhe aber sieben Fuß, so wie es sein musste, dann verlängerte sich der Deichfall um zwanzig Fuß. Das Volumen verdreifachte sich. Fenna betete jeden Tag zu allen Göttern, sie vor einem schweren Sturm zu bewahren, und bisher hatten ihre Bitten Erfolg gehabt. Die Herbststürme waren deutlich schwächer ausgefallen als in den letzten Jahren. Sie hatten nur wenig Schaden angerichtet, und zu keinem Zeitpunkt waren die Deiche ernsthaft gefährdet gewesen.

Der Tag verflog, die Arbeiter gingen nach Hause, das Licht schwand. Alle hatten zu Fennas Zufriedenheit gearbeitet. Sie kehrte in die Stadt zurück, und gerade als sie mit Einbruch der Nacht und dem Mondaufgang den Marktplatz betrat, begannen die Glocken von Sankt Bonifatius zu läuten. Die Menschen, die gerade noch vorbeigeschlendert waren, kamen nun an ihr vorbeigerannt.

»Feuer«, riefen sie. »An die Eimer, schnell!«

Fenna hielt den Erstbesten an. »Wo brennt es?«

»Eure alte Scheune am Hafen, Frou Jaspers. Sie steht lichterloh in Flammen.«

Er riss sich los, rannte weiter, Fenna hinterher. Wie konnte das passieren? Dort lagerte nichts Brennbares, kein Leinen, kein Stroh, kein Heu, kein getrockneter Torf und keine Holzspäne. Die Scheune stand leer, vor wenigen Tagen hatte Fenna die letzten Fässer mit Salz an einen anderen Ort bringen lassen, etwas weiter weg vom Wasser, auf eine sichere Warft.

Außer Atem kam sie am Hafen an. Flammen schlugen aus dem Dach der Scheune. Sie war nicht mehr zu retten. Aber sie mussten verhindern, dass das Feuer auf andere Gebäude übergriff. Sonst konnte ganz Rungholt abbrennen. Noch stiegen die Funken senkrecht in den Himmel, denn es war windstill. Kam eine Brise auf, würden sie umherwirbeln und andere Dächer erreichen. An die hundert Menschen bildeten eine Dreifachkette, die Eimer flogen von Hand zu Hand, das Wasser zischte, wenn es in den Flammen verdampfte. Fenna reihte sich ein. Immer mehr Menschen kamen, die Venezianer waren darunter, die Niederländer, alle Leute aus den Niederlassungen packten mit an, auch Gäste. Niemand fragte, wem die Scheune gehörte oder wie der Brand wohl entstanden sein mochte. Das Feuer musste gelöscht werden, nichts sonst war wichtig.

Eimer um Eimer glitt durch Fennas Hand. Inzwischen war die Menschenmenge auf einige Hundert angewachsen. Die angrenzenden Dächer, die mit Stroh und Schindeln gedeckt waren, wurden mit Wasser begossen, damit das Feuer es schwerer hatte, sie zu entzünden. Plötzlich brach der Dachstuhl der Scheune in sich zusammen, Funken stoben in die Nacht, so hoch, wie Fenna es noch nie erlebt hatte. Die Leute stöhnten im Chor auf und verstärkten ihre Anstrengungen. Funken prasselten auf die Dächer und verloschen zischend, kein anderes Gebäude fing Feuer. Der Brand hatte an Kraft verloren, aber die Gefahr war noch lange nicht gebannt. Der Kampf ging weiter, und erst als der Mond fast hinter dem Horizont verschwunden war und sich der erste Silberstreif zeigte, war das Feuer besiegt. Hier und da qualmte es noch, und sicherlich gab es Glutnester, aber um die würde sich die Brandwache kümmern, sie aufspüren und löschen.

Fenna konnte kaum noch stehen, ihre Arme brannten, sie hatte das Gefühl, nicht einen einzigen Eimer mehr anheben zu können. Um sie herum stöhnten und ächzten die Menschen, die Gesichter schwarz glänzend von Ruß und Schweiß. Alle hatten ihr Letztes gegeben, waren vollkommen erschöpft, so sehr, dass sie nicht einmal jubeln konnten über die gewonnene Schlacht.

Fenna ließ ihren Eimer fallen, ging mit letzter Kraft zu den Überresten der Scheune. Der scharfe Geruch von verbranntem Harz stach ihr in die Nase.

Ein Fischer mit rußgeschwärztem Gesicht trat zu ihr. »Das war Brandstiftung, Frou Jaspers. Ich habe hier mit ein paar anderen Netze geflickt, als es losging. Wir haben gesehen, wie die Scheune an drei Stellen gleichzeitig angefangen hat zu brennen.«

Fenna erschrak zu Tode. Brandstiftung? Das konnte nur Ove Barwegen gewesen sein. Aber sie konnte nichts beweisen, denn die Fischer hatten niemanden gesehen. Es war also müßig, vom Rat eine Untersuchung zu fordern. Wenn sie genau nachdachte, musste sie sich eingestehen, dass Ove Barwegen zwar ein hinterhältiger Schuft war, aber er war nicht dumm. Er würde niemals riskieren, dass die ganze Stadt abbrannte, denn er wollte nicht der Redjeve von verkohlten Balken sein. Nein, da musste jemand anderes dahinterstecken, jemand, der den Untergang der Stadt herbeiführen wollte. Aber warum dann eine leere Scheune anzünden, sodass es noch möglich gewesen war, den Brand zu löschen?

Fenna kam zu keinem Ergebnis. Nur eines war klar: Sie musste vorsichtig sein. Sie würde Wachen aufstellen, und sie hoffte, dass der Rat ebenso handelte. Wer auch immer das Feuer gelegt hatte, eins stand für Fenna fest:

Dieser Brand war nicht das letzte Unglück, das Rungholt heimsuchen würde.

52

Fenna

Fenna saß eine Woche nach dem Brand in der Schreibstube und starrte auf die Listen der Löhne und die Rechnungen für Kleierde, Balken, Werkzeuge, Fuhrleute und die Wachmänner, die sie neu eingestellt hatte. Sie bewachten alle jaspersschen Scheunen und Lagerhäuser und unterstützten den Nachtwächter bei seiner Aufgabe, achtzugeben, dass niemand Feuer legte. Es waren vierhundertachtzig Mark Lübisch. Fenna zeichnete alle Rechnungen ab, damit Wolfram von Selgrund das Geld auszahlen konnte. Sie konnte sich kaum konzentrieren, immer wieder sah sie die Scheune in einem Funkenregen einstürzen, ihre Arme schmerzten noch immer vom Eimerschleppen.

Die Leute gaben ihr die Schuld, dass Rungholt fast abgebrannt wäre. Zwar hatte niemand diese Anschuldigung laut geäußert, aber sie hatte die Blicke in ihrem Rücken gespürt wie Nadeln, die ihr ins Fleisch stachen. War sie wirklich verantwortlich? Hatte sie mit ihrer sturen Haltung das Unglück heraufbeschworen? Als sie sich erhob, stieß sie mit dem Knie an den Tisch. Fast wäre das Tintenfass umgefallen und hätte die Listen unbrauchbar gemacht. Mit einem schnellen Griff packte sie es und stellte es zur Seite.

Im Kopf überschlug sie, wie lange sie bei diesen Ausgaben durchhalten konnte. Sie kam auf sechs Monate. Wenn sie all ihre Vorräte an Salz verkaufte, waren es drei Monate mehr. Sie hatte sich verrechnet, hatte sich selbst in eine Lage manövriert, aus der es kein Entkommen gab. Entweder siedete sie wieder in großen Mengen Salz, um den Deichbau bezahlen zu können. Aber dann sank das Land weiter ab, und sie musste die Deiche noch höher bauen, doch dem waren Grenzen gesetzt. Höher als sechs oder sieben Fuß waren nicht möglich. Oder sie ließ es bleiben und war in einem Dreivierteljahr zahlungsunfähig. Was immer sie tat, es war das Falsche.

Ihr Verstand konnte ihr nicht mehr helfen. Sie brauchte Rat, einen ganz bestimmten Rat, den sie nur bei einem Menschen erhalten konnte. Bei Eyk. Und nur bei einer ganz speziellen Zeremonie, die sie bis heute nicht in Anspruch genommen hatte, weil sie gefährlich war.

Sie verließ das Haus, lenkte ihre Schritte zu Eyks Warft. Kräuterduft wehte ihr entgegen, er war also zu Hause. Sie kletterte die Leiter hoch und trat ein. Eyk saß mit übereinandergeschlagenen Beinen vor einer Räucherschale, seine Augen waren geschlossen.

»Nimm Platz, mein Kind«, sagte er mit kaum hörbarer Stimme.

Fenna ließ sich nieder, betrachtete den Schamanen, der in den letzten Monaten um Jahre gealtert zu sein schien. Tiefe Falten hatten sich in sein Gesicht gegraben, unter den Augen lagen schwarze Schatten, seine Mundwinkel hatten sich nach unten gesenkt.

Eyk öffnete die Augen, stöhnte, sackte in sich zusammen und richtete sich dann auf. »Die Geister sprechen nicht zu mir. Seit langer Zeit.« Er schaute Fenna an. »Du fragst dich, ob du schuld bist am Feuer.«

Fenna nickte. Eyk kannte sie wahrhaftig gut.

»Und jetzt soll ich dir sagen, was du tun sollst.«

Wieder nickte Fenna.

»Aber du weißt, dass ich das nicht kann. Ich kann nur versuchen, deine Geister zu rufen, auf dass sie zu dir sprechen. Willst du das?«

Fenna schloss die Augen. Die Geist-Zeremonie war keine Kleinigkeit. Eyk würde ihr Substanzen geben, die sie mit der Geisterwelt verbinden sollten. Doch wenn die Verbindung misslang, konnte es sein, dass sie in die Welt der Geister gezogen wurde und sie nie wieder verlassen konnte. Deshalb wandte Eyk diese Zeremonie nur in ganz besonderen Fällen an. Bisher hatte er noch niemanden an die Geisterwelt verloren, andere Schamanen schon.

»Lass die Götter entscheiden, ob ich es wagen soll.«

Sie schlug die Augen auf. Eyk nickte, nahm aus einem Lederbeutel die Runensteine und warf sie auf den Boden vor sich. Dann atmete er scharf ein.

»Nur ein Stein zeigt seine Botschaft. Ich habe noch nie gesehen, dass alle anderen den Rücken zeigen.« Er schob die verdeckten Runen beiseite. »Das große Kreuz. Die Gabe. Aber welche?« Eyk warf die Steine noch einmal. Er deutete auf den einen, der auf die Oberseite gefallen war. »Unfassbar. Schon wieder. Nur ein Stein zeigt sein Zeichen.« Sein Blick glitt unruhig durch die Kate. »Die Geister sind hier. Sie sprechen. Sieh: das ›R‹. Du sollst die Reise antreten.«

Schweißperlen traten Eyk auf die Stirn. So hatte Fenna ihn noch nicht erlebt.

»Ich muss noch einmal werfen.«

Die Steine kullerten über den Boden, und wieder zeigte nur einer das Zeichen, das er trug, die Rune, die in ihn eingeritzt war.

Eyk zuckte zurück. »Eiwahz! Das Leben, der Tod, die Erleuchtung, der Übergang, die Erneuerung. Mond und Sonne.«

Fenna fühlte Angst in sich aufsteigen. Was bedeutete das? Warum war Eyk so außer sich?

»Die Geister überlassen dir die Wahl«, hauchte er. »Aber sie sagen nicht, wie die Zeremonie dich verändern wird. Du könntest sterben, könntest in die Geisterwelt wechseln, du könntest Erleuchtung erfahren und dadurch die Antwort auf deine Fragen finden.« Er schüttelte den Kopf. »Es ist zu gefährlich. Die Geister sind selten so unklar, ich fürchte, sie sehen Unheil kommen. Ich kann dich nicht gehen lassen.«

Was sollte sie machen? Fenna konnte sich nicht entscheiden. Sie brauchte Hilfe. Ob sie an der sichtbaren Welt zerbrach oder an der Welt der Geister, was spielte das noch für eine Rolle?

»Ich werde die Zeremonie durchführen. Du kannst es mir nicht verweigern, denn die Geister haben es dir nicht untersagt.«

»Bitte nicht, Fenna«, sagte Eyk flehentlich. »Ich könnte es nicht ertragen, wenn dir etwas zustößt.«

»Und ich kann es nicht ertragen, im Ungewissen zu sein. Verstehst du das nicht? Ich werde alles verlieren, und was ich auch tue, es führt in den Untergang. Du musst mich gehen lassen.« Fenna stand auf. »Gib mir den Trunk, und wache über mich, so gut es geht.« Ihre Stimme war fest und ihr Entschluss ebenso, auch wenn Eyks gequältes Gesicht ihr ins Herz schnitt und ihre Angst fast so groß war wie ihr Mut. Noch größer jedoch war ihre Verzweiflung. »Ich verlange viel von dir, ich weiß, aber ich darf nicht zurückweichen vor meiner Verantwortung.

Es geht um Rungholt. Es geht um die Menschen. Es geht um alles.«

Eyk senkte den Kopf, erhob sich, wandte sich um, griff in einen Korb und reichte Fenna eine Phiole. »Dies ist der Saft der Pflanzenseelen. Wenn du ihn trinkst, wirst du an die Pforten der Geisterwelt klopfen. Mögen sie dich einlassen und dir gewogen sein.« Er zeigte auf eine bunte Decke. »Leg dich hin, und trink alles auf einmal. Ich bin hier und beschütze dich, wenn die Geister es zulassen.«

Fenna gehorchte, nahm den Stöpsel von der Phiole und setzte an. Bevor sie jedoch trank, sagte sie: »Eyk, mein Freund, ich danke dir von Herzen für alles, was du für mich getan hast und was du gerade für mich tust. Die Geister werden dies anerkennen.«

Mit einem Zug leerte Fenna die Phiole, der Saft schmeckte bitter und süß zugleich, wie Feuer lief er durch ihren Brustkorb hindurch in den Magen. Gerade als sie sich fragte, wie es sein würde, mit den Geistern in Kontakt zu treten, explodierte die Sonne vor ihren Augen. Sie konnte nichts mehr sehen und nichts mehr hören, spürte ihre Gliedmaßen nicht mehr und auch nichts sonst von ihrem Körper. Sie wartete auf den Schmerz, doch der kam nicht, stattdessen wurde sie leicht, und plötzlich schwebte sie über ihrem Körper, sah sich auf der bunten Decke liegen, daneben Eyk knien, der ihre Hand hielt und mit dem Kopf vor und zurück wippte. Sie sah seine Lippen sich bewegen, doch sie konnte kein Wort hören. Dafür vernahm sie ein anderes Geräusch. Das Schlagen von mächtigen Schwingen. Sie drehte den Kopf, war verwundert, dass diese Bewegung überhaupt möglich war, und erblickte zwei Raben. Nicht irgendwelche. Es waren Munin und Kunin, Odins Augen und Ohren. Sie nahmen sie in die Mitte, und wie von selbst flog sie mit ihnen durch die Lüfte. Aber da war keine Luft, denn obwohl sie schnell waren wie ein Pfeil, spürte sie keinen Hauch. Der Flug dauerte nur wenige Momente. Dann flogen Munin und Kunin davon. Fenna erblickte eine Stadt. Zweifellos war es Rungholt, aber so klein wie Spielzeug. Plötzlich versank die Stadt, Sand breitete sich über ihr aus. Fenna wollte weinen, doch sie hatte keine Tränen. So schnell wie Rungholt verschwunden war, tauchte die Stadt wieder auf, Haus für Haus, der Sand wich zurück, doch diesmal zogen Eisriesen übers Land und vernichteten jegliches Leben. Auch das ging vorüber, Rungholt erschien wieder, als wäre nichts gewesen, dann verblasste der Anblick und löste sich auf wie Nebel.

Danach geschah nichts mehr. Fenna wusste nicht, wie viel Zeit verstrich, es gab keine Sonne, die übers Firmament wanderte, es gab keine Gezeiten, die den Tag teilten, es gab nur unfassbar viele glitzernde Punkte, wie die Sterne in einer klaren Nacht. War sie im Himmel? Oder wartete sie auf Einlass nach Walhall? War sie tot oder lebendig? Wohin würde ihre Reise gehen?

Ein Punkt wurde größer und größer. Zuerst war er weiß, dann färbte er sich rot. Er kam näher. Fenna spürte die Hitze, die von ihm ausging. Je größer er wurde, desto heißer wurde es. Sie versuchte zu fliehen, doch sie konnte sich nicht bewegen. Der Punkt wurde zu einer Kugel und dann zu einem Gesicht, doch sie erkannte die Züge nicht. Der Mund öffnete sich, die Hitze wurde unerträglich, Worte hallten in ihrem Kopf. »Versuch nicht, deinem Schicksal zu entgehen, Mensch!«

Der Mund wurde zu einem hässlichen Maul, wie das von einem Seeteufel, der manchmal in die Netze ging.

Fenna spürte, dass sie brannte, der Schmerz war unbeschreiblich. Das Maul klappte auf, wollte sie verschlingen, und sie konnte nichts dagegen tun. Sie stieß einen Schrei aus, der so laut war, dass er in ihren Ohren schrillte. Dann wurde alles schwarz, und sie fühlte nichts mehr.

53

Fenna

Fenna riss die Augen auf. So plötzlich wie sie in der Geisterwelt versunken war, tauchte sie wieder aus ihr auf. Über ihr schwebte Eyks besorgtes Gesicht, das sich sofort in ein freudiges verwandelte, als er begriff, dass sie wieder zurück war.

Er tupfte ihr den Schweiß von der Stirn, hob ihren Kopf, der sich anfühlte, als wäre sie gegen eine Wand gelaufen, und flößte ihr einen süßen kühlen Trunk ein.

»Damit du wieder zu Kräften kommst.«

Fenna leerte den Becher gierig, sie hatte großen Durst und auch ihr Magen meldete sich. »Wie lange war ich fort?«

»Einen halben Tag.«

»Einen halben Tag? Es kam mir vor wie wenige Augenblicke.«

»Die Zeit in der Geisterwelt verläuft anders als in unserer. Manchmal vergeht sie schneller, manchmal langsamer. Das ist nie vorherzusehen.«

»Zu Hause wird man sich Sorgen machen, ich muss los.«

Eyk lächelte. »Sie wissen Bescheid. Nicht, dass du die Geisterwelt besuchst, sondern, dass du bei mir bist. Ich habe einen deiner Salzsieder losgeschickt, es ihnen zu sagen.«

»Danke.« Fenna richtete sich vorsichtig auf, in ihrem Kopf schien eine Flüssigkeit hin und her zu schwappen. Eyk reichte ihr noch einen Becher, den sie sogleich leerte.

»Haben die Geister zu dir gesprochen?«

Fenna gab Eyk den Becher zurück und rieb sich die Schläfen. »Nein. Sie haben mir etwas gezeigt. Wie Rungholt untergeht, wieder erscheint und dann von den Eisriesen zerstört wird, nur um im nächsten Moment von Neuem dazustehen, als sei nichts geschehen. Und dann verbrannte mich die Sonne.«

Eyk seufzte. »Die Geister sprechen häufig in Rätseln. Ich muss gestehen, dass mir das oft Verdruss bereitet. Manchmal glaube ich, sie spielen mit uns und lachen uns heimlich aus, wenn wir zu entwirren versuchen, was sie in unsere Köpfe pflanzen.«

Fenna rieb sich die Arme und die Beine. »Die Geister haben mir vor Augen geführt, dass nichts von Dauer ist. Dass niemand weiß, was geschehen wird. Dass ich mich selbst zerstöre, wenn ich versuche, das Schicksal aufzuhalten.«

Eyk nickte. »Das ist sicherlich wahr. Wir können nicht in die Zukunft schauen. Aber wir können Wege bereiten. Wenn wir keine Deiche bauen oder sie verfallen lassen, dann wird die nächste Sturmflut uns verschlingen. Wir wissen nicht, wann das geschehen wird, aber wir wissen, dass es geschehen wird. Und wenn es kein Salz gibt, dann gibt es keinen haltbaren Hering, den wir verkaufen können. Nichts im Universum ist ohne Ursache und Wirkung, und vieles können wir nicht beeinflussen. Aber die Dinge, die wir in unseren Händen haben, die sollten wir formen.

Allein du weißt, was du tun musst, und wenn dein Verstand sich weigert zu entscheiden, dann lass es dein Herz sein, das dir den Weg weist.«

»Mein Herz sagt mir, dass ich Rungholt nicht länger entzweien will, dass ich wieder in Frieden leben will, dass ich Jorik heiraten und eine Familie mit ihm gründen will.«

»Dann ist deine Entscheidung gefallen. Du solltest sie den Menschen mitteilen. Und bedenke: Du kannst noch immer die Bedingungen diktieren. Mach das Beste daraus, verbinde das eine mit dem anderen, so wie dein Vater es versucht hat.«

54

Jorik

Jacobsen war bereits aus dem Haus, seine Frau mit der Magd auf dem Markt. Jorik saß am Tisch, vor sich einen Becher mit frischer Milch. Frou Jacobsen hatte darauf bestanden, eine Kuh zu halten, denn sie vertraute den Bauern nicht, die ihre Milch als frisch anpriesen, die oft aber schon zwei Tage im Eimer gestanden hatte. Und manchmal hatte sie eine leichte rosa Färbung, das deutete auf eine Krankheit der Kuh hin, denn der Farbton kam von Blut, das in die Milch geriet. Frou Jacobsen ähnelte seiner Mutter. Die machte auch vieles, was ihre Mägde hätten machen können, aber sie wollte es selber tun, damit es so getan wurde, wie sie es für richtig hielt. Er nahm einen Schluck von der Milch, sie schmeckte fast wie Sahne.

Die Tage und Wochen flossen für Jorik nur so dahin. Er hatte den Sommer in Rostock verbracht und auch den Herbst, jetzt neigte sich das Jahr bereits dem Ende zu, und noch immer hatte er nichts erreicht. Seit dem letzten Brief aus Rungholt, der vor Wochen eingetroffen war, hatte er auch von dort nichts Neues gehört. Darin hatte gestanden, dass alles in Ordnung sei und Jorik sich keine Sorgen machen müsse. Den Brief hatte seine Mutter geschrieben, also zweifelte er nicht an ihren Worten.

Das Weihnachtsfest und die Raunächte standen bevor. Eigentlich müsste er jetzt bei seiner Familie sein, müsste mit seinen Schwestern und seiner Mutter Vorbereitungen treffen für die Feiern. Wie jedes Jahr gingen sie am Heiligen Abend, dem 24. Dezember, gemeinsam in die Messe und danach zum Festmahl in den Ratssaal. Ab dem 25. Dezember wurden die Raunächte gefeiert, mit Tanz, Trunk und dem Gebot des Friedens. Niemand durfte eine Waffe erheben, wer es dennoch tat, wurde schwer bestraft. Sogar Vater hatte sich bisher immer daran gehalten und war in dieser Zeit zahm wie ein Lämmchen.

Jorik fühlte sich ohnmächtig und nutzlos. Wenn er ehrlich mit sich war, dann musste er sich eingestehen, dass er versagt hatte. Die Hanse würde ihn nicht empfangen, Jacobsen konnte ihm kein Salz liefern, selbst wenn er es gewollt hätte. Ihm blieb nur eine Wahl: Er musste Fenna auf Knien anflehen, ihre Entscheidung rückgängig zu machen. Sie konnte doch nicht so hartherzig sein, sie hatten sich doch geliebt.

Jemand klopfte. Jorik wartete einen Moment, ob einer der Knechte öffnete, doch die waren anscheinend auch nicht im Haus. Also ging er zur Tür und zog sie auf. Ein junger Büttel grüßte ihn und überreichte ihm eine Schriftrolle.

»Bitte lasst das Dokument dem Jorik Barwegen zukommen, Meister Jacobsen.«

Offensichtlich kannte der Bursche Sönke Jacobsen nicht von Angesicht zu Angesicht. Jorik wollte schon sagen, dass er der Gesuchte sei und nicht Sönke Jacobsen, aber um den Mann nicht unnötig aufzuhalten, nickte er nur.

»Gott zum Gruße«, sagte der Büttel, machte kehrt und ging.

Jorik schloss die Tür und betrachtete das Dokument. Es

war an ihn gerichtet, also konnte er es öffnen. Er brach das Siegel, rollte es auf und las.

»Gegeben zu Mariä Erwartung im Jahr des Herrn 1361.

Der Rat der Stadt Rostock bittet den ehrenwerten Jorik Barwegen aus Rungholt zur Verhandlung über die Handelsbeziehungen und insbesondere über den Kauf von Salz in großen Mengen am heutigen Tage zur Mittagszeit ins Rathaus der Stadt, gelegen am Marktplatz, neben St. Marien.«

»Endlich«, rief er aus. Joriks Herz machte einen Sprung, er fühlte, wie ihm eine große Last von den Schultern fiel und Leichtigkeit und Kraft ihn durchströmten. Er streckte sich und warf einen Blick nach draußen. Der Himmel war bis auf wenige Wolken blau, die Sonne stand bereits hoch. Es war zwar seltsam, dass man ihm so kurz vor dem Treffen erst Bescheid gab, aber Hauptsache, er wurde vorgelassen und konnte sein Anliegen vorbringen, und so wie es in dem Brief anklang, schien Rostock an einem Geschäft interessiert. Jorik stellte sich vor, wie er mit Wagenladungen voll Salz in Rungholt einzog und ihm alle zujubelten. Fenna würde sich bei ihm entschuldigen, er würde ihr selbstverständlich verzeihen, und alles würde werden wie zuvor und noch besser.

Er nahm seinen Beutel Silber und das Dokument, legte seinen warmen Surcot an, dann trat er vor die Tür. Die Sonne schien, es war kühl, aber nicht kalt. Alle Rostocker redeten davon, dass der Winter mild sei wie schon lange nicht mehr. Bis zum Rathaus war es nicht weit. Er spürte sein Herz vor Freude wild schlagen. Festen Schrittes marschierte er los, bog in die Kleine Diebsgasse und von dort in die Große Diebsstraße ein, hielt sich danach links, lief durch die Molckenstraße. Nur noch wenige Schritte trennten ihn vom Rathaus und seinem Erfolg.

Gerade als er auf den Marktplatz treten wollte, packte ihn grob eine Hand an der Schulter.

»Bleibt stehen, Jorik Barwegen«, zischte eine Stimme. »Um Gottes willen! Keinen Schritt weiter.«

Jorik fuhr herum, die Hand erhoben, bereit, den Angreifer in die Flucht zu schlagen. Doch da erkannte er Sönke Jacobsen.

»Meister Jacobsen, was ist denn los?«

»Folgt mir. Sofort. Oder Ihr seid verloren.«

Jorik verstand kein Wort, aber er vertraute Jacobsen, der ihn vom Marktplatz wegzog und sich immer wieder gehetzt umblickte.

»Wir müssen zum Mühlentor, ich habe alles dorthin bringen lassen. Schnell. Säumt nicht. Die Zeit wird knapp.«

Jacobsen begann zu laufen, Jorik hetzte hinterher, ohne zu verstehen, was los war. Schon kam das Mühlentor, ein kleiner Durchlass neben einer der Wassermühlen, die am Stadtgraben von Rostock standen, in Sicht, das jedoch geschlossen war. Was wollte Jacobsen hier? Dann sah Jorik sein Pferd mit seinem Bündel, das einer von Jacobsens Knechten hielt. Sie blieben stehen, der Knecht drückte Jorik die Zügel in die Hand und verschwand.

Jacobsen wollte auf das Torhaus zugehen, aber Jorik hielt ihn fest, hob eine Hand. »Meister Jacobsen, ich muss ins Rathaus, endlich werde ich vorgelassen. Erklärt mir doch, was ich hier soll.«

Jacobsen legte ihm eine Hand auf die Schulter. »Ich habe es gerade erst erfahren, und keinen Moment zu früh. Graf Nikolaus und sein Bruder marschieren auf Rungholt. Mit einem gewaltigen Heer.«

Jorik spürte, wie sich sein Magen zusammenkrampfte. Also hatte sein Vater Ernst gemacht, den Eid mit den Grafen gebrochen und sich dem dänischen König angedient. Die Grafen hatten davon erfahren, und jetzt würden sie ihre Drohung wahr machen, Rungholt mit Krieg zu überziehen. Der Brief seiner Mutter war das Pergament nicht wert, auf dem er geschrieben war.

»Das ist noch nicht alles, Meister Barwegen. Dass ihr so schnell wie möglich Eure Stadt warnen müsst, versteht sich von selbst. Eure Leute haben keine Ahnung. Graf Nikolaus hat weder eine Fehde erklärt noch den Feldzug angekündigt. Sie lassen niemanden nach Rungholt, und überall sind Spione. Ich habe nur durch Zufall Wind davon bekommen, weil einer meiner Kunden Graf Nikolaus mit Wein beliefert und er ungewollt ein Gespräch belauscht hat.«

»Was denn noch?«, fragte Jorik und musste dagegen ankämpfen, nicht loszuschreien vor Verzweiflung. Nicht nur, dass sein Vater Krieg auf Rungholt herabbeschworen hatte, jetzt war auch noch das Leben seiner Familie bedroht, ebenso wie das von Fenna und Hennerk.

»Nikolaus und der Eiserne Hinnerk haben überall verkünden lassen, dass sie jeden, der aus Rungholt stammt, festsetzen wollen. Der Rat hat Euch nur eingeladen, um Euch gefangen zu nehmen und als Geisel zu verwenden, denn als Sohn des Redjeven seid Ihr fette Beute. Aber das kann ich nicht zulassen. Ich schulde Euch ein Leben.«

Jorik schüttelte entsetzt den Kopf. Die Einladung war eine Falle gewesen. Wie gut, dass die Ratsmänner ihn nicht in Jacobsens Haus gesucht hatten und dass der Bote ihn nicht kannte. Er erinnerte sich an die Vorhersage des Astrologen. Hätte Jacobsen ihn nicht gewarnt, säße er jetzt lebendig in einem dunklen Grab, im Kerker. Ein Beben lief durch seinen Körper. Monatelang hatte er hier festgesessen, und von einem auf den anderen Moment war er ein

Feind der Stadt und wurde gesucht. Homo Veritatis hatte recht gehabt. Wenn seine anderen Voraussagen ebenfalls eintrafen, dann war Rungholt dem Untergang geweiht. Aber es gab noch Hoffnung, denn die Götter hatten ihm Jacobsen gesandt, und vielleicht würden sie ihm auch weiterhin zur Seite stehen.

»Ich danke Euch, Meister Jacobsen. Das werde ich Euch nie vergessen.«

»Möge Gott Euch und Eure Lieben beschützen. Und jetzt los. Ich habe den Schlüssel für das Tor, es wird nicht bewacht, aber das wird sich ändern, sobald der Rat erkennt, dass Ihr nicht kommt.«

»Eins noch, Meister Jacobsen. Wisst Ihr, wie groß das Heer der Grafen ist?«

»Achthundert Ritter und viertausend Speerträger, Söldner, die keine Gnade kennen. Und die Ritter schäumen vor Wut, ebenso die Grafen. Sogar der Eiserne Hinnerk ist gekommen, um Rungholt zu vernichten. Sie werden in der Nacht auf Heiligabend angreifen.«

Jorik wurde übel. Ein wahrhaft hinterhältiger Plan und eine riesige Streitmacht, der Rungholt nicht gewachsen war, zumal niemand den Angriff erwartete und der Graf die Leute im Schlaf überraschen würde.

Jacobsen wandte sich dem Tor zu, steckte den Schlüssel hinein, drehte ihn, das Schloss öffnete sich bereitwillig. Er drückte das Tor auf, Jorik ging mit dem Pferd am Zügel hindurch, stieg auf, wandte sich noch einmal um und winkte Jacobsen, der zurückwinkte und dann das Tor verschloss.

»Mögen die Götter Euch und die Euren beschützen«, murmelte Jorik. Dann stieß er seinem Pferd die Fersen in die Flanken.

55

Fenna

Fenna stand am Schreibpult und kontrollierte die Materiallisten. In der letzten Woche hatten die Arbeiter sechzig Klafter Reisig und zwanzig Klafter Holz im Süderdeich verbaut. Inzwischen war ein Drittel fertig, es ging jetzt schneller voran, denn einige Noble von Rungholt hatten sich besonnen und steuerten großzügig Geld bei. Aber es lief für Fennas Empfinden trotzdem noch viel zu langsam.

Sie musste immer wieder an Jorik denken. Seit einem Dreivierteljahr weilte er in Rostock, und es schmerzte sie, dass sie nach wie vor keine Nachricht von ihm erhalten hatte. Dass sein Vater sie nicht unterrichtete, war klar, aber sie hätte sich trotz allem einen Brief von Jorik gewünscht. Nur ein paar Zeilen, denen sie entnehmen konnte, dass es ihm gut ging. Und so sehr sie es versuchte, es gelang ihr nicht, sich Jorik aus dem Kopf zu schlagen, im Gegenteil. Immer wieder träumte sie von ihm, manchmal war es ein schönes Gefühl, manchmal wachte sie schweißgebadet auf und konnte sich an nichts erinnern.

Und dann musste sie immer wieder daran denken, was sie bei Eyk erlebt hatte. Im ersten Moment hatte sie geglaubt, klar zu wissen, was sie wollte, doch jetzt war sie sich nicht mehr so sicher. Vielleicht half es, über den Markt zu spazieren und den Leuten zuzuhören. Sie legte das Buch zur Seite, gab Frauke Bescheid und verließ das Haus.

Die Luft war mild, wie der ganze Herbst und der beginnende Winter. Frauke streckte immer mal wieder die Nase in die Luft, verzog das Gesicht und prophezeite, dass der Februar und überhaupt das gesamte nächste Frühjahr kalt und feucht werden würden. Das war gut möglich, denn auf einen milden Winter folgte oftmals eine kalte und feuchte Zeit. Aber erst, wenn die Frühjahrsstürme durchgezogen waren.

Die Raunächte standen bevor. Schnee war also nicht zu erwarten, eher Regen. Sie schlenderte am Rathaus vorbei, dachte an ihre Zeit als Redjeve in der Gewissheit, dass sie nichts bereute, sie hatte ihr Bestes gegeben. Sie zog sich die Gugel über den Kopf und stellte sich neben eine Bäuerin, die Eier anbot. Im Winter waren Eier rar, denn die meisten Hühner legten viel weniger, manche sogar gar keine. Fenna kam sich ein wenig schäbig vor, einfach so Leute zu belauschen, aber sie wollte ja niemandem etwas Böses, sie wollte einfach auf andere Gedanken kommen. Die Matrone vor ihr, die so breit war wie ein Fass, stupste die Frau neben sich an, die das genaue Gegenteil war.

»He, Gundula, alte Makrele, hab dich lang nicht gesehen. Was macht dein Alter?«

Gundula drehte sich um, grinste und entblößte dabei die wenigen Zähne, die sie noch im Mund hatte. »Berta, na so was, lebst du auch noch?«

»Was man so leben nennt.«

Die beiden lachten meckernd, Gundula machte eine wegwerfende Handbewegung. »Der Hundsfott kennt nur eins: Saufen. Deswegen hab ich ihn rausgeworfen. Hat er mir nicht zugetraut, aber ich hab ihm eins übergezogen, dem besoffenen Schwein. Zwei Tage später kam er angekrochen und hat geschworen, nie wieder auch nur einen Krug mit Wein anzufassen.«

»Nee, so was! Und?«

»Muss ein Wunder sein. Seit einer Woche ist der Kerl stocknüchtern. Und soll ich dir was sagen?«

»Ja, was denn?«

»Ich glaube, es wäre besser, der würde wieder saufen. Der ist nicht zu ertragen. Meckert ständig an allem rum. Bei der Heiligen Jungfrau Maria! Da hab ich den Teufel mit dem Beelzebub ausgetrieben. Aber wenigstens geht er arbeiten und bringt ein bisschen Geld mit nach Hause. Dafür kann ich auch mal weghören. Und was ist mit deinem ollen Kopp?«

Berta wollte antworten, doch sie kam nicht dazu. Aus der Ostgasse sprengte ein Reiter heran. Er hing über dem Sattel, Fenna konnte ihn nicht erkennen. Das Pferd hatte seine Augen in Panik aufgerissen, es drohte mitten in die Leute hineinzuspringen. Fenna zog blitzschnell den Surcot aus, lief einige Schritte, stellte sich dem Pferd in den Weg, drehte sich zur Seite und warf ihn dem Tier über den Schädel. Sofort blieb es wie angewurzelt stehen, denn es konnte nichts mehr sehen. Der Reiter fiel nach vorne über den Hals, schlug auf dem Pflaster auf und blieb stöhnend auf der Seite liegen.

Fenna beugte sich zu ihm herunter, wollte ihn auf den Rücken drehen, doch da merkte sie, dass ein abgebrochener Pfeil darinsteckte. Es war Fridbert Arfsten, der Amtsmeister der Schuster, sie kannte ihn gut, er war immer auf ihrer Seite gewesen. Plötzlich fasste er mit einem Arm Fennas Hand und öffnete die Augen.

»Sie kommen«, keuchte er.

»Wer kommt?«, fragte Fenna und bettete Arfstens Kopf in ihren Schoß.

Er ließ ihre Hand nicht los, sondern packte noch fester zu. Der Schmerz zuckte Fenna bis in den Ellenbogen.

»Graf Nikolaus und der Eiserne Hinnerk. Mit ihrer Armee. Es sind Tausende.« Sein rasselnder Atem kam in kurzen Stößen, ebenso die Worte, die er hervorpresste. »Sie sammeln sich bei Schleswig. Eine Vorhut hat mich erwischt, sie haben mich festgesetzt, ich habe alles mitangehört, konnte fliehen, sie haben die Verfolgung aufgegeben, als ich den Kirchturm von Rungholt sehen konnte.« Sein Blick trübte sich. »Wir sind verloren.«

Sein Kopf sackte nach unten.

»Schnell! Bringt ihn zum Wundarzt«, rief Fenna den Leuten zu, die sich um sie und Arfsten versammelt hatten.

Männer hoben Arfsten auf und trugen ihn davon.

Fenna blieb wie betäubt sitzen. Die Eisriesen, die in ihren Visionen Rungholt zerstörten, waren niemand anderes als Graf Nikolaus und der Eiserne Hinnerk. Die Geister hatten sie sehr wohl in die Zukunft blicken lassen. Aber es war nicht die Flut, die Rungholt zu zerstören drohte, sondern es waren Wesen aus Fleisch und Blut. Der Krieg stand auf der Türschwelle, ein Krieg, den sie nicht gewinnen konnten. Es sei denn, sie handelte. Sofort.

Sie wandte sich an die Umstehenden. »Sagt Adalrich, er soll die Sturmglocken läuten, damit sich der Rat versammelt!«

Sie sprang auf, rannte los, vorbei an den Menschen, denen die Angst ins Gesicht geschrieben stand, denn die Nachricht, dass die Grafen auf Rungholt marschierten, hatte sich herumgesprochen wie ein Lauffeuer.

Fenna sprang die Stufen zum Ratssaal hinauf, vorbei

an den verblüfften Bütteln. Der Redjeve stand mit einigen Amtsmeistern an einem Tisch und zeigte auf eine Karte.

»Wir werden alle unsere Rechte behalten, und der dänische König wird Rungholt die Norderharde, die Norder Gosharde, die Süder Gosharde, die Beltrings-Harde, die Pelworm-Harde und die Wyrichs-Harde zuschlagen. Damit wird die Edomsharde die größte und mächtigste in ganz Nordfriesland werden.«

Die Männer murmelten Zustimmung. Fenna gefror das Blut in den Adern bei dem Gedanken daran, was Ove Barwegen plante. Er wollte tatsächlich wie ein König herrschen.

Sie setzte zum Sprechen an, doch im selben Moment begannen die Glocken von St. Bonifatius wild zu läuten. Unverwechselbar tönte die kleine übers Land, Ehrfurcht gebietend sandte die große ihren tiefen Klang aus, der die Mauern des Rathauses erzittern ließ, beide mit ihrem Unterton, der sie unverwechselbar machte.

Fenna trat an den Tisch, damit alle sie hören konnten. Ove Barwegen war zu verblüfft, um zu versuchen, sie davon abzuhalten. »Rungholt wird nichts als verkohltes Holz sein, Staub, der in die See geweht wird. Denn Graf Nikolaus wird die Stadt dem Erdboden gleichmachen. Er ist auf dem Weg hierher mit einem mächtigen Heer.«

Ove Barwegen wandte sich Fenna zu, und da geschah etwas, das sie nicht für möglich gehalten hätte. Er wurde blass, stotterte herum, fand keine Worte.

Menschen stürzten in den Saal, sowohl Ratsleute als auch Bürger, darunter auch Hennerk, der sich neben Fenna stellte und sogleich das Wort an den Redjeven richtete.

»Nun, was gedenkt Ihr zu tun? Was ist mit dem König? Will er uns nicht zu Hilfe eilen? Ist er nicht ein Freund von Euch, Ove Barwegen?«

Der Redjeve schaute Hennerk einen Moment an, so als wüsste er gar nicht, worum es ging, als sei er weit weg. Dann blinzelte er. »Wer sagt, dass Graf Nikolaus gegen uns zieht? Fenna Jaspers erzählt viel, wenn der Tag lang ist.«

Fenna spürte heißen Zorn. »Fridbert Arfsten sagt das, der gerade halb tot vom Pferd gefallen ist, mit einem Pfeil im Rücken. Wir haben zehn Tage, bis sie uns mit achthundert Rittern vom Festland abschneiden, vielleicht zwölf, bis sie vor unseren Toren stehen.« Fenna ballte die Fäuste. »War das nicht zu erwarten gewesen, nachdem Ihr überall herumposaunt habt, dass Ihr dem Grafen eine lange Nase drehen wollt? Glaubt Ihr, auch nur eine Harde wird uns helfen? Glaubt Ihr wirklich, Atterdag wird sein Heer aufs Spiel setzen? Das wird er nicht. Er hat Euch hintergangen, hat abgewartet, ob Graf Nikolaus Euren Eidbruch hinnimmt oder nicht. Das tut er nicht. Wir stehen allein. Habt Ihr vorsorglich Waffen gekauft? Habt Ihr Pläne gemacht? Wer soll unsere Verteidigung anführen?«

»Ich habe dem König einen Boten gesandt. Er wird uns ein Heer schicken, das hat er versprochen.«

»Ach ja?« Fenna zeigte auf Ove Barwegen. »Wann war das?«

Der Redjeve kniff die Augen zusammen. »Vor zwei Wochen.«

Fenna konnte es nicht fassen. »Vor zwei Wochen? Da wusstet Ihr bereits, dass der Graf uns angreifen will?«

»Schweig, Weib, was fällt dir ein, an meinen Worten zu zweifeln?«, grollte der Redjeve.

Fenna konnte nur lachen. Ove Barwegen redete sich um Kopf und Kragen.

Die Leute wurden unruhig. Anscheinend hatte niemand darüber nachgedacht, welche Folgen es haben würde, wenn

Rungholt plötzlich versuchte, die Seiten zu wechseln. Jetzt wurden sie mit der Nase darauf gestoßen, dass sie nur noch wenige Tage zu leben hatten, denn es war bekannt, wie Graf Nikolaus mit Eidbrechern verfuhr: Er machte keine Gefangenen. Fenna erinnerte sich an die kalten Augen des Grafen, und es rieselte ihr eiskalt über den Rücken. Eher würde sie sich ins Meer stürzen, als ihm in die Hände zu fallen. Er würde sie genüsslich zu Tode foltern, sie aber vorher seinen Männern zum Vergnügen überlassen.

Neben Fenna schüttelte ein Mann den Kopf und grummelte vor sich hin. Der Redjeve schwieg weiterhin.

Das war die Gelegenheit. Fenna packte den verblüfften Hennerk am Ärmel. Sie fegte die Karten vom Tisch, sprang hoch und zog Hennerk mit sich. Ein Raunen ging durch die Menge. Der Redjeve schwieg noch immer. War Fenna bisher wütend gewesen auf den Redjeven, so empfand sie jetzt nur noch Verachtung für ihn.

»Hört mir zu«, rief sie in den Saal. Die Leute wurden ruhig. »Ich werde all mein Gold und Silber, all mein Salz aufbieten, um Rungholt zu retten. Und jetzt hört Hennerk Ydsinglond zu, der weiß, was wir tun müssen, damit Graf Nikolaus unsere Stadt nicht zerstört und uns alle tötet.«

Der Redjeve schien aus einem Traum zu erwachen, hob an zu sprechen, doch sofort erschollen Rufe, die ihn zum Schweigen brachten.

»Lasst Hennerk reden!«

Hennerk war zunächst verblüfft, doch dann trat er vor zur Mitte des Tischs und ergriff das Wort.

»Wir kennen unseren Feind recht gut, das ist ein großer Vorteil. Ritter und Pferde können nicht durchs Watt, nicht über den Schlund. Deshalb ist das Tor des Schicksals der einzige Weg, der für das Heer des Grafen nach Rungholt führt. Achthundert Ritter, das ist eine gewaltige Streitmacht. Aber auch Ritter haben ihre Schwachstellen. Wenn wir sie nahe genug heranlassen und dann die Armbrüste abfeuern, können wir sie töten, bevor sie uns erreichen. Am Tor des Schicksals müssen wir alles aufbieten. Wir bauen Barrikaden, so wie wir es geübt haben, und für jeden, der eine Armbrust bedienen kann, werden wir drei Stück kaufen. Während die eine abgeschossen wird, wird die nächste gespannt. So können wir ununterbrochen schießen. Wenn Gott uns gnädig ist, wird er uns die Zeit gewähren, um die neuesten Waffen gegen Salz, Silber und Gold einzutauschen: die Handbüchsen, diese Feuerrohre, deren Geschosse eine Plattenrüstung durchschlagen, als wäre sie aus Meerschaum. Fenna hat sie bereits bestellt, die Lieferung ist allerdings nicht eingetroffen. Aber ich weiß, wo wir die Waffen herbekommen, auch wenn sie das Doppelte kosten.« Er setzte eine siegessichere Miene auf. »Glaubt mir. Wir werden dem Grafen einen feurigen Empfang bereiten und einen Kampf, den er so schnell nicht vergessen wird. Rungholt ist noch lange nicht besiegt.«

56

Jorik

Jorik musste sich beherrschen, um sein Pferd nicht zuschanden zu reiten. Die Sonne ging gerade unter, viel zu früh. Er wäre am liebsten ohne Unterbrechung nach Rungholt geritten, aber der Himmel war bewölkt, der Mond zeigte sich nicht, die Nacht war vollkommen dunkel. Deshalb suchte er sich in einem Wäldchen einen geschützten Platz unter einer Eiche, band sein Pferd an, kaute ein wenig Trockenfleisch und trank verdünnten Wein. Seit drei Tagen war er unterwegs, war nicht so schnell vorangekommen, wie er es sich gewünscht hatte. Immer wieder sagte er sich, dass er jetzt im Kerker sitzen würde, wenn ihn Jacobsen nicht aus der Stadt geschafft hätte. Hoffentlich gereichte das dem Kaufherrn nicht zum Nachteil, denn alle hatten gewusst, dass er, Jorik, Sohn des Redjeven von Rungholt, bei ihm gewohnt hatte.

Um nicht am Ende doch noch festgesetzt zu werden, mied er die großen Handelswege, schlug sich querfeldein von Dorf zu Dorf durch, musste allerdings immer wieder nach dem Weg fragen. Das war genauso gefährlich, als wenn er die Fernwege genommen hätte, also hörte er damit auf. Außerdem würde ihn außerhalb von Rostock eh niemand kennen, und wenn jemand fragte, dann würde er sich als Hein Riedje, Händler aus ebendieser Stadt, ausgeben.

Rostock kannte er inzwischen so gut, dass er jede Frage nach einer Straße, Kirche oder einem Platz ohne Zögern beantworten konnte. Jacobsen hatte ihm viel über die bedeutenden Persönlichkeiten der Hansestadt erzählt, sodass Jorik auch darüber Bescheid wusste. Er kannte die Namen des Bürgermeisters und der meisten Ratsmitglieder und Zunftmeister, wusste, wer in den letzten Wochen und Monaten mit wem verheiratet worden war, war über Klatsch und Tratsch auf dem Laufenden.

Aus Vorsicht übernachtete er dennoch abseits des Weges, auch wenn es kalt war und er kein Feuer machen wollte. Doch wenn er daran dachte, dass seine Heimatstadt und alle, die ihm etwas bedeuteten, in Lebensgefahr schwebten, vergaß er alle Unannehmlichkeiten.

Er bereitete sich ein Bett aus Laub und Ästen, nahm den Sattel als Kopfstütze, wickelte sich in seine Decke und war sogleich eingeschlafen.

Lautes Grunzen weckte Jorik schlagartig. Er griff nach seinem Schwert, doch im selben Moment stoben Wildschweine davon. Skinfaxi hatte sich an den Tieren nicht gestört und zupfte in aller Ruhe ein paar Grashalme. Es dämmerte, bald würde die Sonne aufgehen. Mit etwas Glück würde er heute Rungholt erreichen, und hoffentlich kam er nicht zu spät. Jorik trank, aß, sattelte Skinfaxi und machte sich auf den Weg. Die Straße war leer, also ließ er sein Pferd galoppieren, aber nicht zu schnell, damit es Kräfte aufsparte, falls er fliehen musste. Als die Sonne über den Bäumen stand, traf er auf die ersten Reisenden aus der Gegenrichtung, die es alle eilig hatten. Keiner nahm von ihm Notiz, im Gegenteil, sein Anblick schien sie anzuspornen, noch schneller voranzukommen. Jorik dachte sich nichts dabei und ritt weiter.

Die Wolken verzogen sich, der blaue Himmel kam zum Vorschein. Dennoch hatte Jorik das Gefühl, dass irgendwo ein Gewitter niedergehen müsste. Er glaubte, fernen Donner zu hören. Aber das konnte nicht sein. Der Himmel war frei von Wolken. Doch das Donnergrollen kam näher, und nach einer weiteren Meile begriff er, was er da hörte. Das war nicht Thors Hammer, der auf die Erde schlug, das waren die Hufe von Hunderten Pferden und die Füße Tausender Soldaten, die sich in einem Heerzug hinter dem Hügel, der vor ihm lag, übers Land wälzten.

Sofort schlug sich Jorik in die Büsche, band sein Pferd an und rannte den Hügel hinauf. Der Lärm wurde immer lauter. So konnte ihn wenigstens niemand hören. Bevor er die Kuppe erreichte, warf er sich auf den Boden und kroch das letzte Stück auf allen vieren. Endlich war er oben, aber noch versperrten ihm Sträucher die Sicht. Als er sie vorsichtig zur Seite bog, erstarrte er. Ein Heer solchen Ausmaßes hatte er noch nicht gesehen. Die Krieger waren ausgerüstet mit Armbrüsten, Speeren, Schwertern und Morgensternen. Sie trugen die Banner der Grafen Nikolaus und Hinnerk sowie des Herzogtums Schleswig. Aber das war noch nicht das Schrecklichste. In der Mitte des Lindwurms, der sich durch die Landschaft zog, ragten Belagerungsmaschinen in die Höhe, gezogen von jeweils einem halben Dutzend Ochsen. Deshalb ging es auch langsam voran. Kundschafter hatte Jorik bislang nicht entdecken können. Kein Wunder, wer wollte sich einer solchen Übermacht schon in den Weg stellen?

Joriks Herz schlug wie ein Hammer auf den Amboss. Noch nie hatte er solche Angst verspürt, noch nie solche Hoffnungslosigkeit. Entdeckte man ihn, war es um ihn geschehen. So wie um Rungholt. Das Heer würde keinen

Stein auf dem anderen lassen, mit diesem Kriegsgerät hätte man die Mauern von Rostock einreißen können. Was immer Hennerk und seine Männer am Tor des Schicksals auch aufhäufen würden, die Feinde würden es mit einer einzigen Handbewegung zermalmen.

Jorik schlich sich zurück zu seinem Pferd. Rungholt war verloren, daran gab es keinen Zweifel. Selbst Feuerrohre würden daran nichts ändern. In ganz Nordfriesland gab es kein so gewaltiges Heer, das es mit dem der beiden Grafen aufnehmen konnte. Jorik schwang sich auf Skinfaxi und ritt los. Unbehelligt gelangte er bis zur Weggabelung, die ihn nach Rungholt oder in den sicheren Norden, nach Tondern führte. Er schaute nach rechts, dann nach links. Entschied er sich für Rungholt, so war auch er des Todes. Daran konnte er nichts ändern. Tränen schnürten ihm die Kehle zu. Alles war verloren. So oder so.

Er gab seinem Pferd die Sporen und machte sich auf den Weg nach Tondern.

57

Fenna

Seit den frühen Morgenstunden häufte jeder in Rungholt, der abkömmlich war, am Tor des Schicksals alles auf, was Ritter und Söldner aufhalten konnte: Balken und Kleierde, die eigentlich in den Deich gehörte, Möbel, Steine, Fässer, Fuhrwerke und auch die Siedepfannen, die als Schilde aufgestellt wurden. Kein Pfeil und kein Bolzen konnten sie durchdringen. Auch die Handelsvertretungen steuerten ihren Teil bei, alles, was sie zurückließen, übereigneten sie der Stadt. Doch so viel sie auch heranschafften, es gelang nicht, das Tor des Schicksals zu schließen, geschweige denn ein unüberwindbares Hindernis zu schaffen.

Fenna blickte auf die Barrikade, hinter der Hennerk mit seinen Männern verschwunden war. Sie hatte ihn davon abhalten wollen, doch er hatte darauf bestanden, die fünfzig Reiter mit ihren Packpferden anzuführen, die in einem Gewaltritt in die Nähe von Hamburg eilten, um Waffen zu kaufen. Sie waren seit einem Tag unterwegs, und Fenna betete, dass sie nicht dem Heer des Grafen in die Arme liefen. Fast jeder Rungholter hatte gegeben, was er hatte. Gold, Silber, Schmuck, Salz, Felle. Dass die Handelsniederlassungen ihre Leute wegschickten, dafür hatte Fenna Verständnis. Bereits am Morgen waren die Niederländer, die Spanier und die Portugiesen mit ihren Schiffen davongesegelt. Es war nicht ihr Kampf, es war nicht ihre Schuld, dass Graf Nikolaus blutig Rache nehmen würde an Rungholt.

Sie hatte vorgeschlagen, Frauen, Kinder und Alte aus der Stadt zu bringen, doch niemand wollte ihrem Vorschlag folgen. Die Familien wollten zusammenbleiben, und noch war Rungholt nicht besiegt. Es war auch nicht ungefährlich, die Kinder ohne Schutz auf die Reise zu schicken, und in Rungholt wurde jeder gebraucht, der eine Waffe halten konnte. Also hatte Fenna die Idee verworfen.

Seit Hennerk losgeritten war, spürte Fenna stärker als je zuvor, wie sehr sie Jorik vermisste. Er hätte ihr den Rücken gestärkt, hätte sie getröstet, wenn sie der Mutlosigkeit nahe war, und seine Küsse hätten ihr Kraft geschenkt. Doch sie fragte sich, ob es Jorik war oder das, wofür er stand: für Liebe, Vertrauen und Einfühlsamkeit. Sie würde es so bald nicht herausfinden, denn niemand wusste, wo er war, auch sein Vater nicht. Das hatte sie von einem der Amtsmeister erfahren, die ihn darüber hatten klagen hören, dass sein Sohn nirgends zu finden sei, dass er seit sechs Wochen nichts mehr von ihm gehört hätte. Da der Redjeve nicht willens oder nicht fähig war, Entscheidungen zu treffen, hatte Fenna Späher ausgesandt, die jedoch ergebnislos zurückgekehrt waren, denn es war unmöglich, ungesehen näher als eine halbe Meile an das Heer des Grafen heranzukommen.

Weitere Wagenladungen an Möbeln trafen ein, wurden aufgeschichtet, doch sie hatten einfach nicht genug Material. Sie hätten es in Schiffen herbeischaffen müssen. Fenna stutzte, wandte sich um und rief Blome Feddersen, den Amtsmeister der Fuhrleute, herbei.

»Meister Feddersen«, sie holte tief Luft, zögerte, denn die Idee, die sie hatte, war so abwegig, dass sie sich fast nicht traute, sie vorzubringen. »Wie viel Zeit würdet Ihr benötigen, um alle Schiffe, die auf Reede liegen, hierher zu schleppen?«

»Schiffe? Hierher? Von der Werft aus? Mindestens zehn Tage, eher vierzehn. Aber was wollt Ihr damit?«

Sie zeigte auf das Loch, das in der Mitte der Barrikade klaffte.

»Aber ja,« sagte Feddersen und schüttelte zugleich den Kopf. »Das hätte mir auch einfallen können. An den Schiffen kommt so schnell keiner vorbei, geschweige denn hindurch. Aber bis sie hier sind, ist es wahrscheinlich zu spät.«

»Können sie schwimmen?«

»Das schon«, räumte Feddersen ein. »Aber sie haben weder Mast noch Tauwerk noch Ruderbank. Bis auf einen Prahm.«

»Dann schleppen wir sie mit Ruderbooten und ziehen sie mit jedem Ochsen, den wir haben, vom Heverstrom über den Deich bis hierher.«

Feddersens Miene hellte sich auf. »Ich mache mich sofort ans Werk.« Er ging los, drehte sich jedoch noch einmal um. »Bei der nächsten Wahl zum Redjeven, sofern sie stattfinden sollte, könnt Ihr auf mich zählen. Und auf einige andere Amtsmeister und Ratsmitglieder, die so wie ich ihre Meinung geändert haben. Ihr seid der beste Redjeve!«

Er stürmte los, rief im Gehen seine Männer zu sich, erteilte Befehle. Diese Aufgabe war in guten Händen. Fenna rieb sich die Stirn. Es freute sie und erfüllte sie mit Stolz, dass die Leute ihre Meinung änderten, jetzt da sie sahen, dass Fenna mit allem, was sie besaß, mit allem, was sie konnte und wusste, für die Menschen eintrat. Aber die Einsicht kam zu spät. Warum musste erst das Unglück mit voller Wucht die Menschen treffen, bevor sie Vernunft annahmen?

Fenna ritt zurück in die Stadt, die vor Geschäftigkeit nur so brummte. Pfeile wurden gefertigt und Bolzen für die Armbrüste. Teer wurde in Schweinsblasen gefüllt, die dann in Tücher gewickelt wurden. Man entzündete das Tuch, warf die Blase, und wenn sie zerplatzte, entzündete sich der Teer und setzte alles im Umkreis von sechs Fuß in Brand. Eine furchtbare Waffe. Fenna hätte nie gedacht, dass sie einmal solchen Höllengeräten ihre Zukunft anvertrauen musste.

Sie ging weiter, blickte in verängstigte Gesichter, spendete Trost und Zuversicht, sprach Verzagenden Mut zu und befürchtete selbst doch das Schlimmste, auch wenn Hennerk das anders sah. Er glaubte, dass die Rungholter mit dem Mut der Verzweiflung und den besten Waffen auch das Heer des Grafen besiegen konnten.

Wolfram von Selgrund kam auf sie zu. »Frou Jaspers, gut, dass ich Euch finde.« Er hielt ein Stück Leder hoch, das aussah, als hätte es eine Weile im Nassen gelegen. Es war glitschig und mit grünem Schleim bedeckt. »Das ist ein Stück einer Geldkatze. Ein Bauer hat es mir gebracht und gesagt, er habe es im Moor gefunden.« Er zeigte auf den Beutel. »Es ist eine ganz besondere Geldkatze.« Er deutete auf mehrere Zeichen, die in das Leder eingeprägt waren.«

Fenna begriff. »Pit Mommens' Beutel. Die Schere, das Zeichen der Schneider …«

»… und der Stab, das Zeichen des Amtsmeisters mit den Anfangsbuchstaben seines Namens. ›P‹ und ›M‹«, ergänzte Wolfram von Selgrund.

»So hat er sich im Moor verirrt und ist darin umgekommen?«

Der Verwalter zuckte die Achseln. »Mommens kannte sich wie kein Zweiter in den Sümpfen aus.«

Fenna betrachtete das Stück Leder. Welches Geheimnis verbarg es?

58

Luca

Sie hatten alles, was wertvoll war, auf die Galeere geschafft, vieles mussten sie jedoch zurücklassen, denn das Schiff war mit Menschen und Vorräten schon überladen. Es war an der Zeit, Rungholt und, wie es aussah, auch Nordfriesland für immer den Rücken zu kehren. Alle Möbel, die er nicht mitnehmen konnte, hatte er den Rungholtern geschenkt, damit sie ihre Barrikade verstärken konnten.

Doch Luca war sich sicher, dass die Tage von Rungholt gezählt waren. Selbst wenn die Stadt bei den Kämpfen halbwegs ungeschoren davonkam, würde vor allem in den südlichen Harden, zu denen die Uthlande und Rungholt gehörten, eine Hungersnot ausbrechen, denn nachdem die Stadt gefallen wäre, würde der Graf plündern, und was sie nicht nahmen, würde Atterdag rauben, sobald er in Nordfriesland einfiel. Und selbst wenn Rungholt den Angriff zurückschlagen konnte, wäre die Stadt so geschwächt, dass Atterdag sie mühelos einnehmen würde. Genau wie die Herzöge würde er keine Gnade einer Stadt gegenüber zeigen, die ihm so lange so große Probleme bereitet hatte. Er würde Rungholt schleifen und eine andere Stadt zum Zentrum Nordfrieslands machen, eine, die ihm bedingungslos gehorchte.

Luca warf noch einen letzten Blick in seine Schreibstube, an die er sich nicht nur gewöhnt, sondern die er auch liebgewonnen hatte. Widerwillig musste er sich eingestehen, dass er die Zeit in Rungholt genossen hatte. Die meisten Menschen waren von erfrischender Ehrlichkeit. Vor allem hatte er zu schätzen gelernt, dass jeder glauben konnte, was er wollte, und das auch bei seinem Nächsten anerkannte. Außer dem Bischof Adalrich, der ständig den Untergang predigte, weil die Friesen nur zögerlich zu frommen Christen wurden. Der störte sich auch an Juden, Sarazenen und Anhängern anderer Götter. Luca war klar geworden, dass die Menschen Rungholts nicht besser oder edler waren als anderswo. Aber sie waren auf jeden Fall freier als alle Venezianer, die unter der Knute des Dogen und des Rates standen. Auch wenn sich die Harden immer wieder untereinander bekämpften, blieb der Friese dennoch ein freier Friese.

»Herr, wir müssen aufbrechen.« Luigi riss Luca aus seinen Gedanken. »Die Ebbe setzt bald ein.«

»Ich komme, Luigi, ich danke dir, geh schon vor.«

Luigi verbeugte sich, packte sein Bündel und verließ die Schreibstube. Der würde nach Venedig zurückkehren und dort sein Leben fortsetzen, so wie er es gewohnt war. Diese Wahl hatte Luca nicht. Der Doge würde ihn zeit seines Lebens jagen, und wenn der ihn in die Hände bekam, würde Luca den Tag bereuen, an dem er geboren worden war. Kehrte er nach Venedig zurück, erwartete ihn der Kerker, im besten Falle die Degradierung. Sein Plan war, sich in Kastilien absetzen zu lassen und am Hofe des Königs vorzusprechen, um eine Handelserlaubnis zu erwirken.

Der Gedanke schien ihm irgendwie falsch. Er machte

sich aus dem Staub, obwohl es seine Schuld war, dass Graf Nikolaus Rungholt vernichten wollte. Er hatte die Wahl von Ove Barwegen ermöglicht, hatte sich in Atterdag getäuscht, hatte falsch gemacht, was er nur hatte falsch machen können.

Er verließ das Haus, warf noch einen letzten Blick auf die Niederlassung, dann wandte er sich dem Hafen zu. Vom Marktplatz her hörte er Hämmern und Sägen, sah die Teerfässer, die dorthin gerollt wurden. Die Rungholter würden dem Grafen einen feurigen Empfang bereiten, und der würde noch wütender werden.

Lucas Galeere war das letzte Schiff, das noch im Hafen lag. Alle anderen waren bereits geflohen.

Luca ging über die Planke, sie wurde eingezogen, die Taue wurden gelöst, die Galeere legte ab, bewegte sich langsam vom Anleger weg.

Er schaute Luigi, Alessandro und Antonio an und lächelte. »Grüßt mir die Serenissima!«, rief er, packte sein Bündel, nahm Anlauf, stieß sich von der Reling ab und sprang zurück an Land. Seine beiden Leibwächter rissen die Augen auf, stürzten zur Reling, Antonio schrie vor Schreck auf.

»Herr, um Gottes willen, was macht Ihr?« Er ruderte mit den Armen. »Kommt zurück, Ihr seid des Todes, wenn Ihr bleibt.«

»Sofort wieder anlegen«, brüllte Luigi.

»Fahrt weiter, das ist ein Befehl. Mein Entschluss steht fest. Gehabt euch wohl. Ihr wart mir treue Gefährten. Möge Gott es euch vergelten.«

Alessandro schüttelte traurig den Kopf. Luigi stützte sich auf die Reling, Antonio weinte.

»Meine Truhe mit den Bestechungsgeldern gehört euch.

Ich rate euch, sucht euch ein warmes Land mit schönen Frauen.«

Die Galeere nahm Fahrt auf, Luca hob noch ein letztes Mal die Hand zum Gruß, dann kehrte er in die Niederlassung zurück. Jeder musste irgendwann sterben. Aber er wollte nicht vor seinen Schöpfer treten, ohne seine Schuld beglichen zu haben.

59

Hennerk

Klaas, Kimi und Ragnar hatten Hennerk zum Treffpunkt mit dem Waffenhändler begleitet. Der stellte sich in die Steigbügel und beschattete sich mit der Hand die Augen. Die Wintersonne hatte sich gerade über den Horizont erhoben, die Nacht war wieder sehr mild gewesen. Die anderen warteten eine halbe Meile östlich. Falls Hennerk und seine Freunde angegriffen wurden, sollten sie fliehen und nach Rungholt zurückkehren, um mit dem Schwert in der Hand bis zum Letzten zu kämpfen. Das hatte Hennerk so angeordnet, und keiner hatte sich dagegen ausgesprochen.

Noch immer war niemand gekommen. Sie warteten seit zwei Tagen zwei Meilen nördlich von Norderstedt in einer Senke auf den Waffenhändler. Die Zeit wurde knapp. Das feindliche Heer konnte jederzeit vor den Toren von Rungholt auftauchen, und dann war es zu spät. Hennerks Haut kribbelte, vor allem auf seinem Rücken, seine Beine waren ständig unruhig, er fand so gut wie keinen Schlaf. Hoffentlich hatte er nicht versagt.

Er war alleine mit den Packpferden voller Kostbarkeiten in die Stadt geritten, so war die Absprache gewesen, hatte alles übergeben und den Treffpunkt ausgemacht. Keinen der Männer, mit denen er zu tun gehabt hatte, kannte er, ihre Namen waren sicherlich nicht echt. Normalerweise war es kein Problem, Waffen zu kaufen. Man brauchte genug Geld, dann konnte man sich aussuchen, was man wollte. Doch diesmal lagen die Dinge anders. Hennerk konnte verstehen, dass sich niemand den Zorn des Angreifers zuziehen wollte, indem er Rungholt mit Waffen unterstützte. Hennerk hatte eingesehen, dass das Geschäft ohne Aufsehen vor sich gehen musste, und er war froh, dass es überhaupt zustande gekommen war. Doch was, wenn er Betrügern aufgesessen war? Er hatte keinerlei Handhabe, noch nicht einmal einen Kaufvertrag.

Die Sonne stieg in den Zenit, und noch immer war niemand zu sehen. Hennerk musste eine Entscheidung treffen. Warten oder zurückkehren? Schloss sich der Kreis um Rungholt, konnten sie nicht mehr in die Stadt, und die Söldner des Grafen würden sich einen Spaß daraus machen, sie zu massakrieren. Von der Stadt aus aber waren sie in der Lage, Dutzende Feinde abzuschießen.

Dieselben Gedanken waren auch seinen Freunden durch den Kopf gegangen. Ragnar klopfte Hennerk auf die Schulter. »Es ist nicht deine Schuld. Gegen hundsgemeine Galgenvögel bist du machtlos. Lass uns umkehren und mit unseren Kameraden in Rungholt dem Grafen einen Kampf liefern, der uns alle nach Walhall bringt. Dort werden wir mit den anderen Helden feiern bis ans Ende aller Tage.«

Kimi und Klaas nickten Hennerk zu. Es war nicht die schlechteste Art, mit dem Schwert in der Hand im Kampf zu sterben. Aber am liebsten hätte er noch ein paar Jahre gelebt und mit Ilvy eine Familie gegründet.

»Lasst uns warten, bis die Sonne«, er zeigte auf eine Baumgruppe, »über diesen Wipfeln angekommen ist. Dann brechen wir auf.«

Hennerk hätte sich dem Wunsch seiner Freunde gebeugt, sofort aufzubrechen, aber sie widersprachen nicht. Schweigend saßen sie auf ihren Pferden und suchten den Horizont ab, doch es tat sich nichts. Als die Sonne die Wipfel berührte, gab es keine Hoffnung mehr. Hennerk kämpfte mit der Verzweiflung, doch er musste hinnehmen, dass er gemeine Betrüger reich gemacht und das Schicksal von Rungholt besiegelt hatte.

Kimi, Ragnar und Klaas wendeten ihre Pferde und ritten los. Hennerk blieb noch einen Moment, sah zu, wie die Baumwipfel im Licht der Sonne erglühten und plötzlich Schatten über die Landschaft warfen. Er kniff die Augen zusammen, stutzte. Weil die Sonne ihn vorher geblendet hatte, hatte er den Reiter nicht sehen können, der auf ihn zusprengte. Auch wenn er noch ein Stück entfernt war, konnte er ihn erkennen. Es war einer der Waffenhändler, der wild gestikulierte.

»Kimi, Klaas, Ragnar, kommt schnell. Sie sind da. Die Waffen sind da!«

Hennerks Verzweiflung verflog. Rungholt war gerettet.

60

Fenna

Fenna schreckte hoch. Sie war am Schreibpult eingeschlafen, doch die Glocken von St. Bonifatius hatten sie aus einem mit wirren Träumen durchzogenen Schlaf gerissen. Es war bereits Nacht, aber der Mond schien hell. So hell, dass ein Angriff möglich gewesen wäre. Läuteten deshalb die Glocken? Fenna rannte in die Küche, wo Frauke, die anderen Mägde und Knechte gerade schlaftrunken eintrafen.

»Ihr wisst, was ihr zu tun habt?«

Frauke nickte grimmig. »Wir schaffen Wein, Brot, Käse und Fleisch zum Tor des Schicksals. Denn ein leerer Magen kämpft nicht gut.«

»Sehr gut, Frauke.«

»Wir gehen Wache am Heverstrom«, sagte einer der Knechte. »Falls jemand übers Wasser kommen sollte, blasen wir das Horn.«

»Bestens.«

Wolfram von Selgrund stürzte in die Küche. »Sie sind da!«, rief er außer Atem. »Die Waffen. Hennerk Ydsinglond und seine Männer. Sie haben es geschafft. Gerade noch so. Die Vorhut des Grafen ist ihnen auf den Fersen. Aber wir haben einen Ausfall gemacht und sie in die Flucht geschlagen. Dennoch. Graf Nikolaus und Graf Hinnerk werden im Morgengrauen mit all ihren Kriegern am Tor des Schicksals eintreffen.«

Die Freude über Hennerks sichere Rückkehr war groß, doch gleichzeitig fuhr Fenna die Angst in die Glieder, weil der Krieg nun vor den Toren der Stadt wartete. Fenna wollte sich noch nicht mit diesem Schicksal abfinden. Sie musste den Redjeven dazu bewegen, mit Nikolaus zu verhandeln. Er musste den Treueschwur erneuern und eine Strafe hinnehmen, um das Unheil von Rungholt abzuwenden.

»Ihr geht auf eure Posten, ich werde mit Ove Barwegen reden.«

Der Verwalter hob die Augenbrauen. »Im Ernst? Er wird Euch im besten Fall aus dem Rathaus werfen. Er ist verstockt, Frou Jaspers.«

»Ich weiß, aber ich muss es versuchen. Sorgt Ihr dafür, dass die Waffen verteilt werden, dass alle an ihrem Platz sind. Ich will jede noch so kleine Möglichkeit nutzen, den Krieg vielleicht doch zu verhindern.«

»Wie Ihr wünscht, Frou Jaspers.«

Fenna eilte über den Marktplatz, auf dem eine Mischung aus Verzweiflung und Hoffnung herrschte. Verzweiflung, weil ein riesiges Heer anrückte, Hoffnung, weil Hennerk Waffen brachte. Sie hetzte die Stufen zum Ratssaal hinauf, stieß die Tür auf. Ove Barwegen saß in seinem Stuhl, neben ihm sechs seiner Getreuen, und starrte sie an.

»Was wollt Ihr hier? Habt Ihr nicht schon genug Unheil angerichtet? Geht mir aus den Augen!«

Fenna zitterte vor Wut. »Habt Ihr die Glocken nicht gehört? Warum steht Ihr nicht in vorderster Kampflinie? Warum habt Ihr die Parlamentärsflagge noch nicht zur Hand? Ihr müsst mit Graf Nikolaus reden. Ihm Treue schwören.«

Der Redjeve setzte ein amüsiertes Lächeln auf. »Deswegen seid Ihr gekommen? Macht Euch keine Sorgen. Natürlich werde ich mit Graf Nikolaus verhandeln. Was glaubt Ihr denn? Ich werde gleich zum Tor des Schicksals aufbrechen.«

Fenna traute ihren Ohren nicht. Sollte Ove Barwegen tatsächlich zur Vernunft gekommen sein?

»Dann wünsche ich Euch viel Erfolg, Redjeve.«

»Habt Dank. Ich werde Euch das Ergebnis wissen lassen.«

Fenna hatte nichts mehr zu sagen. Sie glaubte dem Redjeven kein Wort, aber sie konnte auch nichts unternehmen, um Ove Barwegen zu irgendetwas zu zwingen. Sie konnte ihn nur beobachten. Also verließ sie das Rathaus, sattelte sich ein Pferd und postierte sich an der Ostgasse, die zum Tor des Schicksals führte. Ohne Unterlass strömten die Menschen hinaus und hinein, jeder hatte irgendetwas in der Hand, auf einem Karren oder dem Sattel, um die Barrikade zu verstärken.

Nur wenig später trat der Redjeve in vollem Ornat mit zehn seiner Männer aus dem Rathaus, sie bestiegen ihre Pferde und ritten an Fenna vorbei. Sie folgte ihnen zum Tor des Schicksals, Ove Barwegen beachtete sie nicht.

Die Barrikade war auf eine Höhe von über sieben Fuß angewachsen, in der Breite auf zwanzig, über die gesamte Länge der Landbrücke zwischen dem breiten südlichen Heverstrom und dem schmalen nördlichen Arm, der Rungholt umschlang. Blome Feddersen hatte seine Aufgabe großartig bewältigt. Vier Prahme bildeten das Rückgrat der Barrikade, die Planken waren mit nassem Leder bedeckt, damit sie nicht mit Brandpfeilen angezündet werden konnten. Rechts und links davon türmten sich Möbel,

Balken, Kleierde, Fässer. Alles, was nicht niet- und nagelfest war, steckte in dem Wall gegen die tödliche Gefahr, die Rungholt drohte.

Für einen Moment kam Fenna alles unwirklich vor, so als träumte sie und würde gleich aufwachen und über sich selbst lachen, über ihre Angst, über ihre Sorgen und Nöte. Doch sie wachte nicht auf. Männer riefen anerkennend ihren Namen, winkten, zogen ihre Hüte oder Kappen. Es machte sie stolz, dass die Leute sie wieder achteten, aber angesichts des drohenden Untergangs konnte sie sich nicht darüber freuen. Und wenn Rungholt den Angriff überstehen sollte, so war Frieden in weiter Ferne, solange Ove Barwegen seinen Träumen von Rungholt als Regierungssitz von Nordfriesland mit ihm als König nicht beerdigte.

Noch war es dunkel, bis auf einige Fackeln und kleine Feuer, an denen sich die Leute wärmten. Der Redjeve stieg auf die Barrikade hinauf, über eine Planke, die eingezogen würde, sobald der Angriff begann. Fenna folgte ihm, starrte in die Dunkelheit. Es war nichts zu sehen.

»Vielleicht kommen sie ja doch nicht«, höhnte der Redjeve, seine Männer lachten.

Fenna schwieg, rieb sich Augen, damit sie sich an die Dunkelheit gewöhnten. Plötzlich flammte ein kleines Licht auf. Rechts davon zwei weitere, und dann war da auf einmal ein ganzes Meer an Lichtern.

»Nikolaus ist gekommen«, sagte Fenna, »und er ist nicht allein.«

61

Fenna

»Es sind Tausende!«, sagte Hennerk, der plötzlich neben Fenna stand.

Am Himmel zeigte sich der erste Silberstreif, Fenna musste einige Zeit auf die Hunderte von Feuern gestarrt haben, die aufgeflammt waren. Ihr Herz hatte sich nicht beruhigt, im Gegenteil, es schlug so sehr, dass es schmerzte. Was gab es Schlimmeres als Krieg? Als Menschen, die nichts anderes im Sinn hatten, als sich gegenseitig zu töten?

»Aber wir sind gut vorbereitet«, ergänzte Hennerk. »Sie werden an unserem Wall zerschellen, wir werden sie abschießen wie die Eiderenten.«

Hennerk klang zuversichtlich und voller Mut. Fenna wollte ihm seine Kraft nicht mit ihrer Angst nehmen. »So wird es sein. Ich hoffe dennoch, dass es nicht dazu kommt. Der Redjeve will verhandeln, das hat er zumindest gesagt.«

Hennerk zog verblüfft die Augenbrauen nach oben. Rufe wurden laut. Zwei Reiter kamen auf den Wall zu, einer mit dem Banner des Grafen, der andere mit einer weißen Fahne. Fenna schöpfte Hoffnung. Nikolaus war nicht gekommen, um blind Rache zu nehmen. Er bot von sich aus Verhandlungen an. Es gab einen Ausweg, das Töten zu verhindern. Hoffentlich erkannte der Redjeve, dass nur er die Katastrophe noch abwenden konnte.

Ove Barwegen ließ ebenfalls eine weiße Fahne schwenken. Daraufhin kamen weitere Reiter aus dem Lager des Grafen. Fenna erkannte Nikolaus, der in der Mitte seiner Leibwache auf den Wall zuritt, außer Reichweite von Bolzen und Pfeilen anhielt. Ove Barwegen kletterte den Wall hinab, durch den es keinen Durchlass für Pferde gab, und ging mit vier seiner Männer dem Grafen entgegen, der von seinem Pferd abstieg. Das war ein Zeichen der Wertschätzung, denn er zeigte damit, dass er nicht über dem Redjeven stehen wollte während der Verhandlungen.

Der Graf steuerte auf Ove Barwegen zu, schließlich standen sie sich gegenüber. Fenna konnte kein Wort hören, dazu waren sie zu weit entfernt. Aber sie konnte das Gesicht des Grafen erkennen. Zunächst war es ernst, aber freundlich. Doch nach den ersten Sätzen, die der Redjeve sagte, verfinsterte sich seine Miene. Fennas dunkelste Befürchtungen schienen wahr zu werden. Der Redjeve wollte den Krieg nicht verhindern. Er zeigte auf den Wall, fuhr sich mit der Hand über die Kehle. Nikolaus prallte zurück, zwei seiner Männer zogen ihre Schwerter, doch mit einer Handbewegung befahl der Graf ihnen, sie zu senken. Einen Moment schien alles wie eingefroren. Niemand sagte oder tat etwas. Bis Nikolaus auf den Redjeven zeigte und mit hasserfüllter Miene etwas brüllte. Fenna musste ihn nicht verstehen, um zu begreifen, worum es ging. Der Graf wandte sich um, der Ring seiner Leibwächter schloss sich um ihn, der Redjeve machte kehrt und kletterte zurück auf den Wall. Alle schauten ihn entgeistert an, Fenna hätte ihn am liebsten geschüttelt.

Ove Barwegen erhob seine Stimme. »Volk von Rungholt! Der Graf hat es abgelehnt, sich zu ergeben. Also werden wir ihm eine Lektion erteilen. Wenn wir sein Heer zerschmettert haben, wird er auf Knien zu uns gekrochen kommen und uns um Frieden anflehen.«

Fenna war sprachlos. Der Mann hatte den Verstand verloren.

Sie wollte etwas sagen, doch sie kam nicht dazu. Hennerk stieß sie zur Seite. Mit ohrenbetäubendem Lärm schlug etwas in den Wall ein, Schmerzensschreie erschollen.

Fenna rappelte sich hoch, Hennerk deutete auf eine Düne, hinter der mit einem Mal Kriegsmaschinen sichtbar wurden.

Hennerk wurde blass. »Sie waren dort versteckt. Wir hatten keine Ahnung.«

Das nächste Geschoss schlug ein, tötete wohl ein halbes Dutzend Männer und riss ein Loch in den Wall.

»Runter«, brüllte Hennerk. »Zieht euch zurück. Wir müssen warten, bis sie kommen, und dann mit allem feuern, was wir haben.«

Immer mehr Geschosse schlugen ein. Alle liefen um ihr Leben, rafften zusammen, was sie greifen konnten, doch viele Waffen blieben am Wall zurück. Fenna schaute sich um. Wo war der Redjeve? Er war nirgends zu sehen. Dieser Feigling! Wahrscheinlich machte er sich aus dem Staub, denn er hatte erkannt, dass er alles verspielt hatte, und dass der Graf ihm die Hölle auf Erden bereiten würde, wenn er ihn zu fassen bekam.

Sie stolperten außer Reichweite der Geschosse. Fenna packte Hennerk an der Schulter. »Ove Barwegen will fliehen. Ich werde ihn mit meinen Knechten aufhalten. Er darf nicht entkommen.«

Hennerk nickte, seine Stirn war von Schweiß bedeckt. »Tu das, Fenna. Ich versuche, die Verteidigung neu aufzubauen. Mögen die Götter mit uns sein.« Er schloss sie kurz in seine Arme, dann rannte er los und bellte Befehle.

Fenna schwang sich auf ihr Pferd und preschte zurück in die Stadt, die Glocken von St. Bonifatius begleiteten sie mit Sturmgeläut. Kaum war sie auf dem Markt angekommen, als sie einer ihrer Sieder aufhielt, die Augen schreckgeweitet.

Er war so außer Atem, dass er kaum sprechen konnte. »Frou Jaspers! Sie kommen über den Heverstrom! An der alten Mühle. Mit kleinen Prahmen. Wir sind verloren! Flieht! Rette sich, wer kann.«

Fenna sprang vom Pferd und packte den Mann an seiner Gugel. »Wie viele sind es?«

»Vierzig, vielleicht fünfzig.«

Nur ein Stoßtrupp, Gott sei Dank, vermutlich, um den Redjeven gefangen zu nehmen oder Feuer zu legen. Vielleicht auch, um auszuloten, ob diese Seite der Stadt verteidigt wurde und ob es möglich war, über den Heverstrom und den Schlund einzudringen. Wie auch immer. Sie mussten aufgehalten werden.

»Wage es nicht davonzurennen. Trommle sofort alle Männer zusammen, die du finden kannst. Sie sollen zu meinem Haus kommen. Ich werde ihnen Waffen geben.« Fenna hatte drei Dutzend Armbrüste als eiserne Reserve aufgehoben, für den Fall, dass sie in den Straßen kämpfen mussten. Dass es so schnell dazu kommen würde, damit hatte sie nicht gerechnet.

Der Mann nickte, machte kehrt. Fenna stürzte ins Haus, ließ Frauke erst gar nicht zu Wort kommen.

»Bring mir mein Schwert. Und schaff die Armbrüste

vors Haus. Gleich kommen Männer, die sie mitnehmen. Ich werde sie anführen, denn Söldner von Graf Nikolaus versuchen, den Heverstrom an der alten Mühle zu überqueren.«

Frauke nickte grimmig. »Ich komme mit Euch. Ein Schwert kann ich ebenfalls führen, wie jede gute Frau des Nordens. Und es wäre nicht das erste Mal, dass ich einen Hundsfott in die Hölle schicke.«

Fenna hatte nicht gewusst, dass Frauke eine wahrhafte Kriegerin war und ihr an Kampferfahrung weit voraus. Im Gegensatz zu ihr hatte Fenna noch nie jemanden verletzt, geschweige denn getötet. Doch sie war wild entschlossen, alles zu geben. Sie empfand neue Zuversicht. »Gut, dann werden wir Seite an Seite stehen.«

Frauke ballte die Faust. »Wehe dem, der Hand an Euch legt. Er wird sich wünschen, nie geboren worden zu sein.«

Fenna nickte Frauke zu. »Ich habe einen neuen Schutzengel. Was soll mir jetzt noch Schlimmes widerfahren?«

Gemeinsam schafften sie die Waffen vor die Tür, doch es ließ sich niemand blicken. Der Sieder hatte sie belogen und das Weite gesucht.

»Dann eben ohne die Männer«, sagte Frauke. »Ich bin nicht die Einzige, die zu kämpfen versteht.«

»Du hast recht. So wie ich haben auch die meisten anderen Frauen Rungholts gelernt, mit Waffen umzugehen. Dann nichts wie los.«

Sie rannten von Tür und Tür, und schnell waren mehr Frauen versammelt, als Fenna Waffen hatte, doch viele brachten ihre eigenen mit: Bögen, Schwerter und Streitäxte.

Fenna blickte stolz auf die kleine Streitmacht. In allen Augen sah sie Entschlossenheit. Jede Frau würde bis zum letzten Atemzug kämpfen, denn sie verteidigten ihre Kinder und ihr Zuhause.

»Frauen! Hört gut zu. Die Söldner werden nicht damit rechnen, dass sie es mit uns zu tun bekommen, mit wahren Kriegerinnen. Wir werden sie in Sicherheit wiegen, so tun, als wollten wir flüchten. Wir nehmen Karren, damit es so aussieht, als wollten wir unser Hab und Gut retten. Doch unter den Planen werden die gespannten Armbrüste, die Bögen, Schwerter und Äxte warten.« Sie blickte jeder Einzelnen in die Augen. »Seid ihr bereit?«

Sie stießen keinen Schlachtruf aus, wie die Männer es gerne taten, sondern nickten still. Fenna spürte die Kraft dieser Frauen und schwor sich, diesen Moment nicht zu vergessen, sollte sie den Tag überleben.

Schnell packten sie die Waffen auf die Karren, deckten sie ab und brachen im Laufschritt auf. Hoffentlich waren die Söldner noch nicht gelandet.

Nassgeschwitzt und außer Atem kamen sie an der alten Mühle an, duckten sich hinter den Deich. Noch war niemand zu sehen, aber sie hörten das gleichmäßige Geräusch, wenn Ruder ins Wasser schlugen, und das Ächzen der Männer, die mit aller Kraft gegen den Heverstrom ankämpften. Gut so. Sie würden mit matten Armen in die Schlacht gehen.

Fenna gab das vereinbarte Zeichen. Mit zwanzig Frauen zerrte sie die Karren auf den Deich. Tatsächlich war gerade der erste Prahm angelandet und spuckte ein Dutzend grimmige Söldner aus. Sie hatten Planken vom Boot unten auf den Deich fallen lassen, sodass sie trockenen Fußes an Land gehen konnten. Die anderen Prahme waren nicht mehr weit entfernt, ein zweiter warf gerade die Planken auf den Deich. Doch im Heverstrom trieben viele andere

Prahme ab, gerieten in Strudel und sanken. Die Söldner stürmten mit gezogenen Schwertern los, aber dann hielten sie plötzlich inne.

Ein vierschrötiger Kerl, ein Hüne von einem Mann, lachte laut los. »Was für eine Begrüßung, Männer. Wer hätte das gedacht? So viele Leckerbissen, die direkt in unser Maul fliegen. Das muss das Paradies sein. Man hat uns nicht zu viel versprochen.« Er leckte sich über die Lippen und deutete auf Fenna. »Die Rothaarige da, die kriege ich, den Rest könnt ihr euch teilen.« Er steckte sein Schwert weg, ebenso wie seine Männer, und stapfte den Deich herauf.

Fenna stemmte die Hände in die Hüften. »Mann, bleib stehen, wenn du nicht sterben willst. Ich sage es nicht noch einmal.« Hoffentlich sah der Söldner nicht, dass sie zitterte.

Der Hüne schlug sich auf die Schenkel, zeigte auf sie und meinte: »Du kleine Metze, dir werd ich's besorgen. Zuerst mit meinem Speer aus Fleisch und dann mit meinem Messer. Ich werde deine Brüste den Fischen zum Fraß vorwerfen.« Er zog sein Schwert und stürmte weiter den Deich hinauf, seine Männer hinter ihm her.

Fenna hob den Arm und ließ ihn sinken. Alle Frauen, die auf dem Deich standen, griffen in die Karren, so auch Fenna, zogen die gespannten Armbrüste hervor, legten an, zielten und drückten ab. Gleichzeitig tauchten Frauke und der Rest der Kriegerinnen auf und drangen auf die völlig überraschten Söldner ein. Das geschah so schnell, dass Fenna gar nicht zum Nachdenken kam. Ihr Bolzen schlug in die Brust des Hünen ein, der die Augen aufriss, einen gurgelnden Laut von sich gab und im Laufen vornüberkippte. Fenna starrte den toten Körper an. Obwohl er sie hatte schänden und umbringen wollen, war sie entsetzt darüber, einen Menschen getötet zu haben. Sie erstarrte, konnte nicht einen Muskel mehr bewegen.

Großes Geschrei setzte ein. Nicht alle Männer waren tödlich getroffen, einige wälzten sich am Boden, mit Bolzen in ihren Gliedmaßen oder im Bauch, andere waren unverletzt, zogen ihre Schwerter und drangen auf die Frauen ein.

Fenna wurde übel, sie ließ die Armbrust fallen. Sie hatte nicht gewusst, wie furchtbar eine Schlacht wirklich war. Am liebsten hätte sie sich verkrochen, doch Frauke rüttelte sie.

»Fenna, Ihr müsst jetzt stark sein. Es kommen immer mehr Männer an Land. Sie werden uns töten, wenn wir nicht kämpfen.«

Fennas Lähmung schwand. Nicht sie hatte den Kampf begonnen, nicht sie trug Schuld am Tod der Männer. Sie packte die nächste gespannte Armbrust, legte an und schoss. Ein weiterer Mann fiel. Doch auch in ihren Reihen gab es die ersten Verluste. Von den Prahmen her kamen Bolzen geflogen. Drei Frauen lagen in ihrem Blut. Aber keine der anderen wankte. Sie schossen Salve um Salve ab und trieben die Männer zurück auf ihre Boote oder ins Wasser, wo sie entweder ertranken oder von einem Geschoss erwischt wurden. Als Fenna den letzten Bolzen verschossen hatte, zog sie ihr Schwert und kam einer Frau zu Hilfe, die verletzt am Boden lag, über ihr ein Söldner, der zum tödlichen Schlag ausholte. Fenna schwang ihre Klinge und stieß einen tierischen Schrei aus. Der Söldner erblickte sie, und als hätte er einen Geist gesehen, warf er sein Schwert weg und floh. Doch er kam nicht weit. Mehrere Pfeile durchbohrten ihn. Plötzlich hörte der Beschuss vom Wasser her auf. Die Prahme wendeten, die Söldner flohen in Panik, vergaßen, die Boote richtig zu steuern. Sie gerieten in den Mahlstrom und ertranken. Auch jetzt hatte keine der Frauen das Bedürfnis zu jubeln.

»Kümmert euch um die verletzten Frauen«, rief Fenna. »Wenn ihr sie versorgt habt, könnt ihr unseren Feinden helfen.«

Frauke trat neben Fenna, von ihrer Schwertspitze tropfte Blut. »Ein sehr guter Schuss, Frou Jaspers. Ihr habt das Scheusal gefällt wie einen Baum.«

Fenna reichte Frauke die Hand. »Du hast mich gerettet in der höchsten Stunde der Not, indem du mich wachgerüttelt hast. Das werde ich dir nie vergessen. Wir sind nun durch Blut verbunden, also nenn mich ab jetzt Fenna und nicht mehr Frou Japsers.«

Frauke traten die Tränen in die Augen. »Wie Ihr wünscht, Frou … wie du wünschst, Fenna.«

Fenna drückte die verblüffte Frauke fest an sich, dann machte sie sich los. »Ich reite zum Wall. Du gibst acht, dass die Söldner nicht noch einmal versuchen, den Heverstrom zu überwinden.«

»Sollten sie es versuchen, werden sie es mit ihrem Leben bezahlen.«

Fenna rannte nach Hause, schwang sich auf ihr Pferd und gab ihm die Sporen. Sie fühlte sich so stark wie noch nie in ihrem Leben.

62

Hennerk

Den mächtigen Geschossen der Onager und Triboken hatte der Wall nichts entgegenzusetzen. Es dauerte nicht lange, bis mehrere Breschen klafften, so breit, dass sie unmöglich verteidigt werden konnten.

Hennerk betrachtete die Männer, die sich zurückgezogen hatten und auf den Angriff warteten. Allen war klar, dass sie nicht gewinnen konnten. Sie hätten viertausend gut bewaffnete und entschlossene Männer gebraucht, um dem Heer des Grafen standzuhalten. Dennoch machte keiner von ihnen Anstalten, aufzugeben. Sie würden verlieren, doch Nikolaus würde einen hohen Preis für seinen Sieg zahlen müssen. Am Ende der Schlacht würde Rungholt fallen, aber das Heer des Feindes würde so stark dezimiert sein, dass es so bald niemanden mehr überfallen konnte. Jeder Rungholter, ob Mann oder Frau, würde vier Söldner mit ins Jenseits nehmen.

Der Beschuss hörte auf. Es war so weit. Kimi, Ragnar und Klaas standen an Hennerks Seite.

»Ab jetzt kämpfen wir nur noch für unseren Freund, für unseren Kameraden, der neben uns steht. Noch in hundert Jahren sollen Heldenlieder unseren Mut besingen«, sagte Kimi.

Ragnar verzog das Gesicht. »Ich will hoffen, dass in keiner Zeile meine Angst besungen wird.«

»Wir alle haben Angst«, gab Hennerk zu. »Doch wir überwinden sie. Das ist der Unterschied zwischen Mut und Feigheit. Und glaubt mir: Welchem Gott ihr auch folgt. Er wird euch in euer Paradies aufnehmen oder nach Walhall begleiten oder wohin auch immer. Und wenn stimmt, was man seit Generationen erzählt, werden wir uns bald wiedersehen.«

»So sei es«, sagten alle vier im Chor. Dann nahmen sie ihre Waffen auf, und nur einen Moment später drangen Hunderte Ritter auf ihren Schlachtrössern durch die Breschen im Wall ein. Ein Bolzenhagel erwartete sie, auch die Feuerbüchsen forderten ihren Tribut, und die Bögen taten das Übrige. An die zweihundert starben, sie hatten wohl nicht mit solch hartem Widerstand gerechnet. Dennoch stürzten sich die Ritter auf die erste Verteidigungslinie wie die Wölfe auf die Schafe und mähten einen Mann nach dem anderen nieder, vierhundert fielen, ein Blutbad sondergleichen. Hennerk blies ins Horn und schickte damit jeden Mann gegen die anstürmenden Ritter. Er, seine Freunde und alle anderen, die ein Pferd besaßen, warfen sich den Gepanzerten entgegen. Um einen von ihnen zu besiegen, mussten zwei von Hennerks Leuten ihr Leben lassen. Hennerk schwang sein Schwert und drang auf einen Ritter ein, der Kimi niederstrecken wollte. Er drosch ihm seine Klinge auf den Helm, beulte ihn ein, sodass der Ritter nichts mehr sah und blindlings um sich schlug. Ein Hieb traf Sleipnir, der wiehernd stieg. Hennerk verlor das Gleichgewicht und kippte aus dem Sattel, sah, wie sein Pferd mit vor Panik geröteten Augen davonstob. Sleipnir kannte kein Schlachtgetümmel und tat, was seine Natur ihm befahl, er floh, so schnell er konnte. Recht hatte er. Was hatte er zu tun mit den Menschen, die sich gegenseitig erschlugen und auch vor den edlen Rössern nicht haltmachten?

Benommen rappelte er sich auf, ein Ritter stob auf ihn zu, das Schwert erhoben. Hennerk erkannte, dass er so gut wie tot war. Doch im letzten Moment zerrte ihn jemand auf ein Pferd. Es war Ivar, der ihn angrinste und brüllte: »Heute ist Zahltag, Ydsinglond, du hast doch nicht geglaubt, dass ich als Schuldenbuckel in Walhall einkehre.«

Er ließ sein Pferd steigen, brachte damit den Ritter aus dem Gleichgewicht und schlug ihm den Morgenstern auf den Helm. Hennerk klammerte sich fest, sah, wie der Ritter umsank. Doch ein zweiter kam von der Seite, Ivar konnte nicht mehr ausweichen, der Schwerthieb trennte ihm den Kopf vom Rumpf, er fiel aus dem Sattel. Hennerk bekam sein Schwert zu fassen und trieb es dem Ritter zwischen Helm und Schulter in den Hals. Blut spritzte und blendete ihn, er schlug jetzt ebenso blind um sich wie vorher der Ritter, dem er den Helm zerbeult und damit die Sicht genommen hatte. Doch niemand stellte sich ihm in den Weg. So plötzlich wie der Angriff gekommen war, war er auch vorbei, so fühlte es sich zumindest an. Hennerk brachte Ivars Pferd unter Kontrolle, sah sich um und begann zu weinen. Das Schlachtfeld war getränkt vom Blut, die Schreie der Verwundeten und Sterbenden waren ohrenbetäubend.

Obwohl sie den Feind vorerst in die Flucht geschlagen hatten, konnte Hennerk keine Freude empfinden. Er konnte gar nichts empfinden. Sein Körper lebte noch, doch seine Seele fühlte sich wie ein kalter Stein an. Vielleicht war das gut so. Wäre es anders gewesen, er wäre als hilfloses Bündel unter Tränen zusammengebrochen. Doch so konnte er klar denken.

Die Ritter hatten sich zurückgezogen, die Verluste des Grafen waren enorm, doch die ihren ebenfalls. Einen zweiten Angriff würden sie nicht überstehen, zumal jetzt die Söldner, die Pikeniere und Armbrustschützen kommen würden. Sie hatten mehr als die Hälfte ihrer Männer verloren, die Büchsen waren abgeschossen, die Armbrüste wertlos, denn es gab keine Bolzen mehr. Das Tor des Schicksals war die Hölle auf Erden, es war die Ragnarök, der Weltuntergang. Es war an der Zeit, sich zu ergeben, sich der Gnade des Grafen auszuliefern. Vielleicht würde er die Frauen und Kinder verschonen.

Kimi kann auf ihn zu, er war von oben bis unten blutbespritzt und schien um Jahre gealtert. Immerhin lebte er noch.

»Hast du Ragnar gesehen oder Klaas?«

Hennerk schüttelte müde den Kopf. Sie hatten sich am Beginn der Schlacht aus den Augen verloren.

Kimi ließ den Kopf hängen. »Wofür das alles?«

»Für unsere Freiheit, Kimi, nur dafür.« Hennerk spürte, dass sich daran nichts geändert hatte. »Lieber sterbe ich, als Sklave zu sein.«

»Dein Wunsch wird dir bald erfüllt werden. Dann lass uns wenigstens in vorderster Reihe kämpfen.« Er schaute Hennerk an. »Was meinst du, wird es wirklich Heldenlieder über uns geben?«

Hennerk zweifelte daran, aber er wollte seinem Freund nicht seinen Traum nehmen. »Das ist so sicher, wie morgens die Sonne aufgeht und abends wieder unter. Maiden werden unser Loblied singen, und Väter werden ihre Söhne nach uns benennen.«

Kimi lächelte. »Dann lass uns dem Grafen zeigen, wer wir sind.«

Aber wir sollten ihm nicht zeigen, wie viele wir sind, dachte Hennerk und gab seinem Pferd die Sporen.

63

Fenna

Als Fenna am Wall ankam, verließ sie jede Zuversicht. Vor dem Wall breitete sich das Schlachtfeld aus, mit Hunderten Toten und Verletzten. Ihr Herz schien bersten zu wollen angesichts solch unermesslichen Leids. Selbst wenn sie überlebte, wie sollte sie jemals wieder Frieden finden?

Rungholts Frauen irrten zwischen den Toten umher, versuchten, ihre Angehörigen zu finden, und versorgten die, die noch lebten. Im Wall klafften riesige Lücken, die Kriegsmaschinen hatten alles zerstört, was ihnen in den Weg gekommen war. Bis auf einen Prahm mit Mast und gerefften Segeln, der wie durch ein Wunder noch unversehrt war.

Vorsichtig ritt sie über das Schlachtfeld, Tränen standen in ihren Augen. Doch für Trauer war keine Zeit. Sie musste ihren Leuten zu Hilfe eilen. Jede Hand wurde gebraucht, sie würden ihre Haut teuer verkaufen. Vor dem Wall hatten sich alle versammelt, die noch kämpfen konnten. Es waren vielleicht vierhundert. Darunter auch viele Frauen, einige, die Seite an Seite mit ihren Männern kämpften, andere, die sich zu Gruppen zusammengeschlossen hatten, und die kümmerlichen Überreste der Schützengilden der Amtsviertel.

In der Mitte sah sie Hennerk. Er wenigstens lebte noch. Gott sei Dank. Neben ihm saß Kimi auf seinem Ross. Doch von Klaas und Ragnar keine Spur. Vielleicht waren sie unter den Verletzten. Eine schwache Hoffnung, nicht mehr. Und selbst wenn. Nikolaus würde keine Gnade walten lassen, würde keine Gefangenen machen. Rungholt hatte sich gegen ihn gestellt, ihn verhöhnt und bedroht, und Rungholt würde dafür büßen.

Das Heer des Grafen kam näher. Dicht an dicht sahen die Piken aus wie ein wandelnder Wald. An den Flanken hatte Nikolaus die Berittenen platziert. Ein zweites Mal würde er sich nicht hinters Licht führen lassen.

»Wer hätte gedacht, dass wir in einer Schlacht sterben«, sagte Hennerk. »Ich war mir sicher, dass ich im Kreise meiner Enkel und Urenkel nach einem Krug Wein am Kamin die Augen für immer schließen würde.«

Fenna blickte auf die vorrückenden Söldner. Es lief ihr eiskalt über den Rücken. Doch der Tod schreckte sie nicht mehr. Sie wünschte sich nur, dass es schnell ging. Ein Bolzen ins Herz oder ein Schwert, das ihr den Schädel spaltete.

»Wir sollten mit unserer Reiterei den Anfang machen. Was hältst du davon?«, fragte sie Hennerk.

»Noch ein wenig Spaß, bevor wir abtreten. Warum nicht?«

Diesen Galgenhumor konnte Fenna nicht teilen. Sie sahen dem Tod ins Auge. Und viele würden ihnen folgen, da sie versagt hatte. Sie hatte die Stadt und die Menschen nicht schützen können. Schon längst hätte sie Ove Barwegen absetzen müssen. Doch jetzt war es zu spät. Sie blickte an der Reihe der Reiter entlang. Es würde kein Spaß werden, aber sie empfand Stolz, dass sie mit so vielen tapferen und treuen Freunden in die Schlacht ritt und sie nicht klein beigaben. Hennerk nickte ihr zu. Sie lächelte, hob den Arm und schrie, so laut sie konnte:

»Zum Angriff! Für Rungholt!«

Wer einen Speer hatte, senkte ihn, wer ein Schwert hatte, ließ es sirrend aus der Scheide gleiten, wer mit dem Morgenstern kämpfte, fasste ihn fest mit der einen Hand, die Zügel mit der anderen.

Fenna ließ ihr Pferd zuerst im Schritt gehen, dann im Trab, schließlich fiel sie in einen langsamen Galopp. Die Reihen des Grafen rückten näher, außer dem Schnauben der Pferde und dem schweren Schnaufen der Krieger war nicht viel zu hören. Der Sand verschluckte das Dröhnen der Hufe. Wäre es nicht so gewesen, hätte Fenna nicht die Hörner gehört, die Hörner der Harden, unverwechselbar mit ihrem tiefen klagenden Ton. Der Angriff musste abgebrochen werden. Sie hob eine Faust.

Sofort parierten alle ihre Pferde durch. Hennerk zeigte auf die Düne, hinter der die Kriegsmaschinen aufgetaucht waren. Sie standen in Flammen, Feuer loderte auf, und dichte Reihen von Reitern erklommen die Spitze. Sie waren gekommen.

Alle waren gekommen, Rungholt beizustehen. Die gesamte Streitmacht Nordfrieslands stellte sich Graf Nikolaus entgegen. Nun würden sich zwei Heere miteinander messen, die gleich stark waren. Ein furchtbarer Gedanke, denn beide Seiten würden bis zum letzten Tropfen Blut kämpfen. Das durfte nicht sein. Jetzt war es an der Zeit, zu tun, was schon längst hätte getan werden müssen.

»Hennerk! Du musst mir den Stab des Redjeven und die Kette aus dem Rathaus holen. Nimm Getreue mit, die den Redjeven festsetzen. Ich glaube, das wird nicht schwierig sein, denn alle haben gesehen, dass er ein Feigling ist. Niemand wird so töricht sein, ihn zu verteidigen. Und beeil dich. Wir haben nicht viel Zeit.«

»Du willst verhandeln, jetzt, wo wir gleich stark sind«, stellte Hennerk fest. »Das ist das Beste, das wir tun können.«

Er rief mehrere Namen und sprengte mit einem Trupp von zwanzig Männern davon. Nun kam es darauf an, dass der Graf so vernünftig war, wie Fenna hoffte, und nicht doch Rachsucht von seiner Seele Besitz ergriffen hatte. Sie ließ ein weißes Tuch bringen, band es an einen Speer und ritt allein den Reihen des Grafen entgegen. Sie rechnete jeden Augenblick damit, von einem feindlichen Pfeil niedergestreckt zu werden. Doch stattdessen löste sich ein Reiter und näherte sich ihr. Es war Graf Nikolaus, er blieb eine Pferdelänge vor ihr stehen.

Er lächelte sie an, und das war nicht gespielt. »Fenna Jaspers, bei der Heiligen Jungfrau Maria, ich bin mir nicht sicher, ob ich mich freuen soll oder nicht, Euch hier wiederzusehen.«

Fenna konnte noch immer nicht verstehen, wie man vom einen auf den anderen Augenblick seinen Todfeind freundlich begrüßen konnte, so als ob nichts vorgefallen wäre. Aber sie musste das Spiel mitspielen, musste dem Grafen zeigen, dass sie nicht aus demselben Holz wie er geschnitzt war, sondern aus einem anderen, aber ihm dennoch ebenbürtigen.

»Ihr solltet Euch freuen, Hoheit, denn ich bringe Euch frohe Kunde.«

Das Lächeln des Grafen wurde breiter, und sie konnte Bewunderung in seinen Augen erkennen. Er schwieg.

»Wie Ihr seht, sind gute Freunde von uns eingetroffen, ein wenig spät, aber so ist das bei den Nordfriesen.

Sie plaudern gern, und da vergessen sie manchmal das eine oder andere.«

Die Mundwinkel des Grafen zuckten, dann brach er in schallendes Gelächter aus. Als er fertig war, deutete er eine Verbeugung an. »Noch nie hat mich ein Parlamentär zum Lachen gebracht, Frou Jaspers. Das ist etwas Besonderes, aber glaubt nicht, dass ich deshalb weniger hart mit Euch umspringen werde.«

»Dasselbe gilt für mich, und ich glaube, dass Eure Position es nicht rechtfertigt, mit mir in irgendeiner Weise umzuspringen. Wie Ihr gemerkt habt, sind Eure Kriegsmaschinen dahin, Ihr seid von zwei Seiten eingekesselt, und Eure Männer dürften nicht allzu begeistert sein, dass sie plötzlich einen ehrenhaften Kampf führen müssen, Mann gegen Mann, ohne drückend überlegen zu sein. Was meint Ihr?«

Dem Graf verging das Lachen. Seine Miene wurde finster. »Mir ist es ein Rätsel, warum die Harden sich Euch anschließen. Meine Spione meldeten, dass sie es nicht bedauern würden, wenn Rungholt fiele.«

»So seid Ihr der ältesten Kriegslist aufgesessen, die es gibt.«

»So sieht es aus, in der Tat. Ihr habt mich getäuscht. Ihr habt meine Spione mit falscher Rede gefüttert. Aber egal, wer heute als Sieger vom Feld geht, und es ist noch lange nicht ausgemacht, wer das ist, ich werde wiederkommen, mit mehr Männern, zu Lande und zu Wasser. Ihr werdet keinen Augenblick Ruhe mehr haben, ich werde die Gewässer vor Eurem Hafen zu einem Schiffsgrab machen. Niemand wird mehr Handel mit Euch treiben wollen.«

Fenna gelang es, zu schmunzeln, was den Grafen sichtlich aus der Fassung brachte. Tatsächlich schreckte Fenna seine Drohung nicht. »Große Worte, die zu einem Herrscher passen, der erst handelt und dann denkt.«

Fenna rechnete mit einer heftigen Antwort, doch der Graf schwieg.

Wo blieb nur Hennerk? Hatte Ove Barwegen sich gewehrt? Gab es einen Kampf um das Rathaus? Ihr lief die Zeit davon. Ihr Plan konnte nur gelingen, wenn sie wieder in Amt und Würden war. Sie musste den Grafen hinhalten.

»Wir werden Euch nicht einfach so gehen lassen, Hoheit. Wir werden Euch festsetzen und als Unterpfand nehmen, damit die Schleswiger und Holsteiner unsere Geschäfte nicht stören.« Sie beugte sich zu Nikolaus hinüber, der nach Moschus roch. »Ihr habt uns mit den Kriegsmaschinen überrascht, ja, so ist es. Der Wall ist zerstört. Aber in Rungholt warten zweitausend Krieger – und Kriegerinnen. Man sollte Euch berichtet haben, was mit Eurem Stoßtrupp geschehen ist, nicht wahr? Das war nur eine kleine Einheit unseres Heeres, und es war nicht einmal die beste.«

Der Graf wurde erst rot, dann blass. »Ihr solltet die Schlagkraft meiner Männer nicht unterschätzen. Jetzt, da sie in der Falle stecken, werden sie ums nackte Überleben kämpfen.«

Er stutzte, zeigte über Fennas Schulter, legte eine Hand an sein Schwert und ließ sein Pferd einige Schritte rückwärtsgehen.

»Graf Nikolaus, habt keine Sorge. Es ist mein Amtsdiener. Er bringt mir den Stab des Redjeven, die Kette und auch den Umhang.«

»Aber Ove Barwegen ist Rungholts Redjeve.«

»Nicht mehr.«

Hennerk hielt sein Pferd an, deutete eine Verbeugung

gegenüber dem Grafen an und überreichte Fenna die Insignien, die bewiesen, dass sie wieder der Redjeve war. Sie nickte ihm zu, er preschte davon. Der Graf entspannte sich.

»Nun können wir verhandeln, Hoheit. Mein Angebot: Ich als Redjeve der Stadt Rungholt erneuere den Bund mit Euch, so wie wir ihn geschlossen haben. Jeder trägt seinen eigenen Schaden. Ihr zieht unbehelligt ab. Dafür bürge ich mit meinem Wort und meiner Ehre als Redjeve und Tochter des Tammo Jaspers.«

Der Graf starrte sie an. Doch diesmal wurde ihr nicht heiß wie bei ihrem ersten Treffen. Sie hielt seinem Blick ohne Mühe stand. Er wusste, dass sie wusste, dass er heute kein besseres Angebot bekommen würde.

»Dass Ihr anmaßend seid, haben Wir Euch bereits beim letzten Mal gesagt. Dass Ihr allerdings auch noch unverschämt seid, in einem Maße, das alles übersteigt, was Wir Uns jemals hätten vorstellen können, das haben Wir erst heute erkannt.«

»Also seid Ihr einverstanden.« Fenna lächelte den Graf auf eine Art an, wie man gute Freunde anlächelt, die ein wunderbares Geschenk mitgebracht haben.

»Wir sind einverstanden, Frou Jaspers, Redjeve von Rungholt. Schlachten sind nicht Unser Steckenpferd, das überlasse ich meinem Bruder.« Er blickte in den Himmel. »Und wie es aussieht, schlägt das Wetter um. Wenn mich meine Gelenke nicht täuschen, zieht Sturm auf. Nun denn. Wir werden die nötigen Dokumente aufsetzen und Euch zukommen lassen und dem Anführer der Harden Bescheid geben, dass die Schlacht zu Ende ist. Übrigens, keine schlechte Idee, den Sohn des ehemaligen Redjeven zu senden.«

Fenna blieb fast das Herz stehen. Jorik! Er hatte die Harden hinter sich versammelt und nach Rungholt geführt. Als wäre ein Blitz eingeschlagen, durchflutete sie ihre heiße Liebe. Doch empfand er dasselbe? Fenna zwang sich, dem Grafen zuzuhören, sie durfte die Verhandlungen nicht durch Unachtsamkeit am Ende doch noch scheitern lassen.

Nikolaus senkte die Stimme, obwohl niemand ihn hören konnte. »Versprecht mir eins: Bleibt Redjeve, so lange es irgend geht. Wenn Ihr Unterstützung benötigt, wendet Euch an mich. Es mag seltsam klingen, aber Euch kann ich vertrauen.«

»Ich werde mein Bestes geben, Hoheit.«

Der Graf deutete eine Verbeugung an, dann wendete er sein Pferd, stieß einen Schlachtruf aus und galoppierte davon.

Fenna saß wie betäubt auf ihrem Pferd. Sie hatte Rungholt gerettet. Sie und Jorik. Gemeinsam hatten sie den Untergang verhindert. Erst als die Hörner der Harden den Friedensschluss verkündeten, erwachte sie aus ihren Gedanken, die sich nur um eine Frage gedreht hatten:

Würde Jorik sie noch haben wollen?

64

Jorik

Noch nie in seinem Leben hatte Jorik sich so über den Klang der Hörner gefreut. Sie hatten es vollbracht. Das feindliche Heer zog ab, die alten Eide zwischen Rungholt und dem Grafen wurden erneuert, es kehrte wieder Friede ein.

Der Jubel der Krieger war wie Sturmtosen. Die meisten gingen augenblicklich wieder nach Hause, obwohl Jorik sie eingeladen hatte, mit ihnen zu feiern. Aber er konnte die Männer gut verstehen. Sie wollten nicht länger als unbedingt nötig ihren Familien fernbleiben, sie hatten zu tun, denn auch im Winter mussten sie ihr Vieh versorgen, Netze flicken und Dächer decken. Und niemand wusste, ob Atterdag nicht die Abwesenheit der Männer nutzte, um die nördlichen Harden zu plündern.

Sie hatten nur wenige Tote zu beklagen. Als sie das Lager Graf Nikolaus' gestürmt hatten, waren sie auf keinen nennenswerten Widerstand gestoßen. Alle waren ausgerückt, und Jorik hatte befürchtet, dass er zu spät kam. Die meisten Wachen hatten sich ergeben, ihnen war kein Leid geschehen. Die Kriegsmaschinen ließ Jorik sofort in Brand setzen, dann nahm er die Dünen ein und hätte fast den Befehl zum Angriff gegeben, weil er die kleine Schar Rungholter vor dem zerstörten Wall gegen das Heer des Grafen hatte anreiten sehen. Doch dann war es anders gekommen.

Jorik ließ sein Pferd im Schritt gehen, eine Handvoll Männer begleiteten ihn, die Söldner des Grafen zogen an ihnen vorbei, den Blick auf den Boden gesenkt.

Jorik grübelte darüber nach, wie er Fenna gegenübertreten sollte. Sie war die mutigste Frau, die er je gekannt hatte, mutiger als die meisten Männer. Und sie war klug. Sie hatte seinen Plan erkannt, seinen Vater abzusetzen und mit dem Grafen zu verhandeln. Nur mit diesem Versprechen hatte er die Harden davon überzeugen können, ihm zu folgen. Sie hatten ihn daraufhin kurzerhand zum Anführer gemacht, so lange, bis die Verhandlungen abgeschlossen sein würden.

Fenna war ihm zuvorgekommen, hatte weitaus bessere Bedingungen herausgeschlagen, als er es gewagt hätte. Er hätte angeboten, eine Strafe zu zahlen und auch die jährlichen Abgaben zu erhöhen und den Schaden des Grafen zu begleichen. Fenna jedoch hatte Nikolaus die Stirn geboten. Wie hatte er ihr nur vorwerfen können, sie würde ihn im Stich lassen. Sie hatte recht damit, kein Salz mehr zu sieden. Eyk hatte schließlich den Beweis erbracht, dass das Land sank, und nur mit Glück hatten sie den letzten Sturm überstanden. Wie hatte er nur so blind sein können. Als ihm das klar geworden war, waren die Mauern, die er um sein Herz errichtet hatte, eingestürzt, und er hatte so heftig wie nie zuvor seine Liebe zu Fenna gespürt. Doch würde sie ihn überhaupt noch haben wollen? Er würde sich an sie herantasten, sie umwerben und neu erobern, so wie er es geschworen hatte. Das war der richtige Weg. Er sandte ein Stoßgebet nach dem anderen zu den Göttern und bat sie, ihm beizustehen.

Er erreichte den Wall und zog scharf die Luft ein, als er sah, wie hoch der Blutzoll war, den Rungholt hatte leisten müssen. Mit Schubkarren, Wagen und auf Pferderücken wurden die Toten weggebracht. Der Bischof ging umher und nahm allen die Notbeichte ab, damit niemand vor den Toren des Himmels warten musste. Jorik sah, dass er alle segnete, auch die, die um den Hals nicht das Kreuz trugen, sondern ein Symbol der alten Götter.

Jemand zeigte auf ihn. »Das ist er! Jorik Barwegen, der Sohn des verfluchten Verräters Ove Barwegen. Gut, dass der im Kerker sitzt.«

Jorik wurde es unheimlich. Würde man ihn für die Fehler seines Vaters verantwortlich machen?

Ein Mann mit blutigem Wams kam auf ihn zu, zeigte mit seiner Schwertspitze auf ihn.

Jorik beherrschte sich und machte keine Anstalten, seine Waffe zu ziehen. Sollte man ihn anklagen, würde er sich dem stellen.

Der Mann senkte das Schwert. »Er hat uns gerettet. Er hat die Krieger der Harden vereint und zu uns gebracht. Ihm gebührt Ehre! Er ist nicht wie sein Vater.«

Jorik stieß erleichtert die Luft aus.

Dutzende horchten auf, erhoben sich, klatschten oder riefen ihm Dankesworte zu. Er legte seine Faust aufs Herz und neigte demütig sein Haupt. Nicht er hatte Rungholt gegen die Übermacht verteidigt, sondern die Bürger, Männer wie Frauen. Ihnen gebührte die Hochachtung.

Jorik ritt weiter, hob den Kopf zum Himmel. Dicke Wolken ballten sich, eine Böe hatte ihn erfasst, war aber so schnell wieder verschwunden, wie sie aufgetreten war. Als er das Blutfeld hinter sich ließ, schwor er, er würde alles dafür tun, dass es nie wieder zu einer Schlacht kommen würde.

In der Stadt hatte es keine Schäden gegeben. Alles war so wie vor seiner Abreise, nur dass der Marktplatz in ein Spital verwandelt worden war, denn die Häuser waren bereits überfüllt. Unter freiem Himmel wurden die Verwundeten versorgt, die vor Schmerz stöhnten. Dieser Anblick war noch schrecklicher als der des Schlachtfelds, auf dem nur noch Tote gelegen hatten. Auch hier wurde er erkannt, und viele sprachen ihm ihre Hochachtung aus, und allen versicherte er, dass die wahren Helden die seien, die alles gegeben hatten, um Rungholt zu verteidigen.

Vor dem Rathaus stieg er ab, und mit einem Mal fühlte er sich todmüde. Zwar hatte er in den vergangenen Nächten so gut wie nicht geschlafen, aber das allein erklärte seine tiefe Erschöpfung nicht. Nein, seine Müdigkeit rührte von der Angst her, Fenna gegenüberzutreten, und seinem Vater. Er stieg die Stufen zum Ratssaal hinauf, zählte jede einzelne, und schließlich stand er vor der Tür. Zwei Büttel öffneten sie und baten Jorik herein. Kaum war er über die Schwelle getreten, als Applaus aufbrandete und er mit Jubelrufen überhäuft wurde. Er streckte sein Kreuz durch und trat vor den Tisch, an dem die Räte saßen – und der Redjeve. Der Lärm versickerte in den Wänden des Rathauses.

Er hob den Blick und sah in Fennas ernstes Gesicht, das er nicht deuten konnte.

Sie erhob sich, so wie alle anderen auch. »Jorik Barwegen! Ihr habt das Unmögliche möglich gemacht! Euch verdanken wir unser Leben.«

»Aber ich habe doch nur …«

Fenna unterbrach ihn. »Wir alle kennen Eure Bescheidenheit, und sie ist meist eine Zier. Doch heute ist sie fehl am Platz.« Sie klopfte mit dem Stab des Redjeven auf den Boden. »Huldigt diesem Mann, Bürger von Rungholt.«

Joriks Versuch, etwas zu sagen, ging in dem Jubel unter, den die Leute ihm zu Ehren veranstalteten. Viel lieber hätte Jorik Fenna mitgenommen zur Kate und sie gefragt, ob sie ihn heiraten wolle. Doch so wie sie sich ihm gegenüber benahm, so kühl, so unnahbar, schien ihm die Frage töricht. Er hatte Fenna verloren. Für immer. Er verbeugte sich, verließ das Rathaus, ging vorbei an dem Elend, das sein Vater verursacht hatte, und trat ein in das Haus, in dem er geboren worden war und das ihm dennoch plötzlich fremd erschien. Nur seinen Schwestern, die auf ihn zustürmten, denen fühlte er sich nah wie immer. Sie drückten ihn fast zu Tode, er machte sich los.

»Wo ist Mutter?«, fragte er und schaute in drei betroffene Gesichter.

»Bei Vater«, sagte Rieke. »Er sitzt im Kerker, Mutter bringt ihm etwas zu essen.«

Es war üblich, dass die Angehörigen die Häftlinge versorgten. Obwohl Jorik es bereits gehört hatte, traf es ihn ins Mark, dass sein Vater eingesperrt war. Auf Fennas Befehl. Sie hatte nichts anderes machen können, er wäre genauso vorgegangen. Insofern war er dankbar, dass er nicht gezwungen war, seinen eigenen Vater in Ketten zu legen.

Etwas schlug an die Tür. Jorik horchte auf. Der Wind heulte um die Mauern. Er trat hinaus auf den Markt. Die Menschen rannten durcheinander, Schindeln flogen von den Dächern. Jorik lief ein kalter Schauer über den Rücken. Der Graf war besiegt, doch jetzt schickte sich ein neuer alter, noch mächtigerer Feind an, Rungholt heimzusuchen.

65

Fenna

Ihr Herz hatte bis zum Hals geschlagen, als Jorik vor sie getreten war. Doch sie durfte sich nicht anmerken lassen, dass sie ihn am liebsten in die Arme genommen und geküsst hätte, vor allen Leuten. Sie war der Redjeve und nicht irgendein liebestolles Weibsstück. Sie hatte ihm hinterhergesehen und dieses Kribbeln im Bauch gespürt, das sie nur hatte, wenn sie Jorik anschaute. Und wenn er nicht von selber zu ihr kam, würde sie ihn aufsuchen und ein für alle Mal klären, was zwischen ihnen war. Denn in seinem Blick hatte sie nicht erkennen können, ob er sie noch liebte oder nicht. Doch zuerst musste sie ihrem Amt gerecht werden.

»Graf Nikolaus haben wir besiegen können, viele sind gestorben, aber die Stadt ist gerettet. Doch nun haben wir einen Gegner vor uns, gegen den der Graf harmlos ist. Der Sturm kommt von Nordwest, er ist jetzt schon so stark wie sein Vorgänger, die Flut beginnt aufzulaufen. Wir müssen alles, was im Wall noch brauchbar ist, zum Süderdeich schaffen. Doch zuerst müssen wir die Verletzten in Sicherheit bringen.«

Fenna verteilte die Aufgaben an die verbliebenen Ratsleute und Amtsmeister. Mehr als die Hälfte fehlten. Wie viele gefallen waren oder verletzt, konnte Fenna nicht sagen. Es würde Jahre dauern, die Folgen dieser einen Schlacht auch nur annähernd zu reparieren, doch die Wunden in den Seelen der Menschen würden nie heilen.

»Ich gehe nach Klein-Rungholt, schaue, dass die Menschen fortgeschafft werden.« Sie ließ ihren Blick über die müden Gesichter streifen. »Ihr alle seid Helden, die man noch in tausend Jahren besingen wird. Was auch geschieht, Rungholt wird für immer im Gedächtnis der Menschen fortleben. Und jetzt zögert nicht. Ihr alle wisst, was ihr zu tun habt.«

Leise murmelnd und tuschelnd verließen die Leute den Ratssaal. Sie waren von der Schlacht so erschöpft, dass sie sich nicht mehr aufregen konnten. Fenna wusste, sie würden alle weiterkämpfen, bis die Kräfte sie verließen.

Bevor auch sie sich in den Kampf mit dem Sturm stürzte, hatte sie nur noch eine Sache zu tun. Sie nahm das große Buch Rungholts, schlug die letzte Seite auf, trug ein, was heute geschehen war, und schloss mit den Worten:

»Der Sturm wird von Stunde zu Stunde stärker. Es ist, als würde die Welt untergehen. Und dennoch habe ich Hoffnung. Denn all das Leid hat Rungholt zurückgebracht, was es verloren hatte: Einigkeit! Alle ziehen am selben Strang, und so werden wir auch diese Herausforderung meistern. Gegeben zu Rungholt, im Jahr 1362, am Tage vor Marcellus.«

Sie klappte das Buch zu, legte es in die große schwere Truhe mit den Ratsprotokollen, schloss sie ab und hängte sich den Schlüssel um den Hals. Sie nahm sich eine Sturmlampe, zündete sie an, stieg die Treppe hinab. Dabei hatte sie das Gefühl, dass sie genau hierher gehörte, dass sie als Redjeve von Rungholt dort war, wo sie es sich schon immer gewünscht, doch nie eingestanden hatte. Vater hatte recht behalten. Stumm dankte sie ihm und ihrer Mutter für die Liebe, die sie hatte erfahren dürfen.

Der Sturm heulte immer lauter, Fenna schien es, als wäre er wütend. Zwei Büttel hielten ihr die Tür auf, der Wind zerrte an ihnen, und Fenna wäre fast gestürzt, als sie auf den Marktplatz trat, der übersät war mit Decken und Kleidern, aus denen der Regen das Blut herauswusch. Die Verletzten waren zum Teil am Hafen in die Scheunen und Lagerhäuser gebracht worden, ein Großteil ins Rathaus und in die verwaisten Niederlassungen.

Sie stemmte sich gegen den Wind, zog sich auf ihr Pferd, das genug Kraft besaß, gegen die Böen zu gehen, wenn auch langsam. Selbst wenn es hätte schneller laufen können, so wäre das nicht möglich gewesen, denn die Sturmlampe warf so wenig Licht, dass Fenna nur zwei Fuß weit sehen konnte. Aber sie kannte den Weg gut, und schon bald kamen mehr Lampen in Sicht, die eine Kette bildeten und den Leuten den Weg wiesen, die alles, was sie mühsam auf den Wall geschafft hatten, wieder zurückbrachten und auf den Deich häuften. Fenna erklomm die durchnässte Deichkrone, zog ihr Pferd hinter sich her, hielt nach Jorik Ausschau, doch sie konnte ihn nicht entdecken. Gischt fegte über sie hinweg, sie triefte vom Wasser. Gott sei Dank erlosch die Sturmlampe nicht, und ihr Pferd blieb ruhig, denn es war dieses Wetter gewöhnt.

Ununterbrochen donnerten Brecher gegen den Deich, sie konnte sie nicht sehen, nur hören. Das Geräusch erschütterte ihre Seele mehr als der Schlachtenlärm. Denn sie wusste, dass die See hundertfach stärker war als jedes Heer. Ja, Soldaten konnten eine Stadt niederbrennen, aber man konnte sie wieder aufbauen. Was sich die See holte, war verloren für immer. Eine Böe pfiff ihr um die Ohren, ihr Pferd riss den Kopf hoch, Fenna konnte die Zügel nicht mehr halten, es riss sich los und rannte davon. womöglich war es besser so. Das verängstigte Tier konnte sich vielleicht noch in Sicherheit bringen, und sie musste sowieso zu Fuß gehen.

Noch hielt der Deich, und wenn sie genug an Holz und Erde und Möbeln aufbieten konnten und der Sturm bald abflaute, würde Rungholt unversehrt bleiben, so wie immer. Sie sprach den Männern und Frauen Mut zu, verließ den Deich und stieg auf die erste Warft der Salzsieder von Klein-Rungholt. Sie klopfte an die Tür, die sogleich geöffnet wurde. Eine Frau mit zwei kleinen Mädchen am Rockzipfel schaute sie aus schreckgeweiteten Augen an.

»Gute Frau«, sagte Fenna ruhig. »Packt Euer Bündel und kommt mit mir. Wahrscheinlich wird die Flut nicht weiter steigen, aber wenn, dann seid Ihr hier nicht mehr sicher.«

Die Frau starrte sie an, als wäre sie der Leibhaftige persönlich. Eine Böe zerrte an Fennas Haaren, sie musste sich festhalten.

»Ich gehe hier nicht weg. Ich warte auf meinen Mann. Er muss gleich kommen.«

»Wo ist er denn hin?«

»Zum Wall. Er sagte, es würde nicht lange dauern.«

Fenna befürchtete, dass ihr Mann niemals zurückkehren würde. Die Verluste an der Verteidigungslinie waren furchtbar gewesen. Irgendwie musste sie die Frau davon überzeugen, mit ihr zu gehen.

»Euer Mann ist sicherlich bei denen, die den Deich schützen. Er wird kommen, sobald der Sturm vorüber ist.« Sie streckte ihre Hand aus. »Wir gehen zusammen, mit den anderen, die noch in ihren Katen ausharren.«

Aber die Frau sah sie nur böse an und schlug ihr die Tür vor der Nase zu. Fenna zuckte zurück. Was war in die Frau gefahren? Wollte sie ihre Kinder nicht schützen? Doch Fenna war machtlos. Sie konnte niemanden zwingen, mit ihr zu gehen. Auch wenn sie die beiden Mädchen am liebsten einfach mitgenommen hätte, musste sie unverrichteter Dinge weiterziehen.

Sie lief von Warft zu Warft, doch niemand wollte der Gefahr ins Auge sehen, niemand wollte wahrhaben, dass der Deich brechen könnte, dass die Flut noch höher steigen könnte. Fenna ging es ja ähnlich. Sie hoffte, dass es nicht zum Äußersten kam, aber wenn, dann war es zu spät, um zu fliehen. Nachdem sie auch auf der letzten Warft, die direkt am Hauptdeich, auf der Höhe der Schleuse lag, keinen Erfolg hatte, beschloss sie, in die Stadt zurückzukehren.

Die Dämmerung setzte gerade ein, Fenna war die ganze Nacht unterwegs gewesen, das Licht der Lampe würde bald verlöschen. Dennoch spürte sie keine Müdigkeit. Sie machte sich Gedanken über die Menschen, die sich lieber der Gefahr aussetzten, zu ertrinken, statt ihre Häuser zu verlassen. Was fürchteten sie, wenn sie ihr Heim für ein oder zwei Tage verließen? Niemand würde es plündern. Sie hätten nur einen Vorteil davon.

Der Sturm wurde immer stärker, Fenna konnte es kaum glauben, doch mit jeder Stunde schlugen die Wellen höher, wurden die Böen noch heftiger. Rungholts Schicksal würde sich bald entscheiden, denn ließ der Sturm mit der nächsten Flut nicht nach, gab es nichts, was die Stadt noch schützen konnte.

Fenna schüttelte den Kopf und stieg auf die Schleuse, von dort führte der beste und sicherste Weg zurück in die Stadt. Hier war niemand zugange, der Deich war erst vor

Kurzem erneuert worden. Er würde am längsten standhalten, selbst wenn Rungholt schon bis zu den Dächern im Wasser verschwand. Da sah Fenna zwei Lichter. Sie ging auf sie zu, erkannte einen Mann, der dabei war, einen kleinen Prahm ins Wasser zu lassen. Hinter der Schleuse war das Wasser noch recht ruhig, der Deich hielt den Seegang ab.

Wer immer es war, er hatte vor, durch die Schleuse zu fliehen. Mit etwas Glück konnte die Flucht gelingen, denn der Wind drückte die Flut in den Heverstrom, der Sturm würde den Prahm ans Festland treiben, auch wenn das Boot mit Wasser volllaufen sollte. Doch wer war der Feigling, der die Stadt und die Menschen im Stich ließ? Fenna machte ein paar Schritte, bis sie nahe genug heran war, das Gesicht zu erkennen. Sie erschrak zu Tode. Es war Ove Barwegen. Er musste aus dem Kerker geflohen sein, oder jemand hatte ihn hinausgelassen.

»Ove Barwegen!«, rief Fenna gegen den Sturm an. »Wie könnt Ihr es wagen!«

Der ehemalige Redjeve sah sie überrascht an, grinste teuflisch und zog sein Schwert.

66

Luca

Seine Entscheidung war richtig gewesen. Nachdem Luca am Wall, ganz an der rechten Flanke, gekämpft und erlebt hatte, wie todesmutig die Rungholter ihre Stadt verteidigten und mit welcher großartigen List sie den Grafen zu Verhandlungen gezwungen hatten, hatte er zunächst geholfen, die Verletzten zu versorgen, und war gerade erst in die Niederlassung zurückgekehrt, als der Sturm einsetzte. Er hatte weder Fenna noch Jorik Barwegen gesehen, er musste sie knapp verpasst haben.

Da es möglich war, dass die Flut auch Rungholt und den Hafen erreichte, verschloss er alle Türen und Fenster der Gebäude in der Niederlassung.

Die Arbeit trieb ihm den Schweiß auf die Stirn, er war vom Kampf bereits erschöpft, doch nach einer Weile hatte er alles sturmfest gemacht. Was sollte er jetzt tun? Am besten würde er helfen, die Deiche zu sichern. Er ruhte sich noch einen Moment aus, dann brach er auf. Er musste an Ove Barwegen denken. Noch nie hatte sich Luca so sehr in einem Menschen getäuscht. Ove Barwegen war nicht nur ein Ehrgeizling ohne jegliches Schuldgefühl, er war auch ein Feigling. Dass sich der Redjeve im Rathaus versteckt hatte, während die Bürger der Stadt ihr Leben hingaben, um ihre Freiheit zu verteidigen, war schon ehrenrührig genug und hätte in Venedig unverzüglich zu einem Todesurteil geführt. Luca empfand nichts als Verachtung für diesen Mann. Immerhin saß er jetzt im Kerker.

Luca musste sich gegen die Tür stemmen, um sie öffnen zu können. Einen solchen Sturm hatte er noch nicht erlebt. Er machte sich auf den Weg zum Marktplatz, dort wollte er fragen, wie und wo er am besten helfen könne. Doch dort war niemand. Alle hatten sich in die Häuser zurückgezogen, denn Schindeln flogen wie Geschosse durch die Luft. Luca konnte ihnen nur mit Mühe ausweichen. Er musste einen anderen Weg wählen. Am Hafen entlang. Plötzlich stutzte er.

Die Sicht war mehr als schlecht, aber die Person, die gerade hinter einem Haus verschwunden war, kam ihm bekannt vor. Er nahm all seine Kraft zusammen und rannte hinterher, bog um die Ecke, aber da war keiner. Doch er hätte schwören können, dass es Ove Barwegen gewesen war. Er musste sichergehen, kämpfte sich zum Rathaus durch, stieg in den Keller, hörte Stöhnen. Vor der Zellentür, in der Ove Barwegen hätte hocken sollen, saß ein Wächter und rieb sich den Schädel. Blut lief über seine Wangen. Luca beugte sich zu dem Mann hinunter.

»Was ist passiert?«

Der Wächter bewegte benommen den Kopf hin und her.

»Bis auf mich sind alle anderen Büttel auf dem Deich. Plötzlich hat der Barwegen in seiner Zelle angefangen, zu schreien und zu stöhnen, hat sich an die Brust gefasst. Da hab ich gedacht, dass er krank ist, bin zu ihm rein, und er hat mich niedergeschlagen, der Hundsfott, der elende.«

»Wann ist das geschehen?«

»Ist schon eine Weile her.«

Also war die Person, die Luca gesehen hatte, tatsächlich Ove Barwegen gewesen. Er hatte sich nicht getäuscht. Dieses Scheusal ließ nicht nur seine Mitbürger im Stich, sondern auch seine Familie. Unfassbar. Dass er jetzt, da ein gewaltiger Sturm die Stadt bedrohte, fliehen wollte, das schlug dem Fass den Boden aus.

Luca hatte erkannt, dass dieses Unwetter viel stärker war als alle vorhergehenden, denn der Sturm tobte unvermindert weiter, ja wurde sogar noch stärker, obwohl die Flut bereits einsetzte. Dass die Deiche noch hielten, war ein Wunder. Aber das Wunder würde von kurzer Dauer sein. Es blieb nur die Hoffnung, dass die Erhebung, auf der Rungholt lag, hoch genug war, damit die Stadt nicht von den Fluten weggerissen wurde. Er hatte helfen wollen, die Deiche zu schützen, doch jetzt entschied er, umzukehren. Ove Barwegen durfte nicht davonkommen. Das war er Fenna Jaspers und den Bürgern von Rungholt schuldig. Er würde den Feigling binden, und sobald sich der Sturm gelegt hatte, würde Ove Barwegen der Prozess gemacht, dafür würde er sorgen.

Nachdem er sich versichert hatte, dass der Wächter zurechtkam, machte er sich auf den Weg zum Hafen. Kaum war er vor die Tür getreten, als ihn der Sturm wieder mit voller Wucht erfasste. Auch wenn der Hafen gut geschützt war, hinter der Schleuse würden Wellen, so hoch wie ein Haus, auf den Redjeven warten. Luca glaubte nicht, dass er allein auf einer Nussschale überleben konnte. Dennoch, unmöglich war es nicht.

Das letzte Tageslicht sickerte durch die Wolken, die wie Pferde beim Rennen über den Himmel stoben. Luca musste sich immer wieder gegen die Böen stemmen, damit sie ihn nicht umwarfen. Dennoch gelangte er bald in den Hafen, wo er Ausschau nach dem Redjeven hielt. Wie er erwartet hatte, gab es kein Schiff weit und breit, kein kleines und kein großes. Die Prahme, die im Hafen gelegen hatten, nachdem alle anderen, die Koggen und die Galeeren, ausgelaufen waren, um der Plünderung durch das Heer des Grafen zu entgehen, waren zum Wall geschafft worden. Barwegen musste sein Boot in der Nähe der Schleuse liegen haben, wahrscheinlich gut versteckt. Sicherlich hatte er schon lange geplant, zu fliehen, wenn sich die Schlinge um seinen Hals enger ziehen sollte.

Luca nahm all seine Kraft zusammen, heftete seinen Blick auf den Boden, machte sich so klein wie möglich, um dem Wind weniger Angriffsfläche zu bieten, und erreichte kurze Zeit später die Schleuse. Als er sich wieder aufrichtete, entdeckte er Ove Barwegen, der mit dem Rücken zu ihm stand. Doch er war nicht allein. Der ehemalige Redjeve hob sein Schwert. Das Ziel der Klinge war Fenna Jaspers, die am Boden kauerte und nur mit einem Dolch bewaffnet war.

67

Jorik

Jorik stieß den Spaten in die Erde, um das Loch für den Balken zu vertiefen. Sie standen auf der Kirchwarft und versuchten, diesen Abschnitt des Deiches zu verstärken, um das Gotteshaus und die Warft zu retten. Brach er, würde das Wasser in die Senke eindringen, die durch den Salzabbau entstanden war, und den Deich von innen aushöhlen und wegspülen.

Hennerk packte ihn an der Schulter, zeigte auf die tosende See. Trotz des fahlen Lichtes erkannte Jorik, dass der Freund leichenblass war. »Fenna hatte recht«, brüllte er gegen den Sturm an.

Eyk, der mit ihnen auf der Kirchwarft gegen die Flut kämpfte, nickte nur.

Ja, sie hatte recht behalten. Dieser Sturm war der stärkste, den Jorik jemals erlebt hatte, und auch Eyk hatte gesagt, dass es seit Menschengedenken keine stärkere Flut gegeben habe als die heutige. Und sie war noch lange nicht am Ende ihrer Kräfte.

Jorik starrte auf die See und sah gleichzeitig mit allen anderen die riesige Welle, die auf den mittleren und hinteren Süderdeich zurollte. Eine so mächtige Wasserwand hatte er noch nie gesehen. Sie musste mehr als fünfzehn Fuß hoch sein und würde den Süderdeich einfach überspülen und alles mitreißen, was sich auf ihm befand. Alle fingen an zu schreien, wollten die warnen, die dort die Krone befestigten, doch die konnten nichts hören, der Wind übertönte die Schreie. Endlich erkannte einer die Gefahr, zeigte auf die Woge, stieß seinen Nachbarn an, der wiederum seinen anstupste. Sie warfen weg, was sie in Händen hielten, und rannten los. Doch die Welle war schneller. Sie brach und hüllte den Deich in weiße Gischt, durchstieß ihn und brandete gegen die ersten Warften, die zwar widerstanden, aber sie wurden von den Wassermassen einfach überspült und alles wurde mitgerissen: ein Dutzend Häuser und alles, was darin war, Mensch und Tier.

Jorik gefror das Blut in den Adern. Er hatte von einem Bauern erfahren, dass Fenna dort gewesen war, um die Leute zu warnen und in Sicherheit zu bringen. Hoffentlich war sie bereits weitergeeilt. »Beschütze sie, Frigga, ich flehe dich an«, murmelte er fassungslos.

Das Wasser beruhigte sich ein wenig, es konnte nicht abfließen, die Wogen glätteten sich, doch die Ruhe währte nicht lang. Wo vor wenigen Augenblicken noch der Deich gestanden hatte, klaffte ein riesiges Loch von mindestens tausend Fuß Breite, durch das ein Brecher nach dem anderen unvorstellbare Mengen Wasser in die Senke drückte. Der Deich war verloren, was von Klein-Rungholt übrig war, schutzlos der Flut ausgesetzt, die noch immer stieg.

Jorik löste sich aus seiner Starre, er konnte Fenna nicht helfen. Er bat die Götter wieder und wieder, sie zu beschützen, und legte einen Eid ab: Wenn sie überlebten, würde er alles tun und alles geben, damit sie ihm verzieh. Hoffentlich war es nicht zu spät. Jetzt aber musste er retten, was zu retten war. Er wechselte einen Blick mit Eyk.

»Wir müssen in die Stadt zurück!«, rief Jorik. »Der Hauptdeich wird uns nicht lange schützen. Wir haben vielleicht noch ein oder zwei Stunden, bevor er bricht. Der einzige Weg, der uns bleibt, ist das Tor des Schicksals.«

Sie warfen alles weg, was sie beschwerte, und traten den Rückzug an. Jetzt trieb sie der Sturm vor sich her, sie kamen schnell voran, stolperten mehr, als sie liefen. Immer wieder schlug jemand hin, dem sie aufhalfen und den sie stützten, so er sich verletzt hatte. Niemand würde zurückgelassen werden. Koste es, was es wolle.

Es war ein kleines Häuflein, das schließlich mit knapper Not den Hauptdeich erreichte. Schwer atmend blieben sie stehen und blickten zurück. Jorik wollte nicht glauben, was er sah. Der Kirchturm neigte sich, noch einmal schlugen die Glocken, dann riss die See die Kirche in ihren Schlund. Wo vor wenigen Momenten noch Salzsieder in ihren Häusern gewohnt hatten, wo sonntags die Menschen zu Gott gebetet hatten, war jetzt nichts als weiß schäumendes Meer.

Urplötzlich überkam Jorik ein Zittern, das seinen ganzen Körper erfasste, und er glaubte, der Boden würde unter ihm nachgeben. Gleichzeitig wich seine Angst einem glasklaren Gedanken: Die Welt ging unter, und er war Zeuge. War dies die zweite Sintflut? Hatten die Christen doch recht, und es war ihr Gott, der voller Zorn die Eitelkeit der Menschen strafte, der Gericht gehalten und sie zum Untergang verurteilt hatte? Doch was für ein Gott war das, der seine eigenen Geschöpfe für etwas strafte, an dem sie keine Schuld trugen? Der unschuldige Kinder jämmerlich ertrinken ließ? Das war nicht sein Gott!

Noch stand er auf seinen beiden Beinen, noch konnte er handeln, noch hatte er sein Schicksal selbst in der Hand.

Das Zittern verschwand, der Boden unter seinen Füßen wurde wieder fest und vor seinen Augen formte sich ein Bild: Viele Hände packten das Ruder, damit das Schiff sich nicht gegen die Wellen drehte und kenterte. Das Schiff war ein Prahm. Es war der Prahm, der noch im Wall steckte, den sie nicht zum Deich hatten schaffen können! Er bot Dutzenden Platz.

»Los jetzt«, schrie er gegen den Wind. »Auf zum Wall. Es gibt Rettung. Der Prahm!«

Eyks und Hennerks Mienen hellten sich auf. Sie packten den Verletzten unter den Armen und stolperten los, wichen Ästen, Schindeln und Bruchstücken von Mauerwerk aus, die durch die Luft flogen.

Als sie auf dem Marktplatz ankamen, stand er schon fast einen Fuß unter Wasser. Der Hauptdeich war überspült, aber nicht gebrochen, sonst hätte es hier kein Haus mehr gegeben. Die meisten Menschen hatten sich in ihre vier Wände zurückgezogen, hoffend, dass sie so die Flut überleben würden. Jorik eilte zu seinem Elternhaus, drückte die Tür auf. Er musste viel Kraft aufwenden, das Wasser bot großen Widerstand, und rief nach seiner Mutter und seinen Schwestern.

»Wir sind hier oben«, krächzte Rieke voller Angst. Ihre Stimme zitterte.

Jorik flog die Treppe hinauf. Mutter und seine Schwestern kauerten in der Schlafstube auf dem Bett. »Los jetzt, kommt, es gibt Rettung. Aber nur wenn wir nicht zögern.«

Doch seine Mutter rührte sich nicht. »Ich gehe hier nicht weg, bis Ove kommt. Ich gehe mit ihm zusammen.«

Seine Schwestern brachen in Tränen aus. Jorik zögerte nicht, versetzte seiner Mutter eine Ohrfeige, riss seine Schwestern aus ihrer Umklammerung und schob sie die

Treppe hinunter. Er hatte nicht die Zeit, seine Mutter mit Worten zu überzeugen, auch wenn es ihm das Herz aus der Brust schnitt, er musste sie zurücklassen, um seine Schwestern zu retten. Sie stürzten aus dem Haus. Hennerk schnappte sich Riekes Hand, Eyk Mias und als Jorik Gesines ergreifen wollte, kam ihm Mutter zuvor. Sie war ihnen gefolgt. Er dankte den Göttern, dass ihre Mutterliebe stärker war als ihre Bindung an den Mann, dem sie das ganze Elend und Leid zu verdanken hatten.

Jorik spornte alle an, sich zu beeilen, denn das Wasser stieg immer schneller. Sie wateten weiter. Als sie die Stadt verließen, bekamen sie wieder trockenen Boden unter die Füße. Joriks Zuversicht, dass das Tor des Schicksals noch nicht überflutet war, wuchs. Zum Teil behielt er recht. Was vom Wall übrig war, lag noch im Trockenen. Doch die Landbrücke dahinter war verschwunden. Brecher für Brecher fraß sich in Richtung Rungholt und Wall.

Jorik beschleunigte seine Schritte, trieb die anderen an. Sie durften nicht einen Wimpernschlag zögern, mussten den Prahm vom Ballast befreien und wenigstens einen Fetzen Segel setzen, damit er flott wurde, sobald das Wasser ihn erreichte. Andernfalls würde er volllaufen und niemand überleben. Nur die leeren Fässer, mit denen man sich während der Schlacht vor den Bolzen und Pfeilen des Feindes geschützt hatte, blieben an Bord. Sie wurden festgezurrt.

Alle packten mit an, auch die Verletzten, sie alle waren bis auf die Knochen durchnässt, froren, der Sturm zerrte an ihnen. Aber der Wille zum Überleben verlieh ihnen Kräfte, die sie sich selbst niemals zugetraut hätten. Doch auch als sie den letzten überflüssigen Balken über Bord geworfen hatten, blieb der Prahm, wo er war. Die Fluten tosten um Bug und Heck, rissen an den Planken. Jorik musste etwas tun, um nicht vollends zu verzweifeln. Er teilte Taue und Seile in Stücke und gab sie den anderen. Alle sollten sich anbinden, damit sie nicht über Bord gespült wurden.

Die Flut stieg unaufhörlich und schneller, als ein Mann laufen konnte, überspülte das Tor des Schicksals vollständig, schloss Wall und Prahm ein, Brecher für Brecher drosch auf sie ein, der Wind drohte das Segel zu zerreißen, und dann, mit einem Mal, schwamm sich der Prahm mit einem mächtigen Ruck frei. Jetzt mussten sie das Schiff mit dem Bug in Richtung der Wellen drehen, so wie Jorik es in seiner Vision gesehen hatte. Hennerk und Eyk griffen mit zu, alle anderen schöpften mit Händen das Wasser aus dem Prahm, das mit jedem Brecher wieder ins Schiff schwappte. Unendlich langsam drehte es sich gegen die Wellen. Doch dann stieß der Bug wie ein Messer in die Dünung, hob sich, senkte sich – und blieb aufrecht. Jorik schöpfte Hoffnung. Aber dann rollte eine Welle auf sie zu, die noch höher war als alle anderen. Sie verdeckte Horizont und Himmel.

So ist es entschieden, dachte Jorik und wunderte sich, dass er keine Angst mehr verspürte. Das ist mein letzter Atemzug, glaubte er und rief dem Sturm entgegen: »Ich liebe dich, Fenna!« Dann brach die Welle und verschluckte den Prahm.

68

Tenna

»Dass mir der Herrgott ein solch fürstliches Abschiedsgeschenk macht, hätte ich nicht gedacht.«

Ove Barwegens Worte hallten in ihrem Kopf nach. Er hatte nicht gezögert, sie war dem ersten Schlag ausgewichen, indem sie sich einfach auf den vollkommen durchweichten Deich hatte fallen lassen.

Im selben Moment hatte sie aus den Augenwinkeln gesehen, dass eine riesige Welle den mittleren Teil des Süderdeichs mit sich gerissen und die Warften der Salzsieder verschluckt hatte. Sie musste an die Kinder denken und bereute, dass sie die beiden nicht einfach mitgenommen hatte. Doch es war zu spät. Für die Kinder, für sie, für Rungholt. Die Flut hatte noch lange nicht ihren Höhepunkt erreicht, und schon jetzt stand das Wasser hier nur noch einen halben Fuß unter der Deichkrone. Rungholt musste bereits überflutet sein, denn dort war der Deich zwei Fuß niedriger. Der Weg war ihr abgeschnitten. Eine Erkenntnis, die ihr nichts nutzte.

Ove Barwegen würde sie töten, bevor die Flut es konnte. Hätte sie nur ihr Schwert zur Hand! Doch sie hatte es zu Hause abgelegt, weil es sie behindert hätte und weil sie nicht geglaubt hatte, es noch zu brauchen. Ein tödlicher Irrtum. Ove Barwegen würde sie erschlagen und in die See werfen. Niemand würde je erfahren, dass sie das Opfer eines hinterhältigen Mörders geworden war. Der Sturm würde alle Spuren verwischen.

Immerhin trug sie ihren Dolch, doch gegen das Schwert konnte sie damit nicht viel ausrichten. Es sei denn, sie kam nah genug an ihn heran. Kampflos würde sie sich nicht ergeben. Solange noch ein Funke Leben in ihr glühte, würde sie Widerstand leisten. Den Menschen ebenso wie den Naturgewalten.

»Schämt Ihr Euch nicht?«, schrie sie Barwegen entgegen.

Er lachte auf. »Schämen? Was seid Ihr für ein dummes Ding! Schämen solltet Ihr Euch, dass Ihr Euch habt abwählen lassen. Euer Vater hat Euch wohl doch nicht genug gelehrt. Alle Menschen kümmern sich nur um ihre eigenen Belange. Man kann alles kaufen.«

Fenna hatte nicht gewusst, wie verderbt Joriks Vater wirklich war. Gut, dass Jorik anders war. Er hatte nicht die Flucht ergriffen, als er das Heer des Grafen gesehen hatte, sondern er war aufgebrochen, um Hilfe zu holen. Und so wie alle aufrechten Bürger Rungholts kämpfte er gegen den Sturm, setzte sein eigenes Leben ein für das Leben anderer. Hoffentlich war er rechtzeitig vom Süderdeich in die Stadt geflohen. Sie sehnte sich nach ihm. Wenn sie schon sterben musste, dann wollte sie mit ihm gemeinsam in den Tod gehen und nicht allein, ermordet von einem Ungeheuer von Mensch.

Fenna kam ein Gedanke. Inzwischen traute sie Ove Barwegen alles zu. »Warum habt Ihr meine Scheune angezündet und damit in Kauf genommen, dass ganz Rungholt hätte zerstört werden können?«

»Ich gebe zu, der Brand war ein gefährliches Spiel, aber fast hätte es geklappt. Viele sind noch immer überzeugt, dass Ihr das Feuer gelegt habt.«

»Das wird Euch Euer Sohn nie verzeihen, und da Ihr Euch feige wie ein Hund davonstehlt, werden Eure Frau und Eure Töchter sich schämen, Euren Namen tragen zu müssen.«

Barwegens Miene wurde düster, sein rechtes Augenlid zuckte. »Es war zu spät. Ich hätte sie nicht mehr retten können. Was hätte ich tun sollen?«

»Wenn Ihr das nicht wisst, dann ist wahrhaft jedes Wort an Euch verschwendet. Und zu all der Schuld, die Ihr auf Euren Schultern tragt, wollt Ihr jetzt noch einen Mord hinzufügen? Euer Gott wird Euch in die Hölle schicken.«

»Mein Gott wird mich in den Himmel bitten, denn er weiß, dass ich stärker bin als alle anderen. Gott liebt starke Menschen. Ich ehre ihn, indem ich bin, was ich bin. Und jetzt genug geredet. Es ist an der Zeit, dass Ihr durch mein Schwert sterbt. Denn das ist es, was Ihr verdient: den Tod durch meine Hand, durch den Richter und Henker in einer Person.«

Fenna packte ihren Dolch fester, noch war sie in einer ungünstigen Position, um ihn einzusetzen. Sie schob sich mit Händen und Füßen nach hinten, ließ ihren Todfeind dabei nicht aus den Augen. Er machte zwei große Schritte, hob die Klinge, Fenna richtete den Dolch auf ihn, er schlug zu. Doch seine Klinge traf nicht. Metall schlug auf Metall. Fenna blickte zur Seite. Luca di Amalfio! Er hatte mit seinem Schwert Barwegens Schlag abgefangen. Die Götter mussten den Venezianer geschickt haben. Fenna hatte geglaubt, dass er mit der letzten Galeere aufgebrochen war.

Ove Barwegen stieß einen tierischen Schrei aus und

drang auf di Amalfio ein, der jeden Schlag parierte und schließlich zum Angriff überging. Barwegen musste Schritt für Schritt zurückweichen, doch der Venezianer durfte nicht nachlassen, denn Joriks Vater verfügte über enorme Kräfte und Ausdauer.

Fenna rappelte sich hoch, sie war nass bis auf die Knochen und durchgefroren. Die beiden Männer fochten noch immer, sie schienen gleich stark zu sein. Die unbändige Kraft von Joriks Vater glich Luca di Amalfio mit seiner Geschicklichkeit aus.

Doch bald würde es keine Rolle mehr spielen, wer der bessere Kämpfer war. Die nächste riesige Welle raste auf sie zu, sie würde die Schleuse zerstören und sie alle drei verschlucken, ohne Ansehen des Geschlechts, des Standes und ihrer Taten. Mit den Gewalten der Natur ließ sich nicht verhandeln. Sie kannten weder gut noch böse. Ein wenig tröstete es sie, dass es nicht das Schwert von Ove Barwegen war, das sie töten würde. Dass sie Jorik jedoch nie wieder in ihren Armen würde halten können, zerriss ihr das Herz.

Di Amalfio wandte sich plötzlich um, lief auf Fenna zu und drückte ihr einen Lederbeutel in die Hand.

»In den Prahm!«, brüllte er. »Bindet Euch fest! Und geht sorgsam mit dem um, was Ihr in dem Beutel findet.«

Barwegen setzte nach und hieb ihm sein Schwert in die Seite. Luca di Amalfio schrie auf, strauchelte, machte einen Satz nach vorn, stieß Fenna in das Boot und durchtrennte mit einem mächtigen Schlag das Tau, das es am Deich festhielt. Sie wollte nach Luca di Amalfio greifen, aber er fuhr herum, um einen tödlichen Hieb von Barwegen abzufangen. Fenna gelang es gerade noch, sich mit einem Seil am Mast festzubinden, dann wurde der Prahm von der Strömung mitgerissen. Sie klammerte sich an die Reling. Trotz seiner Verletzung hatte der Venezianer Barwegen einen schweren Hieb zufügen können. Beide Männer standen sich, völlig erschöpft, auf ihre Schwerter gestützt gegenüber, und wandten ihren Blick der Welle zu, die sie erfasste, verschlang und dann auf Fenna zuraste. Bevor sie den Prahm traf, tauchte Ove Barwegen noch einmal kurz auf, hielt sein Schwert in die Luft, und es schien, als winke er Fenna zu. Als die Welle über ihr zusammenschlug, spürte sie einen Schlag wie von einer Keule. Dann wurde alles schwarz.

69

Jorik

Wie von einer Riesenhand gezogen, hob sich der Prahm wieder aus dem Wasser. Jorik begriff, warum: die Fässer. Sie gaben den nötigen Auftrieb. Japsend und spuckend wälzten sich die Leute hin und her, aber es war niemand ertrunken, niemand weggespült worden. Jorik ergriff ein ungeheures Glücksgefühl. Doch es währte nicht lange. Ein Blick zurück ließ ihn jede Freude vergessen. Da, wo einst die Uthlande gewesen waren, toste das Meer. Nicht mehr so stark, denn der Sturm flaute langsam ab, die Ebbe musste schon eingesetzt haben. Die riesige Welle war so etwas wie der letzte zornige Aufschrei der See gewesen. Doch trotz der Ebbe schien das Wasser nicht sinken zu wollen. Noch gebärdete sich der Prahm wie ein bockendes Pferd, aber sie hatten das Schiff unter Kontrolle, der Wind blähte das Segel und trieb sie der Küste zu. Schon erkannten sie die Dünen, und wenig später ließ Jorik das Boot auf den Strand laufen.

Jetzt galt es, alle sicher vom Schiff zu bringen, denn die Brandung schlug hart gegen das Heck, wer ihm in die Quere kam, konnte schwer verletzt oder getötet werden. Doch dann kam ihnen eine Laune der Natur zu Hilfe. Eine Welle hob das Schiff an, schob es sanft weiter auf den

Strand, als hätten es hundert Mann mit einem Seil gezogen. Da der Kiel des Prahms flach war, blieb er aufrecht liegen. Der Sturm hatte so viel Kraft verloren, dass Jorik seine Mutter hören konnte, die am Bug stand und auf den Strand zeigte.

»Der Herr hat uns hart gestraft und dennoch uns Sünder gerettet! Seine Gnade ist grenzenlos«, rief sie, sank auf die Knie, faltete die Hände und betete.

Eyk stand neben ihnen und schüttelte nur den Kopf.

So wie Eyk konnte Jorik nicht verstehen, warum Mutter diesen Gott als gnädig empfand. Er sprang auf den Strand und erschauderte. Der war übersät mit Leichen, und viele der Toten hatte er gekannt. Der Schreck fuhr ihm durch die Glieder. Jorik rannte los, drehte jeden Körper um, dessen Gesicht er nicht erkennen konnte. Fenna durfte nicht unter ihnen sein. Auch Hennerk machte sich auf die Suche, rief immer wieder Ilvys Namen. Eyk und die anderen Überlebenden suchten sie ebenfalls, riefen Namen, einige schrien auf vor Kummer, wenn sie einen geliebten Menschen fanden, der von der See ertränkt worden war.

Die Wolkendecke riss auf, die Sonne flutete den Strand mit grellem Licht, so als wollten die Götter sagen: »Seht her, das geschieht, wenn ihr eure Demut vergesst vor den Kräften der Natur.«

Als endgültig der Abend anbrach, hatten sie weder Ilvy noch Fenna gefunden.

»Bevor wir weitersuchen, müssen wir die Toten begraben«, sagte Jorik, der wie Hennerk noch Hoffnung hatte, ihre Liebsten zu finden. Denn erst wenn er Fennas toten Körper in den Händen hielt, würde er glauben, dass sie nach Walhall aufgebrochen war. Denn dorthin würden sie die Götter begleiten, daran zweifelte Jorik nicht. Sie war eine große Kriegerin, ein Platz an Odins Tafel war ihr gewiss.

Da die Sonne bereits hinter dem Horizont verschwunden war, zündeten sie Feuer an, verbrannten die Überreste des Prahms, der zu nichts sonst nütze war. Wie gut, dass Eyk sich nie von seinem Beutel trennte. Darin bewahrte er auch einen Feuerstein auf und in Wachstuch eingeschlagenen Zunder, der trocken geblieben war. In der Nähe fanden sie einen Bach, sodass sie ihren Durst stillen konnten, doch sie hatten nichts zu essen. Sobald die Toten beerdigt waren, würden Jorik, Eyk und Hennerk und wer immer konnte, losziehen, um Hilfe zu holen.

Sie nahmen ein paar Bretter als Spaten und machten sich stumm ans Werk. Der Sturm hatte niemanden verschont. Weder Männer noch Frauen noch Kinder oder Alte.

Der Wind legte sich, am Feuer waren die Kleider schnell getrocknet. Sie wechselten sich ab, vier Männer gruben, vier schafften die Toten herbei. Sie mussten sie über die erste Düne tragen, denn die nächste Flut hätte die Körper wegspülen können, und das durfte auf keinen Fall passieren.

Jorik grübelte bei jedem Spatenstich darüber nach, wie es weitergehen sollte. Sie würden nach weiteren Überlebenden suchen, nach Fenna und Ilvy. Aber was, wenn sie die beiden nicht fanden? Würde er die Gegend verlassen, obwohl es sein konnte, dass Fenna noch lebte? Wie sollte er den Lebensunterhalt für seine Mutter und seine Schwestern verdienen? Er stach den Spaten in den Boden und warf den Sand auf die Seite. Vielleicht konnte er jetzt, nachdem zwischen Rungholt und dem Grafen wieder Frieden eingekehrt war, nach Rostock übersiedeln. Vielleicht stellte Sönke Jacobsen ihm ein Empfehlungsschreiben aus? Hier in der Gegend würde er kein Auskommen finden. Alles war verwüstet, nicht nur vom Wasser, sondern auch vom Wind.

Nachdem sich der Sturm gelegt hatte und die Flut zurückgegangen war, war das ganze Ausmaß der Katastrophe sichtbar geworden. Eyk hatte mit seiner Hand eine kreisförmige Handbewegung gemacht und gesagt: »Rungholt, die Edomsharde und die Uthlande sind verloren. Die See hat sie geholt. Seht ihr dort?« Er wies nach Westen. »Wir müssten irgendeinen Kirchturm sehen. Man sieht sie sonst meilenweit. Aber dort ist nichts als das Meer.«

Erst in diesem Moment war Jorik klar geworden, dass seine Welt nicht mehr existierte. Sein Zuhause, seine Stadt, die meisten seiner Freunde, die Marsch, die Dünen, der Schlund, das Tor des Schicksals, seine Liebste und sein Vater – alles war verloren. Nichts als die nackte Haut hatte er retten können. Er durfte weiterleben, doch ob das eine Gnade war oder eine noch härtere Prüfung, das vermochte Jorik im Moment nicht zu entscheiden.

»Ich löse dich ab, mein Freund.« Hennerk schlug ihm freundschaftlich auf die Schulter. »Verzweifle nicht, Jorik. Ich weiß, dass Ilvy lebt. Und Fenna auch. Glaub mir.«

Jorik lächelte seinen Freund an. »Wie gern ich dir glauben würde.«

70

Fenna

Fenna wusste nicht, wie lange sie bewusstlos gewesen war. Es konnte nicht viel Zeit vergangen sein, denn sonst wäre sie ertrunken. Gurgelnd und prustend rang sie nach Luft, hustete, weil sie Wasser geschluckt hatte. Sie spürte, dass sie noch immer am Mast festgebunden war. Der Prahm hatte leichte Schlagseite, Fenna erkannte, warum: Die rechte Reling, an der sie sich festgeklammert hatte, als das Boot fortgerissen wurde, fehlte. Nur weil der Prahm so klein war und auch dann schwamm, wenn er vollgelaufen war, hatte Fenna überlebt.

Das war sicherlich ebenfalls Ove Barwegens Plan gewesen, sich einfach treiben zu lassen und sein Leben seinem Gott anzuvertrauen. Doch seine Rechnung war nicht aufgegangen. Sie musste an Luca di Amalfio denken. Warum nur hatte er sich für sie geopfert? Er hätte sich mit seinen Leuten in Sicherheit bringen können. Vielleicht enthielt der Beutel des Rätsels Lösung.

Aber jetzt musste sie zusehen, dass sie nicht doch noch ertrank. Der Sturm ließ nach, sie wusste, dass bald die Ebbe einsetzen würde, und dann würde der Prahm auf die See hinausgezogen und es würde keine Rettung mehr für sie geben. Doch das Schiff war nicht zu manövrieren, das

Ruder war gebrochen, der Mast geknickt, das Segel in Fetzen. Noch blies der Wind in Richtung Land, allerdings war das noch nicht einmal in Sicht. Gegen den Ebbstrom anzuschwimmen machte keinen Sinn, zumal sie fast keine Kraft mehr hatte. Der Wind flaute immer mehr ab, sie kam kaum noch vorwärts.

Da ging ein Ruck durch den Prahm, der Fenna fast umwarf. Sie konnte ihr Glück nicht fassen. Die Götter hatten ihr eine Faust voll Sand unter den Kiel geworfen. Das Wasser hier war höchstens zwei Fuß tief. Wenn der Prahm stark genug feststeckte, konnte sie die Ebbe abwarten und dann an Land waten. Sie löste das Seil, sah sich um. Tatsächlich fand sie noch den Rest eines Ruders, das an einem Ende gesplittert war. Umso besser. So würde sich das Ruder besser versenken lassen. Mit letzter Kraft rammte sie es am Heck ins Watt. Lief das Wasser ab, leistete das Ruder Widerstand, hoffentlich genug, um das Boot hier festzuhalten.

Plötzlich überfiel sie der Durst. Sie hatte viel Salzwasser geschluckt. Jeder wusste, dass man es nicht trinken durfte, denn es machte krank und konnte sogar töten. Sie brauchte Trinkwasser oder Wein oder was auch immer. Ihre Kehle war trocken wie Mehl, fühlte sich an wie der Strand im Sommer. Sie dachte nach und kam schnell auf die Idee, dass Ove Barwegen sicherlich vorgesorgt hatte. Sie suchte das Kabelgatt des Prahms, einen kleinen Stauraum unter dem Bug, in dem normalerweise die Taue aufbewahrt wurden, die Seeleute aber oft auch ihre persönlichen Dinge verwahrten. Das Kabelgatt war noch intakt, denn es war einer der stabilsten Teile eines Schiffes. Sie stemmte die Klappe auf, die das Gatt verschloss, und stieß einen Jubelschrei aus. Ein kleines Wasserfass kam zum Vorschein und in gewachstes Leinen eingeschlagenes Trockenfleisch. Sie öffnete das Fässchen, hob es hoch und setzte es an. Es war verdünnter Wein, und noch nie in ihrem Leben hatte sie etwas Köstlicheres genossen als diesen Wein. Abwechselnd biss sie vom Trockenfleisch ab und nahm einen Schluck. Nach kurzer Zeit kehrte ihre Kraft zurück. Es hatte am Wassermangel gelegen, dass sie sich so sterbenselend gefühlt hatte.

Wasser gurgelte um den Bug. Fenna hörte auf zu kauen, stand auf und warf einen Blick über die noch unversehrte Seite der Reling. Ihr Herz jubilierte. Das Wasser lief ab, das Watt wurde sichtbar. Sie riss aus dem Segel ein Stück heraus und fertigte sich mit dem Seil, mit dem sie am Mast festgebunden gewesen war, einen Beutel. Sie verstaute das kleine Fass und das Trockenfleisch darin, wrang ihre Kleider ein wenig aus. Zwar fror sie, aber es war nicht wirklich kalt. Der Sturm hatte recht milde Luft mit sich geführt. Glück im Unglück. Sonst wäre sie schon längst jämmerlich erfroren. Und die Aussicht auf Rettung wirkte wie einer von Eyks Tränken, der einem Kraft für drei Tage und Nächte verlieh, bevor man erschöpft genauso lange schlief.

Sie erschrak. Was war mit Jorik? Mit Hennerk, Eyk und all den anderen? War sie die Einzige, die sich hatte retten können? Bevor die Verzweiflung sie vollständig übermannte, warf sie sich ihren Beutel über die Schulter, ließ sich auf den Schlick gleiten und dankte allen Göttern, dass sie wieder festen Boden unter den Füßen hatte. Sie sah zum Horizont. Die Sonne stand bereits tief im Westen, also musste sie von der Sonne weg nach Osten gehen. Sie marschierte los. Sie spürte jeden ihrer Muskeln und Knochen im Leib, aber die Hoffnung trieb sie voran. Am Horizont entdeckte sie einen dunklen Umriss, so groß wie ein Wal.

Sie steuerte darauf zu und erkannte bald, dass es sich um ein Wrack handelte, das auf der Seite lag. Sie ging außen herum, am Bug prangte der Name des Schiffes. *Sillebüll.*

War das nicht der Name des sagenhaften Silberschiffes? Und gehörte es nicht dem, der es fand? Aber was nutzte ihr das? Sie konnte es nicht bergen, konnte nichts mitnehmen, denn sie war nicht einmal in der Lage, ins Innere zu gelangen. Der Schiffsrumpf war noch unbeschadet, und die Einstiegsluke lag viel zu hoch, als dass sie herangekommen wäre. Wahrscheinlich würde die nächste Flut das Wrack wegspülen oder im Sand versinken lassen.

Fenna seufzte und machte sich wieder auf den Weg. Sie musste zuerst die Geest erreichen, ein Dorf, irgendjemanden, der ihr helfen konnte. Sicherlich waren schon Hunderte auf der Suche nach Überlebenden. Doch hier war niemand zu sehen, und auch nicht in einer Meile Entfernung. Wo war sie nur gestrandet? Wie weit hatte sie der Sturm abgetrieben? Unbeirrt ging sie weiter, auch wenn ihre Glieder immer mehr schmerzten und ihre Füße in den durchnässten Schuhen wund wurden.

Endlich, als sie schon nicht mehr glaubte, das Festland erreichen zu können, tauchten Dünen vor ihr auf. Sie ließ sich auf den Strand fallen. Nun brach all ihre Trauer, all ihre Verzweiflung aus ihr heraus. Sie weinte bitterlich, vergrub ihr Gesicht im Sand und fühlte sich vollkommen allein auf der Welt.

Eine Weile lag sie so da, bis ihre Tränen versiegten und sie ein Geräusch hörte. Ein Stöhnen. Aber nicht von einem Tier, sondern eindeutig von einem Menschen. Sie vergaß ihre Verzweiflung, sprang auf und lief los. Das Geräusch kam aus der Nähe. Sie rannte die nächste Düne hinauf, strauchelte, denn der Sand gab unter ihren Füßen nach. Sie ruderte mit den Armen, fing sich, ging auf alle viere und erklomm den Sandhügel. Oben angekommen richtete sie sich auf, und da, auf der anderen Seite lag am Fuß der Düne eine zusammengekauerte Gestalt. Fenna stolperte hinunter, fiel mehr, als sie lief, und ließ sich neben die Gestalt sinken. Als sie deren Kopf drehte, traten ihr Tränen in die Augen. Doch diesmal waren es Freudentränen.

71

Fenna

Fenna schreckte hoch. Sie musste vor Erschöpfung eingeschlafen sein. In ihrem Schoss lag der Kopf von Ilvy. Ihre Atemzüge gingen gleichmäßig, sie lebte. Sie hatte sich so sehr gefreut, Ilvy zu finden, doch wo waren all die anderen? Jorik, Hennerk, Beeke, Eyk?

Fenna tätschelte ihre Wangen. »Ilvy«, flüsterte sie ihr ins Ohr. »Ilvy, bitte wach auf.« Und tatsächlich, ihre Lider flatterten, sie schlug ihre Augen einen Spaltweit auf und lächelte, als sie Fenna erkannte. Sie öffnete den Mund, brachte aber kein Wort heraus.

Fenna hielt ihre Nase in den Wind. Sie hatte etwas gerochen. Deshalb war sie hochgeschreckt. Rauch. Wo Rauch war, musste auch Feuer sein.

»Ich bin gleich wieder da, Ilvy.«

Diese schloss kurz die Augen, zum Zeichen, dass sie verstanden hatte. Fenna bettete Ilvys Kopf in den Sand, stand auf und stieg erneut die Düne hoch. Jeder Schritt fiel ihr schwer, auch wenn die Aussicht auf Rettung sie vorwärtstrieb. Wieder musste sie auf allen vieren kriechen, da ihr schon nach wenigen Schritten die Luft wegblieb. Doch als sie sich auf dem Kamm der Düne erhob, war ihre Erschöpfung wie weggeblasen. Feuerschein erhellte den

Himmel, und er war nicht weit weg. Vielleicht eine Meile, höchstens zwei.

Sie drehte sich zu Ilvy um. »Ich sehe Feuer. Dort ist Rettung. Halte aus, Ilvy, ich bin bald zurück.« Sie antwortete nicht, wahrscheinlich war sie wieder eingeschlafen.

Fenna stolperte los, rutschte die Düne herunter, erklomm die nächste und glaubte jedes Mal, sie könne keine Elle mehr weiter, doch der Lichtschein wurde heller, der Geruch nach Rauch immer stärker. Düne für Düne brachte sie hinter sich, es schien ihr, als entfernte sich das Feuer mit jedem Zoll, den sie sich voranschleppte. Doch dann schob sie den Kopf über die letzte Düne und sah hinab auf ein Feuer, um das wohl drei Dutzend Menschen hockten und lagen. Sie war so erschöpft, dass sie sich nicht freuen konnte, sondern sich nur aufrichtete, eine Hand ausstreckte und sich wieder fallen ließ. Sie stürzte, rutschte, überschlug sich, hatte nicht mehr die Kraft, sich abzufangen. Am Fuß der Düne schlug sie hart auf, doch sie verlor nicht das Bewusstsein. Auf dem Rücken liegend blickte sie in den sternenklaren Himmel. Sie hörte aufgeregte Stimmen, Schritte eilten zu ihr. Und dann geschah, was sie für unmöglich gehalten hatte.

»Fenna!«, rief Jorik und warf sich neben sie in den Sand, nahm sie in die Arme und schluchzte hemmungslos. Sie schloss die Augen, wollte nur noch schlafen, aber sie musste ihnen zeigen, wo Ilvy war. Sie machte sich los und küsste Jorik die nassen Wangen.

Eyk tauchte auf und hinter ihm Hennerk. Fenna stützte sich auf Arme und Knie. Jorik half ihr, und so schaffte sie es, aufzustehen. Dann sah sie Hennerk in die Augen.

»Ilvy, sie …«, Ihr versagte die Stimme, Hennerks Miene zerfloss in Trauer.

»Nein, nein«, rief Fenna schnell. »Sie lebt. Ich weiß, wo sie ist. Wir müssen sie holen, schnell.«

Hennerk schnappte nach Luft. »Wo, Fenna, sag wo.« Seine Stimme klang verzweifelt.

»Eine Meile südlich. Hinter der ersten Düne. Ihr müsst euch beeilen.«

»Ich kümmere mich um Fenna«, sagte Eyk, »ihr geht mit zwei Männern los und bringt Ilvy her. Den Göttern sei Dank.«

»Jorik, nein, bitte bleib bei mir. Ich ertrage es nicht, dich noch einmal zu verlieren.«

Jorik fasste sie an den Schultern. »Die Gefahr ist vorüber, Liebste. Aber außer mir, Hennerk, Eyk und zwei anderen ist kaum jemand in der Lage, eine Person bis hierher zu tragen. Und wir sollten uns beeilen.«

Widerwillig musste Fenna Jorik recht geben. Sie mussten alles tun, um Ilvy zu retten. Sie wandte sich an Hennerk. »Verzeih, aber …«

»Schon gut, Fenna. Ich kann dich gut verstehen, und ich bin dir unendlich dankbar, dass du Ilvy gefunden hast.«

Sie eilten im Laufschritt los. Fenna sah ihnen hinterher, und obwohl Jorik die Lage sicherlich richtig einschätzte, machte sie sich Sorgen.

Eyk führte sie zum Feuer. Fenna zeigte auf das Häuflein Menschen. »Sind das alle?«

Eyk nickte. »Das sind alle, die sich mit dem Prahm retten konnten, dem du verdankst, dass du uns gefunden hast. Er schenkt uns Licht und Wärme. Aber sag, mein Kind, wie bist du dem Sturm entkommen?«

Fenna erzählte, wie Ove Barwegen versucht hatte, sie zu ermorden, wie Luca di Amalfio dazwischengegangen und wie er sie auf den Prahm gestoßen hatte. Sie griff sich an die Brust. Sein Beutel war noch da, so wie Frigga, die sie die ganze Zeit über beschützt hatte. Sie zog ihn hervor.

»Den hier hat der Venezianer mir gegeben.« Sie erinnerte sich an seine Worte. »Geht sorgsam mit dem um, was Ihr in dem Beutel findet.«

»Öffne ihn, ich sehe dir an, dass du wissen möchtest, was drin ist.«

Fenna löste das Lederband, das den Beutel zusammenhielt, und zog ihn auf. Darin befand sich ein gewachstes Leinentuch. Sie faltete es auseinander. Zwei Dokumente gab es frei. Sie nahm das erste und las. Es war kurz.

»Geschrieben zu Marcellus, im Jahre des Herrn 1362, im Angesicht des Todes. Ich, Luca di Amalfio, geboren in Venedig und rechtmäßiger Bürger ebendieser Stadt, setze hiermit Fenna Jaspers aus Rungholt, Tochter des Tammo Jaspers, als meine alleinige Erbin ein. Möge der Herr mir gnädig sein und Fenna Jaspers und alle, die sie liebt, beschützen.«

Das Dokument trug Luca di Amalfios Unterschrift und ein Siegel. Sie erkannte es. Es war das seiner Familie, mit dem er so manches Dokument gesiegelt hatte. Sie drehte das Pergament um, aber die Rückseite war leer. Sie reichte es Eyk.

Der las und grinste. »Ich hätte nicht gedacht, dass Luca di Amalfio ein heimlicher Verehrer von dir war. Aber das erklärt, warum er sich für dich geopfert hat.«

Fenna war sich nicht sicher, ob das der wahre Grund war. Luca di Amalfio war ein Geschäftspartner gewesen, nicht mehr. Weder hatte er ihr Avancen gemacht, noch war jemals im Gespräch gewesen, dass sie eine Verbindung miteinander hätten eingehen sollen. Ganz abgesehen davon, dass es mehr als unwahrscheinlich war, dass Venedig das

Testament anerkannte. Sie würde es niemals einfordern. Sie hatte keinen Anspruch auf etwas, das ihm gehört hatte.

Fenna faltete das zweite Dokument auseinander, las. Es war der Abschiedsbrief und gleichzeitig das Geständnis von Pit Mommens, der erklärte, warum er die ewige Verdammnis dem Leben vorzog. Sollte sie Gerkens Mommens einweihen? Doch was würde das für ihn bedeuten? Würde er es verkraften? Würde er, wenn es ruchbar würde, von Kirche und Rat vernichtet, auch wenn es sein Vater gewesen war, der der Sodomie anheimgefallen war? Pit Mommens war tot, und für Fenna war er als Ehrenmann gestorben, für die, die er liebte. Er hatte es verdient, geschützt zu werden, ebenso wie sein Sohn, der fast Ove Barwegens Pläne zunichtegemacht hätte, indem er sie gewählt hatte. Luca di Amalfio hatte eine dunkle Seite, die so finster war, dass Fenna im Nachhinein ein eiskalter Schauer über den Rücken lief. Dieser Mann hätte sie genauso gut eiskalt ermorden können.

Fenna wollte Mommens' Geständnis schon ins Feuer werfen, als sie sah, dass die Rückseite beschrieben war. Es war seine Erklärung, warum er den Tod wählte, der Grund, den Fenna schon erahnt hatte. Doch dann wechselte die Schrift. Luca di Amalfio hatte es Mommens gleichgetan und ein Geständnis abgelegt. Hatte genau aufgelistet, wie er die Wahl zugunsten von Ove Barwegen beeinflusst hatte, dass er Luigi und Alessandro befohlen hatte, Pit Mommens' Leiche verschwinden zu lassen, und dass er den Medicus nur geschickt hatte, um an Informationen zu gelangen.

Fenna ließ den Brief sinken. Sie hatte gerade in die tiefsten Abgründe einer Seele geblickt. Einer Seele, die bereut und versucht hatte, ihre Schuld wiedergutzumachen. Doch das war nicht möglich. Er hatte Pit Mommens auf dem Gewissen und Hunderte andere, denn der Graf war gegen Rungholt gezogen, weil Ove Barwegen Redjeve geworden war. Diese Schuld konnte niemals abgetragen werden.

Eyk nahm ihr das Pergament aus der Hand, sie ließ es geschehen. Als er begriff, was er da vor sich hatte, sog er scharf die Luft ein. Fenna blickte ihn an.

»In meiner Brust kämpfen die zwei Wölfe so heftig wie lange nicht mehr. Wie soll ich mit diesem Wissen leben? Wie soll ich jemals wieder einem Menschen vertrauen?«

»Vertraust du mir?«, fragte Eyk.

»Aber ja.«

»Was ist mit Jorik?«

Sie spürte ein Ziehen im Magen, ihre Augen füllten sich mit Tränen. »Ich weiß es nicht.«

»Liebst du ihn?«

»Ja«, antwortete sie ohne Zögern. »Mehr als mein Leben.«

»Siehst du, und schon weißt du, welchen der Wölfe du füttern wirst.«

72

Fenna

Fenna, Ilvy, Jorik und Hennerk waren sich schnell einig gewesen: Sie wollten an Mittsommer heiraten, am längsten Tag und der kürzesten Nacht des Jahres. Der Tag war gekommen, die Zeit wie im Flug vergangen.

Fenna blickte zurück. Vor fünf Monaten, am Tag ihrer Rettung, waren Jorik und Hennerk mit Ilvy bald zurückgekehrt. Sie war verletzt, vor allem aber erschöpft und doch kurz danach schon wieder auf den Beinen. Nur eine Narbe am Bein war zurückgeblieben.

Fenna hatte Jorik in die Arme geschlossen und ihn nicht mehr loslassen wollen. Doch als sie von dem Schiffswrack erzählte, das sie gefunden hatte, konnte sie Jorik nicht halten. Obwohl sie noch immer ohne Kraft war, zeigte sie ihm bei der nächsten Ebbe den Ort, wo das Wrack lag. Es war noch da. Alle, die halbwegs gut auf den Beinen standen, waren mitgekommen. Sie erklommen das senkrecht stehende Deck, öffneten die Ladeluke und erblickten unbezahlbare Schätze. Darunter fand sich auch eine Truhe mit Silber- und Goldmünzen, eine nette Summe, aber kein riesiges Vermögen. Viel bedeutender waren die Dinge, die im Bauch der *Sillebüll* schlummerten, wohlverpackt in gewachste Tücher, schwere Truhen, versiegelte Amphoren und unversehrte Fässer: Seide, Garn, Werg, Wachs, Frischwasser, Mehl, Olivenöl, Nägel, gesalzener Hering und, es war wie ein Wunder, zweihundert Fässer bestes Salz. Daneben lagerte Holz: Bretter, Schindeln und Balken. Als hätte jemand eine Bestellung aufgegeben für alles, was man brauchte, um eine Siedlung zu gründen.

Sie hatten alles an den Strand geschafft, gestapelt und sorgsam bewacht.

Als sie wieder bei Kräften gewesen waren, hatten sie das Watt nach Überresten von Rungholt abgesucht, aber nichts gefunden. Die Stadt war vom Erdboden getilgt. Doch nicht nur Rungholt hatte es getroffen. Landauf, landab waren Tausende ertrunken, Dutzende Orte im Meer versunken. Es war der furchtbarste Sturm seit Menschengedenken gewesen. Noch Wochen später wurden Tote angeschwemmt, sie wurden gesegnet und begraben. Fenna trauerte um Beeke, Frauke und die Knechte, Hennerk um seinen Vater und seinen Bruder, die nicht gefunden wurden, ebenso um Ragnar und Klaas, die wahrscheinlich schon auf dem Schlachtfeld zu Tode gekommen waren. Ein graues Tuch der Trauer senkte sich auf die Überlebenden. Doch es gab auch Freude.

Frauke tauchte eines Tages auf. Sie hatte sich an ein Fass geklammert, war weit abgetrieben worden, hatte mit knapper Not überlebt. Die Wiedersehensfreude war grenzenlos gewesen.

Eine gute Meile landeinwärts fanden sie ein kleines Dorf mit zehn Häusern, in denen Bauern lebten, die mehr recht als schlecht über die Runden kamen, doch immerhin gab es eine Getreidemühle, die Aumühle. Sie waren mit den Bauern schnell handelseinig. Hier sollte ihr neues Zuhause entstehen, hier sollte ihre neue Stadt wachsen und gedeihen. Hier würden sie Handel treiben wie in früheren Zeiten, denn die Flut hatte dem Dorf und den Überlebenden von Rungholt ein Geschenk gemacht: Lag es vor dem Sturm Meilen vom Meer entfernt, so hatte es nun einen direkten Zugang zu tiefem Fahrwasser und dadurch einen geschützten Hafen.

Hennerk würde Schiffe bauen und alle anlernen, die es wollten. Jorik versprach, sich um den Hafen zu kümmern, den er dort errichten wollte, wo der Prahm an Land gespült worden war. Eyk war besonders willkommen, denn einen Heilkundigen hatten die Leute hier schon lange nicht mehr gesehen. Nur über den Namen der neuen Stadt wurde lange geredet. Einige wollten die neue Heimat nennen wie die alte, doch letztlich waren die meisten dagegen, denn sie fürchteten, das sei ein schlechtes Omen. Fenna machte den Vorschlag, der angenommen wurde:

»Es stehen Häuser hier«, hatte sie vor dem neuen Rat gesagt, »und sie stehen auf einer Aue. So lasst uns unser neues Zuhause Husum nennen – die Häuser an der Aue.«

Alle waren einverstanden gewesen und hatten sich mit Feuereifer darangemacht, Häuser zu bauen und Werkstätten einzurichten, denn es war ein Schmied unter den Geretteten, ein Schuster und auch ein Bäcker, nämlich Arne Wiarda, der Fenna kein Brot hatte verkaufen wollen, als sie die Salzproduktion eingestellt hatte. Sowie ein neuer Name für die Stadt gefunden, also ein ganz neuer Anfang gemacht war, hatten alle beschlossen, dass niemand dem anderen etwas nachtragen sollte.

Und bis zum jetzigen Tage hatten sich alle daran gehalten.

Die kleine Gemeinde hatte sich versammelt, um die Hochzeit von Ilvy und Hennerk, Fenna und Jorik zu feiern. Alle hatten sich so gut es ging herausgeputzt. Ilvy und Fenna hatten sich Hochzeitskleider genäht aus der Seide, die sie auf der *Sillebüll* gefunden hatten. Obwohl das Schiff nach Recht und Gesetz Fenna gehörte, hatte sie alles, was darin war, zu Allgemeingut erklärt, über das die Gemeinschaft entscheiden sollte.

Um den neu angelegten Marktplatz, in dessen Mitte eine alte Eiche stand, scharten sich drei Dutzend einfache Häuser. Auf der Festtafel aus Holzböcken und Bohlen waren einfache Speisen angerichtet, die für Fenna die wertvollsten Köstlichkeiten waren: frischer Schafskäse, geräucherter Fisch, Brot und Käse, vergorene Milch, alles, was sie selbst herstellen konnten. Nur den Wein, der mit Wasser verdünnt wurde, hatten sie gekauft.

Die Brautpaare hatten sich eine einfache Zeremonie gewünscht und Eyk gebeten, sie zu vollziehen.

Die Paare gingen von ihren Häusern aus Hand in Hand zum Marktplatz, wo die Bewohner von Husum warteten. Eyk stand auf einem Fass, er trug einen weißen Umhang und hatte sich einen neuen Stab geschnitzt, aus einem Stück der Reling und einem Bernstein, in dem ein Insekt eingeschlossen war.

Er hob den Stab zum Himmel. »Ich rufe euch an, Götter Asgards. Ihr habt diese Menschen den Fluten der See entrissen. Nun schützt sie auch auf ihrem weiteren Lebensweg, den sie gemeinsam gehen werden, verbunden in dem Versprechen, sich gegenseitig zu lieben, zu schützen und zu helfen, was immer auch kommen möge.«

Er senkte den Stab, zeigte damit auf Ilvy und Hennerk. »Ilvy, Hennerk. Wollt ihr den Eid ablegen, den Rest eures Lebens gemeinsam zu verbringen, die schönen wie die schweren Stunden?«

Beide sagten gleichzeitig »Ja, ich will.«

Eyk lächelte, zeigte auf Fenna und Jorik.

»Fenna, Jorik. Wollt ihr den Eid ablegen, den Rest eures Lebens gemeinsam zu verbringen, die schönen wie die schweren Stunden?«

Fenna hatte sich so sehr nach diesem Moment gesehnt. Sie wollte ihn so lange es ging genießen. Sie sah Jorik an, in seinen Augen erblickte sie nichts als Liebe. Als hätte er ihre Gedanken gelesen, wartete er ebenfalls ein wenig. Ihre Blicke verschmolzen ineinander. »Ja, wir wollen.«

Für einen Moment herrschte Stille, die von fernem Glockengeläut durchdrungen wurde. Die Menschen hielten den Atem an. Das waren nicht irgendwelche Glocken. Ihr Klang war unverwechselbar. Es waren die Glocken der Kirche von Rungholt.

Jorik fasste Fennas Hand fester. »Die Glocken mahnen uns, Fenna. Glaubst du, wir werden es besser machen?«

»Ich weiß es nicht, Liebster. Aber wir werden es versuchen. Mit all unserer Kraft und all unserer Liebe.«

Fakten und Fiktion

Rungholt – das Atlantis der Nordsee, so wird die untergegangene Stadt in Nordfriesland oft bezeichnet. Was die Legendenbildung angeht, stimmt das. Doch im Gegensatz zu Atlantis sind Spuren von Rungholt im Watt vor der Insel Südfall gefunden worden, und es besteht kein Zweifel, dass die Stadt mit einem Hafen, einer älteren und einer neueren Schleuse existiert hat und sie während der »Groten Mandränke«, der zweiten sogenannten Marcellusflut, um den 15. und 16. Januar 1362 mit Mann und Maus untergegangen ist.

Die Historiker sind sich einig, dass Rungholt eine wichtige und wohlhabende Stadt gewesen ist, die Handel trieb in alle Himmelsrichtungen. Sie war der Hauptort der Uthlande, die mehrere Harden umfassten, ein Gebiet von etwa sechshundert Quadratkilometern. Fette Wiesen für die Viehzucht, die Salzwiesen, aus denen das graue Salz für die Konservierung des Herings gewonnen wurde, und der geschützte Hafen mit seiner großen Schleuse ermöglichten den Aufstieg Rungholts zur mächtigen Handelsstadt.

Wie Rungholt letztlich ausgesehen hat, wie viele Einwohner, Häuser aus Stein und gepflasterte Straßen es gegeben hat, weiß niemand genau.

Mein Rungholt hatte viertausend Einwohner, war für das Mittelalter also eine große Stadt, besaß einen sturmsicheren Hafen für seegängige Schiffe und eine Schleuse. Erfunden sind das Rathaus mit den vier Eingängen und meine Protagonisten Fenna Jaspers und Jorik Barwegen. Graf Nikolaus ist eine historische Persönlichkeit, ebenso wie der Eiserne Hinnerk, der dänische König Waldemar Atterdag und der Doge von Venedig. Die Feuerbüchsen sind ebenfalls nicht erfunden, die ersten ihrer Art gab es bereits Mitte des vierzehnten Jahrhunderts.

Auch, dass die Nordfriesen ihr eigenes Recht besaßen, entspricht den Tatsachen, und genauso, dass viele von ihnen im Jahr 1361 noch den alten Göttern anhingen und so mancher christliche Priester durch das Messer eines Nordfriesen sein Ende fand.

Der Untergang Rungholts, das belegt die moderne Forschung, hatte mehrere Ursachen: der besonders starke Sturm, der zwei Tage andauerte, die schlecht instand gehaltenen Deiche und das Absinken der Marsch infolge des intensiven Salzabbaus. Es gibt noch einen vierten Grund, der erklärt, warum so gut wie nichts von Rungholt geblieben ist: Unter der Stadt erstreckte sich ein Gebiet mit tiefen Sedimentschichten, kein felsiger Festlandsockel. Das Wasser konnte ungehindert die Sedimente aufwühlen, und die Stadt versank darin wie in Treibsand. Ohne den Salzabbau wäre Rungholt sehr wahrscheinlich verschont geblieben.

Die Parallelen von Fennas Kampf um die Salzgewinnung zum Klimawandel der heutigen Zeit sind unübersehbar. Der Untergang Rungholts war nicht die erste von Menschen verursachte ökologische Katastrophe. Ich hoffe, dass wir uns besinnen und aus dem Verschwinden Rungholts etwas lernen können.

Isabell Voss